Ira Loh

Auf doppeltem Boden

Roman

Ira Loh

Auf doppeltem Boden

Roman

ANTHEA
VERLAG

Impressum

Hubertusstraße 14, 10365 Berlin
Tel.: (030) 993 93 16
Fax.: (030) 994 01888
eMail: info@anthea-verlag.de
Verlagsleiter: Detlef W. Stein

www.anthea-verlag.de
www.anthea-verlagsgruppe.de

Umschlaggestaltung: Thomas Seidel, Caroline Hamann
Korrektorat: Meike Kerwer
Satz: Thomas Seidel, Paul Richter

ISBN 978-3-89998-295-4

Dieses Werk nimmt Bezug auf das Massaker von Ciepielów.
Sämtliche Personen und Handlungen sind allerdings frei erfunden.

Prolog

KATHARINA

Seine Augen waren grau, sie erinnerten sie an Wolfsaugen, graue Wolfsaugen, obwohl Wölfe gelbe Augen haben. Sein Blick war wohlwollend, aber Wölfe sind gefährliche Tiere. Vor vier Wochen hatte sie ihn kennengelernt, zu einer Zeit, als sie vorhatte, auszusetzen in dem Spiel um eine Beziehung. Sie wollte studieren, sich der Verwirrung entziehen, die sich durch die Angleichung an einen Mann ergeben würde. Eine Entscheidung, die sie davon abgehalten hatte, auf seinen Blick mit einer Erwartung zu antworten. Sein Abschiedsblick war schmerzhaft in sie gedrungen, durch das nasse T-Shirt hindurch, unter ihre frierende Haut.

Katharina hatte die Einsamkeit am See gesucht, um besser lesen und nachdenken zu können. Sie wollte endlich in ihrer Pflichtlektüre vorwärtskommen, aber es gelang ihr kaum. Ameisen liefen ihr über die Beine, der leichte Wind wehte ihr die Haare ins Gesicht, harte Grasstoppeln piksten sie, denn ihr Handtuch war zu dünn und zu kurz. Es war ein schöner Ort. Die Liegewiese umgab den ganzen See. Maulwurfshügel, Bäume und Sträucher beieinander, als hätten sie ihren Lebensort selbst gewählt. Sie zog ihre Strickjacke über. Der Herbst kündigte sich an. Die Strahlen der Sonne schienen stoppelgelb, blass und matt legten sie sich über den See.

Niemand schwamm im abgekühlten Wasser. Nur ein Windsurfer im Neoprenanzug mühte sich im leichten Wind mit dem Kräuseln des Wassers. Er fiel hinein, zog sich wieder aufs Board, wuchtete das Segel in kräftigen Drehungen herum. Es war Ende September, nach dem Münchner Kalender war das die Oktoberfestzeit. Das vermeintlich ländliche Treiben der Wiesn war Katharina, die mit dem Studium ihrem niederbayerischen Dorf entronnen war, ein Graus. Trachten, Heimat, Bier, gedrängte Geselligkeit, Menschen aus aller

Herren Ländern, die sich schunkelnd und schmetternd in das allgemeine Anbandeln einreihten. Rechtschaffene Vulgarität in Lederhosen, züchtige Dirndlschürzen über japanischen Frauenbeinen, Bierfahnen und Erbrochenes in der U-Bahn.

Einige mutige Enten watschelten zu ihr hin, hielten einen Sicherheitsabstand von einem Meter, schnäbelten vereinzelt im Gras, als fänden sie Essbares im Boden. Sie warf ihnen Semmelstücke zu, weil Zuversicht belohnt werden sollte. Die Enten schnatterten geschäftig, fraßen schnappend und zogen schaukelnd ab. Hin und wieder spähte Katharina dem Surfer verstohlen nach, kam sich vor wie eine Sechzehnjährige, die Lider über dem Buch gesenkt, den Blick heimlich gehoben. Dann meinte sie, einen freudigen und stolzen Ausdruck an ihm zu erkennen, wenn er sich am Segel halten konnte und das Gesicht gespannt in Fahrtrichtung hielt. Manchmal sah er zu ihr herüber. Sie bezähmte sich, legte sich auf ihr Handtuch, blickte in die hängenden Zweige der Weide, lauschte dem Blätterrauschen und den Vögeln, die einander ins Lied fielen. Schmetternd, vibrierend, im Stakkato, in vererbten Kompositionen. Eine unverdrossene Lebendigkeit, der sie erlag. Als wäre im Hintergrund eine vielstimmige Weise, die nur sich selbst berauscht; im See, im Wind, in den Bäumen, auf ihren Beinen, unter ihrer Haut. Eine Berührung, die bis in ihr Denken hineinreichte. Fantasien vom zweisamen Einklang, vom Lächeln, das im Kuss enden würde, vom Schluck aus einer Flasche, vom Gestreiftwerden, wenn er ihr sacht den Käfer vom Arm schob, von Berührungen, die stärker waren als das Streicheln des Windes. Als sie sich wieder aufrichtete, blickte er direkt zu ihr. Er stand im Schaukeln der leichten Wellen. Hatte er das Werben ihres Körpers erspürt, ihre Fantasien belauscht? Sie schaute weg.

Die Stille zerriss unvermittelt. Zwei Männer und eine Frau im Dirndl, brachen leichtfertig, unüberhörbar angetrunken und in widerlicher Weise, wie Katharina fand, in diesen bewegten Frieden ein. Das weibliche Lachen war aufreizend und eindeutig. Wie sie ihre

Schuhe auszog und, je einen, den Männern reichte, wie sie zur Aufholjagd einlud, als sie zum See rannte. Sie floh nur vermeintlich, ein entsetzlich ländlicher Flirt. Die Löwin, die Katze, die sich entwand, um den Moment der Unentrinnbarkeit hinauszuzögern. Katharina fühlte sich zurückversetzt in jenen zähen Krampf, der sie stets hemmte, wenn beim Aufstellen des Maibaums oder beim Sonnwendfeuer ein ländliches Benimm-Protokoll zum Tragen kam, das sie nicht erfüllen konnte. Junge Mädchen, die ihre Haare zurückwarfen, kreischten und davonrannten, um sich fangen zu lassen. Starke Jungs, die sich zur Dreistigkeit aufstachelten, zum Tanz zogen, lachten und fester zupackten, wenn sie sich entwand.

Der Dirndlrock der Frau, die Katharina auf ungefähr fünf, sechs Jahre älter als sich selbst schätzte, vielleicht dreißig, war nur knielang, ihre mollige Taille war eng geschnürt. Rote Litzen betonten unter dem Plissee der Dirndlbluse wogende Brüste im Schwung ihres schwankenden Laufs. Sie stolperte am Uferrand. Der Stärkere packte sie unter den Achseln, legte seine Hände klammernd auf ihre Brust.

Die Frau ruderte hilflos mit den Armen. Der Kleinere packte ihre zappelnden Füße und hielt sie fest. Eine weibliche Hängematte, deren Unruhe durch rhythmisches Schwenken und einen männlichen Chor synchronisiert wurde.

„Und eins!"

„Nein!"

„Und zwei!

„Neein!"

„Uund – drei!"

Katharina war aufgestanden, hielt den Atem an, wollte losrennen, schreien. Aber sie erstarrte mit offenem Mund, die Augen aufgerissen. Warum fand sie keine Kraft, um einzugreifen?

Jens

Er hatte Katharina zu einem Zeitpunkt entdeckt, als er keine andere Frau sehen wollte, weil er Claudia hatte und mit ihr eine Zukunft, die wichtiger war als ein leichter Flirt. Zum Besuch der Wiesn war Jens zweimal verabredet, in geschlossener Clique, mit der schönsten Frau der Welt in dem schönsten Dirndl der Welt neben sich als einen Besitz, den es zu bewahren galt. Am Vormittag hatte er sich noch mit Claudia gestritten, weil sie ihn zum Schreiben an der Diplomarbeit zwingen wollte. „Wenn du weiter so trödelst, wirst du im dritten Jahrtausend noch nicht fertig." Quatsch! Bis zur Jahrtausendwende war es noch über ein Jahr. Er würde nur noch ein paar Wochen brauchen. Da sie ihm bei der Arbeit half, hatte sie sich ein gewisses Mitspracherecht erworben. Gegen ihr Mahnen hatte er sich die Auszeit am See genommen. Aus Claudias Sicht war das Surfen ein sinnloser Sport, bei dem kein Renommee heraussprang und kein Gemeinschaftsgefühl, eine Beschäftigung, der er unabhängig von ihr und ihrer Familie frönen konnte. Über einen Anfängerkurs war er noch nicht hinausgekommen. Das Surfboard war ein Geschenk seines Freundes. Surfen gegen die Diplomarbeit, Segeln gegen die Vernunft. Es war ein aufreibender, manchmal peinlicher Spaß. Anluven, abfallen, Zug aufbauen, aufsteigen beim Halbwindkurs und dann die zumeist vergebliche Hoffnung, den leichten Wind auf dem kleinen See in Geschwindigkeit umzusetzen. Oder aber ins Wasser zu fallen und sich mühsam wieder aufs Brett zu hieven. Ähnlich wie damals, als er Skifahren lernte, hoffte er auf eine Rasanz, in die er sich hineinlegen konnte, ein Gleiten, das knapp über dem eigenen Steuerungsvermögen lag. Er liebte alles Neue. Und nur eine schaute ihm dabei zu. Die Atmosphäre des Sees war freundlich, lind, mild. „Lind", ein Begriff aus Jugendtagen, als er sich beim Malen mit Farbschattierungen abmühte. Was einem alles einfiel beim einsamen Üben! Am Ufer saß ein Mädchen, das aussah wie einem Gemälde entsprungen. Früher hätte er sie gemalt, zu malen versucht. Das waren, neben den Sportzeiten, die besten Nachmittage gewesen, an denen er verweilte und Farben suchte, indem er den Kopf schräglegte und die Augen schloss. Immer war der Versuch, die inneren Farben und Formen nach außen zu bringen, fehlgeschlagen. Bereits zum Zeitpunkt des Augenöffnens war die harte Wirklichkeit – das helle Grau vom Leinen, das kräftige Blau und Rot der Ölfarbe – stärker gewesen als alles, was ihm eingegeben war. Seit seinem Betriebswirtschaftsstudium, seit er Claudia kannte und sich in sinnvollen Zeitvertreib einspannen ließ, hatte er das Malen aufgegeben. Die Staffelei stand, wie ein Relikt aus alten Zeiten, zur Zierde verkommen, in einer Ecke seiner Wohnung.

Sobald er auf seinem Board stand, beobachtete er das Mädchen, obwohl es nichts zu sehen gab, was diese Impressionismusromantik gerechtfertigt hätte. Sie war kein Mädchen, eher eine Frau, sie trug kein fließendes Kleid und keinen Schleifenhut, sondern Jeans, ein weißes T-Shirt und eine Strickjacke. Trotzdem war sie ein malerischer Tupfen in diesem Altweibersommer. Ein Monet-Mädchen. Wenn sie aufschaute, blickte sie zu ihm, dann wandte sie sich wieder abrupt ihrem knallgelben Reclambändchen zu. So etwas las man doch nur in der Schule. War sie noch so jung? So verschämt?

Das betrunkene Trio beobachtete er amüsiert. Der Größere hatte es immer wieder geschafft, die Hand der fülligen Frau im Dirndl zu erhaschen. Das waren gestandene Männer, eigentlich zu alt für solche Tändeleien. Die Frau wehrte den Größeren spielerisch ab, entzog sich ihm, zog die Schuhe aus, lief keck voraus und kicherte, als beide Männer hinterherliefen. Dann verlor Jens das Gleichgewicht, ruderte vergeblich mit den Armen, mühte sich ab, bis er wieder sicher auf dem Brett stand. Er lächelte, als er sah, dass die beiden Männer die Frau schwenkten, diesen alten Jugendgag wiederholten. Sie schrie, kreischte wie ein junges Mädchen, das sich geehrt fühlt, wenn zwei Männer um sie buhlen. Das Reclamheft-Mädchen war aufgestanden, den Kopf missbilligend nach oben gereckt. Eine humorlose Feministin? Er sah sie trotzdem gern an. Er blickte durch die bewegte Szene hindurch auf sie, hätte gern beruhigend die Hand auf ihren Arm gelegt. Er lachte mit, beim lauthals gebrüllten „Eins, zwei uund – drei!“. Ein langgezogener Schrei und ein lautes Platschen, als die Dirndlfrau im Wasser landete. Unwillkürlich zuckte Jens zusammen bei der Vorstellung, wie kalt sich das Wasser anfühlen musste an den nackten Beinen, dem freizügigen Dekolleté, wie es eiskalt eindringen, die Luft nehmen und dann an Rücken und Bauch hinunterlaufen würde.

Aber dann blieb alles ruhig. Kein Kreischen, kein Japsen, kein Wellenschlagen, kein Prusten – der See blieb friedlich und fast glatt. Ein versteinertes Idyll. Die Männer glotzten. Wo war sie? Die Monet-Frau rannte los. Dann schwamm Jens los, als ginge es um sein eigenes Leben. Er kraulte, sah schließlich den schlaffen Körper, der im seichten Wasser trieb. Das war flache Ufernähe! Sie hätte stehen können – konnte es aber nicht, trieb herum wie eine Puppe. Er packte sie unter den Achseln, wechselte einen kurzen Blick mit der jungen Frau, die herbeiwatete und schrie: „Los!“ Sie griff nach den Beinen der Frau, zu zweit schleppten sie die Leblose ans Ufer, legten sie ab.

Jens wurde von einer mechanischen Klarheit überfallen. Ein Handeln im Augenblick zwischen Leben und Tod, das jede Überlegung verbot. Ein Zustand, der es ermöglichte, Leben zu retten oder zu töten. Er riss ihr Dirndl auf. Kraft sammeln, Hände zusammen, dann schnelle, regelmäßige, kräftige Stöße auf ihren Brustkorb. Eins, zwei, drei … dreißig. Kopf zurück, Nase zuhalten, Luft holen, einpusten, Luft holen, einpusten.

Bei jedem Stoß lief etwas Wasser aus dem Mund der Ertrunkenen. Als ob sie überlaufen würde, Seewasser mit Schleim aus einem reglosen Mund.

„Ruf den Notarzt!“

„Ich hab kein Handy!"

„Lauf rüber! Hol meins!" Er wies mit dem Arm zu seinem Ablageplatz.

Sie rannte los, kam keuchend zurück. Die Frau atmete immer noch nicht. Jens wählte den Notruf, endlich meldete sich jemand. „Feringasee, Herzstillstand – letzter Parkplatz, ganz hinten, der letzte!" Als er den roten Knopf am Handy drückte, war ihm klar, dass sie es nicht schaffen würden, eine Tote zurückzuholen. Er sah, wie gut das Mädchen weiterarbeitete, wie kräftig und zäh sie um dieses Leben, um diese Tote rang. Sie war älter, als es den Anschein gemacht hatte. Nein, sie war kein Mädchen mehr. Die würde nicht aufgeben.

Katharina

Sie fühlte sich in einen anderen Zustand versetzt. Ein Déjàvu aus einer Ferne, für die sie keinen Namen hatte. Nur ein Gefühl, ein Rufen ohne Worte. Mój aniołek, mein Engelchen, musste sie denken und weinte und arbeitete. Kräftige Stöße, schnelle Stöße, der Brustkorb war weicher als sie erwartet hatte. Waren die Rippen gebrochen? Weiter! Die Frau vor ihr war leblos und doch noch da, eine hilflos Schlafende, eine, die wartete, die kindlicher als ein Säugling sich ihrer beider Hilfe hingab. *Aniołek*! Es konnte doch nicht sein! Sie war noch am Leben, auch wenn sie nicht atmete. Katharina fühlte sie unter ihren Händen, fühlte ihre weiche Haut über den nachgiebigen Rippen, ihre kalte Nase, ihre vollen Lippen, wenn sie ihr Luft gab. Katharina keuchte und mühte sich weiter, schnell, rhythmisch, fest. Sie warb um diesen bleichen Engel, hetzte die Leblose unter Tränen: Los! Hör auf zu zögern! Mach mit! Du kannst es! Los! Du bist noch da! Ich spür dich! Schnaufe! Schlage! Komm – zu zweit – wir schaffen das! Komm! In jeden Herzdruck, in jede

Atemhilfe legte sie dieses lautlose Werben, obwohl sie spürte, dass die andere weit weg war und ihr der Weg lang erschien, der Weg zurück in dieses Diesseits. Komm! Bitte! Du schaffst es, jetzt. Jetzt!

Der Surfer löste sie wieder ab. Zwischendurch schaute er besorgt auf die Uhr. Sie sah, dass er verhalten weiterarbeitete, pflichtschuldig. Erst jetzt fielen Katharina die beiden Männer ein, die betroffen Abstand hielten. Sie standen da wie Baumstämme. Der Größere stammelte immer wieder „Edith", schüttelte den Kopf langsam und ungläubig. Dem Kleineren kullerten Tränen über die Wangen. Katharina brachte es nicht über sich, gut zu ihnen zu sein. Kein Wort, keine Geste des Mitgefühls wollte sie geben. Sie roch den Alkohol. Wie waren sie Auto gefahren, in diesem Zustand?

Der Sanka kam fünf Minuten später quer über die Wiese gefahren. Die Sanitäter und der Notarzt sprangen aus dem Auto. Ein wortlos eingespieltes Team, Roboter mit Signalfarben auf ihren Kunststoffjacken, mit Gummihandschuhen. Sie sprachen nicht, setzten ihre Koffer ab, knieten sich nieder. Der Arzt beugte sich über Edith, sprach sie an, prüfte routiniert die Atmung, dehnte ihren Nacken, zog den Kopf vorsichtig nach hinten. Ein Sanitäter nahm gleichzeitig die Druckmassage auf, ein weiterer legte eine Plakette auf den Brustkorb, der zugehörige Monitor leuchtete auf. Schnelle Hände, professionelle Gesten, geübte Abläufe, elektrische Hilfsgeräte. Katharina schöpfte Hoffnung, trat noch einen Schritt zurück, um diesen Helferzirkel nicht zu stören. Der Arzt hob den Arm: „Achtung, alle weg von der Patientin. Schock." Niemand sagte etwas. Alle blickten gebannt. Katharina atmete tief, als ob sie die Dirndlfrau anstecken könnte. *Schnaufe, schlage!* Dann wich sie unmerklich zurück. Eine blecherne Stimme gab Report: „Schock abgegeben." Katharina ertrug das Aufbäumen des Körpers nicht. Sie treiben ihre Seele aus. Aber die Atmung blieb aus. Ediths Brustkorb blieb unbewegt, ihre Augen geschlossen. Katharina versuchte, ihr Schluchzen zurückzuhalten, presste ihre Hand vor den Mund, um ihren Aufruhr zu verbergen. Der Arzt blickte kurz zu Katharina auf und schüttelte wortlos den Kopf. Ein Sanitäter wiederholte die Stöße gegen die Rippen mit beiden Händen, kräftig, regelmäßig. Ein weiches Plastikrohr wurde der Leblosen in den Mund gesteckt, immer weiter hineingeschoben. Katharina verstand, dass dies notwendig war, fühlte aber einen Würgereiz. Sie beobachtete wie über einen Beutel Luft in Edith hineingedrückt wurde, richtige Luft, keine verbrauchte Luft, ein medizinisch effizientes Zuatmen. Sie sah bereits wie eine Patientin aus, ein Schlauch, ein Rohr, ein Band um Mund, Nase und Hinterkopf.

Der Defibrillator blinkte, der Arzt nickte, alle nahmen Abstand. Katharina konnte den unsichtbaren Schlag körperlich spüren. Die Ertrunkene zuckte, ihre Zunge ruckte über die Lippen hinaus, ihre Hände krampften. Katharina schloss die Augen, biss sich auf die Lippen, würgte ihre Tränen weg. Ein Blick zum Surfer zeigte, dass er sie beobachtete und ihre Not erkannte. Sich mit all dem abzufinden, war das Gebot der Stunde. „Noch eine letzte Chance haben wir, mehr Schocks überlebt sie nicht“, sagte der Arzt. Einer der Sanitäter nahm die betrunkenen Männer behutsam am Arm und geleitete sie in den Sanitätswagen. Der nächste gab dem Surfer einen Block. Was gab es jetzt zu schreiben? Die Personalien? Hatten die alle nichts Wichtigeres zu tun? War etwa alles schon vorbei? Katharina ging langsam zum Ufer zurück, sank in die Knie, legte ihr Gesicht in ihre Hände. „Katharina Markgraf“ zischte sie widerwillig, als einer der Sanitäter auch sie auf die Personalien ansprach. Ihre Adresse gab sie mühsam dazu, wiederholte sie, weil er sie nicht verstanden hatte. Dann stand sie auf, um ihm ins Gesicht zu sehen. Er war alt. Alle sahen gleich aus in ihren Schutzanzügen, aber dieser hier war mindestens fünfzig Jahre alt. Er blickte genervt und atmete hörbar durch, als würde er denken, dass gegen Zicken kein Kraut gewachsen ist. „Meine Telefonnummer ist die meiner Vermieter. Brauchen Sie deren Namen jetzt auch noch?“

„Nein. Das reicht."

„Wir haben sie! Sie ist wieder da!" Der Arzt schrie!

„Das war knapp! Aber sie lebt!"

Als Katharina hinzustürzte sah sie, wie die Frau ihre Lider einen Spaltbreit aufzwang, nichts bewegte sich in ihrem bleichen Gesicht. Sie war eine Maske mit gut befestigtem Plastikrohr im Mund. Schließlich öffnete sie ihre Augen ganz. Sie blickte leer und starr. Sie schien immer noch weit weg zu sein.

Wie gern hätte sie Edith kurz berührt. „Danke", flüsterte Katharina unter Schluchzen, „danke". Die Sanitäter trugen die Patientin auf einer Krankentrage zum Wagen, die beiden Männer umarmten sich, der Arzt, bereits im Abmarsch, winkte, ohne sich umzuschauen. Die Türen schlossen sich mit einem lauten Klack. Und dann war alles ganz still. Als ob ein Spuk vorbei wäre. Der See lag in leichten Wellen, die Sonne senkte sich in die Nachmittagsschräge. Nur noch ein kleiner Kegel des Lichts, dachte Katharina. Soviel Dunkelheit auf diesem grauen See. Sie konnte nicht anders. Sie wankte auf ihn zu, auf ihn, mit dem sie um Ediths Leben gerungen hatte, legte sich in seine Arme, lehnte ihren Kopf an seine Schulter und weinte auf seine Neoprenhülle. Gern hätte sie seine Schulter ohne diesen Schutzanzug gespürt. Wenn sie ihre Augen öffnete, berührten ihre Wimpern seinen Hals. Sie fühlte sich unglaublich schwach. Ihre Lippen gehorchten ihr nicht mehr, sie zitterten, zogen sich beim Schluchzen zusammen, und manchmal musste sie heimlich lächeln. Am Hals war seine Haut zu spüren, und sie musste sich eingraben. Sein Nacken roch anheimelnd, vertraut und frisch. Das Wasser in seinen Haaren tropfte auf ihr Gesicht und vermengte sich mit ihren Tränen. Er hielt sie, strich vorsichtig über ihren Rücken, und wenn sie sich näher an ihn drückte, hielt er sie fester. Sie wollte immer bei ihm bleiben. Als sie aufblickte war sein Mund ganz nah, seine Augen blickten sie fürsorglich an. Sie schämte sich, schaute zu Boden und gab sich endlich einen Ruck. Mit einer Geste deutete sie zum See, wusste ihn bei sich, als sie zum Ufer vorausging und breitete ihr Handtuch quer. Sie setzten sich nahe zueinander, mit angezogenen Knien, die sich leicht berührten. Beide schwiegen und blickten aufs Wasser.

„Du hast nicht mehr geglaubt, dass sie durchkommt, oder?", fragte Katharina.

„Nein. Es hat zu lange gedauert. Ich habe es nicht mehr geglaubt. Du schon, oder?"

„Nein, oder doch. Ich dachte, sie ist tot. Ich fühlte, sie ist noch da. Es war schrecklich, als sie sich aufbäumte. Ich war ungerecht – ich meinte, ich, ich hätte am liebsten den Arzt daran gehindert, sie noch ein zweites und drittes Mal mit diesem Elektroschocker zu traktieren."

„Sie war lange weg. Ich hoffe, sie kommt ohne Schäden davon."

Katharina wusste, dass er von Hirnschäden sprach und sah Ediths starren Blick vor sich. Ob sie geistig behindert sein würde? Sie wollte das Wort nicht aussprechen.

„Ich hab sie gemocht." *Warum mochte ich sie erst dann, dachte sie, als sie leblos war? Nahe war ich ihr erst, als ich spürte, dass sie wegging. Sie wurde immer leichter und weicher. Ich wollte sie bei mir haben.* Katharina schloss die Lider und legte ihre Finger an die Innenwinkel der Augen, als könnte sie der Trauer Einhalt gebieten und den inneren Korridor noch einmal abschreiten. „Sie tut mir leid."

Sie hob den Kopf. „Die Alkoholfahne hab ich nur bei den Männern gerochen. Bei ihr nicht."

„Sie hat ja auch nicht mehr geatmet", versetzte Jens trocken.

Katharina versuchte, ein Lächeln zu verkneifen.

„Wäre sie aus dem Wasser gestiegen, wäre sie triefend zurück ans Ufer gestapft, hätte ich entrüstet den Kopf geschüttelt. Wie kann man einfach so ins Auto von Besoffenen steigen und dann am See ‚Hasch mich' spielen?"

Jens nickte.

Katharina schüttelte den Kopf. „Du verstehst mich falsch. Natürlich sind die Männer schuld."

„Natürlich."

„Für die beiden Kerle kann ich wirklich kein Mitleid aufbringen, selbst wenn, ich meine, selbst wenn sie es nicht gewollt haben."

„Mir tun sie leid. Die Frau muss einen Herzfehler gehabt haben."

„Die standen einfach nur da wie festgewachsen. Dorfmacker. Die haben nicht geholfen, die hätten überhaupt nicht helfen können! Jetzt werden sie wahrscheinlich behaupten, dass die Frau selbst ins Wasser gesprungen ist."

Katharina starrte auf den See, schüttelte den Kopf. „Was wäre eigentlich geworden, wenn wir nicht da gewesen wären?"

„Dann wären sie vielleicht einfach gegangen. Die haben Angst, dass ihnen der Führerschein entzogen wird, wenn rauskommt, dass sie mit ihr an den See gefahren sind." Er wandte sich zu ihr. Sein gummierter Oberkörper schien ihr kräftig. Einige seiner blonden Haarsträhnen waren schon trocken und schimmerten im Sonnenschein. Er war so klar, sachlich. Er hatte mit seinem schnellen und sicheren Handeln die Frau gerettet, sollte sie ihm, dem beherzten Retter, noch einmal in die Arme sinken?

„Du schaust aus wie ein Weltraumheld, der aus Versehen auf der Erde gelandet ist und sich wundert, dass wir Menschen so hilflos sind." Sie blickte stur geradeaus auf den See, um der Nähe zu entgehen, um nicht noch einmal seinem Mund, seinem Atem nahe zu sein. „Und der sich wundert, dass hier alles grün und blau ist."

„Und verschlissen rot wie dein Handtuch und schimmernd braun wie deine Haare – und blass wie deine Haut und deine Sommersprossen."

Sie schob ihr Zittern auf die Kälte, auch wenn sie wusste, dass es ein inneres Wanken war, dem sie nicht nachgeben wollte.

„Wie kommst du eigentlich drauf, dass es Dorfmacker sind?", fragte Jens.

„Weil ich selbst aus einem Dorf komme."

„Ach, dann musst du es ja wissen."

Sie musste lachen. Die Beweisführung war zugegebenermaßen nicht zwingend. Egal. Sie musste sich nicht darstellen und wollte nicht flirten. Ihre Freundin Eva würde sagen: „Wenn man aufgehört hat zu rauchen, kann man sich gern eine genehmigen."

„Ist das strafbar?", fragte Katharina, um wieder sachlich zu werden. „War das fahrlässige Tötung, ich meine Körperverletzung?"

„Das wäre hart. Ich habe selbst schon einige Mädchen ins Wasser geschmissen."

Jetzt nickte Katharina gewichtig und langsam, zog die Mundwinkel in gespielter Anerkennung nach unten. „Einige gleich. Du bist aber ein ganz Starker!"

„Blöde Kuh", sagte er lachend. „Bist du noch nie ins Wasser geworfen worden?"

„Nein, ich lebe noch."

„Du hast ja auch keinen Herzfehler."

„Zumindest keinen organischen." Sie lachte gezwungen.

Die Enten kamen wieder an.

„Ich hab kein Brot mehr."

„Wenn man auch gleich alles auf einmal verteilt."

Katharina lächelte. Er hatte sie beobachtet.

„Du bist nicht besonders gut im Windsurfen, oder?"

„Hast du mich beobachtet?"

„Nein, natürlich nicht. Ich habe konzentriert gelesen."

„Ja, das hab ich gesehen. Lesend hast du gut ausgesehen. Ich hab dich nämlich *auch* nicht beobachtet."

Katharina legte sich zurück und starrte in den Himmel.

Jens

Der Schlagabtausch gefiel ihm. Diese Frau gefiel ihm. Sie passten irgendwie zusammen. Es war gut, hier zu sitzen, ihr Knie zu spüren, das leichte Zittern, auf die nächste Herausforderung zu warten, auf ihr Lachen. Es war noch mehr. Ein doppelter Boden. Oben gläsern durchsichtig, darunter etwas anderes. Jens blickte zur Seite und musste die Augen schließen. Es zog ihn nach innen. Oft schon hatte er Farben gesucht, wenn er sich finden wollte. Abends vor dem Einschlafen suchte er sein Eigentliches in Farbwelten. Das ruhige Beige von schimmernd grauen Fäden durchwirkt, oder das Blau-Grün, das ihn in endlose Tiefen hineinsog, messerscharfe, hauchdünne Strahlen, die sich bündeln und knoten ließen. Manchmal verspürte er eine Sehnsucht, einen Hunger nach kräftigen Farben, so wie andere sich nach einer Reise sehnten. Die Frau neben ihm – ihre Zerbrechlichkeit, ein Brunnen, ein gläserner Brunnen, auf dessen Grund sich eine neue Welt auftun würde. Ein ausgedehntes Land voll unterirdischem Grün, ein sehr helles Frühlingsgrün. Weit hinten der Horizont – er suchte einen hellen Himmel – aber der dunkelte sich ein. Nie war er Herr seiner Farben, es war doch immer das Gleiche!

„Woran denkst du?“, fragte Katharina.

Sollte er sagen, dass er sie am Boden ihres Brunnens auffangen, mit ihr im Land des unterirdischen Frühlings wandern wollte, ihr rote Blüten von alten Bäumen pflücken, sie ihr ins Haar stecken und zwischen ihre Brüste legen würde, dass er sie küssen und schützen, am Abend mit seidenweicher Wärme zudecken würde?

„Was denkst du?“, fragte Katharina energischer.

„Das kann ich dir nicht sagen.“ Er wandte sich um.

„Was liest du?“

„Dantons Tod.“

Er nickte. „Verstehe. Das Ding müsste man eigentlich kennen." Er war beruhigt, dass er seinen leichten Ton wiedergefunden hatte. „Um was geht's da noch mal?"

„Um die Französische Revolution, die ihre eigenen Kinder frisst, und um die Einsamkeit." Sie schaute ihn schelmisch an. *Wir sind Dickhäuter, wir strecken die Hände nacheinander aus, aber es ist vergebliche Mühe, wir reiben nur das grobe Leder aneinander – wir sind sehr einsam.*

„Klingt schrecklich. Liest du das etwa freiwillig?"

„Nein. Oder ja."

„Das ‚Nein' klingt besser." Von Zitaten konnte er leicht Abstand nehmen. Er hasste Bildungsbürgerei. Die hatte er hinter sich gelassen. Es war Zeit. Warum konnte er nicht einfach ihre Hand ergreifen, mit ihr am See entlanggehen, mit ihr im Wasser stehen, gemeinsam sein Board herausziehen? Dann hätte er mit ihr das Segel inspiziert, das womöglich Schaden genommen hatte. Er hätte ihr davon erzählt, dass es ein altes Board war, das er von Marc geschenkt bekommen hatte. Und vielleicht hätte er ihr sogar gesteckt, dass seine Freundin gegen das Windsurfen war, weil es Zeit raubte, die man aus ihrer Sicht nützlicher verbringen konnte. Dass seine Freundin sehr vernünftig war. Sie lagen auf dem knappen, quergelegten Handtuch, blickten in das Windspiel der Blätter.

„Ich heiße übrigens Jens." Er streckte ihr, liegend, seine offene Hand entgegen. „Katharina." Sie schlug ein. Er hielt ihre Hand. Es fühlte sich nicht nach Dickhäutern an, nicht nach Einsamkeit.

„Frierst du?"

„Ja."

Wie leicht hätte er ihr anbieten können, ihre Arme zu wärmen, indem er „Feuer" spielte. War das nicht zu Schulzeiten ein gängiges Spiel gewesen? Ein Reiben der Handgelenke, bis die Haut heiß wurde und schmerzte. Ein unschuldiges, freches Kinderspiel. Er hätte ihr keinen Schmerz zugefügt. Er hätte sie gewärmt, bis die rote Hitze in beide gedrungen wäre.

„Ich muss mein Surfbrett holen. Kommst du mit?“

„Ich kann dir wahrscheinlich nicht helfen. Mir ist kalt und ich traue mich gar nicht mehr ins Wasser.

„Du hast recht, heute bitte keinen Herzstillstand mehr.“

Er lachte etwas gezwungen und erhob sich. „Morgen werden wir ordentlich Muskelkater haben in den Schultern und Armen. Dann wirst du an mich denken“, sagte er mit einem Augenzwinkern.

„Ja.“ Katharina lachte. „Wegen Muskelkater werden wir aneinander denken.“

Katharina

Sie schämte sich, weil sie am Unglück dieser Frau entlangflirtete.

„Wenn du wartest, kann ich dich mit dem Auto mitnehmen.“

„Ich bin mit dem Fahrrad da. Ich kann trotzdem auf dich warten.“

Sein Blick traf sie. Ein stiller Blick, nach innen gezogen, lauernd, fragend, ergeben. Ein Wolf, der zu seinem Rudel gehört. Ein gezähmter Wolf, dachte sie.

Katharina fühlte sich kalt bis auf die Knochen. Sie musste an Edith denken. Sie fühlte sich schuldig. Auf die Leblosigkeit der Ertrunkenen ein „Ich warte auf dich“ auszusprechen, war abgeschmackt und armselig gewesen, ohne Segen. Sie würde auf dem Heimweg Einkehr halten, noch ein wenig in Gedanken bei Edith bleiben, mit ihr wachen, um mit ihr zu reden und zu verweilen Mójaniołek, mein Engelchen. Sie war ins Polnische gerutscht, dabei sprach sie selten diese Sprache, verstand nicht alles. „Ich fühle in Deutsch“, hatte sie ihrer Mutter oft entgegengehalten, wenn diese sie in Polnisch ausschimpfte. Erzähl mir von dir, meine Dirndlfrau! Warst du auch so verzweifelt wegen der Männer? Hast du dich manchmal versteckt, warst heimlich unglücklich? Hast du gedacht, dass man sie nur erobern kann, wenn man sich selbst verleugnet? Dass man ihnen die Schuhe reicht, sich die Zehen abhackt, um in den richtigen Schuh zu passen, sich in ihre Gewalt begibt, um nicht allein zu sein?

Es liegt nicht an den Männern, es sind die Menschen. Wir treffen uns, wir verwunden uns. Mein Großvater ist erschossen worden, einfach so, aus Willkür, ein Akt herrischer Wut. Meine Großmutter war dann allein, alleingelassen. Verloren. Auch ich habe das Alleinsein gewählt, mein Engel, und ich bin traurig darüber. Ich wäre gern dabei, im Leben und Sterben. Und geht es nicht jedem so, dass wir dabei sein wollen, dass wir abbiegen am falschen Weg und dann an unserem Alleinsein selbst schuld sind? Du musst wieder ganz zurückkommen, ganz, verstehst du? Du musst auf mich hören. Ich werde dir einflüstern, dass es eine Zukunft gibt zu zweit und zu dritt und zu viert. Eine geborgene und geliebte Zukunft, auf breiter Straße. Darf ich dir das sagen, ohne daran zu glauben?

Katharina blickte auf den See. Er schien leer. Auch an der Stelle, an der Edith getrieben hatte, war er leer. Sogar die Enten waren weg.

Immer wieder schielte sie zu Jens, der wegging, ein grauer Gast aus dem Wolfswald. Sie hatte Angst.

JENS

Er blickte sich auf dem Weg zu seinem Surfbrett mehrmals um. Er wusste, dass sie ihm hinterherschaute. Nach ihrer Telefonnummer hätte er fragen sollen. Es gab ja einen offiziellen Grund: sie waren Zeugen in einem Flirt, der fast tödlich ausgegangen wäre. Sie hatten ein Leben gerettet! Aber er war mit Claudia zusammen, und Katharina hatte sich zögerlich gegeben am Ende, es hätte plump gewirkt. Sie würden sich wiedersehen, hier am Feringasee. Noch einmal drehte er sich um: „Bis bald!“ Sie winkte zurückhaltend wie die Queen von England, mit abgewinkeltem Arm.

Er fühlte sich kraftlos. Es schien ihm mühsam, das Board allein an Land zu ziehen. Er rutschte oft aus. Später würde er Claudia alles erzählen müssen, und sie würde eifersüchtig sein, auch wenn sie das kaschierte. „Hast du sie nach ihrer Nummer gefragt? Ihr seid doch Zeugen.“

Er würde überrascht tun. „Ach Gott! Nein, das hab ich ganz vergessen!“ Er wäre gern am See geblieben. Die Wolken erstrahlten in einem changierenden Licht zwischen rosa und lila. Ein Tagesrot, das ihn tief beeindruckte.

KATHARINA

Solange Katharina ihr Fahrrad über die Liegewiese schob, war sie noch guten Mutes. Alles verband sich auf vielfältige Weise: der Abschied bei offenem Herzen, das Grün und der Herbst, der halbe Tod und ihre heimliche gemeinsame Heiterkeit. Sie hätte ihn nach seiner Handynummer fragen sollen, auch wenn das vielleicht nicht statthaft war, auch wenn sie das gar nicht wollte, weil sie Angst vor einer weiteren Enttäuschung hatte. Aber als sie hinaustrat auf das freie Feld und sich auf das Fahrrad schwang, fühlte sie sich von einer eigentümlichen Schwermut überfallen, die sie nicht annehmen wollte. Sie gehörte nicht hierher.

Es fiel ihr schwer, in die Pedale zu treten. Die Hose haftete feucht an ihren Schenkeln und bremste jeden Schwung, das T-Shirt klebte nass auf ihrer Haut. Eine kalte Nässe. Eine Trauer, die groß und alt und vertraut war. Ein Mantel der Melancholie umhüllte sie wie eine dunkle, schattenhafte Heimat. Sie wollte froh sein und an das Überleben glauben, sie wollte weg aus diesem Land der Verlorenen, aber sie erinnerte den leeren Blick und fühlte den Tod. Sie konnte ihr Skelett spüren, ihre dünnen Fingerknöchel, die den Lenker umfassten, ihre Fußwurzelknochen, die bei jedem Tritt in die Pedale schmerzten, ihre gekrümmte Wirbelsäule, ein sich beugendes S, gegen den Wind. Ihr Herz schlug wild, sie kam nur langsam vorwärts. Sie bildete sich ein, dass der Geist der Verunglückten sie begleitete und sie durchlässig machte für die Unlogik und die Haltlosigkeit. War sie schon tot gewesen? War sie wirklich ganz ins Leben zurückgekehrt? Würde sie später von einem Licht erzählen, das sie am Ende des Tunnels gesehen hatte? Wie konnte es sein, dass ihr Lebenshunger ihr fast den Tod gebracht hatte, dass Katharina von ihr abgestoßen war, als sie lebte, und ihr nahegekommen war im Sterben, dass sie sich schuldig fühlte, obwohl sie nichts hätte tun können? Ich habe es gewusst, auch wenn ich es nicht wahrhaben wollte.

Ich kann auch nicht mehr durchhalten und will doch leben. Hör nicht auf zu kämpfen. Ich wache mit dir. Eine namenlose Ruhe. Der Tod ist leichter als das Leben. Wolken ballten sich im oberen Wind. Warum kam kein Gewitter, warum trauerte kein Himmel, warum hing er im Zwischen, hineingehalten in den Wind und in den Abend, ohne sich zur Eindeutigkeit zu zwingen? Was sollte sie anfangen mit Sätzen, mit Fetzen, die niemand verstand, weil sie nicht stimmig waren? Sie passten doch nicht zusammen, die Sätze, die Menschen, das Leben und der Tod.

Sie fühlte sich ihrer Großmutter nahe, die sie gar nicht gekannt hatte, nur ihr Tagebuch kannte sie. Das Tagebuch einer stolzen Frau in den Wirren des Zweiten Weltkriegs, zu einer Zeit, als Frauen unterwürfig zu sein hatten. *Für mich war nur Kampf und Leid übrig. Das soll mir niemand verzeihen. Ich gebe den Kampf auf. Mit dem Leid habe ich zu leben gelernt. Nun kann ich sterben.*

Warum sollte man sterben, wenn man gelernt hatte, mit dem Leid zu leben? Was gab es daran zu verzeihen, dass sie gekämpft und gelitten hatte? Woher kamen diese Geister der Toten, an deren

Nachleben sie nicht glaubte? War sie ehrlich? Galt ihre Trauer nicht einfach der entgangenen Gelegenheit? Eine Allerweltstrauer der verpassten Telefonnummer, die nun im Feldwind um sie herumfuhr, als wäre sie eine große Jenseitige? Und die Frucht war abgeerntet, die Häuser der Stadt standen bescheiden, bevor sie sich in der Mitte häuften, heute wie damals, Jahr für Jahr ein vergänglicher Reichtum. In einem September wie jetzt hatte der Zweite Weltkrieg begonnen und hatte die Barbarei über sie gebracht.

Katharina war froh, als die ersten Häuser auftauchten, und dass sie weinte, merkte sie erst, als sie durch die städtisch belebten Straßen fuhr. All die ordentlichen Menschen, denen kein Rotz aus der Nase rann und kein Salz aus den Augen lief. Ein Ort der Kultur, an dem man sich nicht gehenlassen konnte und an dem der Geisterwind verstummte. Sie gab acht auf die Ampeln und Bordsteine, auf die Autos und Fußgänger. Sie riss sich zusammen, und doch schwammen ihre Augen. Sie schob ihr Rad durch die Maxvorstadt. Es war nicht mehr weit bis zu ihrem Zimmer. Zur Langsamkeit wurde sie gezwungen, weil ein Pulk von Menschen, teils als Trachtler verkleidet, vor ihr her schlenderte. Sie stauten sich vor dem Rundbogeneingang zum Löwenbräukeller. Der steinerne Löwe über dem Tor blickte unbeteiligt zum Münchner Himmel hinauf. Katharina schob ihr Fahrrad durch die Menge und wurde aufgehalten von einer freundlichen bayerischen Frauenstimme: „Mei, Madl, du schaugst ned guad aus."

Als sie aufsah, traf ihr Blick auf braune, warmherzig blickende Augen. Eine ältere Frau, mit Falten um Mund und Augen, sogar ihr Dekolleté fältelte sich unter dem Druck des Dirndls. „Host an Liebeskumma oder is jemand gstoarm?"

Katharina lächelte unter Tränen. „Beides – nicht ganz."

Die Frau nickte.

„Es ist aber nicht schlimm."

Die Alte lächelte und berührte sie vorsichtig am Arm. ‚Bist a Guade. So jung und scho so gscheid.“

Katharina versuchte ein Lächeln gegen die Verzweiflung und schob weiter. Sie spürte den mitleidigen Blick im Rücken, der ihr guttat. Hatte ihre Mutter ihr je einen solchen Blick geschenkt, der den Schmerz gleichzeitig verstärkte und linderte?

KATHARINA UND JENS

Von da an erzählten sie einander in Gedanken sehr viel, eigentlich alles. Sie stellten sich viel miteinander vor, eigentlich alles. Sie erinnerten die Momente fragmentarisch und gleichzeitig als etwas Zusammenhängendes. Als wären sie in etwas Ganzes hineingenommen worden, etwas Großes und Richtiges, dessen sie gewahr werden wollten. Sie suchten einander. Sie lebten heimlich miteinander, in ihrer Vorstellung, und die Realität geriet zur zweiten Wirklichkeit. Ihre Fantasie klagte auf eine unverschämte Art den Vorrang ein. Manchmal als Schleier, der sich vor die bloße Realität legte, manchmal als Äther und Hauch hinter dem Konkreten. Die Vorstellung, ihre Tage und Nächte miteinander zu verbringen, wühlte in ihren Köpfen und Eingeweiden, obwohl sie einander nur kurz begegnet waren. Es war quälend und schön.

1.

Katharina

Sie verbrachte wenig Zeit in ihrer Dachkammer, die sie heimlich als Kemenate bezeichnete. Weil sie klein war, war sie einfach eingerichtet. Unter dem Fenster ein Tisch und ein Stuhl, an der langen Wand ein Bett, neben der Tür ein Schrank. Neben dem Schrank das Tischchen mit dem Wasserkocher, dem Brot und der Butter. Alle größeren Vorräte konnte sie bei ihren Vermietern unterbringen. Aber das war umständlich. Über dem Bett ein Schwarzweißdruck einer mittelalterlichen Mönchsskulptur. Ein Mönchlein, mit einem verschmitzten Lächeln in seinen Augen und Mundwinkeln, obwohl der Kopf gewichtig auf den angewinkelten Arm gestützt war, wie bei Rodins Denker. Sie liebte ihren kleinen Mönch. Er schien von Sonne und Regen porös und angegriffen, schlug jedoch mit seinem Gesichtsausdruck der ernsten Nachdenklichkeit ein Schnippchen.

Vor dem Aufwachen hatte sie wirres Zeug geträumt, und nun galt ihre erste Sorge dem Reclamheft, das in ihren Traumvorstellungen völlig durchnässt worden war. Als sie die Seiten vorsichtig auseinanderzog, waren alle Buchstaben ineinandergelaufen. Im Traum wusste sie, dass sie nun den ganzen Text erinnern musste, aber ihr fiel nichts mehr ein. Nur die Passage, die sie Jens zitiert hatte, war noch da, aber das war viel zu wenig. Und dass sich die Erde vor Lachen wälzen sollte, ja das stand auch noch in „Dantons Tod".

Das Reclamheft lag, Katharina seufzte erleichtert auf, trocken, zerknautscht, aber unversehrt auf ihrem Tisch. Sie kochte Tee, aß ihr Vollkornbrot mit Butter. Sie würde Eva anrufen müssen. Eva würde über ihre Angst im Traum lachen, weil sie sie verstand. Ob sie eine Anzeige aufgeben musste? Ob die Männer behauptet hatten, dass Edith ihre Schuhe ausgezogen hatte, um betrunken ins Wasser zu springen? Dass sie ihr hinterhergerannt waren, um sie daran zu hindern? Sollte sie vorauseilend der Polizei die Wahrheit erzählen, ihren Verdacht offenbaren, dass die Dorfproleten alle logen?

Das Wetter hatte gewechselt. Regen lag in der Luft. Die Nymphenburger Straßen waren breit, gesäumt von Parkplätzen, die Gehsteige geräumig, die Bäume mächtig. Die Häuser abseits der Seitenstraße, in der die Severins ihr Haus hatten, ragten in gediegenem Reichtum mit runden Giebeln. Zwei Kilometer waren es bis zur nächsten Polizeidienststelle. Ob sie alle Krankenhäuser anrufen sollte, um Edith zu finden? Sie bog frühzeitig ab ins Ruffini, das Café, wo die Zeitungsleser saßen, in dem die Menschen leise miteinander sprachen und die Bedienungen Jeans und Langarmshirts trugen. Samstags war keine Uni. Sie wollte nicht lesen, nicht einmal eine Zeitung. Sie bestellte einen Kaffee mit Zucker. Wollte sie den ersten Stein werfen, auf die Männer, die sie nicht verstand? War es nicht trotzdem ihre Pflicht? Die Polizei würde sicher noch auf sie zukommen. Der alte Sanitäter würde die Adresse weitergeben.

Wo Jens jetzt wohl war? Wenn er hier wäre, dann wären sie zu zweit zur Polizei gegangen. Wie gut wäre es gewesen, mit ihm zusammen vor dem Beamten zu sitzen und ihre Erinnerungen prüfend zusammenzutragen. Jens hätte gelächelt, über ihre unbeholfene Beschreibung der Männer, die Baumstämmen glichen. Sie hätte gegen seinen Fuß getreten, wenn er die Männer als Dorfmacker beschrieben hätte, nur um ihr zu gefallen. Nein, dergleichen hätten sie dem Beamten nicht berichtet. Sie hätten es sich gegenseitig erzählt, sich unnütz wiederholend und dann noch alles Weitere dazu. Sie vertraute ihm, trotz der lauernden Angst. Sie spürte seinen Arm, der sie hielt, sie erinnerte den guten Geruch an seinem Hals und in seinen Haaren. Vielleicht ahnte er bereits, dass hinter ihrem Humor eine verletzliche Seite steckte, hinter ihrer Kindlichkeit ein harter Kern. Anfangs verteidigte sie sich in Gedanken. Sie erzählte ihm, dass sie wirklich interessiert war an ihrem Studium und den geistigen Dingen. Es sei ihr ein Weg, zu etwas Eigentlichem vorzudringen, in der Geschichte etwas zu verstehen. Ja, sie studiere Geschichte, im Nebenfach Literatur und Philosophie. Das waren brotlose Disziplinen, sie kannte die Argumente.

Sie lächelte entschuldigend, als die Kellnerin ihr die Tasse Kaffee brachte. Die Sache mit den Männern hat mich viel sinnlose Kraft gekostet … „Raus mit der Sprache", hätte Jens gesagt, wie ein Vater, der sein Kind verstehen und dessen innere Not erleichtern möchte. Sie gab ihm alles preis, während sie in ihrer Kaffeetasse rührte. Nur ein geübter Mensch hätte erkannt, dass sie im Dialog war. Mitunter sparte sie etwas aus, manchmal lächelte sie andeutungsweise, auch wenn es schmerzte.

Mit Bruno kam ich zusammen, als ich sechzehn war. Wir galten als das intellektuelle Traumpaar der Schule. Bruno war hager, seine Hand war knochig, seine Haut blass, seine Stirn hoch – seine Gedanken schnell, immer im Wettlauf mit meinen Überlegungen. So hat er auch geküsst, schnell und wendig. Sie fühlte, wie Jens lächeln musste. Ich war mit ihm zusammengekommen, weil er zu mir passen musste – wer hätte denn sonst gepasst? Sie räusperte sich unmerklich. Damals war ich eingekeilt zwischen den Erwartungen meiner Eltern und denen meiner Mitschülerinnen. Meine Eltern erwarteten, dass ich mich nicht auf Männer einließ, und wenn, dann schüchtern, „züchtig".

Du wirkst heute noch schüchtern, würde Jens denken, aber nicht sagen.

Meine Freundinnen erwarteten, dass ich nun auch endlich eine Beziehung haben sollte. Es waren stille Vorgaben von beiden Seiten, ohne dass ich mich jemandem erklären konnte. Mit Bruno habe ich den Erwartungen der Eltern entsprochen – seine hölzernen Sommerabendversuche, weiter bei mir vorzudringen, habe ich tatsächlich „züchtig" und unglücklich zugleich abgewehrt.

Wäre Jens jetzt da, dann hätte er ihre Hand genommen, über den Tisch hinweg, hätte sie angelächelt, als wollte er sagen: „Mit uns wird es anders."

Danach hat Ralf mein Herz gebrochen. Welch' abgedroschene Formulierung. Mein Gefühl hat mich gewarnt, aber meine Eitelkeit hat mich vorwärtsgetrieben. Ralf war ein Typ, der als „In" galt, cool, sympathisch, lässig, erfahren. Er spielte E-Gitarre in der Schulband. Gedankenverloren senkte er seinen Blick auf den Gitarrenkörper, lauschte dem Klang der schwingenden Saiten, warf zwischendurch seine Haare aus der Stirn. Er schien zu wissen, dass die Mädchen ihn beobachteten, während er sich vermeintlich ganz der Musik widmete. Sie lächelte und schüttelte beschämt den Kopf, jetzt, da sie es Jens erzählte.

Ich hätte nie gewagt, mich in ihn zu verlieben. Aber er hat um mich geworben, als er in beiläufigen Komplimenten vorgab, mein Inneres zu verstehen. Meine Schönheit sei unauffällig, aber tief. Ich bräuchte mich nicht anzumalen, müsse keine billige Schminke auf mein sanftes Gesicht auftragen, weil mein nachdenklicher Blick meine Augen vergolde. – Wirklich, so hat er geredet, und ich bin auf ihn hereingefallen. Ich sei viel gefühlvoller, als ich nach außen erscheine. Ich sei eine der Wenigen, die sich kein schnelles Urteil über andere erlaubten, sondern das Gute in den Anderen suchten. Er lachte lauthals über meine kleinen ironischen Bemerkungen über mich selbst, so etwas wie: „Ich muss jetzt heim, mein goldener Blick braucht seinen Schönheitsschlaf", die ich selbst im Nachgang peinlich fand. Er schien mich zu mögen und zu kennen.

Ob sie Jens zu viel erzählte? Er wäre sicher ungeduldig geworden und hätte sie gedrängt: „Weiter! Erzähl! Hör nicht mittendrin auf!"

Ich war misstrauisch, konnte seinem Interesse nicht ganz trauen, habe aber mein Zögern wie eine Hürde überwunden. Am zweiten Abend der Faschingstänze in Deggendorf im Jahr 1993 küsste er mich. Soll ich dir wirklich erzählen, wie es war?

„Ja, auf meine Vorgänger bin ich nicht eifersüchtig, nur auf die Nachfolger.“ Jens war gern ein bisschen unverschämt.

Es war ein langer, fließender Kuss, in den ich mich hineinlegte, stolz darauf, dass ich es genießen konnte. Er führte mich durch die Nacht. Er strich mir die Haare zurück, streifte mir die Bluse leichthin von den Schultern und öffnete in geübter Vorsicht meine Kleider.

Erzählte sie ihm das alles einfach so oder wollte sie ihm mit dem Geständnis dieser Nacht einen Vorgeschmack geben auf das, was sie sich mit ihm wünschte? Von Jens wünschte sie sich viel mehr! Mehr als eine souveräne erotische Nacht.

Ralf hat Samba aufgelegt. Mir kam es vor, als sei ich an einem alten Ritual beteiligt, das die Männer den Frauen beibringen. Die Kerze flackerte. Es war leicht, sich hineinzugeben, und leicht, davon aufzuwachen, selbst der Schmerz und das Blut (nein, vom Blut konnte sie nicht erzählen) gerieten zu einem natürlichen Nebeneffekt, wie ein leichter Sonnenbrand nach dem ersten Sommernachmittag im frühen Juni.

Sie nahm einen Schluck Kaffee, der bitter und süß war, sodass sie nicht weinen musste.

Danach zog sich Ralf zurück. Kein Gespräch, kein Kompliment, kein Lächeln mehr. Ich wollte ihm hinterherrennen, hielt mich zurück, war voller Vorwürfe an mich selbst. Beate warnte mich vor weiterem Liebeskummer – und klärte mich auf. Ralf war eine Wette eingegangen. Als Beate mir das erzählte – es war in meinem Kinderzimmer – habe ich mir die Zähne in die Unterlippe geschlagen, um den Schmerz auszuhalten, und ich habe die Arme um meinen Oberkörper geschlungen, um mich zu schützen. Für einen Kasten Bier hatte Ralf mich verkauft. Als Trophäe – ich galt als schwer zu erobern – hat er mich abgeräumt und mit seinen Freunden auf mich, das erlegte scheue Wild, getrunken. Beate versuchte, mich zu trösten: „Er erzählt, dass du gut küssen kannst.“ Den Satz habe ich mir gemerkt. Die nächsten Wochen ging ich eisern aufrecht bis zum Abitur. Ich wollte kein Mitleid und keine Rache. Keine Erinnerung und kein Gefühl.

Ob Jens nun zugeben würde, dass auch er schon eine Frau flachgelegt hatte, nur um es zu beweisen? Hatte er nicht bereits mehrere Frauen ins Wasser geworfen? Er würde es aber nicht abschätzig sagen, er würde es nachdenklich erzählen oder darauf eingehen, dass sie gut küssen konnte.

Die anderen Geschichten würde sie Jens nicht schildern, sie konnten ohne Weiteres vernachlässigt werden. Im Studium nur Eintagsfliegen, zwei One-Night-Stands, in denen sie sich leicht und weiblich gegeben hatte, in dem Bewusstsein, dass es Zeit war, sich als unkomplizierte Frau zu beweisen. Sie war sehr verletzt, als die Männer sich nicht mehr meldeten. Dann der Beschluss, lieber Zuschauerin zu bleiben im Circus Maximus, den tödlichen Liebesspielen zuzuschauen und die Arena nur noch mit Sicherheitsabstand zu betreten. Aber jetzt fühlte sie eine Zugehörigkeit und eine ehrliche Vertrautheit mit Jens. Hatte der kurze Tod und das halbe Erwachen der fremden Frau sie in ihrer Wahrnehmung durchlässig gemacht, dass sie mehr erkannte als das Offensichtliche, oder war das alles nur Einbildung?

JENS

Wenn Jens mit Claudia schlief – in letzter Zeit schien sie wieder daran interessiert zu sein –, kam es ihm vor wie etwas Mechanisches. Manchmal versuchte er, in einer neuen Form – natürlich dachte er an Katharina – liebend und fürsorglich mit ihr zu sein, woraufhin ihn Claudia freundlich fragend anlächelte. Aber er konnte nichts dazu sagen, und er wusste, dass Claudia das nicht brauchte. Er wurde zum Beobachter während der genüsslichen Abende bei Pietro, bei denen sie einander wiederkehrend versicherten, dass sie dort gut bewirtet wurden, dass Risotto, Seezunge und Nudelgerichte ihre Originalität behalten hatten. Pietro umwarb die blonde Claudia gekonnt, die sich das dezent gefallen ließ. Jens hatte von ihr gelernt, dass es einen großen Unterschied machte, ob ein Weißwein feinfruchtig oder bukettbetont variierte. Inzwischen kannte er diese leichte Überraschung, wenn ein Pinot Grigio im Nachgang vollbrüstiger auftrumpfte als beim ersten Eindruck. Sie hatte ihm beigebracht, dass es lohnt, Stil zu bewahren und zu Hause nicht in Gemütlichkeit abzusinken wie das Jogginghosenproletariat.

Sie hatte ihn Diplomatie gelehrt – zu schweigen, statt Kritik zu äußern. Natürlich hatte sie seine Wohnung verachtet, zumindest hatte sie nie viel über sie gesagt. Durch sie hatte er gelernt, dass sich Reichtum und guter Charakter nicht ausschließen, und dass es wichtig war, zuverlässig zu sein. Claudia hatte bewiesen, dass Struktur Freiheit schafft. Ihr Studium hatte sie federnd mit Disziplin durchlaufen. Ihre gute Figur hielt sie, indem sie die Butter durch Halbfettmargarine ersetzte und keine fette Milch in den Kaffee schüttete. Sie löste die Probleme so schnell, dass sie nie leiden musste. Ja, das war es: Claudia wollte nicht leiden. Das würde er Katharina erzählen: Dass seine Beziehung daran gescheitert war, dass Claudia alle Probleme gelöst hatte. Katharina würde das verstehen.

War seine Beziehung gescheitert? Konnte er in Claudia nichts mehr entdecken?

Nach der Begegnung mit Katharina war er wie immer zu Claudia gegangen. Sie hatte Klaviermusik gehört. Sie lauschte mit voller Aufmerksamkeit und unterschied die Interpreten, aber fühlte sie einen Schmerz? Verdammt, wo war seine Liebe geblieben? War da nicht mehr zu holen als das Gefühl von Zeitverschwendung?

Er hatte bei der Polizei seine Zeugenaussage gemacht, aber Katharina hatte er nicht getroffen. Sollte er noch einmal zur Polizei gehen und nach ihrer Adresse fragen? Es war lächerlich. Er sollte sie vergessen. Wo war sie? War der Feringasee nicht ihr heimlicher Verabredungsort? Er ging surfen im Regen und in der Kälte, aber er fand sie nicht. Wo ließ sich eine Katharina in München aufspüren? Warum musste er seine Arbeit fertigschreiben und sich bewerben, wenn sie nicht da war? Wie sollte er seine Fantasien im Zaum halten? Keine Wirklichkeit überbot seine Bilder. Oder war der Eindruck der violetten Wolken bei Tageslicht am Feringasee eine Täuschung, eine seelische Täuschung?

2.

Katharina

Das Semester war wieder in vollem Gang. Katharina saß im lebhaften Nachmittagsgetümmel eines Cafés am Rotkreuzplatz. Sie las und lernte lieber hier als in ihrem Zimmer, beobachtete gerne zwischendurch die anderen Menschen, die Worte und Küsse tauschten, noch bevor sie sich setzten.

Neben ihr ließ eine Jugendliche ihren Apfelkuchen zurückgehen mit der Begründung, dass sie die Nüsse nicht vertrage. Katharina wartete auf ein gespanntes Schweigen, eine knappe Auseinandersetzung. Aber die Bedienung blieb freundlich, woraufhin sich die junge Frau zweimal für ihre Empfindlichkeit entschuldigte.

An der Theke warf die junge Bedienung ihrem Kollegen hinter dem Tresen kurze Anweisungen zu: „Zwei Latte, eine Cola, einen Aperol." Der nickte nur unmerklich. Eine Harmonie im Befehlston. Die junge Frau gab ihre Bestellungen in die Kasse ein, und wenn sie sich nach einem gefallenen Bon bückte, schaute er ihr in den Ausschnitt. Wenn das Bier im Glas überschäumte, rügte sie ihn mit einem Blick, in dem gleichzeitig ein Lächeln lag. Er deutete ihr herausfordernd mit gestrecktem Mittelfinger ein Nachspiel an. Sie nahm das Tablett auf und warf ihre Haare über die Schultern nach hinten. Draußen hing ein Tagesmond am Himmel, und leichter Regen fiel im Schein der Straßenlichter. Der Abend senkte sich vorschnell in den Nachmittag hinein. Die Menschen gingen langsam, schützten sich mit gebeugten Schultern gegen die kalte Nässe. Zwei Frauen streiften einander mit ihren Schirmen und entschuldigten sich lächelnd.

Katharina fühlte sich wohl im Spätherbst, der keine Gelegenheiten bot, etwas zu verpassen. Sie fühlte sich geborgen. Ihr Tagebuch – damals war sie vierzehn – hatte sie mit dem Satz eröffnet: *Ich bin im November geboren und mag diese Stimmung. Ich habe das Licht der Welt erblickt, als sich die jahreszeitliche Düsternis zugezogen hat.*

Mit Eva konnte sie gut darüber reden, dass sie die Ruhe liebte, die sich über das Land legte, wenn es nicht mehr zur Fruchtbarkeit und zum Fortkommen getrieben war. Nur wenige Menschen verstanden, dass es ihr nicht um düstere Melancholie ging, sondern um ein Bedürfnis der Einkehr, um die Suche nach Gedanken, die schlummerten, um eine Konzentration, die sich im Frühling und Sommer nur ungern einstellte.

Jens

Für Jens entfaltete sich der Tag blendend. In Anzug und weißem Hemd ging er beschwingt durch die Straßen und ließ sich nassregnen. Das war also die Umgebung seines zukünftigen Arbeitsplatzes. Nicht schlecht! Gründerzeithäuser, belebte Straßen, Firmennamen, die alteingesessenes Unternehmertum verrieten, der Nymphenburger Park, der, jedem zugänglich, das Flanieren in königlichem Ambiente ermöglichte. Das war recht glattgegangen, besser als erwartet.

Die Note für seine Diplomarbeit war gut, und doch hatte er sich geärgert. Der betreuende Professor hatte die Form moniert. Inhaltlich hatte er ihn ausgesprochen gelobt: Saubere Gedankenführung, eigene Inhalte, logisch und thematisch gewinnbringend erarbeitet. Promotionswürdig. Aber „schade“, – er hasste dieses Wort – dass die Zitate, vor allem im zweiten Teil der Arbeit, nicht sorgfältig genug vom originären Inhalt getrennt, dass Satzzeichen eher „intuitiv“ verwendet worden seien. Jens hatte einfach keine Lust mehr gehabt, alles durchzugehen, und Claudia hatte sich in letzter Zeit geweigert, seine Arbeit zu korrigieren.

Das hatte seine Mutter schon moniert, dass er talentiert, aber schlampig sei. Heute Morgen noch hatte er seine Mama angerufen. Das weiße Hemd unter dem Sakko hatte er mit Zahnpasta verkleckert. Weiße Zahnpasta auf weißem Hemd ergibt unterschiedliche Weißtöne. Ein klarer Formfehler. Sie war von Gauting in die Stadt gefahren, um ihm ein neues Hemd zu bringen, das er in Windeseile übergestreift hatte. „Du wirst es schaffen, Jens", hatte sie ihn ermutigt.

Das junge Software-Unternehmen, bei dem er sich beworben hatte, entwickelte Trading-Plattformen für Privatnutzer. Die Möglichkeit, in Echtzeit an der Börse zu handeln, sollte nicht mehr allein den Banken vorbehalten sein. Eine Demokratisierung des Investmentgeschäfts. Sie hatten ihn per Handschlag eingestellt. Er hatte aus vier Semestern Informatik den Background, um sich inhaltlich zu identifizieren. Er punktete damit, dass er als Betriebswirtschaftler mit Informatikkenntnissen die Arbeitsprozesse und die Programmierung beurteilen konnte. Die Rechnung war aufgegangen. Er war in freundlichem Ton mehr auf seine Informatikkenntnisse hin befragt worden als auf alles andere. Ein Rest Idealismus war in diesem Unternehmen, das spürte er. Ein Engagement, das auf Kunden- und Mitarbeiterbedürfnisse ausgerichtet war.

Beim Vorstellungsgespräch war er regelrecht in Fahrt gekommen, hatte sich dann bedacht gebremst, um nicht zu dominant zu erscheinen. Er wurde gefragt und fragte selbst nach. Er wurde gelobt und lobte selbst. Eine Gegenseitigkeit mit seinen zukünftigen Vorgesetzten, die er als kaum verhohlene Sympathie interpretieren durfte. Und das mit seinen sechsundzwanzig Jahren! Am liebsten wäre er stundenlang umhergegangen, um seine Euphorie etwas abzukühlen, aber der Nieselregen zwang ihn in ein Café am Rotkreuzplatz.

KATHARINA UND JENS

Kein Tisch war frei. Er erkannte sie sofort. Er konnte weder denken noch entscheiden. Eine helle Freude lenkte seinen Schritt. Er streifte die Stühle der Gäste, Jacken fielen zu Boden, die Bedienung ließ ihn vorbei, obwohl sie ein volles Tablett trug.

„Hast du auf mich gewartet?“, fragte er verschmitzt, als sie zu ihm aufsah.

Sie wurde rot, als sie ihn erkannte, und log ihm offen ins Gesicht: „Nein.“

Sie grinsten sich an wie alte Freunde, die sich nach Jahren mit einem Insiderwitz begrüßen. Auch die Begrüßungsumarmung war wie bei alten Gefährten, die Wangen vertraut. Er fühlte ihren Rücken, die weiche Linie entlang ihrer Wirbel. Sie löste sich vorschnell und bot ihm den Platz an, als wolle sie höflich sein. Sie räusperten sich beide.

„Hallo Kathrin, schön, dass ich dich endlich wiedersehe.“

„Ich heiße Katharina.“

„Das weiß ich doch. Meinst du, die letzten Monate hätte ich an eine Kathrin gedacht?“

„Nein. Ich wusste nicht, dass du – “ Katharina brach ab. „Hier habe ich jetzt nicht mit dir gerechnet. Du wirst dich wundern, ich wollte eigentlich lesen.“

„Du liest immer noch im selben Buch. Das Licht ist schlecht hier. Kannst du denn etwas erkennen von *Dantons Tod* mit den Dickhäutern und der Einsamkeit?“

„Wenn du mich so fragst: Nein. Ich war schon wieder abgelenkt.“

„Na, das ist ja ein schönes Wiedersehen. Bisher hab ich dreimal ein Nein von dir zu hören bekommen. Einen Heiratsantrag sollte ich dir wohl heute nicht machen.“

Sie fühlte sich, fast gegen ihren Willen, wohl. Er tat cool, aber hatte jedes Wort von ihr registriert. Hatte sie wirklich schon dreimal *Nein* gesagt? Gleichzeitig ärgerte sie sich über seine zwanglose Dominanz. Seine Augen erinnerten sie wieder an einen Wolf, an einen gezähmten, wohlwollenden Wolf.

„Nun bin ich mit fragen dran. Ich möchte auch mindestens drei Nein erhalten. Oder noch besser: Beim ersten Ja hat man verloren."

Jens lehnte sich lächelnd zurück. „Du bist heute ganz schön kompliziert. Aber ich versuche zu verstehen: Ja verliert. Nein gewinnt. Was bekommt der Gewinner?"

„Ein Getränk?"

„Ja, das ist großartig", meinte Jens schelmisch, „so etwas Ähnliches hatte ich mir erhofft."

Dir werd´ ich's zeigen, dachte Katharina. Aber ihr fiel nichts ein.

„Es ist schwer, Fragen zu finden, auf die man ein sicheres Nein bekommt."

„Frag nicht, ob ich an dich gedacht hab – denk einfach dran, was deine Mutter dich immer gefragt hat, als du noch zu Hause gewohnt hast. Oder wohnst du noch zu Hause?"

„Nein", antwortete sie. „Jetzt bin ich aber mit den Nein-Fragen dran. War Deutsch dein Lieblingsfach in der Schule?"

„Nein. – Du bist gemein. Wenn du auf diese Frage ein Nein erwartest …"

„Ruhe. Ich bin mit fragen dran." Sie schaute ihn prüfend an. Die Knopfleiste seines Hemdes verlief schräg, als ob er das Hemd zu schnell in die Hose gestopft hätte.

„Bist du ein ordnungsliebender Mensch?"

„Nein. Jetzt ist aber bald Schluss mit deinen Unterstellungen."

Katharina sah das Teelicht flackern.

„War es eine Polizistin, die dich" – Katharina zögerte – „zu damals befragt hat?"

„Ja."

„Nein! Mich hat ein Mann vernommen."

Jens schmunzelte und schüttelte den Kopf. „Sowas aber auch."

„Er hat mich gelöchert!"

„Nicht doch!"

Wenn wir zusammen wären, dachte Katharina, dann würde ich ihm jetzt eine Grundsatzdiskussion drücken.

„Was hast du ihr erzählt, deiner Polizistin?"

„Dass die beiden Dorfmacker die Frau eingeholt und ins Wasser geschmissen haben."

„Das habe ich auch erzählt. Das war ein bisschen peinlich."

Jens schaute sie fragend an.

„Es war peinlich, dass ich sie als Dorfmacker bezeichnet habe. Ich sollte sie beschreiben und – es kam raus, dass ich sie überhaupt nicht, dass ich nicht wusste, welche Augen- oder Haarfarbe sie hatten."

„Mir ging´s genauso. Auf sie habe ich am allerwenigsten geachtet."

„Aber es ist ja auch nicht wichtig, die beiden sind ja nicht flüchtig."

Sie nickten einander an. Katharina strich sich nachdenklich über ihren Mund. „Ich hätte die Frage nach der Polizistin nicht stellen sollen." Sie blickte Jens aufmerksam an. „Nun habe ich gewonnen – auf dem Rücken der, auf dem Rücken von Edith. Du hast Ja gesagt, Ja verliert."

„Nein, du hast verloren", antwortete Jens mit lächelnder Herausforderung. „Du hast die falsche Frage gestellt."

Ihr Denken versagte. Sie durchschaute ihr eigenes Spiel nicht mehr. Auf keinen Fall durfte er ihre Verwirrung bemerken. „Die Klügere gibt nach. Ich gebe mich geschlagen. Ich übernehme die Getränke."

„Entschuldige. Natürlich übernehme ich die Getränke."

„Nein!“ Katharina war hin- und hergerissen zwischen Ärger und dem Wunsch, dass sie diesmal das Zusammensein nicht stören wollte. „Ist dir noch kalt? Ich könnte uns beiden einen Grog bestellen.“

„Ja, gern.“

Das anschließende Schweigen war wohltuend.

„Hast du auch manchmal an den Nachmittag gedacht?“, fragte Katharina.

„Ja, ich war noch oft am Feringasee, auch wenn kein Surfwetter war.“

Sie musste lächeln.

„Ich war auch oft dort, obwohl das Wetter nicht mehr zum Lesen eingeladen hat.“

Draußen war es dunkel geworden.

Wieder brachte sie etwas Hintergründiges in ihm in Gang. Etwas, das er nicht fassen konnte, für das er kein Wort und keine einheitliche Farbe fand. Hinter ihrer Kraft und ihren bohrenden Fragen erschien sie ihm zerbrechlich. Alles an ihr erschien ihm hell. Die Haut war heller als das gelbliche Licht, ihre Augen blassgrün. Die hellbraunen Haare trug sie achtlos lang. Voll waren nur ihre Lippen, präzise abgegrenzt im matten Schimmer der Luft, in die sich Zigarettenduft mischte.

„Warum sind wir uns eigentlich nie begegnet?“, fragte Katharina. „Ich habe gewartet.“

„Ja, das hast du damals gesagt. ‚Ich bin mit dem Fahrrad da. Ich kann trotzdem auf dich warten.‘ Jetzt begegnen wir uns.“

Sie blickte auf ihre offene Tasche und holte den Stift heraus, der bei der Begrüßung vom Tisch gerollt war.

„Wo kommst du her?“, unterbrach sie sein Nachdenken.

„Ich hoffe, dass es keine Grundsatzfrage ist. Heute habe ich meinen ersten Arbeitsplatz ergattert, zwar befristet, aber immerhin.“ Er beugte sich vor, als wollte er ein Geheimnis erzählen, das nur für ihre Ohren gedacht war. „Ich hab lange drauf hingearbeitet!“

Er beobachtete, wie sich ihre Hände um das Glas legten.

„Mein Vater hat den Wechsel vom Informatikstudium zur Betriebswirtschaft missbilligt. Ich habe mich aber nicht beirren lassen. Zwei Praktika, beide langweilig und zeitraubend, die nervtötende Diplomarbeit auf den letzten Drücker durchgezogen." Er berichtete von seinem Ärger über den Professor. Er verschwieg, dass er seit vier Jahren mit Claudia zusammen war, erzählte vom Hemd, das ihm seine Mutter morgens noch gebracht hatte, und dass sie dafür zwei ihrer Friseurkundinnen abgesagt hatte. „Nach dem Vorstellungsgespräch bin ich durch die Straßen gegangen, war noch viel zu aufgeregt, um wirklich glücklich zu sein. Verstehst du, all die Anstrengung hat sich gelohnt! Ich hab den Einstieg geschafft! Und jetzt sitze ich bei dir."

Katharina nippte an ihrem Grog. *Den Einstieg zur Arbeit geschafft und nun bei mir – als ob es zwei große Anfänge wären.* Seine Worte hatten Sogwirkung in eine Zukunft, in eine zweisame Zukunft hinein. Ihre Sehnsucht war beängstigend. Immer war ein Abstand zwischen ihr und den anderen geblieben. Wenn die anderen Kinder Fangen spielen wollten, ging sie mit dem Vorschlag dazwischen, dass ein Freimal, ein Schutzraum geschaffen werden sollte. Wenn ihre Klassenkameradinnen als Prinzessinnen und Hexen zum Fasching kamen, war sie als Zauberin verkleidet. Sie stritt dann mit den anderen darüber, ob eine Zauberin mehr kann als Hexen. Die Mitschülerinnen gluckten, wenn der dicke Hintern der Deutschlehrerin beim Anschreiben an die Tafel rhythmisch mitwackelte. Sie fand dieses Kichern gemein und bemühte sich, trotzdem zu lächeln. Von Partys ging sie früher heim, weil sie es immer dann am anstrengendsten fand, wenn andere im Taumel aufgingen. Diesen kleinen Spalt zwischen ihr und der Welt versuchte sie, zu kaschieren. Nur mit Eva hatte sie bislang darüber reden können: Mein Körper ist okay, mein Geist ist helle. Aber ich, ich stimme nicht.

Mit ihrer lauen Vorsicht, dem bisschen Luftholen, diesem Windhauch an Widerstand kam sie nicht an gegen die elementare magnetische Kraft, die von Jens ausging. Warum eigentlich sollte sie vorsichtig sein?

„Ja. Also, das ist unglaublich, dieser Erfolg."

„Jetzt komm, etwas mehr ehrliche Begeisterung."

Immer noch schaute Jens sie mit seinem stillen Wolfsblick an.

Sie gab sich einen Ruck und hob die Grog-Tasse. „Herzlichen Glückwunsch! Lass uns anstoßen. Du hast es verdient. Später", sie holte tief Luft, „wenn du den unbefristeten Vertrag unterschreibst, dann trinken wir Schampus."

„Ja, gern. Erzähl mehr: Was machst du eigentlich, außer im Café rumzusitzen und Männer anzusprechen? – War ein Witz."

Sie hatte das Gefühl, dass sie ihm etwas gestehen musste.

„Ich studiere osteuropäische Geschichte, in den Nebenfächern Germanistik und Philosophie. Meine Mutter ist Polin, daher spreche ich Polnisch. Russisch lerne ich auf der Volkshochschule. In mir hast du die gesamte Schwere des Ostens mit seiner Geschichte vereinigt."

„Wieso? Ich habe dich doch noch gar nicht."

„Jetzt komm mal runter! Also, wir trinken auf deinen Erfolg!"

„Auf deine östliche Schwere kippen wir nachher noch einen Wodka."

„In Ordnung."

Es entstand eine Pause. Sie musste ihn warnen.

„Ich möchte das auch können und möchte es gleichzeitig nicht", fuhr Katharina fort.

„Was denn?"

„Ich kann es dir schlecht erklären. Wir sind verschieden." Sie blickte in den Kerzenschein. „Vielleicht mit einem Bild: Du bist an einem Sommersonnenstrand am Meer. Da liegen die vielen Leute, mit ihren Sonnenmilchkörpern, stehen teilweise im Meer und quatschen oder schwimmen zwei Meter und pinkeln rein. Du gehst einfach durch. Du entschuldigst dich, wenn du jemandem aufs Handtuch trittst. Du hast nichts gegen die Menschen. Du wirfst dich ins Wasser und schwimmst los und schwimmst wahrscheinlich so weit hinaus, dass du reines Meer genießt. Ich dagegen zögere am Tag, mag die sich aalenden und pinkelnden Menschen nicht, finde keinen guten Platz und gehe nachts ans Meer, im Mondschein. Ich ziehe mich einigermaßen warm an und wandere lange am Strand entlang, starre auf ein beleuchtetes Schiff am Horizont. Dann, langsam wate ich nackt ins schimmernde Wasser. Wenn ich Glück habe – und das ist längst nicht immer der Fall – dann sind Wasser, Mond und ich eins in der Atmosphäre. Wenn ich Pech habe, friere ich und bin einsam, steige aus dem Wasser und weine auf dem Rückweg. Wenn ich Glück habe, bin ich in meinem Leben um etwas bereichert. Das ist schwer zu beschreiben. Mit Wittgenstein gesprochen: *Was nicht gesagt werden kann, muss gezeigt werden* – jetzt habe ich dich verschreckt, ich weiß.“

Jens schaute sie nachdenklich an. Er neigte sich zu ihr und spürte ihre Knie an seinen Knien. Es schien kein Ausscheren nach rechts oder links mehr möglich, es gab nur noch einen kleinen Radius in diesem Café, an diesem Tisch. „Nein. Du hast mich nicht verschreckt.“ Er musste ihr zeigen, dass er mithalten konnte. „Ich darf jetzt wohl nicht sagen, dass ich tatsächlich gern im Sommer aufs offene Meer hinausschwimme. Ich darf dich auch nicht fragen, ob du schon bei Mondschein allein am Meer warst. Du sprichst in Bildern. Ich nicht. Obwohl ich Bilder und Farben sehr liebe.“ Er holte tief Luft. „Ich würde sagen, wenn wir uns zusammentun, dann gehen wir bei Mondschein zu zweit am Strand entlang. Wir frieren nicht, wir sind nicht allein. Wir müssen uns nicht warm anziehen, weil wir elektrisiert nebeneinanderhergehen. Du tust so, als wolltest du keinen schnellen Sex, und drückst doch dauernd deine Hüfte an meine. Uns interessiert ein anderes langsames Auf und Ab als das der Wellen. Vielleicht werden wir eins mit – wie nennst du das – der Atmosphäre, aber viel mehr noch eins mit uns. Danach gehen wir ins Meer, schnell und gar nicht einsam. – Jetzt habe ich *dich* verschreckt, ich weiß."

„Ja."

Draußen erschien der Nebel gelb im Licht der Lampen. Die Kellnerin fragte, ob sie noch etwas bringen dürfe.

„Zwei Wodka bitte."

„Wollen wir etwas essen?", fragte Katharina.

„Ich kann jetzt nichts essen."

Sie lächelte nachdenklich.

„Du willst mich nur erobern, Jens. – Ich habe dir übrigens schon alles erzählt. Viel zu viel. In Gedanken habe ich dir immer vertraut, jetzt wieder. Trotzdem habe ich Angst. Du willst mich schnell erobern, und dann lässt du verwüstetes Land zurück." Er sah den Brunnen vor sich. Sie hatte den gläsernen Deckel gehoben und stieg schon hinab.

„Nach dem Nachmittag hast du mich begleitet. Nun sitzt du vor mir. Ich soll dich nicht erobern", er schluckte. Ihre Hand nicht nehmen. Er lächelte, halb entschuldigend, halb herausfordernd. „Soll ich um dich dienen?"

Katharina schüttelte unmerklich den Kopf. Sie durfte nicht erwähnen, dass sie an den Josephsroman von Thomas Mann denken musste – Jakob, der bei Laban dienen musste, um Rahel als Frau zu bekommen. Jens schien kein Literaturliebhaber zu sein, Thomas Mann war ihm sicher verhasst. Aber dann fing *er* damit an: „Jakob diente sieben Jahre, bis er Rahel bekam, und er kriegte gar nicht Rahel, sondern ihre ältere Schwester, die schwere, fruchtbare Lea. Für Rahel diente er weitere sieben Jahre. – Da staunst du, was? Ich bin bibelfest. Eigentlich war es nur ein Hörbuch, *Joseph und seine Brüder*, nach dem Endlos-Roman von Thomas Mann. Ich hab die CD im Auto gehört, aus Mangel an abwechslungsreicheren Scheiben."

Die Kellnerin kam und fragte, ob sie etwas essen wollten. Katharina schüttelte den Kopf. „Ich kann auch nichts mehr essen", erklärte sie der Bedienung, die etwas verwirrt blickte und dann nickte.

„Ich finde, du siehst aus, als kämst du aus der Generation vor uns", sagte Jens.

Sie lachte laut auf. „Na, vielen Dank!"

„Du sprichst auch so. Nur unverblümter. Du sprichst, als hättest du immer mal ein Beispiel aus der Weltliteratur oder einen Philosophen parat und als ob man blöd wäre, wenn man nicht mitkommt. Du hast den Bildungsanspruch meiner Eltern."

„Ich hab doch gar nichts gesagt." Sie lächelte. „Du schaust aus wie ein guter Wolf, wie ein glücklich gezähmter Wolf. – Das mit den Komplimenten müssen wir wahrscheinlich noch etwas üben."

„Ich glaube nicht, dass ich dir jetzt schon alle meine Komplimente machen darf."

„Du hättest mir sagen können, dass ich aussehe wie eine Filmschauspielerin, eine Schauspielerin, die in anspruchsvollen Filmen mitspielt, zum Beispiel wie Juliette Binoche."

Jens lehnte sich zurück und verschränkte die Arme, als müsste er nun doch mal ein paar deutliche Worte sprechen. „Juliette Binoche ist definitiv älter als du."

„Immerhin kennst du sie, das ehrt dich."

„Das ehrt meine Eltern, die mir irgendwelche Kieślowski-Filme aufgedrängt haben, die ich nie mehr freiwillig anschauen würde."

„Kennst du *Die zwei Leben der Veronika*? Er spielt im ersten kurzen Teil in Polen, im zweiten, längeren Teil in Frankreich. Dieselbe Schauspielerin, dieselbe Persönlichkeit. Einmal polnisch, einmal französisch. Sie sind beide auf der Suche nach sich. Die Französin weiß irgendwie, dass … Egal. Den schaue ich später am besten mit deinen Eltern an."

Jens lächelte. „Ich hab den Film gesehen."

Katharina wandte sich der Speisekarte zu, obwohl ihr mulmig war. Ein leichter Schwindel, die Buchstaben wirkten undeutlicher als sonst.

„Als ob sich alles zum Runden wendet, zum Ganzen meine ich, zum Kreis", sagte Jens und schaute verlegen in die Kerze.

„Zum Guten?" Jetzt stiegen ihr die Tränen in die Augen, und sie suchte nach Unverfänglichem. Es fiel ihr nichts ein.

Er hätte am liebsten gesagt: Ich kann nicht mehr, ich gebe auf und bin glücklich wie damals. Warum essen, wenn ich schwach bin? Aber das war unlogisch. All seine Gedanken und Sätze gerieten ohne Sinn. Stattdessen schaute er stumm auf und erfasste ihren tränenbeschämten Blick. Warum kämpfen, dachte er. „Lass uns gehen", sagte er.

„Ja, aber nicht zu mir. Es ist nur ein schräges Zimmer, schief und krumm", Katharina stockte, „ganz oben unterm Dach, klein. Das Bad ist ein Stockwerk tiefer in der Wohnung der Vermieter."

Er schluckte. „Gibt's das noch?"

„Eigentlich nicht mehr – aber ich komme ja aus der Generation vor uns", fügte sie lächelnd hinzu.

Er versuchte, es auf den Wodka zu schieben, und wusste, dass es mehr war. Sein Inneres zerstob in eine große Wärme. Eine Mitte, eine heiße, unermessliche Kraft. So war es noch nie gewesen. Claudia war zu einem nebensächlichen Anhängsel geworden.

Katharina blickte ihn bittend an. „Lass uns zusammen hinabsteigen", sagte Jens. Er sah ihren fragenden Blick. „Manchmal rede ich wirres Zeug." Er legte seine Hand auf den Tisch, mit der Innenseite nach oben. Sie legte ihre darauf. „Ich auch", sagte Katharina. „Ich rede auch manchmal wirres Zeug."

„Es fühlt sich gar nicht nach Einsamkeit an", sagte Jens leise.

Er bezahlte die Getränke.

3.

Jens

Heute war der Tag, an dem er erstmals seinen Eltern dankbar war für diese lange Bildungsquälerei, die sie ihm und seiner Schwester mit Filmen und Dokumentationen angetan hatten. All die vermeintlich wertvollen Filme, die seine Mutter mit dem VHS-Recorder aus dem Fernsehprogramm aufgenommen hatte, stets darauf bedacht, ihre Kinder auf den Kanon der höheren Bildung einzuschwören. NS-Dokumentationen waren für Jens im Medium des Films ein bisschen besser zu ertragen gewesen als in den Texten, die ihnen in der Schule aufgedrängt wurden. Halb trotzig, halb nachgiebig hatte er sich freitagabends durch Filme gequält, die seine Eltern wichtig fanden. Damals hasste er langsame Kameraeinstellungen, endlose Dialoge, Unglück ohne Krimi-Spannung, dissonante Geigenmusik. Die schweigsame Nachdenklichkeit der Figuren konnte er nur beim Konsum einer Packung Chips ertragen.

Aber nun hatte er mit Kieślowski und Thomas Mann Zugang zu Katharina bekommen. Er war in den Bannkreis dieser Frau eingedrungen, die anders war als alle anderen: Sie erschien ihm ehrlicher und tiefer, als ob es bei ihr um mehr ginge – um mehr als den täglichen Konflikt zwischen Bequemlichkeit und Ehrgeiz.

Was würden seine Eltern dazu sagen, wenn sie erfuhren, dass er mit dem Bildungskapital eine Frau kennengelernt hatte, die auf alternative Art reich werden wollte – in frierender Mondscheineinsamkeit! Seine Eltern hatten sich letztendlich doch nur eins für ihn erhofft: ein wohlsituiertes Leben, Sicherheit. Sie waren zufrieden, aber ihrem Sohn wünschten sie „mehr", mehr als Gauting, mit seinem Mittelstandsreichtum, der sich gern nach oben streckte. Sein Vater hatte in den Siebzigerjahren ein Eigenheim im Neubaugebiet gebaut, was sich als gute Investition erwiesen hatte. Jens' Mutter war, damals geprägt vom Rat ihrer Eltern, einen Beruf zu lernen, der familientauglich sei, Friseurin geworden. Ihren Design- und Bildungsanspruch hatte sie an ihre Tochter und ihren Sohn weitergegeben. Jens posierte schon als Fünfjähriger gern in seiner Jeansjacke, zeigte stolz seine mit Fußballstickern geschmückte Schultüte und sicherte sich spielend den Status eines coolen Jungen.

Unter der Vorlesegeduld seiner Mutter war Justus Jonas, der Chefdetektiv der *Drei Fragezeichen*, sein Idol geworden. Michel von Lönneberga fand er nie so lustig, wie seine Mama ihm einreden wollte. Im Advent aber war er nie müde geworden, *Wir Kinder aus Bullerbü* zu hören, weil dort mehr Schnee lag und die Kinder viel ärmer waren als bei ihnen. Unter dem unermüdlichen Lob seiner Mutter spielte er mit ihr Mastermind und Scrabble, bemerkte als Kind nicht, dass sie ihn immer gewinnen ließ. Beschwerlicher war es, wenn seine Schwester mitspielen wollte, die, größer und begabter in allem, ohne Rücksicht gewann.

Im Einverständnis mit seiner Mutter – sein Vater war eher ein misstrauischer Zuschauer dieser Begabung – hatte er Mal- und Zeichenkurse belegt. Es war die einzige Förderung, die etwas in ihm geweckt hatte. Für sein Zeichnen war er oft gelobt worden, und im Malen suchte er selbst etwas. Sein Vater kaufte unbeirrt die Bausätze von Fischertechnik, hatte, mehr neben als mit ihm, Konstruktionen entworfen, war in pädagogisch motivierten Jubel ausgebrochen über das leuchtende Glühbirnchen am Spielzeugkran, während Jens geduldig lümmelte und zuschaute. In späteren Jahren gaben sich die Eltern halbwegs tolerant für seinen, in ihren Augen irrigen, Musikgeschmack mit Modern Talking und Roxette.

Heute war also der Tag, an dem er fühlte, dass Bildung mehr sein konnte als äußerlich angeklebtes Wissen, zu mehr taugen konnte als zu Bildungsstatus. Mit Katharina hatten Kieślowski und Thomas Mann eine Schwingung bekommen, ein Schaukeln zwischen Ironie und Ernst, das ihn mehr erschütterte, als er ihr sagen konnte. Er erinnerte sich an den Film, den Katharina erwähnt hatte, mit der Polin, die starb, als sie sang. Die im Solo zusammenbrach, als sie diesen unendlichen Raum der Musik ausfüllen und in ihrer Stimme konzentrieren wollte. Damals hatte er unter dem strafenden Blick seiner Mutter die Chips-Packung weggelegt und tatsächlich Gänsehaut bekommen. Die Schauspielerin war wunderschön, volle Lippen, weicher Teint, wachsame Augen. Als Polin drückte sie sich in der altmodisch öden Wohnung ihrer Oma herum, rannte mit schweren Schuhen durch sozialistisch graue Straßenzüge. Als Französin war sie noch schöner. Sie streunte durch Paris. War es Paris? Was in Polen ärmlich anmutete, schien in Frankreich stilvoll. Der bröckelnde Putz in den Hauseingängen, die Unordnung in ihrer Wohnung.

Er musste Katharina fragen, wie die Schauspielerin hieß, die es an Schönheit und Ernsthaftigkeit locker mit Juliette Binoche aufnehmen konnte.

Es hatte aufgehört zu regnen, die Luft war feucht und kalt und klar. Katharinas zitternde Hand passte sich leicht in seine Hand. Sie war anziehend, diese zarte Frau mit den vollen Lippen, verführerisch, weil sie es nicht wusste. Als sie mit ihrem Blick in das neblige Oben verwies, legte er seine Wange an ihre. Der Kuss – als wäre es sein erster. Der Strahl des Begehrens traf ihn mittig. Alles schien zu funkeln an diesem grauen nebligen Novemberabend, rot und grün. Er trank gierig aus einem Frühlingsblütenkelch.

KATHARINA

Seine Hand hielt sie und führte sie auf dem Weg zum Nymphenburger Schloss. Sie gingen den Weg der Auffahrtsallee entlang, allein am schnurgeraden Wasser des Kanals. Es war still. Es gab keinen vernünftigen Grund, Jens zu vertrauen. Es war anders, als sie es sich mit ihm erträumt hatte – stärker. Ihr Begehren war nicht heiß und luftig, es kam aus einem erdigen Grund. Es war schwer und ernst. Sie war unfähig zu zögern, es gab keine Hürde, es gab keinen Vorsatz und keine Entscheidung. Nur ein von innen nach außen drängendes Sehnen, in ungebührlicher Weise, archaisch, durchströmend und atemlos, dass sie erschrecken wollte. Ihr Atem ein verhaltenes Stöhnen, ihr Schritt eine Grotte. Es war beschämend. Wenn sie zu Boden blickte, war sie mit seiner schweren Fruchtbarkeit verbunden, wenn sie zum Himmel schaute, wollte sie still jubeln, sich zu den Sternen öffnen. Alles an ihr war lose und empfindsam, und so stark, wie sie zum Himmel drängte, so sehr fürchtete sie, dass sie in einen Abgrund rutschen und zerbersten würde.

„Weißt du eigentlich, wie die Schauspielerin heißt?", fragte Jens.

Sie wusste, wovon er sprach.

„Es ist Irène Jacob."

„Ich habe den Film wahrscheinlich nicht verstanden."

Sie wollte und konnte nicht mehr reden und denken. „Ich auch nicht. Aber er ist schön, der Film. Nicht nur die Schauspielerin." Sie legte ihren Kopf an seine Schulter, wie damals im September, als sie die Frau – als sie Edith. Sie durfte jetzt nicht daran denken, wie es Edith wohl ging. *Edith, mein Engel, mój aniołek.* War sie hier oder oben? Hatte sie überlebt? Sie gingen weiter die stille Allee entlang und am anderen Ufer entlang wieder zurück, ihre Hüften aneinandergedrängt, ihre Gedankenströme verlangsamt. Es gab keine Wahl mehr.

4.

Jens

Er wusste, dass Katharina *Nein* gesagt hatte, *nicht zu mir, nicht in mein Zimmer unter dem Dach.* Er fühlte, dass sie auf dem Weg zu ihr waren, es war ein Rückweg vom menschenleeren Fußweg am Kanal zu den Häusern von Nymphenburg. Sie ging langsamer. Er fühlte sein Handy in der Seitentasche seiner Jacke. Es wog schwer wie ein Stein. Claudia wartete auf eine Nachricht, einen guten Wunsch zur Nacht. Sie war in Hamburg bei einer Freundin. Die beiden saßen jetzt bestimmt in einem guten Restaurant. Sie hatte ihm gratuliert zum neuen Job, hatte ihn gelobt. *Nun hat es sich doch gelohnt, Jens. Mein Vater wird sich auch sehr freuen.* Das waren ihre letzten Worte gewesen. Claudias Vater. Seine Zukunft. Er wollte jetzt nicht daran denken. Ob Claudia mit ihrer Freundin über ihre Beziehung zu ihm reden würde? In letzter Zeit hatte sie mit ihm Beziehungsgespräche angezettelt. Dass im Verlauf einer Beziehung die Vernunft zum Gefühl dazukommt, dass das ein Prozess des gemeinsamen Erwachsenwerdens sei. Sie waren sich einig, dass ihre Beziehung auf Langfristigkeit ausgelegt war. Auch seine Freunde erzählten inzwischen in anderer Weise über ihre Frauen, als sie das früher getan hatten. Auch bei ihnen ging es nicht mehr darum, dass sie eine hübsche Frau kennengelernt und vernascht hatten. Inzwischen berichteten sie von ihrer neuen „Freundin mit Qualitäten“. Als intelligent, feinfühlig, nachgiebig beschrieben sie ihre Frauen, fehlte nur noch, dass sie deren breiten Schoß und ihre Warmherzigkeit als zukünftige Mutter priesen. Man sprach davon, dass man in langfristigen Beziehungen auch Phasen mit weniger „Nähe“ aushalten müsse, und dass beide ihre eigenen Hobbys brauchten. Mit Claudia ging er klettern und ins Fitnessstudio. Sie genossen gemütlich auf dem Sofa eine Soap und ließen sich ungern den *Tatort* entgehen. Katharina hielt vor der Tür eines Hauses, das in dieser Umgebung mit großzügigen Villen klein aussah.

War das eine Abschiedsumarmung? Er hatte die Wahl, aber nicht mehr lange. Würde er jetzt zögern, würde er jetzt Katharinas Nachnamen erfragen – *ich komme dich dann morgen mal besuchen* – es wäre vorbei. Zwei Monate hatte er geahnt, was heute einen Anfang genommen hatte. Worte, unter deren humoriger Oberfläche ein großes Vertrauen lag, Berührungen, die er nicht unterbrechen konnte, weil sie einer tiefen Verbindung entsprangen. Nur die Vernunft sprach dagegen. Seine Vernunft und Claudias Vernunft zusammengenommen. Jens hörte das Klappern der Absätze einer Passantin, die an ihnen vorbeieilte. Es gab keine Sicherheit mehr. Er würde alles aufgeben.

Katharina löste sich und blickte ihn forschend an. Er nickte unmerklich mit dem Kopf, sie nickte unmerklich, indem sie ihre Augen für einen Moment geschlossen hielt.

Katharina wies ihn flüsternd an, die Treppe zu ihrem Zimmer in ihrem Schritttempo hochzugehen, damit die Vermieter nichts merkten. Er wunderte sich nicht und fragte nicht. Er folgte ihr und verschwand in ihrem Schatten. Das Knarzen der Stufen zu ihrem Zimmer war ein gemeinsames, er atmete im Auf und Ab ihrer Schultern. Hinter ihr trat er in einen dunklen, warmen Raum, dessen Tür sie abschloss. Es war still. Kein Wort, kein Lächeln von ihr brach den Bann. Er sah ihre Haut im Licht des Fensters schimmern. Er glitt in ihr Wiegen und hörte ihre verhaltenen Laute, die älter waren als Worte. Er fand ihren Rhythmus. Es fühlte sich an, als würde er in einem Meer versinken und immer wieder auftauchen. Sie fühlte sich so weich und tief an, dass er hoffte, nie kommen zu müssen. Nur tiefer wollte er kommen. Er blieb die ganze Nacht. Nie vorher hatte er sich so verbunden gefühlt. Nie vorher hatte er das Gefühl gehabt, immer nur sorgsam über jemanden wachen zu wollen. Einmal weinte sie leicht und sagte ihm, dass das nur Gutes zu bedeuten habe.

„Jakob kam neunmal in dieser ersehnten Nacht, laut Thomas Mann. Ich glaube, das schaffe ich nicht."

„Er hatte auch länger gewartet", sagte sie. „Komm!"

5.

Katharina

Sie wachte als Erste auf. Er war noch da. Es war keine halbe, sondern eine ganze Nacht gewesen. Sie hatte nicht gewusst, dass Anziehung so stark sein konnte, dass sie alles andere harmonisierte. Magnetisch. Ihre eckige Angst war zu einem starken und weichen Strom geworden, ihr Zittern ein sachtes Schaukeln. Sie war nackt, und ihre Haut war durchlässig. In der späten Morgensonne wirkte ihr Zimmer, zum Osten gelegen, hell und klar.

„Ich habe Hunger. Wir haben gestern Abend nichts mehr gegessen", sagte Jens, als er aufwachte.

„Ich erinnere mich. Du Wolf."

Katharina konnte nichts anbieten außer vorgestrigem Vollkornbrot und einer halben Butter in zerknittertem Papier. Jens wollte Nachschub holen.

Sie ging derweil ein Stockwerk tiefer, um zu duschen und klopfte bei ihren Vermietern an, während sie gleichzeitig die Tür aufschloss. So war die Abmachung: Sie hatte den Schlüssel und sollte sich doch anmelden. Alles schien beim Alten. Links die Garderobe, an der sorgfältig geordnete, altmodische Mäntel und Jacken hingen. Auf der oberen Ablage zwei Hüte, Mützen und Handschuhe. Auf der unteren Ablage die Kleiderbürste. Rechts waren die Türen zum Bad, zur Küche und dahinter zum Esszimmer. Das Wohnzimmer lag zentral, man erreichte es geradeaus über den Flur. Immer unbeheizt, schien es allein der Bewahrung der steifen Sofakissen und der Kristallgläser in filigranen Vitrinen zu dienen. Dort standen auch die wohlgemiedenen Fotografien der ermordeten Tochter ihrer Vermieter. Katharina hatte sich, vom Tabu des Zimmers angezogen, einige Monate nach ihrem Einzug ins Wohnzimmer der Severins geschlichen. In

Einbrechereile, hatte sie die Fotografien von Anita studiert, als könnte sie damit das zurückliegende Verbrechen erfassen und aufklären. Rote Kunstrosen lagen vor den Bildern. Zwischen ihnen eine selbstgetöpferte Schmuckschatulle, in der noch der Mädchenschmuck lag: ein Armband aus rosa Plastikperlen, eine Silberkette mit Kreuz – das obligate Kommunionsgeschenk –, ein Billigring aus dem Automaten, mit rotem Herz in goldener Fassung.

Die Bilder standen in chronologischer Reihenfolge. Anita als Baby eingemummt in ein Frotteetuch, Anita als Kind in einem hellrosa Strickpullover, auf den ein dunkelrosa Herz genäht war. Am ersten Schultag waren ihre Haare bereits ins Braun gedunkelt und zu Zöpfen geflochten. Sie schaute schüchtern von unten in die Kamera. Auf dem Erstkommunionsbild wirkte sie selbstbewusst. Anita stand mittig, ihre Haltung war offen mit zurückgezogenen Schultern, im Vordergrund die aufrechte Kommunionskerze. Und dann noch das Jugendbild: Anita mit wallenden Haaren, die mit einem Lockenstab nach außen gedreht worden sein mussten, sodass der Pony und die symmetrisch abgeschrägten Seiten voluminös ihr Gesicht umwogten. Hinter Anitas Bildern, versteckt fast, die Severins als Brautpaar in einem ovalen Goldrahmen. Alles nur noch Erinnerung, das Zimmer ein Schrein, den man auf leisen Sohlen betrat und, ohne den Blick zu heben, schnell wieder verließ.

Außerhalb des gemiedenen Zimmers war die Atmosphäre der Wohnung freundlich. Es roch oft nach Vanillezucker. „Ich bin halt eine Süße", sagte Frau Severin gern und schaute dabei entschuldigend auf ihren Bauch, der Brustdicke erreicht hatte. Sie umarmte Katharina oft zum Abschied an der Tür, immer ein bisschen anhänglich. Oft gab sie ihr ein Kuchenstück oder eine Nachspeise mit und einen Kuss auf die Wange.

Aber heute war kein guter Tag. Als Katharina eingetreten war, huschte Frau Severin eilig an ihr vorbei und machte die Wohnungstür gleich hinter ihr zu. Katharina ahnte einen Rückfall in den Wahn.

Hatte Frau Severin ihre Medikamente wieder selbst abgesetzt? Hatte Katharina die Vorboten in den letzten Tagen übersehen? Die Vermieterin schaute unruhig umher. „Haben Sie es schon gehört? Die Schweizer Garde ist zum Teufel übergetreten. Das ist ein Putsch. Der Papst hat kapituliert.“ Zwischen jedem Satz verdrehte sie die Augen, als würde sie auf die neuesten Nachrichten aus der Luft lauschen. Sie schnäuzte in ihr feuchtes Taschentuch und krallte sich mit rotzverschmierten Händen in Katharinas Handrücken.

„Ich habe ihn heute Nacht auf unserer Treppe schleichen hören! Jetzt geht er draußen auf und ab. Er mag den Nebel. Sie haben eine Sechzehnjährige vergewaltigt. Es kam im Radio. Ich kann es beweisen.“

Die arme Frau Severin! Wahrscheinlich hatte sie gestern Abend gehört, dass Katharina einen Mann dabeihatte, und war dem Wahn nicht entkommen. Vor fünfzehn Jahren war die siebzehnjährige Anita von einem Faschingsball nicht mehr heimgekommen. Frau Severin hatte die ganze Nacht gewartet, war auf und ab gegangen, hatte aus dem Fenster gestarrt und gebetet. Morgens um neun Uhr war sie, gegen den Rat ihres Mannes, zur Polizei gegangen. Der Beamte war so freundlich gewesen, alle Freundinnen der Tochter anzurufen, und hatte währenddessen beschwichtigend auf sie eingeredet. Die beste Freundin der Tochter war auch nicht nach Hause gekommen. War das eine gute oder böse Nachricht? Hielten sich die beiden Mädchen an der Hand, während sie in einer fremden Wohnung schliefen, ihre Longdrinks ausschwitzten und vergessen hatten, dass ihre Mütter warteten? Frau Severin hatte an der Stelle aufgehört zu erzählen.

Katharina kam sich jetzt unglaublich schmutzig vor, ungeduscht nach dieser durchlässigen Nacht mit Jens. Sie konnte ihn förmlich an sich riechen. Es war verständlich, dass die gute Frau Severin sie abwehrte, als Katharina sie vorsichtig am Oberarm nehmen wollte.

„Aber die Anita ist doch im Himmel“, sagte Katharina beschwichtigend. „Und die Schweizer Garde passt auf.“ Sie wusste, wie irrsinnig ihre eigenen Worte klangen. Katharina löste zwei Beruhigungstabletten, die immer im Badschränkchen vorrätig standen, in Wasser auf und gab sie ihr zu trinken. Dann folgte sie der unruhigen Frau Severin, die sie zum Fenster zog und ihr einen jungen Mann zeigen wollte – der gar nicht da war. „Einen kleinen Schluck, Frau Severin, das tut gut. – Da ist kein junger Mann.“

„Er hat doch nur sein Gesicht gewechselt, der Teufel, verstehst du das nicht?“

„Ja, ich verstehe es. Das Glas ist gleich leer. Sehr gut.“

Sie führte Frau Severin zum Sofa und blieb neben ihr sitzen, bis sie einschlief. Dann rief sie Herrn Severin auf der Arbeit an, bekam aber nur die Sekretärin an den Apparat, die ihr mitteilte, dass er auf einem Außentermin sei.

Jens durfte heute hier nicht auftauchen und duschen. Er hätte als Abtrünniger der Schweizer Garde oder als Satan persönlich gegolten.

6.

Jens

Jens wollte sich die Augen reiben, während er eine Bäckerei suchte. Dieses Viertel schien die Emotionen im Eiltempo zu wechseln. Zuerst die Angst vor dem Vorstellungsgespräch, dann der unruhige Stolz, gestern Abend die unnennbare Romantik, und jetzt wurde alles frei. Der Nebel lichtete sich, die Sonne erreichte die Giebel, während der Boden noch feucht und verschleiert war. Jens freute sich auf ein Frühstück mit frischen Brötchen, Schinken, Käse, mit Milch im starken Kaffee. Honig, der über die Finger rinnt, die sie sich gegenseitig ableckten.

Er musste an die früheren Familienurlaube auf dem Bauernhof denken. Seine Schwester und er waren, gleich nach der Ankunft, aus dem Auto gestürzt und zum Brunnen gerannt. Der Brunnen war ein rechteckiges Becken, mit kaltem Wasser gefüllt, das unablässig aus der Bergquelle floss, bis in den immerwährend offenen Brunnenhahn hinein. Am moosigen Rand tummelten sich Insekten, die seine Schwester und er ohne Erfolg verscheuchten. Der Brunnen stand auf einer kleinen Wiese am Haus, das Gras darum herum war immer matschig. Nach der Fahrt und der Hitze im Auto zogen sie ihre Kleider aus und spritzten sich gegenseitig nass. Ihre Eltern stemmten das Gepäck, gingen einkaufen, richteten die Ferienwohnung zu einem kleinen Zuhause her. Seine Schwester und er taten einfach das, was sie zwei Wochen lang tun wollten: am Brunnen spielen. Sie überboten sich gegenseitig, die Zeit laut zählend, mit den Füßen im kalten Wasser oder mit den Händen im kalten Wasser oder mit den Armen bis zum Ellbogen im kalten Wasser oder mit dem Kopf unter Wasser.

Später spielten sie Bauernhof am Brunnen und formten aus dem Matsch kleine Schüsseln, in die sie Grashalme legten und sich versicherten, dass sie den besten Salat im ganzen Dorf zubereiteten. Wie sie überhaupt, in ihrer Fantasie, den besten aller Bauernhöfe bewirtschafteten. Mit hundert Kühen und Schweinen und Hühnern.

Alle Tiere waren glücklich bei ihnen, weil sie, als gute Bauern, mit ihnen redeten und sie streichelten und ihnen Spritzen gaben, wenn sie krank waren. Seine Schwester musste das kranke Vieh besänftigen, während Jens ihm geduldig erklärte, dass eine Spritze unbedingt notwendig sei, damit es wieder gesund würde und fressen könnte. Schließlich stach er imaginär zu. Kalb und Kuh waren danach immer dankbar und leckten seine Finger.

Mit wassergefüllten Prilflaschen spritzten sie große Gebäude auf den gepflasterten Hof, die ihre Stallungen darstellten. Wenn die Sonne warm wurde, trocknete alles weg, sie mussten schleunigst mit ihrem Wasserstrahl die Ecken und Mauern reparieren. Dann die Brandgefahr. „Ein Feuer! Schnell!“, riefen sie und hetzten mit ihren Flaschen hin und her, holten Eimer mit Wasser, um alles zu löschen, und spielten dann große Trauer, weil sie zwar das Feuer gelöscht hatten, aber das Vieh umgekommen und der Stall eingestürzt war. Sie versicherten sich gegenseitig: „Wir dürfen nicht aufgeben, wir müssen alles wieder neu aufbauen.“ Wenn andere Kinder aus dem Dorf kamen und mitspielen wollten, gaben sie sich wortkarg und lehnten am Brunnen wie Wächter, taten fantasielos und gelangweilt, bis die Dörfler wieder abzogen.

Manchmal verpflichteten ihre Eltern sie zu einer Bergwanderung. Jens und seine Schwester gingen nur widerwillig mit und motzten unablässig, weil die Eltern die Ferien mit mühsamer Anstrengung und langweiligen Ausblicken vermiesten.

In der Bäckerei beobachtete Jens die Verkäuferin und die Kundin vor ihm. Er überlegte, ob sie heute auch schon Sex gehabt hatten und jetzt herumstanden, als sei nichts gewesen. Es war wie das erste

Mal, dachte er. Alle Menschen redeten darüber, dass es normal sei, Sex zu haben, dabei stimmte das gar nicht. Es war unnormal. Wer behauptete, dass Sex normal sei, hatte noch nie erlebt, dass aus zwei Menschen eine Einheit werden konnte. Das sprengte doch jeden Rahmen! Ob die anderen ihn auch schon daraufhin beobachtet hatten, ob er es heute schon getan hatte? Er lächelte. Die Verkäuferin lachte, als er Semmeln für die schönste Frau der Welt bestellte. „Blumen gibt es nebenan", meinte sie schmunzelnd.

„Nein, Blumen wären zu gewöhnlich."

„Dann empfehle ich Ihnen die Sonnenblumenbrötchen, die Schrotsemmeln und für den leichten Nachgang die Schoko-Brioches."

„Wo gibt es denn guten Käse und Schinken?", fragte Jens.

„Hundert Meter die Straße lang. Und vergessen Sie die Kerzen nicht."

„Sie scheinen sich auszukennen", sagte er zwinkernd.

„Fürs späte Mittagessen hebe ich Ihnen noch eine Pizza auf."

„Ich komme auf Sie zurück", sagte er im Gehen und hob die Hand zum Abschiedsgruß.

Er hatte die Tür in der Hand, trug die Brötchentüte in der anderen. Als sein Handy gleichzeitig klingelte und vibrierte, musste er unhöflich den Vortritt suchen, witschte durch die Tür, klemmte die Brötchentüte unter den Arm und hätte am liebsten geflucht, bevor er überhaupt etwas gesagt hatte. Er wusste, dass es Claudia war. Er musste rangehen.

„Sag mal, wo bist du denn? Du hast gestern keinen Gute-Nacht-Gruß mehr geschrieben."

„Du ja auch nicht."

„Ich war auch noch lange weg mit Nina. Hast du meine Nachrichten von heute Morgen schon gelesen?"

„Nein."

„Was soll denn das? Ich habe mir schon Sorgen gemacht! Ist dir dein Erfolg zu Kopf gestiegen? Du meinst wohl, du müsstest keine Rücksicht mehr nehmen.“

„Ich träume mehr vom eigenen Leben, das stimmt.“

„Was heißt hier eigenes Leben?“

„Lass uns das später besprechen.“

„Jens, du bist komisch. Irgendetwas stimmt nicht. So lasse ich mich nicht abspeisen.“

„Ich rufe dich am Nachmittag oder heute Abend an.“

„Ich wollte eigentlich heute Abend noch mit Nina ins Theater gehen.“

„Dann rufe ich dich um sechs an. Passt dir das?“

„Ich muss noch mit Nina reden.“

„Mach das.“

Er drückte den roten Knopf noch bevor sie auflegen konnte und steckte das Handy in die löchrige Seitentasche seines Mantels. Am liebsten hätte er es weggeworfen. Jetzt war es soweit. Sie war ja nicht dumm, alles andere als das. Wenn er Claudia aufgab, gab er die Aussicht auf ein reiches und gesichertes Leben auf. Claudias Vater hatte ihn als Schwiegersohn schon anerkannt, was ihm als Ehre zu gelten hatte. Sein zukünftiger Schwiegervater führte in zweiter Generation ein erfolgreiches Bauunternehmen. Dessen Vater hatte nach dem Krieg die Gunst der Stunde zu nutzen gewusst. Während des Wiederaufbaus hatte er mit dem Kapital der Familie Immobilien gekauft, entwickelt, verkauft, weitere erworben. Damals lohnte das Unternehmertum, alles prosperierte. Jens' eigener Großvater hatte oft darüber geklagt, dass sich die Frechsten und Gemeinsten am Wiederaufbau eine goldene Nase verdienten. Diejenigen, die, wie er, mit Angst und Vorsicht aus dem Krieg zurückgekehrt waren, konnten zuschauen, wie solche, die sich ins traditionell jüdische Händlergeschäft begaben, reich wurden. Richtig reich.

In Claudias Familie wurde nicht viel über Früher gesprochen. Ihr Vater hatte einmal in einem Nebensatz, halb anerkennend, halb abgestoßen, mit sinnierendem Kopfnicken erwähnt, dass sein Vater ein „harter Hund" gewesen war. Jens hatte nicht nachgefragt, was das damals bedeutet hatte, ein „harter Hund" zu sein. Mit seinem Schwiegervater in spe redete man über Aktuelles. Über das Geschäft und Politik, sofern man bereit war, letztendlich einzulenken. Vielleicht hatte Katharina ganz recht, wenn sie ihn, Jens, als gezähmten Wolf beschrieb. Er war sehr gezähmt, der Leitwolf war sein Schwiegervater. Dabei war Claudias Vater nicht hartherzig. Er genoss es, seiner Familie Großzügigkeit zu gönnen, das war seine Form der Zuwendung. Es gab ein Ferienhaus in der Schweiz mit einem Fußweg zum Skilift und einer grandiosen Aussicht, die auch im Sommer lohnte. Die Villa an der Côte d'Azur war nicht protzig, sondern stilsicher. Sie verfügte über einen Balkon aus weißem Stein, war in verspielt französischem Flair gehalten und hatte über einen abgeschirmten Gehweg einen eigenen Zugang zum Meer. Claudias Vater betonte immer wieder, dass er, anders als sein Vater, der nächsten Firmengeneration freie Hand lassen würde und sich nur dann einmischen wollte, wenn er gefragt würde. Die nächste Firmengeneration – das sollten Claudia und Jens sein. Claudias Bruder studierte Germanistik, war der Einzige in der Großfamilie, der geisteswissenschaftlich belastet war. Es wurde gemunkelt, er sei schwul. Wahrscheinlich kam er schon deswegen nicht als Nachfolger infrage. Erschwerend kam hinzu, dass er alternative Ideen proklamierte, keinen Sinn darin sah, noch mehr Geld mit Funktionsimmobilien zu machen. Womöglich arbeitete der Bruder bereits an einer Familienchronik über die Machenschaften des Großvaters mit Immobilien aus enteignetem jüdischem Besitz. Nein, Claudias Bruder eignete sich nicht als Erbe. Claudias Familie lud Jens großzügig zu gemeinsamen Skiurlauben ein, in denen sie über die Piste schwebten und abends genügend Wein tranken, um sich alle gut zu finden. Claudias

Mutter mochte Jens. Zu Claudia hatte sie einmal gesagt, dass sie mit Jens jemanden gefunden hätte, bei dem sie eine Chance auf ihre eigene Meinung hätte. Claudia war bereits in die Firma ihres Vaters eingestiegen. Ihre zweisamen Gespräche drehten sich des Öfteren um die Einwertung und Entwicklungsmöglichkeiten von Großimmobilien. Nach einer Bewährungsprobe in der freien Wirtschaft, die Jens im Moment erfolgreich avisierte, wollten sie heiraten. Sein Schwiegervater wollte die Firma bald übergeben, um mehr Zeit an der Côte d'Azur zu verbringen.

Ja, Jens konnte zustimmend nicken bei den Gesprächen mit seinen Freunden über langfristige Beziehungen. Gemeinsame Hobbys, gemeinsame Interessen und Qualitäten zählten. Man musste in einer Beziehung auch Phasen mit weniger Nähe und Sex aushalten.

Nur das Windsurfen passte nicht in diesen Plan, und dass er seit dem Tag am Feringasee mit Katharina etwas anderes in einer Beziehung suchte, als Claudia. Vielleicht war es wirklich Zeit. Vielleicht suchte er nicht etwas anderes, vielleicht suchte er jemand anderen.

Er kaufte den teuersten Käse und Schinken mit dem Gefühl, dass er sich das nun leisten konnte.

Katharina war noch nicht da, als er in ihrem Zimmer ankam. Sie schien lange zu duschen. Er schob den Schreibtisch in die Mitte, zog das Kopfkissen ab und legte den Bezug als Tischdecke auf. Er zündete die Kerze an, tropfte das erste Wachs auf ein leeres Blatt, drapierte die Kerze mit dem weißen Blatt Papier in dem Glas, schnitt die überhängenden Seiten zu einer dekorativen Krause zurecht und zog das Rollo halb hoch. Er fühlte sich wohl in diesem kleinen Zimmer, dem jeder Luxus fehlte und dem er eine bescheidene Romantik geben wollte. Im Haus gegenüber übte jemand Klavier.

Katharina schaute verdutzt, als sie hereinkam.

„Ein Candle-Light-Breakfast", sagte er mit leichter Verbeugung. Sie schaute betreten, dann lächelte sie.

„Dann liefere ich den Krimi dazu. Die Schweizer Garde ist nämlich zum Teufel übergetreten. Ein Putsch. Der Papst ist gefangen."

7.

Katharina und Jens

Katharina sperrte die Tür hinter sich ab. Jens beschrieb sie umständlich, dass das Abschließen der Tür eine notwendige Schutzmaßnahme war, für die Vermieterin und für sie beide. Jens verstand nicht, dass im Jahr 1998 eine Vermieterin vor Herrenbesuch geschützt werden musste. Die Geschichte kam ihm seltsam vor, er verstand nicht alles, aber er fühlte die Sorgfalt Katharinas im Umgang mit Frau Severin. Sie nahm vorauseilend Rücksicht auf ihre Vermieterin, für die Katharina eine Art Tochterersatz war. Katharina schützte Frau Severin vor Männerbesuch, weil Frau Severin Katharina vor Männerbesuch schützen wollte. So ungefähr, das klang nach weiblicher Logik. Daher auch ihre Heimlichtuerei gestern Abend, als sie beide die Treppen hochgeschlichen waren. Dabei hatten die Severins mit Katharina nie über Übernachtungsgäste gesprochen. Aber es war klar: Frau Severin, die verrückt geworden war, nachdem ihre Tochter in dieser Nacht umgekommen war, nachdem zwei Männer sie – dieser Frau war nicht zuzumuten, dass ein fremder Mann einfach nachts in ihr Haus kam.

„Sie hat mir heute Morgen klargemacht, Jens, dass der Teufel den Vatikan übernommen hat, nun ungehindert und getarnt durch die Straßen geht und sich genüsslich die Mädchen aussucht, die er verspeisen wird.“ Jens schaute sie nickend an. „Das ist schräg“, meinte er, und dann lachten sie beide. Sie prusteten immer wieder leise los, bis ihnen vor Lachen die Tränen in die Augen stiegen.

„Das dürfen wir nicht, Jens, wir dürfen nicht lachen!“

„Wir können ja nichts dafür.“

„Ja, vielleicht.“

„Das Problem hat andere Wurzeln.“

„Ich weiß."

Katharina braute einen starken Kaffee gegen ihre Zweifel. Sie aß im Liegen weiße Brötchen, die sie, sonst kein Fleisch essend, genüsslich mit Schinken belegte, auch wenn sie wusste, dass unglückliche Schweine für ihren Brotbelag gestorben waren. Das war die Umwertung aller Werte, frei nach Nietzsche! Sie griff beherzt zu. Nach dieser Nacht war ihr alles erlaubt. Um Frau Severin würde sie sich nachher wieder kümmern.

„Ich esse gerne die Reste", sagte Jens, als er ihre großen Bissen sah. „Vielleicht lässt du mir ein wenig Honig übrig." Er erzählte vom Brunnen und vom Bauernhof. Katharina meinte, dass sie eines dieser Dorfkinder gewesen sein könnte, die auch gern mitgespielt hätten. „Ich bin auf dem Dorf aufgewachsen. Die Kinder, die Ferien auf dem Bauernhof machten, schienen immer eine Stufe höher zu stehen als wir Kinder vom Dorf. Egal wie ländlich sie sich gaben, sie hatten doch die besseren Jeans und saubere Gummistiefel. Ich schaffte es, mit Elias und Gabriele eine Sommerfreundschaft zu haben, fünf Jahre lang. Ich war immer bei ihnen, wenn sie Ferien auf dem Bauernhof beim Schulzenbauern machten. Nie habe ich sie zu mir eingeladen, weil der Heuschober und die vielen Winkel, die es um den Stall gab, die alten Gerätschaften, die herumstehenden Wagen und die Obstwiese am Hof sich viel besser zum Spielen eigneten als unser Handtuchgarten. Meine Mutter gab mir manchmal Pralinen für das ältere Landwirtsehepaar mit. Das wäre nicht nötig gewesen, weil die Schulzenbäuerin mich gern mochte und mir großzügig vom Mittagessen auftat. Ich sei viel zu dünn, sagte sie immer. Sie gab uns echte Aufgaben im Stall. Die Verteilung war schnell klar: Gabriele und ich gaben den Kühen Futter und holten die Eier. Elias scharrte den Mist in die Rinne, legte die Zitzenbecher an und überwachte die Melkmaschine. Manchmal ging ich auch allein zur Schulzenbäuerin, im Frühjahr und im Sommer. Ich nahm aber immer ein Buch mit, und wenn ich aufpassen sollte, dass die freilaufenden Hühner die

Beete nicht verscharrten, saß ich lesend im Gras, neben mir die Katze, die mir schnurrend um die Beine strich."

„Das war sicher ein Kater", meinte Jens. „Möchtest du später wieder auf dem Land wohnen?", fragte er.

„Nein, eigentlich nicht. Obwohl ich glaube, dass ich meine schönsten Erinnerungen mit Natur verbinde. Damals, als Kind, wollte ich vieles, das mir weit weg erschien: Klavier spielen, Ballett-tanzen lernen und schöne Kleider anziehen. Das wäre alles machbar gewesen. Aber irgendwie stand uns das nicht zu. Meine Mutter war dagegen, auch wenn sie das nie so deutlich sagte. Das Große war für die Stadtkinder. Wir, die Kinder vom Dorf – und du musst wissen, dass meine Mutter in ihrer Kindheit als Flüchtlingsdeutsche sehr leisetreterisch sein musste –, spielten bestenfalls Flöte oder Gitarre. Als gutes Kind musste ich bescheiden sein, meine Klamotten und Hobbys durften nicht teuer sein. Und du?", fragte sie.

„Bis gestern war ich auf dem Sprung, ein Stadtleben zu führen mit der Aussicht, das Land im Urlaub zu genießen – mit uriger Skihütte samt Sauna im Keller und Balkon mit Bergblick, mit fruchtigem Weißwein zu einem gepflegten Abendessen im teuren Schweizer Ambiente. Das ist jetzt wohl vorbei."

Sie wusste sofort, was er damit gesagt hatte. Ihr war klar, dass sich hinter diesem einzigen langen Satz ein gutes Leben und sichere Zukunftsjahre verbargen. Ihre Untertasse klirrte, als sie versuchte, die Kaffeetasse vorsichtig abzustellen. In seinem Blick sah sie wieder den Wolf, den gezähmten Wolf, ruhig, einfältig und zuversichtlich.

„Ich werde wohl meine Brötchen selbst verdienen müssen. Seit gestern bin ich zum Mann geworden, vorher war ich mehr Schwiegersohn."

Er krempelte seine Hemdsärmel hoch und reichte ihr seine Hand über den Tisch hinweg. Katharina legte ihre Hand in seine Rechte, und er legte seine linke Hand schützend auf ihre. Dann führte er sie zurück zu ihrem Bett.

„Wie heißt sie?"

„Claudia."

„Wo ist sie jetzt?"

„Bei ihrer Freundin in Hamburg."

Jens erzählte, und Katharina fragte. Manchmal sah sie von ihm weg ins Kerzenlicht, manchmal schaute sie ihn von der Seite an. Seine winzigen Bartstoppeln, sein blond gewelltes Haar auf der Brust. Er blickte wechselweise zur Decke und zu ihr.

Sie wollte nicht alles wissen. Sie wollte wissen, warum eine vierjährige Beziehung zu Ende gehen musste: Weil er sich nicht mehr zu seiner Freundin hingezogen fühlte, obwohl sie sportlich und ebenmäßig schön war. Weil er sich unterdrückt fühlte vom Selbstbewusstsein einer Unternehmerfamilie. Weil Claudia fordernd wurde, wenn sie bedürftig war. Weil ihm ihre Zufriedenheit wichtiger geworden war als ihr Lachen. Weil sie nicht nachdenken wollte über früher und heute. Weil sie das Leid der anderen als selbstverschuldet erachtete und Korruption als notwendiges Übel. Weil sie die Tochter ihres Vaters war und ihren Bruder verachtete. Weil sie mehr ihr gemeinsames Lebenskonzept liebte als ihn. Weil er jung war und sie vernünftig.

Und weil er mit Katharina etwas kennengelernt hatte, von dem er nicht gewusst hatte, dass es das gab. Weil er zitterte, wenn er sie küsste, und Angst hatte, sie zu verletzen und zu verlieren. Weil sie geweint hatte bei ihrer Vereinigung und wahrhaftig war.

8.

KATHARINA UND JENS

Es klopfte. Sie hatten es nicht sofort gehört, waren gemeinsam weggenickt. Es hämmerte.

Jens blickte sich um. Sie hätten nicht wegdösen dürfen. Es war zu viel Zeit vergangen. Die Kerze war an ihr letztes Drittel gekommen.

„Bleib ruhig, du hast abgeschlossen", raunte Jens verhalten.

„Ich schließe sonst nie ab", flüsterte Katharina viel zu laut. „Sie kann die Kerze durchs Schlüsselloch sehen."

Jens legte beschwörend den Finger auf die Lippen.

„Frau Markgraf?", rief die Vermieterin.

Katharina verdrehte die Augen. „Frau Markgraf! Der Teufel ist in Ihrem Zimmer. Es riecht nach Rauch!" Sie rüttelte an der Klinke, schlug dumpf und regelmäßig gegen die Tür. Katharina schaute Jens ratlos an. Er schüttelte den Kopf, wiederholend, beschwörend.

Dann erzitterte die Tür von einem großen Rums. Die Vermieterin schien ihren ganzen Körper dagegen zu werfen. Ein Stöhnen. Ein weiterer Stoß.

Katharina zog sich an, während Jens sie in dringlich verneinenden Gesten davor warnte, die Tür aufzumachen. Aber Katharina schüttelte den Kopf und ging zur Tür. Jens suchte nach einem Versteck, fand aber nur die Möglichkeit, sich unter der Bettdecke zu verkriechen. Er ärgerte sich über dieses unsinnige Katz-und-Maus-Spiel, blieb regungslos liegen. Er vernahm Katharinas besänftigende Stimme: „Frau Severin, ich habe geschlafen. Sie sind doch auch müde!" Er horchte – der Schlüssel wurde gedreht. Dann hörte er, dass die Kerze auf den Boden knallte. Ein Trampeln und Keuchen.

„Vierundvierzig – acht. Vierundvierzig acht! Du wirst mein Gehirn nicht ernten! Vierundvierzig – acht“, eine raue, fast männliche Stimme. Ein Stuhl wurde umgestoßen. Als Kind hatte er diese Panik gespürt, wenn er beim Versteckspiel den Sucher entsetzt anschaute, wissend, dass er auf den Boden blicken, sich als Teil des Gestrüpps geben sollte. Wehrlos, zur Passivität gezwungen, stierte er die Bettdecke von unten an und zählte magisch gegen die Angst. Er hielt die Luft an, dann war es vorbei. Sie entlarvte ihn mit einem Ruck, als sie die Decke wegzog und ihn anstierte. Jens sah den triumphierenden Blick, die fleischigen Lippen, den sabbernden Speichel. Dann raste die Faust nieder, direkt auf seine Augen zu. Er entwand sich knapp. Sein Hinterkopf war schmerzhaft getroffen. Das Weib hatte Kraft. Sie schlug in seinen Nacken, dann in seinen Rücken, und dann mit voller Wucht mit dem Fuß in seine Nieren. Die wollte ihn totschlagen! Er streckte sich im Reflex. Sie traf seine Genitalien, seinen Bauch, sodass er sich krümmte wie ein Säugling. Er hörte wie Katharina schrie: „Aufhören!“ Er war benommen, aber dann packte ihn eine kalte Wut. Er sprang auf. Er sah, wie Katharina an der Frau zerrte, die mit starrer Kraft stand und zum nächsten Schlag ausholte. Ohne Zögern nahm er sie von hinten in den Würgegriff und drehte ihr den Arm in den Polizeigriff. Nur Katharinas Blick hinderte ihn daran, dass er sie nicht zusammenschlug. Er hätte ihr am liebsten alles gebrochen. Dann bugsierte er sie, nackt wie er war, die Treppe hinunter. Katharina hieß er durch einen Wink mit dem Kopf, die Tür zur Wohnung der Vermieterin zu öffnen. Er warf Frau Severin in ihre Wohnung, hielt die Tür zu und befahl Katharina, von außen abzusperren. Die wirre Frau röchelte in dumpfem Tonfall: „Hilfe! Der Teufel! Hilfe!“

„Du rufst jetzt sofort den Ehemann an oder einen Notarzt oder beide. Ich werde in der Zwischenzeit verschwinden, und kein Mensch wird davon erfahren, dass ich je hier war. Die Frau ist irre.

Ich werde sicherlich niemandem erklären, warum sie mich für den Teufel hält."

Katharina nickte mit Angst in den Augen. „Ich rufe an. Aber wir dürfen nichts verschweigen. Das ist gemein."

„Es ist mir völlig egal, was gemein ist. Ich werde weder ihrem Mann noch einem Arzt erklären, dass ich nackt verdroschen wurde. Die kann froh sein, dass sie keine Anzeige von mir bekommt! Und du musst dich nicht rechtfertigen, dass du einen Mann bei dir hattest und die Tür abgeschlossen war. So lass ich mich nicht tyrannisieren! Am Schluss sind wir schuld, dass die Frau durchgedreht ist."

KATHARINA

Katharina eilte zur Telefonzelle. Sie verhaspelte sich, als sie Herrn Severin – er war Gott sei Dank wieder im Büro – bat, sofort zu kommen. In ihrem Zimmer räumte sie eilig das Geschirr und alle Lebensmittel an den falschen Platz, stellte ihren Tisch zurück ans Fenster. Sie ging mit zitternden Knien wieder die Treppen hinunter. Sie streichelte die Tür, an die Frau Severin wütend pochte, murmelte leise und beruhigend auf die verrückte Frau hinter der Tür ein, wusste, dass sie nicht gehört wurde. Gern wäre sie hineingegangen, fürchtete sich aber vor den Schlägen und vor dem röchelnden Geschrei: „Du steckst mit dem Teufel unter einer Decke!"

Was sollte sie darauf sagen?

„Es ist nicht der Teufel. Es ist nicht der Teufel. Er ist ein Engel, er ist von der Schweizer Garde, er beschützt uns!" Der Notarzt kam kurz nach Herrn Severin. Zu zweit steckten sie die arme Frau in eine Zwangsjacke, und der Arzt spritzte ihr Beruhigungsmittel. Bei der kurzen Befragung beschrieb sie den Morgen so, dass sie die Vermieterin verwirrt angetroffen habe. Die Beruhigungsmittel hätten wohl nicht lange genug gewirkt. Der Notarzt nickte verständnisvoll, Herr

Severin schwieg. Katharina ging ihnen nach und blieb betreten zurück, als die Tür des Notarztwagens geschlossen wurde. Kann man mit der Wahrheit lügen? Sie hatte Frau Severin verraten. In einer Zeit, in der sie sie als Ersatztochter gebraucht hatte. Sie hatte wieder die Sorge durchlebt um ihre Tochter. Sie war wieder verrückt geworden. Katharina hatte ihr den Täter ins Haus geschleppt und zugeschaut, wie sie von dem nackten Mann eingesperrt worden war!

Sie setzte sich bebend vor die Wohnungstür und vergrub ihren Kopf in den Händen. Gern hätte sie gebetet, aber das durfte sie nicht mehr. Gern wäre sie in die Wohnung der Vermieter gegangen, um zu sehen, ob die Fenster geschlossen waren und ob alles andere in Ordnung war. Aber dazu schien sie nicht mehr befugt. Ab jetzt durfte sie die Severinsche Welt nicht mehr betreten.

Sie sehnte sich nach einer langen Dusche, um sich zu beruhigen, um die Tränen, den Rotz und den Geruch der letzten Nacht abzuwaschen. Aber die Vorstellung, dass Herr Severin von der Klinik zurückkäme, während sie mit nassen Haaren aus der Dusche trat, dass er sich mit leerem Blick und einer Bierflasche an den Küchentisch setzen würde, während sie frisch duftete, war unerträglich. Mit ihm zu reden gehörte nicht mehr zu den guten Dingen. Bislang waren sie Verbündete gewesen, hatten aufeinander zählen können, in der Fürsorge um seine Frau.

Katharina ging schwerfällig die Treppen zu ihrem Zimmer hoch und hielt sich am Handlauf fest wie eine alte Frau.

Frau Severin war nur selten so daneben gewesen. Katharina hatte das in drei Jahren erst zweimal erlebt. Nie war sie so aggressiv geworden.

Katharina sank aufs zerwühlte Bett. Das müsste sie Jens erzählen – keine Stunde war er weg. Jens Hugenbauer. Er verdrehte ihre Welt. Er würde ihr klarmachen, dass hier keine Schuldgefühle angebracht waren, dass sie angegriffen worden waren. Bisher war die eingebildete Gefahr von der Mafia ausgegangen. *Ich bin kein Mafiosi und schon gar nicht der Teufel! Schau mich an, sehe ich aus wie ein Teufel?* Sie würde nichts antworten. Sie war froh, dass sie ihn hatte. Sie fand ihn schön und anziehend.

Aber war der Teufel nicht auch anziehend?

Als sie wieder etwas besser beieinander war, stellte sie den Bildschirm und die Tastatur ihres PCs zurück auf den Tisch, legte ihre Bücher daneben. Den Karton mit den Tagebüchern ihrer Großmutter wollte sie wieder unter den Tisch schieben. Obenauf das Bild ihrer Oma, das schönste Bild von ihr, das Katharina, sorgsam in Folie geschweißt, auf die weiße Box geklebt hatte. Sie liebte dieses Bild, das ihr Ruhe gab, obwohl ihre Großmutter in ihrem Leben nicht die Ruhe hatte bewahren können. Das Bild zeigte ihre Oma als Neunzehnjährige, jünger als Katharina jetzt, und doch schon verheiratet und schwanger. Vielleicht kam dieser ruhige Blick daher, dass Jadwiga damals ein Kind erwartete, dass sie verliebt in ihren Mann war und, stolz auf die Schwangerschaft, getrost in ihre Zukunft schaute.

Jadwiga war immer schnell entschlossen gewesen und durchsetzungskräftig. Heute würde man sie wahrscheinlich als emanzipiert bezeichnen. Welche Frau war damals zum Fotografen gegangen und hatte sich schwanger ablichten lassen? Sie blickte ernst in die Kamera, wie es in den Zwanzigerjahren üblich war. Ihre vollen Lippen deuteten das Lächeln nur leicht an. Jadwiga hatte eine große, gerade Nase, die etwas zu lang für ihr schmales Gesicht geraten war. Durch ihren hellen Teint war sie nie einer slawischen Abstammung bezichtigt worden. In Jadwigas Augen erkannte sich Katharina wieder. Eine stille Aufmerksamkeit, durchdringend. Ein Blick wie bei Kleinkindern, die unbeirrt, speichernd und ohne Regung blicken können, bis sie schließlich lächeln. Jadwigas Augen waren unbestechlich und unnachgiebig, nach innen orientiert und im Ausdruck kaum irritierbar – in der Wut nicht verkniffen, in der Angst nicht groß, im Lächeln kaum nachgiebig. So konnte Katharina sie sehen. Keine großen Gesten, keine groben Falten. Und doch war sie gewalttätig geworden gegen ihre Tochter, Katharinas Mutter. Und doch war sie in die Knie gezwungen worden. 1940, als sie in Deutschland angekommen war, hatte sie auf Knien geputzt und gebohnert, in einer Kleinunternehmerfamilie, die sich im Krieg gut mauserte. Die wackere Jadwiga. Eine Polin, die deutsch sein und werden wollte.

9.

Jens

Jens sog die Luft tief ein und joggte zur Bushaltestelle. Er wollte frei werden von dieser verdrehten Wirklichkeit. Ein Kuddelmuddel aus Hirngespinsten und Gewalt, in das er hineingeraten war. Er würde sich jedes Nachspiel verbitten. Sollte bloß keiner auf die Idee kommen, ihm blaue Flecken am Arm der verbiesterten Irren anzuhängen! Gestern hatte er noch im Bus gesessen, aufgeregt im weißen Hemd, das ihm seine Mama gebracht hatte. Inzwischen hatte er einen Arbeitsplatz und eine neue Freundin. Sein Hemd war verschwitzt und grau, seine Hose muffelte und eine Socke war irgendwo in Katharinas Bett oder darunter verloren gegangen. Er schaute sich vorsichtig um, hoffte, dass niemand ihn kannte. Es wäre ihm peinlich gewesen, so derangiert im Bus zu sitzen. Claudia wäre entsetzt, wenn sie ihn so sehen würde. Gestern lag Jahre zurück.

Seine Wohnung würde er bald hinter sich lassen. Das stand schlagartig fest, als er ins dritte Stockwerk hochstieg. Seine Eltern hatten sie mit ihm zusammen ausgesucht, hatten sie ihm dringlich empfohlen: eine kleine Küche, ein kleiner Balkon, ein kleines Bad und ein kleiner Nebenraum, den er als Schlafzimmer nutzte. Ein großes Wohnzimmer, das er selten betrat. Er hatte dieses Apartment nie wirklich eingelebt, weil er schon während der ersten Semesterwochen Claudia kennengelernt hatte. Claudias Wohnung war weitläufiger und bot einen Blick über die Türme und Dächer der Weltstadt mit Herz. Mit seinen Freunden traf er sich in der Mensa, beim Sport oder in der Kneipe. Hier hatte er manchmal geschlafen, ungern gelernt. Um das lausige Gefühl der Verlorenheit loszuwerden, hatte er neben dem Lernen Musik gehört. Wenn er abends allein war, hatte er ferngeschaut oder einen Krimi gelesen und Bier dazu getrunken. Das Bild im Schlafkämmerchen, von Claudia und ihm am Meer, räumte er in den Schrank. Seine Studienskripte lagen im Wohnzimmer, neben dem Schreibtisch mit der Glasplatte, auf dem Boden. Das Bild von Claudia, von ihr geschenkt – schön wie ein Model lachte sie ihm entgegen –, schob er zwischen die Skripte. Es nervte ihn alles. Die Möbel seiner Eltern und Großeltern, die er sich von seiner Mutter als stylisch antiquiert hatte aufschwatzen lassen, die Balkonpflanzen, die sie ihm im Sommer aufgedrängt hatte – wirre, graugrüne Überbleibsel, die er weder versorgt noch entsorgt hatte. So hatte er sich während seiner Studentenzeit in Gewahrsam nehmen, sich vom Wohlwollen gefangen nehmen lassen. Es war Zeit aufzubrechen. Er brauchte mehr Raum, das stand fest. Mehr Raum zum Gestalten und zum Malen. Alles, was er Katharina in dieser Wohnung von sich selbst zeigen konnte, war die Staffelei – auch sie wirkte abgelebt – und die zwei Bilder von ihm, die an der Wand hingen. Sie schienen das einzige Indiz, dass er hier Quartier genommen hatte.

Claudias Zahnbürste, ihr Parfum, ihre Nachtcreme und ihren Nagellack stopfte er in eine Tüte.

Er duschte länger als sonst. Er fühlte sich erschöpft und niedergeschlagen. Das Telefonat mit Claudia – er wusste, dass er nichts erklären konnte. Was konnte er ihr sagen? Dass sie zu gut war, zu vernünftig, zu sicher? Dass sie zu wenig Not und zu viele Lösungen hatte? Dass er sich in eine andere Frau verliebt hatte?

Er goss Instantkaffee auf. Katharina würde erkennen, dass er diese Wohnung vernachlässigt hatte. Aber vor ihr musste er nichts beweisen, sie lebte ja selbst bescheiden. Er war immer noch wütend, wenn er an die Alte dachte. Dann wählte er, ohne weitere Vorbereitung, die Festnetznummer von Claudias Freundin. Er musste sparen, er konnte keine langen Handygespräche führen.

„Nina Metz"

„Ja, Hallo. Hier Jens. Könnte ich bitte Claudia sprechen?"

Er wurde wortlos weitergereicht.

„Hallo Jens."

Das Gespräch begann mit einer Pause, die ihn wütend machte. Das diplomatische Schweigen! Claudia, die Richterin, dachte er, wartet darauf, was ich zu sagen habe. Gut, das sollte sie haben: „Also, es ist aus. Ich habe eine andere Frau kennengelernt."

„Sag mal Jens, willst du jetzt so einfach, nach vier Jahren, am Telefon mit mir Schluss machen? Spinnst du?"

„Ja, du wirst es nicht verstehen – vielleicht spinne ich wirklich. Der Wahnsinn ist mir gerade ziemlich nahe."

Sie antwortete nicht. Sie wartete wahrscheinlich auf weitere Erklärungen. Das konnte er Claudia nicht erklären, den Wahnsinn der Liebe und den Wahnsinn des Teufels. Er konnte sich ihr abschätziges Kopfschütteln am anderen Ende der Leitung lebhaft vorstellen.

„Du weißt doch selbst, dass es schon länger nicht mehr –"

„Jens, komm mir nicht mit Floskeln. Ich bin hier den ganzen Tag in Aufruhr und frage mich, was in dich gefahren ist! Wir haben uns doch ganz normal verabschiedet. Wir haben uns verstanden. Wir sind ein Paar. Wir haben uns aufeinander verlassen!"

„Ja, klar. Es gibt nicht viel zu erklären. Soll ich dir jetzt noch sagen, dass es nicht an dir liegt, dass du eine wunderbare Frau bist? Es stimmt. Es gibt an dir nichts auszusetzen."

Sie schwieg.

„Ja, und ich weiß, es ist falsch, die Beziehung aufzugeben, ohne darum zu kämpfen. Verdammt, wie ich solche Plattitüden satthabe!"

„Du hast eine andere Frau kennengelernt."

„Das sagte ich bereits."

„Seit wann kennst du sie?"

„Seit gestern – ich hab sie vorher einmal gesehen. Wir hatten aber keinen Kontakt."

„Und das soll ich dir glauben. Gestern hast du sie zum zweiten Mal gesehen und heute willst du mit mir Schluss machen? Habt ihr miteinander geschlafen?“

„Das ist jetzt nicht wichtig.“

„Also ja. Nina und ich haben uns das schon gedacht. Und warum hältst du das nicht geheim vor mir?“

Er hielt den Hörer etwas weg. Hatte er richtig gehört?

„Weil ich nicht so bin.“

„Jens, normalerweise hält man das geheim und hofft, dass der andere nichts merkt. Es ist eine Nebenbeziehung.“

„Danke der Aufklärung. So machst du das normalerweise, oder wie?“

„Ja, ich hatte schon eine Nebenbeziehung.“

„Was?“

„Ja, aber das ist jetzt nicht wichtig, Jens, bitte. Ich habe den ganzen Tag schon nachgedacht, und ich wusste, dass du eine Neue kennengelernt hast. Lass uns etwas warten.“

Er fand in sich nur den dringenden Wunsch aufzulegen. Was wollte diese Frau noch? Sie hatte ihn betrogen! Er schwieg.

„Jens, bitte! Ich gehe hier auf und ab wie ein gefangenes Tier. Ich habe nichts gegessen, viel nachgedacht. Wir werden eine Lösung finden. Gib uns eine Chance! Lass uns reden oder nur warten, wenn du nicht reden willst.“

„Ich werde nicht warten, ich werde mich entscheiden. Ich habe mich entschieden.“

„Es ist zu schnell, Jens. Nach der ersten Ernüchterung mit deiner neuen Flamme wirst du wieder denken können, und dann kannst du dich wirklich entscheiden. Für den Februar suche ich uns eine Reise in den Süden. An einen einsamen Strand, auf den Malediven oder sonst wo. Nur wir beide, kein Massentourismus.“

Er lachte sarkastisch. „Ich glaube, ich eigne mich auch ganz gut für einen Strand, an dem sich viele Touristen aalen. Ich gehe hindurch, und wenn ich jemandem aufs Handtuch trete, dann entschuldige ich mich. Dann schwimme ich weit hinaus, dorthin, wo das Meer nicht mehr von den Menschen vollgepinkelt ist."

„Wir werden uns keinen Strand antun, der überfüllt ist. Ich hoffe, dass du bis dahin deine scheinheilige Bescheidenheit wieder überwunden hast."

„Wann hast du mich betrogen?"

„Das sage ich dir in unserem nächsten Urlaub."

„Es gibt keinen nächsten Urlaub. Ich habe deine Sachen in der Wohnung zusammengepackt. Ich schicke sie dir mit der Post zu."

War ihr Schweigen jetzt machtlos? Ob sie doch litt? Ob sie verstanden hatte, dass ihre schnellen Lösungen nicht immer griffen? Er suchte nach guten Worten, etwas Verständnisvollem. Vielleicht musste er sich doch entschuldigen oder gar um Verzeihung bitten.

„Jens!"

Da war er wieder: Der vernünftige und strenge Tonfall, mit dem sie ihm etwas beibiegen wollte. Er legte auf. Sein Handy schaltete er aus, den Klingelton am Festnetz setzte er auf stumm.

10.

Katharina

Es war Freitagnachmittag. Warum schauten die Menschen im Bus so müde? Katharina war auf dem Weg ins Dantebad, um dort zu duschen und sich freizuschwimmen, bevor sie bei Jens zu Abend essen würde. Kürbissuppe! Sie musste lächeln.

Die Wärme des Schwimmbads und der Chlorgeruch umfingen Katharina bereits an der Kasse. Sie ließ sich Zeit unter der Dusche, bevor sie ins Bad stieg. Es war nicht viel los. Unbehelligt zog sie langsam und gleichmäßig ihre Bahnen in diesem großen Außenbad. Sie beschloss, Herrn Severin die Wahrheit zu sagen. Auch Frau Severin würde sie alles gestehen, nach ihrer Rückkehr aus der Psychiatrie. Katharina würde sich entschuldigen. Es würde alles wieder in ehrliche und normale Bahnen kommen. Sie fühlte ihren Körper, der stromlinienartig durchs Wasser glitt. Sie hob und senkte den Kopf, fand, im Wechselspiel zwischen Eintauchen und Auftauchen, zurück zur Ruhe. Das warme Wasser dampfte, während von oben vereinzelte, große Schneeflocken niederschwebten. Sie legte sich an einen Strudel im kleinen Becken und ließ sich ihren Rücken massieren.

Ein Junge, vielleicht fünf Jahre alt, machte sich einen Spaß daraus, immer wieder aus dem Becken zu klettern, um dann, bibbernd, zurück in die Arme der Mutter zu springen und sich im warmen Wasser aufzuwärmen. „Du musst wieder schimpfen", befahl er, und die Mutter sagte folgsam: „Du darfst jetzt nicht mehr raus, du wirst dich erkälten! Nein, du darfst nicht mehr raus!" Woraufhin er mit Feuereifer erneut die Treppen hochrannte und in die Geborgenheit des warmen Wassers zurücksprang. Es war eine geduldige Mutter, die das immer gleiche Spiel mitmachte. Meine Mutter, dachte Katharina, hätte mir wirklich verboten, mich der Kälte auszusetzen, aber sie hat auch immer echte Angst gehabt. Katharina beobachtete die beiden gern und schaute in den flockenverwehten Himmel. Ihre bleichen Schenkel erschienen ihr engelhaft üppig und weich. Ihre Zehen verfehlten jede Schneeflocke, die sie mit ihnen aufzufangen versuchte. Als sie den Abendstern erkannte, war sie sicher, dass Jens das Telefonat mit Claudia beendet hatte und an sie dachte.

Unter der Dusche blickte sie gedankenverloren auf eine alte faltige Frau ihr gegenüber, die sich mit konsterniertem Blick von ihr abwandte. Ob sie ihre Großmutter auch lieben könnte, wenn sie noch lebte? Sie wäre ein stures altes Weib geworden. In ihren Tagebüchern war ihr Starrsinn noch jung, von kindlichem Eifer, von Idealismus kaschiert. Die wenigen Bilder offenbarten Jadwiga als ein ernstes Kind, später als eine junge Frau mit Selbstvertrauen, dann als Erwachsene, um deren Lippen eine bittere Abschätzigkeit spielte. Im Oktober wäre sie vierundachtzig Jahre alt geworden.

Das Haus war leer und dunkel. Es wirkte gespenstisch und verlassen. Herr Severin war noch bei seiner Frau in der Psychiatrie. Katharina fürchtete sich, als sie die Treppen zum Trockenraum im Keller hinabstieg. Das war doch alles eine Zumutung! Diese nackte Vierzigwattglühbirne, die Funzel aus Vorzeiten, die noch mit einem dicken Knauf an- und abgedreht werden musste! Ihre Finger waren zu kalt und kraftlos, um den Lichtschalter im Keller nach rechts drehen zu können. Katharina ärgerte sich über die Severins, die es nicht für nötig befunden hatten, in den Kellerräumen ein freundliches, zugängliches Lampensystem zu installieren. Im Schattenlicht, das durchs Kellerfenster drang, knüpfte sie Handtuch und Badeanzug an der Leine auf. Da hingen die Wäschestücke, leblos, tropfend und sahen aus wie halbe Leichen. Katharina floh durchs Treppenhaus in ihr Zimmer, schaltete Deckenlicht und Leselampe an, legte die Hände auf den Heizkörper. Sie war froh, dieser Bedrückung zu entkommen. Sie schlüpfte fröstelnd in ihren einzigen Spitzenbüstenhalter, wählte das olivfarbene Langarmshirt mit V-Ausschnitt und lächelte ihr Spiegelbild unmerklich an. Sie fand, dass sie der jungen Jadwiga ähnlich sah und war stolz darauf. Bevor sie zu Jens ging, wollte sie noch Eva anrufen. Es war Zeit, sich einen eigenen Telefonanschluss zu leisten.

Die Telefonzelle war besetzt. Katharina verwünschte das Mädchen, das wahrscheinlich heimlich ihren Freund anrief und sich kichernd über die Muschel beugte. Hinter Katharina wartete ein junger Mann in altmodischen beigen Cordhosen und lächelte sie mit schiefen Zähnen an, als sie sich umblickte. Als die Zelle endlich frei war, zog sie die Tür sorgfältig hinter sich zu.

„Eva?"

„Hi", Katharina hörte das Streichholz, mit dem Eva sich eine Zigarette anzündete. „Hab dich heute im Seminar vermisst", sagte Eva in vergnügt herausforderndem Ton. „Du hast die letzten Zuckungen des mühsam zusammengehaltenen Abendlandes verpasst. Du weißt: Nur Kant hat deduktive und induktive Erkenntnis noch zusammendenken können. Nach ihm", sie zog hörbar an ihrer Zigarette, „nur noch idealistische Schwärmer oder positivistische Realos. Ein Trauerspiel."

Katharina musste lachen. Eva war die intellektuelle Provokation des gediegenen Philosophieprofessors, der sich so kleidete und gab, als wäre Philosophie die Anleitung zum strengen, nicht zum freien Denken. Die beiden lieferten sich einen Kampf zwischen Establishment und neuem deutschen Tiefsinn, Eva mit spitzer Zunge und scharfem Intellekt, er mit gemessenen Schachtelsätzen. Jede Woche saßen sie einander an den zusammengestellten Tischen im Seminarraum gegenüber: er in eng geschnittenem Anzug mit ausgebeulten Ellbogen und einer Hose, die in Schritt und Hintern kniff; Eva in wallenden Shirts und Tüchern, deren Farbe sich gewöhnlich mit der Farbe ihrer Haare – meist orange, manchmal hellgrün – biss. Eva genoss ihre Kampfansage an seine Biederkeit. „Er kann froh sein, dass er meine Punkphase nicht mitbekommen hat, dagegen bin ich jetzt die reinste Streberin. Ich bereite mich immer für ihn vor, genauer gesagt, gegen ihn. Daher bin ich seine beste Studentin", hatte sie Katharina erklärt.

„Da habe ich wieder Wesentliches verpasst", knüpfte Katharina jetzt an.

„Indeed. Aber sag mal, warum hast du gefehlt? Bist du krank?"

„Schlimmer: Ich hab ihn wieder getroffen."

„Nein!"

„Doch!"

„Bist du verliebt?"

„Mehr als das."

„In einen Windsurfer!"

„Es kommt noch härter: Er ist BWLer."

„Nein!"

„Du sagst ja noch öfter Nein als ich."

„Hä?"

„Das war ein Insiderwitz, bei Jens habe ich auch so oft Nein gesagt."

„Ach deshalb seid ihr jetzt zusammen. Komisch, bei mir klappt das nie. Ich sage auch immer Nein."

Sie lachten beide. „Ich muss dir noch viel erzählen. Meine Vermieterin ist wieder im Wahn. Ich glaube, ich fürchte, dass ich schuld bin. Ich muss dir so viel erzählen, Eva. Du musst mir versprechen, mir beizustehen. Ich habe keine Ahnung, warum das gutgehen soll. Ich meine, das mit Jens. Es ist nur – es musste einfach sein. Es ist wie Schicksal."

Sie hörte Evas tiefes Durchatmen und wusste, dass ihre treue Freundin ihr zuhören würde, egal wie kompliziert Katharina werden würde. Sie hatten beide schon oft gleichzeitig geweint und gelacht, weil sie sich so ähnlich, so falsch und richtig zugleich fühlten.

„Wir müssen jetzt Schluss machen. Vor der Zelle geht ein komischer Typ auf und ab."

Katharina knöpfte ihre Jacke bis oben zu und schlang den Schal fest um sich, bevor sie aus der Zelle trat. Sie schaute zu Boden, und als sie den Blick kurz hob, um die Tür an den jungen Mann zu übergeben, sah sie sein breites Grinsen. Er trat viel zu nahe, fast streifte er ihre Kleidung, als sie aneinander vorbeiglitten. Sie musste an sich halten, um nicht loszurennen.

Beim Umsteigen am Hauptbahnhof sprach sie ein junger Russe an und fragte sie nach dem Weg zur Tram 18. Sie erkannte seine Herkunft sofort am Akzent. Seine Frage klang nach einer im Deutschkurs auswendiggelernten Phrase: „Entschuldigen Sie bitte, könnten Sie mir bitte sagen, wo …“ Er hatte sich bemüht. Sie antwortete ihm auf Russisch. Er wandte sich konsterniert ab. Sie wusste, dass sie ihn mit der Antwort als Ausländer identifiziert und sein Deutsch wertlos gemacht hatte. Sie hatte keine Geduld. Unzählige Deutschstämmige waren seit der Öffnung der Ostgrenzen aus Russland, Polen, Rumänien und Ungarn nach Deutschland gekommen. Sie sprachen oft kein Deutsch und galten doch als deutsch. Wenn jetzt alle, die vor Generationen einmal als Deutsche ausgewandert waren, wieder „heimkehrten“ … Im Grunde war es doch eine rassische Argumentation: Das deutsche Blut schien sich erhalten zu haben, auch wenn die Sprache längst verloren war. Zu Jadwigas Zeit, in Polen, galt als deutsch, wessen Muttersprache Deutsch war.

Ärgerlich über sich selbst legte sie einen Schritt zu. Sie wollte jetzt weder an ihre Großmutter noch an den geschichtlichen Sekundärstoff denken. Ab nächster Woche würde sie sich wieder ihrer Seminararbeit zuwenden, in der sie den Stoff wissenschaftlich rezipierte.

Als sie endlich auf dem breiten Bahnsteig am Prinzregentenplatz stand, als die U-Bahn-Türen sich mit einem synchronen „Klack“ geschlossen hatten, umfing sie eine andere Atmosphäre. Sie hob den Blick und sah nichts Auffälliges. Menschen, die friedfertig standen oder leise miteinander sprachen. War das etwas Besonderes? Als das

Kreischen der beschleunigenden Bahn im Tunnel eingesogen war, hörte sie es. Es war Musik. Klassik. Geigen. Sie kannte das Stück und horchte. Blieb stehen, senkte die Lider und wusste, was es war: Bach, Johann Sebastian Bachs *Air*. Sie lauschte auf die helle und die dunkle Seite der zusammenklingenden Streicher. Wie sich die helle obere Violine ihren Weg suchte, sich dann doch wieder an den Basso Continuo anlehnte; wie Bratsche, Cello, Kontrabass ihr Halt gaben, während sie wieder aufs Neue startete, um sich langsam, sehnsüchtig in ihre Höhen vorzuwagen. Wenn sie zurückkam, den tieferen Streichern nahekam, dann klang doch alles sehr getragen und melancholisch. Warum lag getragen und melancholisch so nah beieinander? Sachte setzte Katharina ihre Tritte, nahm die Treppenstufen langsam, lächelte, als sie die herrschaftlichen Häuser am Prinzregentenplatz erleuchtet sah, und ging zuversichtlich den schmaler werdenden Gassen entgegen. Wo war ihre Angst geblieben? Sie wusste, sie würde ihn finden – seine Straße, seine Wohnung, sein Herz. Die Kluft zwischen ihr und der Welt, zwischen ihr und den Menschen, zwischen ihr und einem Mann war zu einem magnetischen Feld geworden. Ein Anziehungsfeld. Ihr Herzklopfen war Vorfreude, ein glückliches Pochen vor dem nächsten Einklang. Ein Blick, ein Kuss und ein Gespräch als Vorspiel zu einem langen Eintauchen. Dabei ahnte sie, dass Jens nicht zu ihr passte.

11.

Jens

Als er Katharina die Treppen hochkommen sah, fiel seine Anstrengung von ihm ab. Beim Einkauf für die Kürbissuppe hatte er vergeblich nach frischem Ingwer gesucht. Kürbissuppe ohne frischen Ingwer – das wäre bei Claudia nicht durchgegangen. Sie hätte noch schnell beim türkischen Gemüsehändler oder bei Feinkost Käfer vorbeigeschaut. Jetzt würde er sich vor Katharina rechtfertigen müssen. Die Suppe würde fad schmecken, die Wohnung war trist, seine Verfassung: erschöpft. Der Anrufbeantworter blinkte aufdringlich und zeigte bereits fünf Nachrichten an, die Claudia in sein Schweigen diktiert hatte.

Katharina lächelte ihn versonnen an, schwankte leicht im Oberkörper mit jedem Tritt mit. Claudia hätte ihr einen Grundkurs in Ballett anempfohlen, um die Haltung zu verbessern. Man konnte gerade gehen, ohne steif zu wirken. Das war langfristig wichtig, um gegen Rückenschmerzen vorzubeugen. War ein neues Leben mit Katharina möglich? Ein Leben unabhängig von den zahllosen Strengeregeln, die ihn lenkten, bevor er sie denken konnte?

Sie legte sich in seine Arme. Wohin sollte er sie führen? Es gab nur seine alte Welt.

„Ich will ein neues Leben mit dir", sagte er. „Außerdem habe ich keinen frischen Ingwer bekommen."

Katharina lachte. „Seit wann bist du so grundsätzlich? Ein neues Leben. Ohne Ingwer? Wie sollen wir unser Leben ohne frischen Ingwer beginnen?" Sie lachte ihn herzlich aus.

Er nahm sie an der Hand. „Also: Am besten, du schließt die Augen, während ich dich herumführe. Das hier ist meine Wohnung, aber sie ist fremdbestimmt. Fast alles, was hier drinsteht, bis auf meine beiden selbstgemalten Bilder, kommt von meinen Großeltern oder meinen Eltern. Wer zahlt, schafft an. Ich weiß gar nicht, wie ich es wagen konnte, dich so schnell hierher zu lotsen."

„Du führst mich jetzt also zu deinen Eltern und Großeltern, das geht ja wirklich schnell. Keine Sorge, ich achte nicht auf Möbeldesign. Das ist doch spießig. Steckt da wirklich unsere Identität drin? Im Haben?"

„Stimmt. Ich bin froh, dass du alternativ bist und alle Äußerlichkeiten verachtest."

„So schlimm bin ich jetzt auch wieder nicht. Eva ist so, meine beste Freundin."

Jens schaute skeptisch. Katharina küsste ihn neckisch auf den Mund.

„Jetzt zeig schon. Wir müssen hier noch viel Zeit verbringen. Mein Zimmer ist auch nicht mehr so recht mein Zuhause. Und noch ist es zu früh, sich eine gemeinsame neue Wohnung zu suchen, oder?"

Jens legte seine Hand an ihren Nacken und küsste sie.

„Ich hätte dir doch gestern schon den Heiratsantrag machen sollen, dann wären wir heute zur Hochzeitsreise aufgebrochen und hätten uns danach eine gemeinsame Wohnung gesucht."

„Gestern hättest du noch ein Nein bekommen."

„Hier", Jens wies mit der Hand durch die Tür, „die Küche, ausgestattet von einem bekannten schwedischen Möbelhersteller. Meine Mutter hat Wert darauf gelegt, dass sie nicht langweilig weiß ist, daher dieser interessante avantgardistische Grünton zwischen Hellgrün und Khaki."

Katharina lachte. „Der Kürbis macht sich sehr gut dazu. Vielleicht sollten wir unsere Speisen darauf abstimmen, dass sie farblich zur Küche passen."

„Sehr gut, meine Mutter wird dich lieben."

Jens holte tief Luft und versuchte, seine Nervosität zu überspielen. „Hier, gleich nebendran, der von mir höchstpersönlich eingerichtete Schlafraum. Gegen den Rat meiner Eltern und meiner Großmutter habe ich bis heute kein Bettgestell, ordne meine Krimis nicht nach Autorennamen und habe keine Jalousie vor der Fensterluke."

„Wow, das ist ja richtig studentisch. Da hast du echte Zivilcourage gegen deine Eltern und Großeltern bewiesen." Dann schaute sie ihn bittend an. „Entschuldige! Es ist gemein. Ich wollte mich nicht über deine Familie lustig machen. Ich habe meine Möbel zum Teil vom Sperrmüll. Sie sind auch nicht Ausdruck meiner selbst."

Er wurde seine Nervosität nicht los.

„Warte mal, bis du mein großes Zimmer gesehen hast. Ich bin gespannt, was du dann sagst. So viel jetzt schon: Claudia fand es unerträglich."

„Dann muss ich es natürlich formidabel finden." Jens öffnete die gegenüberliegende Tür, knipste eine Stehlampe an, dann das Deckenlicht. Sie schwieg.

Katharina

Katharina hätte keinen ironischen Kommentar geben können, so sehr überraschte sie die Atmosphäre, die sie gleichzeitig gefangen nahm. Vor ihr erstreckte sich ein großzügiges Zimmer, dessen Fensterfront sich auf einen Balkon hin öffnete. Sorgsam, zurückhaltend angeordnet, zwischen weißen Wänden, standen Antiquitäten, die alt, aber nicht protzig wirkten. Sie ging vorsichtig herum, blieb dann vor dem Kleiderschrank stehen, der in rötlichem Holz mit rundgebogenen hellen Intarsien einzeln stand. „Ist das Kirschholz?", fragte sie. Jens nickte. „Er kommt von deinen Großeltern?" „Hochzeitsschlafzimmer."

Gegenüber stand ein Sekretär mit vielen kleinen Laden, die den Eindruck erweckten, als müsste man dahinter ein Geheimfach finden, in dem die Goldmünzen der Familie versteckt wurden. Vor der Fensterfront eine moderne Schreibtischplatte auf schlichten Holzböcken. Daneben lagen Haufen von Papier, der Computerturm stand daneben wie ein Ungetüm. An der rechten Wand eine Staffelei und zwei Bilder. Katharina setzte sich auf ein Nierensofa, vor dem ein passender ovaler Glastisch stand.

„Siebzigerjahre?", fragte Katharina.

„Erstes Wohnzimmermöbel meiner Eltern. Es galt damals als modern, geradezu mutig."

„Ehrlich gesagt", Katharina ließ den Blick noch einmal schweifen, „ich finde es schön, dieses Zimmer." Sie sprach in leisem Ton. „Es steht voller Traditionen, die nicht einmal zueinanderpassen. Sie stehen aber weit genug voneinander weg, sodass sie einander nicht stören. In ihren Kontrasten sind sie fast rührend." Jens klopfte nervös auf seine Oberschenkel.

„Es sind lauter Ja-aber-Möbel. Ja, der Schrank ist schon schön, aber er passt in keine Wohnung mehr. Ja, der Sekretär sollte nicht weggeworfen werden, ist aber unzweckmäßig. Die Schubladen klemmen, und kein Mensch braucht mehr eine Ablage für ein Tintenfass. Ja, das Sofa ist süß, aber es bleibt fremd hier. Es schreit nach Bartträgern mit langen Haaren und Schlaghosen, der Tisch nach Mayonnaise zu Käsewürfeln und Trauben."

„Das klingt, als hättest du schon oft darüber gesprochen – mit Claudia?"

Er blickte sinnierend auf die Fensterfront vor der Dunkelheit.

„Nein, ich habe noch nicht oft darüber gesprochen. Ich fange erst jetzt an, richtig darüber nachzudenken."

„Kann ich noch kurz allein hierbleiben?"

„Ungern."

„Manchmal muss ich das."

„Während ich in der Küche dem bunten Kürbis zu Leibe rücke und Hausmann spiele?“

„Ich komme doch gleich nach.“

Sie ging vorsichtig umher mit dem Gefühl, ein zu früh hereingeschneiter Gast zu sein. Am Boden, zwischen seinen Skripten neben dem Schreibtisch, lag halbverdeckt das Foto einer lächelnden Frau im Bikini, die sie unschwer als Claudia erkannte. Katharina zog das Bild kurz heraus und schob es dann schnell zurück in den Papierhaufen. Obwohl sie nur einen Blick darauf geworfen hatte, prägte sich ihr das Bild in klaren Konturen ein. Claudia hatte ein freies Lächeln, warmherzig und ohne Scham. Sie war genauso makellos, wie Jens sie beschrieben hatte. Blond, braun gebrannt, sportlich mit straffen Brüsten im Top-Bikini, der ihre Figur zur Geltung brachte, ohne aufdringliche Betonung ihres Sexappeals. Anders als in Jens’ Beschreibung fand sie auf dem Foto eine lebendige Frau, kein Monster der Perfektion. Sie kam von der Vorstellung nicht los, dass Jens zwischen der Erarbeitung des Lernstoffs das Bild zur Hand genommen hatte, um seine schlaffe Lernmüdigkeit mit heftigen Gedanken an seine Freundin zu vertreiben. Sie wollte Jens so schnell wie möglich nach dem Telefonat mit Claudia befragen.

Aber es war nicht Eifersucht, die in ihrem Herzen brannte. Es war Neid. Bitterer, grüner Neid. Jens lebte mitten in einem Geflecht von Traditionen und Menschen, von denen er sich absetzen konnte mit seinem „Ja-Aber“. Das Ja blieb, auch wenn er das Aber dazu gestaltete. Ja zur Wohnung, die seine Eltern für ihn ausgesucht hatten und bezahlten. Ja zu ihrer Unterstützung, damit er als gut gekleideter Schüler, sportlich trainiert, im Malen gefördert, mit Bildung bereichert ins Leben treten durfte. Ja zu den Großeltern, die noch lebten, zumindest seine Großmutter. Dann konnte er sich bequem sein Aber aussuchen. Aber doch bitte ein anderer Sport, ein anderes Studium, ein anderes Design in Kleidung und Wohnung. Und sie selbst, Katharina Markgraf? Sie hatte sich ihr Zimmer allein gesucht, hatte die Möbel auf dem Sperrmüll zusammengetragen. Sie wohnte nicht eigenständig, sondern bei Vermietern, deren Bad sie mitbenutzte und bei denen sie sich als Ersatztochter geben wollte oder musste. Jens zeigte die Dinge seiner Ahnen mit Vorbehalt, sie hatte keine Möbel vergangener Generationen. Wann würde sie ihm sagen, dass sie aus einer entwurzelten Familie kam, eine, deren Tradition sich auf eine Generation beschränkte, mit der mageren Kleinbürgerlichkeit eines Hauses im Neubaugebiet eines Dorfes im bayerischen Wald? Dass ihr wertvollstes Fundament das Tagebuch einer mutigen Großmutter war, während ihre Mutter nach der Flucht in Angst und Vorsicht erstarrt geblieben war.

„Ich brauche dich", sagte Jens, der aus der Küche zurückgekommen war und sich aufs Sofa gesetzt hatte. „Die Kürbissuppe wird sonst fad. Ich bin sicher, du machst aus wenigen Zutaten ein schmackhaftes Ganzes."

Katharina musste lächeln. „Ja, vielleicht. Zumindest bemühe ich mich darum. Schon mein ganzes Leben lang."

Katharina und Jens

Beim Kochen legte Jens eine CD in den Player, wippte leicht in der Hüfte, summte aufmunternd mit zu *American Pie*. „Wegen dir lege ich nun schon Oldies auf." Er richtete das große Küchenmesser in die Höhe. „Mein Mafiosi-Messer, wie du siehst. Normalerweise ramme ich das nicht in Kürbisse."

„Du hast zu viele Krimis gelesen."

Er entkorkte eine Flasche Weißwein mit einem lauten Plopp.

Katharina fing an, Zwiebeln und Kürbisstücke in geschmälzter Butter zu braten.

„Nimm nicht so viel Butter."

„Die Claudia-Maßstäbe kannst du vergessen. Mit mir bist du in der Nachkriegszeit. Ich bin aus der vorigen Generation und will satt werden von einer Suppe. Ich will keine Kalorien sparen."

Sie suchte das Gewürzregal durch und mischte gemahlene Nelken, Zimt und Muskat in die köchelnde Kürbissuppe.

Jens schnupperte anerkennend. „Das wird eine Adventssuppe."

Katharina lächelte spöttisch. „Ja, es ist die Zeit des Wartens. Ich muss lernen, zu warten und zu vertrauen. Am Ende des Advents kommt der Erlöser. Alle haben auf ihn gewartet, und als er dann da war, konnten sie es doch nicht glauben."

„Schon wieder so ein bildungsschwangeres Bild."

„Daran musst du dich gewöhnen."

Sie setzten sich an den Klapptisch in der Küche, Jens schenkte noch einmal nach, und sie stießen an und sahen sich staunend in die Augen.

„Kennen wir uns?", fragte Jens lächelnd. „Gestern hätte ich das nicht fragen dürfen."

„Wir kennen uns überhaupt nicht, von außen gesehen, muss ich sogar sagen, wir passen nicht zueinander."

„Aber?"

„Aber ich fühle mich sauwohl bei dir mit all meinem Neid, meiner Unsicherheit. Ich freue mich auf jeden Streit mit dir und bin glücklich mit jedem Blick in deine Augen, der mich besänftigt bis ins Mark."

Sie küssten sich innig über dem klapprigen Tisch.

„Ich finde dich nicht unsicher."

„Du bist das größte Wagnis meines bisherigen Lebens. Bis jetzt habe ich mich immer verstellt, um eine Beziehung zu halten. Ich habe so getan, als wäre ich nicht unsicher und als würde ich nicht leiden."

„Das klingt ja fast, als würdest du das Leiden schätzen."

„Ich will es nicht, ich muss es. Sobald ich das Leiden wegstreiche, werde ich unehrlich. Eine starre Hülle, ohne Gefühl und Mitleid."

„Das wollte ich dir erzählen – das ist es, was mir an Claudia nicht gefällt: Dass sie ihre Mängel und Probleme behebt, schnell, damit alles tipptopp aussieht. Ein Leben voller gelöster Probleme ist auch nervig."

Er schaute ihr fragend in die Augen, und wieder überkam sie ein Zusammenklang, der untergründig war. „Auf uns!"

KATHARINA

Jens nickte dem Weinglas anerkennend zu, als er es abstellte.

„Grauburgunder, bei uns inzwischen bekannt als Pinot Grigio, was natürlich viel interessanter klingt, als Ruländer oder grauer Burgunder. Dabei kommt die Rebsorte aus Frankreich, eigentlich ist es ein Pinot Gris. Ein echter Frauenwein, goldgelb, weich und körperreich."

Katharina hielt ihr Glas mit ironischem Lächeln hoch. „Das sind ja echte Männersprüche."

„Und ich darf dir nicht sagen, wer mir dieses immense Wissen beigebracht hat."

Katharina nahm noch einen kräftigen Schluck. „Ich habe sie gesehen, auf dem Foto, zwischen deinen Skripten."

„War da noch ein Foto? Das habe ich völlig vergessen."

„Du bist kein sehr ordentlicher Mensch. Sie sieht gut aus, nicht nur schön und sicher, auch lebendig."

„Ich habe kurzen Prozess gemacht. Sie war erbost, dass ich dich nicht als Nebenbeziehung geheim gehalten habe, so wie sie das selbst schon gemacht hat."

„Was? Sie hatte einen anderen?"

„Ja, ich kann dir aber nichts dazu sagen. Sie hat mir auch nichts weiter dazu erzählt.“

„Meinst du, dass sie selbst auch schon an Trennung gedacht hat?“

„Nein. Sie hält sich für mächtig genug, dass sie drei Monate wartet, bis ich mich wieder eingekriegt habe.“

„Und dann?“

„Dann würde sie den hungernden gezähmten kleinen Wolf wahrscheinlich wieder ins Rudel aufnehmen und ihm klarmachen, dass er sich ein bisschen zu viel getraut hat.“

„Wie? Sie will warten?“

„Ja.“

„Werdet ihr Kontakt halten?“

„Ihre Sachen werde ich ihr per Post zurückschicken. Mit herzlichen Grüßen vom gezähmten Wolf, oder so.“

„Nein, du darfst nichts vom Wolf sagen. Das ist doch *mein* Bild von dir.“

„Das weiß ich doch“, sagte er lächelnd.

Sie schaute ihn prüfend an, ob er leichtfertig über Claudia hinweglog. Sie erkannte aber eine Klarheit, die sie schon fast erschreckte.

„Hast du vorher nie daran gedacht, die Beziehung zu beenden?“

„Nein. *Warum*, wirst du jetzt fragen. Du fragst wieder Zeug!“

Katharina unterdrückte ein Lächeln.

„Es war Ehrensache, Claudia hätte es geächtet, wie jetzt auch. Die Beziehung beenden, nur weil sie nichts Neues mehr bietet, galt uns als mangelnd charakterstark. Wir haben uns über Wasser gehalten mit Positivgewäsch – gut, dass wir so gern gut essen; gut, dass wir unser Studium so gut vorwärtsbringen; gut, dass wir gern Sport machen; gut, dass wir besser sind als unsere Freunde …“

„Und du? Du tust so, als hätte Claudia die Lösungen, die Antworten, das Positive vorangetrieben. Wolltest du nicht mehr, nicht noch mehr Weite, noch mehr Fragen?“

Jens zögerte.

„Claudia war sehr straight. Sie ist gut im Begrenzen, nicht im Hinterfragen.“

Sie trank vom Wein, dem Frauenwein.

„Ich bin übrigens nicht der Überzeugung, dass sich Reichtum und guter Charakter ausschließen“, fuhr Jens fort. „Ich würde sogar sagen, dass Claudia viele gute Seiten hat. Auch ihre Eltern. Aber es sagt doch viel über unsere Beziehung, wenn Claudia sie mit einem Luxusurlaub, mit etwas exklusivem Äußeren retten möchte. Es war wohl nicht mehr viel exklusives Inneres vorhanden. Das finde ich übrigens selbst sehr traurig und hätte es nicht gedacht.“

Katharina schwieg. Die Suppe schmeckte ihr gut.

„Und sag jetzt nicht, dass wir uns etwas vorgelogen haben! In langen Beziehungen machen es sich doch alle bequem in ihren gemeinsamen Gewohnheiten. Bilden sich etwas ein auf ihre gegenseitige Toleranz, dabei haben sie schon aufgegeben.“

Katharina schluckte. Wieder dieses Gefühl, dass Jens auf Erfahrung aufbaute und sie nur auf Einsamkeit. Sollte sie ehrlich sein? „Ich hatte noch keine längere Beziehung. Alles, was ich Gutes über meine Beziehungsfähigkeit weiß, ist, dass ich gut küssen kann.“

„Von wem?“ Jens verschränkte die Arme.

Sie erzählte stockend. Von der Zeit, als sie realisierte, dass sie anders war als die anderen und doch dazugehören wollte. Dass sie mit dem dünnen und gescheiten Bruno zusammen war, weil sie dachte, dass sie zusammenpassen müssten. Dass sie stolz war, dass Ralf sie küssen wollte, obwohl sie nur Bewunderung, aber keine Zuneigung für ihn übrighatte. Sie zögerte, weil sie sich schämte. Sie weinte, weil sie sich fürchtete, von Jens als wertlose Spreu in den Wind geschossen zu werden, wenn er erfuhr, dass sie für einen Kasten Bier verwettet worden war. Sie sprach weiter, weil sie es wagen wollte, mit ihm zusammen zu sein, als die Frau, die sie war.

Jens schaute sie lange sehr ernst an, dann hob er die Augenbrauen, und schließlich schmunzelte er verwegen.

„Wir hatten auch so einen Dandy in der Klasse, Michael. Er verführte nur die tollsten Frauen an der Schule, die, die wir anderen nicht bekamen. Ich weiß gar nicht, wie ich zu der Ehre komme, dass du mit mir zusammen sein willst."

Katharina lächelte unter Tränen. Und Jens fragte nicht mehr, als sie weinte, und hielt sie sehr fest, als sie außer sich war. Sie hatte den Mut, sich vor ihm zu schämen, in seiner Schlafkammer, bei Mondlicht.

Als er schlief, sah sie dem bleichen Licht nach, das durch das Lukenfenster am Kopfende ins Zimmer drang. War heute nicht Vollmond? War Frau Severin deswegen so zerrüttet gewesen, weil sie bei Vollmond nicht schlief? Hatte sie daher die Tritte auf der Treppe gehört und dann eine Nacht der Erinnerung an ihre verlorene Tochter durchlebt? War es legitim, dass sie, Katharina, dieses weiße Licht als Transparenz auf die Welt der Liebe wahrnahm?

Sie schob ihre Skrupel weg und gab sich der Ruhe hin, die von Jens ausging, von seiner kurzentschlossenen Sicherheit. Er grübelte nicht lange, er handelte. Mit ihm war selbst das Schwere leicht. Und er malte. Sie hatte seine Bilder gar nicht angeschaut. Wie konnte sie nur so achtlos sein? Sie blickte sein schlafendes Gesicht an und ließ sein ruhiges Gewissen in sich einziehen.

12.

Katharina

Katharina hatte es sich angewöhnt, in der Bibliothek zu arbeiten. Wenn weder Vorlesung noch Seminar dazwischenkamen, saß sie morgens um Neun in der Staatsbibliothek, oben im dritten Stock, im Ostlesesaal, der Materialien und Platz für Orient, Asien und Osteuropa bot. Sie brauchte das Ambiente, das zum Studieren einlud. Hohe Gänge, metallene Karteikästen, Bogenfenster mit Reliefverzierungen, wissenschaftliche Beleuchtung mit lang gezogenen, lamellenbesetzten Neonleuchten. Im Lesesaal herrschte raschelnde Stille, manchmal hörte man einen Ventilator im Hintergrund. Wenn sie früh genug vor Ort war, konnte sie den Platz neben den Regalen mit den Wörterbüchern wählen, die ihr, trotz ihres angestammten Polnischs und ihrer angelernten Russischkenntnisse unabdingbar waren. In Schaffens- und Denkpausen erlaubte sie sich, in Lexika hineinzuschnüffeln. Sie besah sich, ohne produktiven Sinn, Angaben zu Personen, die in fremden Kulturkreisen Bedeutung erlangt hatten. Sie studierte deren Gesichter auf die Frage hin, ob man ihren Zügen ansehen konnte, dass sie in einer anderen Zeit gelebt hatten, in anderen Regionen. Sie las einzelne Angaben mehrfach, übte sich dabei in kyrillischer Schrift und hatte die Inhalte wieder vergessen, sobald sie über ihren Materialien saß. Wöchentlich wartete sie auf Kopien der *Lodzer Freien Presse* und der *Neuen Lodzer Zeitung* aus den Jahren der Zwischenkriegszeit, die sie bestellte, um neben den Tagebüchern der Großmutter primäre Quellen zu zitieren.

Sie liebte das Gefühl des Studierens. Stets war sie sich bewusst, dass sie durch dieses Ambiente und durch ihr Schaffen wegkam von der Beschränktheit des Dorfes, dessen einzige Bibliothek die Pfarrbücherei war. Sie empfand es als befreiend, dass sie im Studium die

Themen von allen Seiten beleuchtete, ohne sich auf eine klare Meinung festlegen zu müssen. Gleichzeitig blieb ihr immer das Gefühl, dass sie sich übernahm. Am liebsten wäre sie, ob der Vielfalt der Stränge und Quellen des Wissens, geflohen. War sie fähig, sie alle zu bündeln, rechtzeitig? Sie sah die Zeit verstreichen, wenn sie den Blick wandte und durch die staubverdreckten Fenster die Uhr an einem der Glockentürme der Universitätskirche anschaute. Viertelstündlich erklang ein kurzer dunkler Glockenton. Untergründig tickte ihre Unruhe im ehrwürdigen Ambiente: Zeitdruck inmitten alter Bücherreihen, Furcht, das ausgewählte Zitat in den Kopierstapeln nicht mehr zu finden. Wenn sie zu den anderen Studierenden blickte, die sich lesend oder schreibend konzentrierten, zweifelte sie, ob sie wirklich befähigt war. Kalte Zugluft strich ihr um die Knie, wenn die Fenster gekippt waren. Immer hatte Katharina den Eindruck, dass sie jetzt zufrieden und glücklich sein sollte – und doch war sie es nicht.

Um elf Uhr traf sie Eva in der Cafeteria. Für Eva war der späte Vormittag der Auftakt zum Studium. Sie arbeitete gern in die Nacht hinein, oft auch zu Hause. Sie umgab sich mit zwei Ratten, die dann quietschend an ihren Armen und Schultern entlanggingen.

„Zu Tieren habe ich eine bessere Verbindung als zu Menschen."

„Das stimmt doch nicht." Manchmal war Katharina genervt von Eva.

„Ich suche nach Menschen, mit denen ich radikal ehrlich sein kann und liebevoll. Ich kenne keine Partnerschaft, in der sich nicht mindestens einer für den anderen so hat biegen lassen, dass sie unehrlich geworden sind."

Ob Eva es wirklich schlucken würde, wenn Katharina ihr Jens vorstellte? Ob sie es gut finden könnte, wenn sie sich Jens anglich? Eva war durch ihren Humor und ihre Scharfsinnigkeit, die sie längst nicht immer gegen, sondern oft auch für andere einsetzte, eine durchaus beliebte Frau. Sie war mit vielen bekannt, befreundet war sie mit wenigen. Sie war ein liebenswürdiger Mensch, aber sie gefiel nicht. Eva wusste es. Katharina hatte sie bereits darauf angesprochen, warum sie sich in so bunte, geradezu abstoßende Klamotten hüllte. „Du kleidest dich so, dass es deiner Mutter nicht gefällt, oder?“

„Ich kleide mich so, als ob es meine Mutter nicht gäbe.“

Auch Eva hatte Angst, einsam zu werden. Aber sie vertraute ihren Reflexionen mehr als anderen Menschen. Sie hatte ein Faible für intellektuelle Leute, mit denen sie über Aspekte eines Themas offen reden konnte, ohne die entsprechenden definitiven Entscheidungen durchleben zu müssen. „Ich weiß nicht, wie ich das auf Dauer machen sollte, nachzugeben und doch ich selbst zu sein, mir treu zu bleiben. Ich kann ohne Mühe einlenken, wenn es darum geht, in dieses oder jenes Café zu gehen. Ich könnte aber nicht zugestehen, dass ich Toast mit Schinken esse.“

„Das verlangt ja auch niemand, Eva. Auch in einer Beziehung kann man Vegetarierin bleiben.“

„Du hast gleich am ersten Morgen Schinken gegessen. Das ist doch programmatisch!“

Sie lachten beide los.

Mittlerweile saß Katharina wieder an ihrem Lesetisch und ließ ihre Gedanken treiben. In der Nähe ordnete eine Bibliothekarin geflissentlich Bücher ein. Das Wochenende war für Jens und sie in Einmütigkeit vergangen. Den einzigen Kulturausflug, den Jens am Sonntag geduldet hatte, war vom Schlafkämmerchen bis zu seinem Generationenwohnzimmer, bis zu seinen selbstgemalten Bildern.

Er war aufgeregt, sie entschuldigte sich, dass sie die Bilder gestern unbesehen belassen hatte. „Ich weiß, dass du dich mehr für meine lange Vergangenheit interessierst als für meine kurze Gegenwart“, meinte er halb ironisch.

Katharina stellte sich in zwei Meter Entfernung auf, während Jens wie ein gespannter Schüler nervös von einem Fuß zum anderen wechselte. Das erste Bild, dem Fensterlicht näher, war plakatgroß. Eine Tanne ragte, zweifach so groß wie alle umliegenden Bäume, aus einem Tannenwald hervor. Ihre Spitze war vom Bildrand abgeschnitten, schien imaginär über das Bild hinauszuragen. Im oberen Bereich wirkte das Bild dunkel, während die zusammenstehenden Bäume von der Abendsonne angestrahlt wurden. Jede Tannennadel schien ihren eigenen Grünton zu haben, gleichzeitig verwoben in einen Farbteppich, der sich aus dem matten Sonnenlicht ergab.

Katharina blickte vom Bild auf Jens' aufrechten Rücken und dann wieder aufs Bild. Sie ging näher heran und legte ihren Kopf an Jens' Schulter.

„Das ist ja unglaublich filigran gemalt."

„Du wirst es nicht ermessen, was es heißt, dass ich dieses Bild dreimal gemalt habe, bis ich es für gut befand."

„Die ganzen Tannennadeln?"

Er seufzte und nickte leicht mit dem Kopf. „Ich habe es nicht lassen können. Zweimal habe ich die Vorgängerversion zerrissen, nach langem Zurechtstutzen und Übermalen – irgendwann geht es nicht mehr. Sobald einen die Wut packt, ist es aus. Ich war oft so wütend! Zuerst auf die Farben und dann auf mich selbst. Meine Mutter hat Dramen mitgemacht."

Katharina lächelte. „Das glaub ich."

„Jeden Herbst musste ich wieder damit anfangen. Es hat mich nicht losgelassen."

„Wie heißt das Bild?"

„*Selbstgewählte Einsamkeit.*"

„Mein Gott, was für ein schöner Titel! Es geht also um die einzelne Tanne, die herausragt und dabei im Dunkeln steht."

Jens nickte schweigend und drückte ihre Hand.

„Die anderen Bäume stehen zusammen und werden von der Abendsonne angestrahlt, weich und warm, geborgen und romantisch."

„Woher weißt du, dass es die Abendsonne ist?"

„Was soll es sonst sein?"

„Die Morgensonne." Er drehte sich zu ihr und nahm ihr Gesicht vorsichtig in die Hände, um sie leicht auf die Lippen zu küssen. „Seit heute ist es die Morgensonne, die Morgenröte. Ich könnte das Bild umbenennen."

Das andere Bild war klein, fast in Schulheftgröße. Es zeigte ein lang gezogenes Auto in Raketenform, eine liegende Rakete auf Rädern mit Porsche-Emblem. Eine dicke Frau zwängte sich mühsam in die sich nach oben öffnende Fahrertür. Ihr Hintern und ihre Schenkel quollen über, während sie fast ins Auto zu fallen schien.

„Das erinnert mich an ein Bild im Märchenbuch, als Gretel in den Ofen gestoßen wird", meinte Katharina.

„Gretel wird nicht in den Ofen gestoßen. Sie stößt die Hexe hinein."

„Stimmt."

„Warum hast du so eine unpassende, nach unseren Maßstäben unerotische Frau zu diesem Phallusauto gemalt?"

„Warum sollen nur alte Männer Porsche fahren und sich damit auffrisieren? Sie sind sehr gegensätzlich, die füllige Frau und das Raketenauto. Lebt die Kunst nicht von Gegensätzen?"

„Alles lebt von Gegensätzen. Wir sind auch sehr gegensätzlich. Ein Ja-Nein-Paar."

Sie hatten sich angelächelt und einen kurzen Spaziergang gemacht in den kleinen windigen Gassen Haidhausens. Holzschnörkelhäuser, einstöckig verhockte Hütten – romantisch anzuschauen, früher mussten sie arm gewirkt haben. Sie waren mit hochgezogenen Schultern und kältegeballten Händen durch die kleinen Straßen gegangen, die noch künstlerischer und studentischer anmuteten als Schwabings Architektur. Ein traumwandlerischer Tag, an dem sie sich, müde, allen ursprünglichen Trieben ergaben – Schlafen, Essen, Trinken und einem endlosen Vereinigungswillen, den Jens scherzhaft mit Thomas Mann rechtfertigte. „Wie oft kam Joseph in dieser Nacht?", fragte er immer wieder, seufzend.

„Ich bin nicht sicher, ob du den Sinn dieses tausend Seiten starken Werks wirklich verstanden hast", antwortete Katharina. „Soll ich ihn dir erklären?"

„Nein."

Jetzt, da sie allein vor ihren Materialien saß, kam sich Katharina nur noch halb so intellektuell vor wie gestern bei Jens. Das Seminar behandelte das Verhältnis der europäischen Völker zu Deutschland in der sogenannten Zwischenkriegszeit, zwischen 1918 und 1939. Wäre nach dem Versailler Vertrag ein langfristiger Friede möglich gewesen? Wie gestalteten sich die Beziehungen zwischen Frankreich und Deutschland, England und Deutschland, wie standen Russland, Österreich, Tschechien, Litauen zu Deutschland? War das Erstarken der rechtsgerichteten Regierungen ein kriegstreibendes Moment? Katharina hatte sich – wie hätte es anders sein können – das Verhältnis zwischen Polen und Deutschland als Seminarthema ausgesucht. Ihr Professor war ihr entgegengekommen, insofern sie den Fokus nicht auf die politischen Beziehungen legen musste, sondern auf das Zusammenleben der Polen und Deutschen im, seit 1918 wieder etablierten, polnischen Staat eingehen durfte. Der Dozent hatte sie darauf eingeschworen, die Rolle der Juden und die Rolle der anderen Nationalitäten nur summarisch zu erwähnen, weil das Thema sonst ausufern würde. Bereits bei der Benennung der Deutschen gab es so viele Begriffe, dass es verwirrend wurde: Volksdeutsche, deutsche Minderheit, Deutschpolen, Polendeutsche, Deutsch sprechende Polen. Jedem Begriff war die Beschreibung einer anderen Identität, eine Bedeutung eigen, die damals geläufig gewesen sein dürfte. Als *Volksdeutsche* bezeichneten sich die deutschnational Gesinnten, die bereits vor dem Überfall der Deutschen auf Polen eine radikalisierende Rolle übernommen hatten. – Als Zugehörige der *deutschen Minderheit* konnten alle Deutschen reklamieren, zu den potenziell Benachteiligten zu gehören, deren Rechte missachtet würden. Die Begriffe *Deutschpolen* oder *Polendeutsche* streiften das diffizile Thema, dass das Kriterium der Nationalität unklar definiert war. Deutsche, die eine Polin oder einen Polen geheiratet hatten, polnisch sprachen, polnische Kultur rezipierten, womöglich sogar die polnische Sprache an ihre Kinder weitergaben, galten als Verräter am Deutschtum. Ein Umgang mit den Polen schien nur dahingehend legitim, dass man auch mit den Untergebenen sprach, so viel Polnisch konnte, dass die Dienstboten einen verstehen konnten.

Beide Seiten führten Buch darüber, wer zu welcher Kategorie gehörte. Die Polen führten eine Liste von „illoyalen Deutschen", die im Kriegsfall aus den Grenzgebieten ins Landesinnere gebracht werden sollten. Die deutschen Besatzer unterschieden später vier Kategorien. Wer sich explizit für die Deutschen und gegen die Polen engagiert hatte, bekam Privilegien wie höhere Lebensmittelrationen, während die Polen systematisch ausgehungert wurden. Katharina legte oft den Kopf in ihre Hände. Diese Begriffsklärungen in wissenschaftlichen Arbeiten! Und das waren nicht die einzig zu klärenden Begriffe. Damals war es selbstverständlich – nicht nur bei verbohrten Ideologen –, die Menschen in rassisch definierte Kategorien einzuteilen. In den Deutschen und den Polen standen sich vermeintliche Arier oder Germanen und Slawen gegenüber. Dabei war Arier ein Begriff, der kaum auf die Deutschen zutraf. Und wie, um Gottes willen, sollte sie am Ende dieses Kriegsjahrhunderts in einem Seminarvortrag die Rassen definieren, ohne dabei beschämt zu sein? Trotzdem musste sie es versuchen.

Der Begriff Arier leitete sich von „die Ehrenhaften" her, dem Kriegeradel der Indo-Iraner, die sich nach siegreichen Kämpfen in den hellhäutigen Europäern fortgepflanzt hätten. Im nationalsozialistischen Jargon wurde der Begriff Arier als Antonym zu Jude und Zigeuner verwendet. Entsprechend war für den sogenannten Ariernachweis, der ab 1933 für Ärzte, Juristen und Angestellte im öffentlichen Dienst erbracht werden musste, zu belegen, dass man bis in die Großelterngeneration oder gar bis ins 18. Jahrhundert hinein keine Juden oder Zigeuner als Vorfahren gehabt hatte. Engländer, Franzosen, Polen, Tschechen in der Ahnentafel waren kein Problem.

Germanen galten nach den, im 19. Jahrhundert populär gewordenen, Rassentheorien als die höchstentwickelte menschliche Rasse. Deutschland galt als ihr angestammtes Gebiet.

Slawen, insbesondere die Polen und Russen, galten nach den Rassentheorien als minderbegabt, entsprechend unfähig, Kultur und ein Staatswesen aufzubauen.

Konnte sie diese Stereotypen ernsthaft vor Studierenden vortragen? „Nach diesen Beschreibungen der rassentheoretischen Aussagen über Arier, Germanen und Slawen, verzichte ich, aus Zeit- und Platzgründen, auf die Beschreibung der rassistischen Urteile über Juden, Sinti und Roma." War das nicht eine Wiederholung der Geschichte? Letztere einfach wegzulassen, auszustreichen? Für ihre Arbeit war eine gute Portion Sarkasmus notwendig.

Aber eigentlich hatte ihre Arbeit eine andere Stoßrichtung. Anhand der Tagebuchaufzeichnungen ihrer Großmutter und der historischen Belege ließ sich zeigen, dass Menschen vor Ort darum bemüht gewesen waren, sich in einem friedlichen Miteinander anzugleichen. Gerade in Kongresspolen waren die Volksgruppen – Polen, Russen, Deutsche, Juden, Weißrussen – ein Zusammenleben eingegangen, das auf gegenseitiger Rücksichtnahme und Akzeptanz beruhte. Sie würde Jadwigas ersten Tagebucheintrag an den Anfang ihrer Arbeit stellen. In ihrem kindlichem Eifer, neunjährig, hatte sie in wenigen Zeilen alles benannt, was sich in historischen Quellen knochentrocken wiederfand.

Die Haffners, das sind gude Leit! Unsere Heiser schdehen nebeneinander und gucken aus wie Mutter und Kind, wie Kirch und Kapelle. Ihr Misthaufen ist hinterm Stall, unserer vorn im Hof. Wir sind kleine und sie sind große. Sie haben einen großen Hof, zwei Mägd und drei Knechte, schwere Ackergeile, welche die Pflüge kräfdig ziehen und immer gnug zu essen für alle! Ich darf oft mitessen. Bei uns zuhause gibt's immer gleich: Brot, das wir zum Backen zum Bäcker tragen, Schmalzbrot, Senfbrot, Marmeladenbrot. Eintopf, Kartoffelsupp, Piroggen mit Kraut gefüllt. Abends im Bett sehe ich ihre helle Stube, weil sie noch die Petroleumlampe brennen haben und wir schon ins Bett müssen. Der Karol ist nicht mehr da, er ist im Priesterinternat und kann dort essen. Er ist gscheid und ich auch. Der Bartek frisst bei uns alles weg. Der Bartek ist schon 14 und frisst fürs Wachsen, sagt mein Vadder. Aber ich will auch wachsen. Die Haffners kaufen manchmal sogar etwas zu essen, obwohl sie immer genügend haben. Beijgels beim Bäcker, Krakauer beim Fleischer, Vierfruchtmarmelade beim Juden. Und Schokolade! Bei denen gibt es am Mittag Supp und noch eine Hauptspeis. Waltraud ist meine beste Freundin. Wir gehören zusammen. Mit ihr red ich Deitsch, sie lernt mir Deitsch, ich darf ihre Schulbücher haben und ich darf mit ihren Puppen spielen, richtige Puppen, keine selbstgemachten. Manchmal ist sie gemein und ich muss die Magd sein. Wenn ihre Mutter das merkt, schimpft sie die Waltraud. Es sind gude Leit, aber sie sind nur protestantisch. Darum darf die Waltraud auch nicht zur Kommunion. Alle Deitschen sind evangelisch. Mein Vadder sagt, dass nicht alle Deitschen gut sind, aber die Haffners schon. Er bekommt von ihnen Frucht zum Säen, wenn wir alles aufgegessen haben und er darf einen Gaul ausleihen, wenn wir mit der Kuh vor dem Pflug nicht durch den schweren Boden kommen. Wir haben einen ganz kleinen Hof und ein kleines Haus, alles schief bei uns. Wir haben nur eine polnische Wirtschaft. Aber wir wohnen nicht in der Erdhöhle mit dem Misthaufen obendrauf wie die Kowalscys! Der Bartek ist scheel auf die Haffners, aber ich nicht. Die Deitschen sind besser als die Polen. Sie sind tüchtig und haben Kultur. Ich möchte auch deitsch werden. Waltraud hat gesagt, dass sie Deitsche sind, auch wenn sie einen polnischen Pass haben. Das machen alle Deitschen so, außer sie sind Verräter. Aber egal wie deitsch ich werd, protestantisch werd ich nicht. Das habe ich Jesus versprochen, gesdern bei meiner ersten heiligen Kommunion.

Jadwiga wohnte als Tochter polnischer Bauern neben einer deutschen Bauernfamilie und war mit der gleichaltrigen Waltraud eng befreundet. Sie war in Kozienice aufgewachsen, einem Städtchen in Zentralpolen. Der Eintrag stammte vom 28. Mai 1924. Die erste Volkszählung war drei Jahre her, schien aber in den Familien weiterhin Thema zu sein. Durch die Möglichkeit, auf dem Fragebogen zweimal ein Kreuz zu setzen, einmal bei *Nationalität* und einmal bei *Staatsbürgerschaft,* waren die Haffners Deutsche mit polnischer Staatsbürgerschaft. Viele Deutsche hatten zu dieser Zeit schon die polnische Staatsbürgerschaft angenommen, weil ihnen sonst Nachteile drohten. Sie waren sogar im polnisch-sowjetischen Krieg von 1919 bis 1921 mit den Polen ins Feld gezogen mit einem gemeinsamen Ziel: Kampf dem Bolschewismus! Zusammen mit den Polen wollten sie ein Bollwerk gegen den Kommunismus errichten und den Aufbau eines funktionierenden freien Staates Polen vorantreiben. Grotesk wurde das im Falle von Johann Burkant, Jadwigas Mann, der als Deutscher die polnische Staatsbürgerschaft angenommen hatte und beim Massaker von Ciepielów von Deutschen erschossen worden war. Im Wesentlichen hatte Jadwiga das Zusammenleben der polnischen Bürger unterschiedlicher Nationalitäten – damals sprach jeder von „Volksgruppen" – so wiedergegeben, wie Katharina es in den Geschichtsbüchern wiederfand: eine Gleichzeitigkeit verschiedener Herkunft und Sprache – polnisch, deutsch, jiddisch, russisch. Sie arrangierten sich miteinander, die Menschen oder die Volksgruppen, irgendwo zwischen Toleranz und Konkurrenz. Dabei schien die Frage der Religionszugehörigkeit in den Köpfen trennender zu sein als die Nationalität. Polnisch und deutsch konnte man in den Köpfen der Zentralpolen gleichzeitig sein. Aber bei der Konfession hörte die Flexibilität auf: entweder war man katholisch oder evangelisch. Man konnte Deutschpole oder Polendeutscher sein, nicht aber Katholikenevangele oder Evangelenkatholik.

Erstaunlich war, mit welcher Selbstverständlichkeit Jadwiga als Kind einer polnischen Familie den Stellenwert der Deutschen gegenüber den Polen übernommen hatte. Sie wollte als Polin deutsch sein, weil es erstrebenswert schien, den höheren Status zu erreichen. So wie ihr Bruder Karol vom Bauernmilieu in den Priesterstatus aufrückte, so wie Arbeiterkinder davon träumen, später mit den Insignien des Reichtums locker und lässig zu spielen. So wie dicke Kinder davon träumen, später schlanke und anerkannte Erwachsene zu werden, so wollte Jadwiga zu den besseren Deutschen aufschließen. Ihren Bruder Bartek erfüllte die gegebene Kränkung, im eigenen Land als Angehöriger einer „minderwertigen“ Volksgruppe zu leben, mit Neid und Ärger auf die Deutschen. Jadwiga wollte profitieren und bekam von den Haffners die Gelegenheit dazu, indem sie in deren Haus die Sprache lernte, deutsche Bücher las, in dem gehobenen Lebensstil bezüglich Essen, Spielzeug und Haushaltsführung „hospitierte“.

Jadwiga hatte es in ihrer kindlichen Intuition schon richtig erfasst: Sie wollte als Polin deutsch sein, Priesterin konnte sie ja nicht werden.

13.

Katharina und Jens

In den nächsten Wochen nahm Katharina immer wieder etwas aus ihrem Zimmer mit zu Jens und brachte es nicht zurück. Im Schrank von Jens' Großeltern fand sie Platz für ihre Jeans und Shirts, für ihre Pullover und ihre Unterwäsche. Ihre Studienunterlagen brachte sie im unteren Teil des Sekretärs unter. Nach und nach entleerte sich ihr Dachzimmer. Zurück blieben die Tagebücher und Fotos ihrer Großmutter, die Sommerkleidung, ihre Bücher. Jens genoss es, dass seine Wohnung ein Zuhause wurde, dass seine Küche und sein Schlafkämmerchen belebt waren, und er duldete es gern, dass Katharina ihn oft fragte, wohin sie seine Siebensachen räumen sollte. Die Dinge wurden lebendig. Kleinigkeiten, die alt geworden waren, fanden unter Katharinas Obhut einen neuen Platz. Kugelschreiber, Knöpfe, ein Zigarettenetui, eine alte Armbanduhr.

Manchmal fand sie noch etwas von Claudia. Handschuhe, rindsledern mit abgehobener Naht, die sie selbst schön finden musste. Jens warf sie kurzerhand weg. „Sie vermisst sie nicht, die liegen schon seit zwei Jahren hier."

„Ich glaube, du machst es dir zu leicht."

„Ich glaube, du machst es dir zu schwer."

Jens kaufte großzügig im Supermarkt ein, und Katharina verwertete die überflüssigen Lebensmittel. Aus den runzligen Äpfeln kochte sie Apfelmus, die übrigen Tomaten nahm sie für einen Auflauf, den trockenen Käse rieb sie klein und streute ihn über das drei Tage alte Brot, sodass sie es als Toast essen konnten.

„Bei uns geht es ständig zu, als wäre Erntezeit. Äpfel, Tomaten, Kartoffeln, Zwetschgen, alles im Überfluss! Fehlt nur noch, dass ich mir die Kittelschürze umbinde und deinen Keller mit Einweckgläsern fülle."

Er war an einem glücklichen Leben interessiert, sie an einem ehrlichen. Er suchte den Luxus, sie das einfache Leben. Er freute sich auf Job und Geld. Sie zitierte Sätze von Literaten oder Philosophen, die sie mit Eva diskutiert hatte. Jens lernte diese verkürzt auswendig und brachte sie an völlig unpassenden Stellen an. „Das ist wieder einmal eine Kommunikation ohne Entelechie", meinte er zum Beispiel, wenn er in einer Theaterinszenierung das Treiben der Schauspieler als zu heftig empfand, oder wenn Katharina maulte, weil er zu spät kam und das Essen kalt geworden war. „Die Steigerung des Unwahrscheinlichen ins Wahrscheinliche hinein" nannte Jens es, wenn er etwas Ordnung geschaffen hatte. Von ihrer Seminararbeit in Geschichte und von ihrer Großmutter erzählte sie nie etwas. Sie fürchtete, dass Jens auch darüber seine Witze reißen würde.

Manchmal schaffte es Katharina, Jens mit ihrer Ernsthaftigkeit anzustecken, die sie nie ganz verbergen konnte.

„Dort am Horizont, Jens, die Wolken, sie sind grau, zu grau für diesen reinen Tag. Es sind Wolken der Angst."

„Du redest wechselweise unverständlich oder in Bildern, habe ich das schon einmal gesagt? Aber du hast recht." Er schaute sie aufmunternd an. „Wir gehen geradewegs in einen Schneeschauer hinein. Lass uns schneller gehen."

Sie seufzte. Jens legte seinen Arm um ihre Taille. „Ich habe auch immer wieder Angst, Katharina. Man muss etwas dagegen tun.'

„Was denn?"

„Arbeiten, weitermachen, sich sichern im Leben. Was tut man denn, wenn man so abstrakt denkt wie du?"

„Man kann an Gott glauben und an eine jenseitige Welt. Je stärker man glaubt, desto weniger quälend ist die Angst vor Krankheit oder Ausgeschlossensein oder Schuld. Es ist ja nur vorübergehend. Oder gilt sogar als Beweis, dass einem im Jenseits eine besondere

Belohnung zuteilwird für die durchstandenen Leiden. Oder man sucht den Weg der Buddhisten – wenn ich den Gefühlen das Drängende versage, die Leidenschaft, dann minimieren sie sich auf eine erträgliche Gelassenheit. Am Schluss bist du dann so gelassen, dass du gern ins Nichts gehst."

„Und wenn ich nun nicht religiös bin, was mache ich dann?"

Sie lachte. „Dann kannst du Existenzialist werden. Die Angst packen, mit ihr leben, ihr ins Auge sehen, dein Sein mit der Angst ergreifen."

„Ich will mein Sein ohne Angst ergreifen", sagte Jens.

„Ja, ohne irreale Angst", erklärte Katharina.

„Ohne Angst."

„Würdest du ohne Angst täglich zur Arbeit gehen?"

„Vielleicht schon. Vielleicht will ich auch gar nicht arbeiten. Vielleicht möchte ich Privatier werden. Wenn ich nicht arbeiten müsste, würde ich mein Leben einfach genießen."

„Du spinnst. Du bist mir der richtige Diogenes, blinzelst in die Sonne oder in die grauen Wolken und brauchst weiter nichts, nur Geld natürlich."

„Zumindest sehe ich die Sonne und nicht die Wolken der Angst."

Sie nickte unmerklich.

„Und was machst du gegen die Angst, Katharina?", fragte er vorsichtig. Katharina ging unbeirrt weiter. Sie konnte es ihm bereits gestehen.

„Ich berge mich bei dir. Alles wird schöner und leichter mit dir. Jeder Abend, an dem ich bei dir liege, wird warm und lebendig. Sinnlose Zeit, in der ich durch kalte Straßen gehe, sinnlose Dinge lerne, wird erfüllt. Wenn ich mit dir streite, befürchte ich nie, dass uns das trennen könnte. – Die Angst habe ich schon mal nicht."

„Ich auch nicht. Wir gehören irgendwie zusammen, wir müssen nicht einmal zueinander passen."

Hätte sie erwähnen sollen, dass sie manchmal noch an die Dirndlfrau dachte, mój aniołek? Dieses knapp gerettete Leben hatte sie beide zusammengebracht – nein, sie glaubte nicht, dass Edith wieder ihr Leben lebte.

An den Freitagabenden saßen sie lange beieinander und tranken Wein, zu nächtlicher Stunde auch mal Wodka. Sie erzählten, hörten manchmal Klaviermusik von Bach und berührten einander dabei. Ein geistig-körperlicher Grenzgang, den sie niemandem erzählen konnten. Katharina offenbarte sich, wie sie es sich sonst bei niemandem getraute. "Ich weiß, dass ich das sage, was alle sagen, aber ich empfinde es, Jens: Bach geht immer an die Grenze des Transzendenten, des Unauslotbaren. Er wiederholt seine Tonläufe und versucht dabei immer die Tür nach draußen, oben ein bisschen weiter, aufzustoßen. Er weiß, dass er es nicht schafft und gibt doch nicht auf. Jedes dazu gemeißelte b und jedes wieder aufgegebene b im nächsten Lauf ist der Versuch, einen halben Ton näher ans Unsagbare zu kommen."

Sie hätte gern Klavier gespielt als Kind.

Er lauschte ihr und fand sie schön. Sie tranken und sanken ineinander ein. Ihm war es, als fände er immer neue Hügel, saftige Weiden, störrisches Gebüsch und Verstecke, zu denen er vordringen wollte. Er suchte sie, und beide überraschten einander in wechselnder Zartheit und Heftigkeit. Sie nannte ihn „mein Wolf, mein ungezähmter Wolf".

„Warum durftest du nicht Klavier spielen?", fragte Jens.

„Weil wir sparten, weil meine Mutter sparen wollte. Sie wollte sich im Kleinsein unangreifbar machen. Sie wollte keine Größe und keine großen Gefühle. Holzflöte durfte ich spielen. Die Querflöte und den Zugang zur Musik habe ich mir gegen sie erkämpft."

Katharina erzählte von der Flucht der Großmutter mit Katharinas Mutter. Die Großmutter wollte nach Deutschland, obwohl sie keine Vertriebene war. In Deutschland waren sie nicht gut gelitten.

Sie kamen aus dem Osten. Ihre Mutter lernte, sich unterzuordnen. „Hinhündeln" nannte Katharina das. Trotz guter Schulnoten hatte ihre Mutter keinen Bedarf gesehen, das Abitur zu machen. Sie wurde Sekretärin und verliebte sich in ihren Vorgesetzten. Der Vorgesetzte, ja, das sei ihr Vater. Ihre Mutter ordne sich heute noch unter. Sie fürchte wahrscheinlich, dass die Arroganz der Tochter irgendwann ein Massaker provoziere. Jens stutzte und sagte nicht viel. Er streichelte sie bei solchen Erzählungen. Dann weinte sie, während sie sich über ihre Mutter ärgerte. Sie war froh, dass er sie tröstete und nicht weiter nachfragte.

14.

Jens

Weißt du noch, wie wir nackt in der Dämmerung auf meinem Balkon standen und nach dem ersten Schnee über die weißen Dächer Münchens schauten? Nach einem exhausting Beischlaf! Claudia

Claudia hatte ihn heute Morgen mit der SMS fast aus der Bahn geworfen.

Jens hatte die Nachricht morgens gelesen und war wie vom Donner gerührt. Katharina konnte jederzeit aus dem Bad kommen. In Eile. Jens ließ den Kaffee durchlaufen und hatte ihr bereits ein Brot geschmiert, das sie in der U-Bahn essen konnte. Er schaltete sofort sein Handy aus. *Exhausting Beischlaf*, das war ja wohl mehr als daneben, ihn daran zu erinnern. Katharina kam in die Küche, küsste ihn aufs Ohr, schenkte sich dann eine Tasse Kaffee ein. Jens holte ihr Orangensaft statt Milch aus dem Kühlschrank.

„Danke, aber ich bin heute Morgen noch nicht fürs Fruchtige, eher fürs Weiche." Sie holte sich die Milch und goss sie großzügig in den Kaffee, den sie in schnellen Schlucken trank. Sie schaute ihn, stutzend, von der Seite an. „Was ist mit dir?", fragte sie. „Du schaust so langsam."

„Nichts. Ich bin noch ganz eingenommen von deinem Geruch und brauche ein bisschen, um wach zu werden."

„Das ist schön", sagte sie. „Wir bräuchten mehr Zeit zum Aufwachen. Die kalte Dusche war ein Schock. Aber das ganze Leben da draußen ist ein kalter Schock. Holst du mich ab?"

„Wann?"

„Um halb eins bin ich fertig. Vielleicht kann ich Eva dazu überreden mitzukommen. Wäre das okay für dich?"

„Die alternative Eva?"

„Ja, ich habe keine andere. Aber sie ist wirklich ein Goldmensch. Du darfst dich nicht von ihrer Haarfarbe irritieren lassen. Sie hat ein wunderschönes sanftes Gesicht."

„Ja, ich werde versuchen, ihre Schönheit zu würdigen."

„Das darfst du nicht. Eva besteht auf ihre inneren Werte. Wenn du ihr ein Kompliment machst, wird sie bockig."

„Ich lerne ganz neue Umgangsformen mit dir. Soll ich sie vielleicht gleich zu Beginn beleidigen, damit sie sich wohlfühlt?"

„Du wirst das meistern. Sie wird sich eher an *dich* gewöhnen müssen. Zieh nichts an, was nach Yuppie aussehen könnte. Am besten nimmst du die Hose mit den Tomatenflecken."

„Ich finde die mit dem Uringeruch schöner."

„Die ist fürs Alter. Ich muss jetzt weg. Noch ein Kuss!"

Er brauchte keinen Blick über Münchens Dächer, keinen abgehobenen Balkon. Es war Claudias Idee gewesen, sich nackt auf den Balkon zu stellen und sich dann wieder ins helle Ligne-Roset-Bett zurückzuziehen. Claudia trank nicht viel Alkohol, selten zu Hause. Aber an dem Abend zog sie sich aufreizend aus, füllte kühlen Prosecco in die Sektkelche und dann groovten sie auf leichten Jazz durch die Wohnung. Claudias feste Brüste und ihr knackiger Hintern hatten im Abendlicht, das durch die Fensterfront den Raum durchdrang, leicht gewippt, und ihre Haut schien seidig zu glänzen, während sie tanzend aneinanderstreiften und sich weiterleckten. Es war wie in einem Film. Jens schüttelte unmerklich den Kopf, während er durch die Theresienstraße zu den Pinakotheken wanderte. Wie Darsteller in einem gehobenen Porno, nur dass er den Eindruck nicht losgeworden war, nicht schön und interessant genug zu sein.

Wie war es möglich gewesen, dass er, der sich für Malerei aus ganzem Herzen interessierte, nie in Münchens Pinakotheken gewesen war? Wenige Straßenzüge von der Leopoldstraße entfernt, vorbei an Cafés und Antiquariaten, erreichte er zu Fuß die Monumente und Flächen des Museumsareals. Er hatte Zeit und ließ sich Zeit.

Die Alte Pinakothek führte ihre Besucher über eine weitläufige Treppenflucht zu beiden Seiten in die oberen Räume. Eine verhaltene Pracht, die ihre Wärme aus den Sonnenstrahlen auf blassgelbem Stein entwickelte. Oben empfingen ihn kühlere Räume, in denen Werke der alten Meister dunkel leuchteten. Es war ruhig dort zu dieser Uhrzeit, wenn andere ihrem Alltag nachgingen. Er schaute sich die Bilder so an, wie es ihm gefiel, nicht eingehend, wie seine Mutter das verlangt hätte, nicht analysierend, wie Claudia das getan hätte. Er schaute sie zügig an, hing eher an der Atmosphäre der Räume als an den Einzelstücken. Als er auf Rubens traf, hielt er inne. Außer ihm war nur ein gelangweilter Wärter im Saal. Jens ging vor den Bildern auf und ab, getrieben wie ein Raubtier, das freiwillig an den Käfigstäben auf- und abwandert. Von Rubens' Bildern ging ein wühlender erotischer Bann aus. Er suchte nach Worten wie er sonst nach Farben suchte. Männlich stählerne Körper zeichneten sich brachial ab und gehörten noch halb ins Dunkel der Urbildatmosphäre. Die Frauen waren gemalt im untergehenden Licht der Dämmerung oder waren von Kerzenlicht bestrahlt. Helle weibliche üppige Bäuche, Hintern, Brüste. Laszive Liebe, wertvoll in drohender Vergänglichkeit; alles in unverschämt naturalistischer Darstellung. Das waren keine Körper, das waren Leiber, und jedes Gesicht war ein Charakter. Im *Höllensturz der Verdammten* schien jeder Nackte ein Verlorener. Die Frauenkörper, belichtet in weißem Strahlen, in bleicher Unschuld, noch im Fallen voller entspannt liebender Hingabe, abgehoben vom dunkelgoldenen Vorhoflodern der Hölle. Er hätte sie gern angefasst, die Frauen, die Strahlen.

Verachtete Rubens die zur Hölle sinkende Üppigkeit oder ergötzte er sich an erotischen Torsos, die noch kurz vor der Hölle, gierend und hilflos nackt, aneinanderdrängten? War das damals nicht irritierend, peinlich? Zu der Zeit galt doch Sexualität als größeres Verbrechen wie Gewalttätigkeit. War man seinerzeit beschämt wegen Grausamkeit, beichtete man damals, dass man Tiere, Kinder, Frauen, Untergebene gequält hatte? Heute ließ sich leichter mit Sexualität umgehen, schwerer mit Gewalt. Das heutige Publikum war mit Gewaltorgien, weniger mit Sexorgien zu locken. Wenn man einen Tarantino-Film anschaute, war man peinlich berührt, angezogen und abgestoßen zugleich, wie damals das Kirchenpublikum bei diesen Höllen-Nacktheitsorgien. Er würde Katharina von seinen Assoziationen zu Rubens und Tarantino berichten. Früher die Nacktheit, heute Gewalt und Blut als ein ästhetisches Moment, grenzenlos und in Nahaufnahmen. Warum war in den christlichen Kirchen, im Islam und im orthodoxen Judentum das Tabu der Erotik noch stärker als das Tabu der Gewalt? Immerhin war die Gewalt doch noch viel zerstörerischer, oder? Warum durfte man töten und foltern, um Sex zu verhindern? Er müsste mit Katharina darüber reden. Hatten diese erotischen Bilder wirklich in katholischen Kirchen gehangen? Hatte da nicht der eine oder andere zu lange hingeschaut, mit Sexfantasien?

Überall sah er seine geliebte Katharina, das Leuchten ihrer hellen Haut, das er sehen und fühlen konnte, egal wo er gerade war. Ihre Schenkel, die sich, wie bei Rubens' Schönheiten, üppig wölbten um den versteckten Eingang ins Paradies. Immer musste er sie suchen und erobern. Es würde so bleiben, er war sicher.

Auf dem Rückweg freute er sich darauf, Katharina alles zu erzählen. Dabei sprachen sie nicht viel, als sie sich wiedersahen. Sie küssten sich, nahmen ihre Hände. Beide waren froh, dass Eva keine Zeit hatte, um heute mit in die Mensa zu gehen. So verzichteten sie aufs Essen, entschieden sich stattdessen dafür, durch die daunenweiche Schneedecke im weitläufigen Englischen Garten zu streunen.

„Was hast du gesehen?“, fragte Katharina schließlich und schaute ihn von der Seite an.

„Weiße, weiche Frauen und harte Männer. Ich war fasziniert von Rubens, wirklich.“

Sie lachte. „Ich weiß, was du meinst", sagte sie. „Ich war erst einmal in der Alten Pinakothek. Wir müssen unbedingt einmal zusammen hingehen. Die hellen Spots auf lieblichen Frauen vor dunklem Hintergrund finden sich auch bei Caravaggio. Sie machen die Bilder so intensiv. Glücklich und ausgeglichen erscheinen nur die Hirten."

„Also, das habe ich viel schöner ausgedrückt, viel sinnlicher und romantischer."

„Wann?"

„Als ich allein vor den Bildern stand und du in meinen Gedanken warst."

Katharina lachte. „Ich rede auch dauernd mit dir. Seither bin ich frecher und schlagfertiger in meinen Gedanken."

„Ich werde romantischer und nachdenklicher mit dir. Mit meinen Eltern zusammen hätte ich mich gelangweilt von Rubens abgewandt, mit Claudia zusammen hätte ich versucht, die Kunstfertigkeit der Gemälde im Detail zu erschließen. Mit dir zusammen atme ich ihre hintergründige Atmosphäre und stelle mindestens vier Fragen, die mir vorher nicht gekommen wären."

KATHARINA

Die Bäume trugen schwer am Neuschnee und sahen dabei aus, als hätten sie lustige Zipfelmützen. Katharina versuchte, den unbegründeten Ärger auf Jens niederzuzwingen.

„Du bist nie alleine gewesen in deinem Leben. Du hast nie allein vor einem Bild und vor Aufgaben gestanden."

„Ich war oft allein."

„Du hast die Enttäuschung nicht kennengelernt, dass du völlig unverstanden und alleingestellt bist. Du hast nie in der Wirrnis deinen Weg gesucht, unsicher, ob es ihn wirklich gibt."

„Du tust wieder so überlegen. Als seist du die Einzige, die das Denken und Alleinsein kennt, gegenüber den geborgenen Weichlingen, die immer jemanden hatten, der sie versteht." Katharina blickte auf ihre alten Winterschuhe.

„Wenn ich überlegen wirke, ist das falsch. Im Gegenteil, ich fühle mich unterlegen. Und würde ich nicht auf dein Verständnis hoffen, würde ich mich gar nicht äußern. Bisher habe ich diese Gefühle und Gedanken verschwiegen."

Obwohl die Schneedecke noch zu dünn war, zogen schon einige bemühte Mütter Schlitten, die im matschigen Untergrund einsanken.

„Doch, mit meinen Bildern war ich allein. Beim Malen, bei der Suche nach einem Motiv, bei der Verzweiflung und der Euphorie, die mich da jeweils erfasste."

„Was wärst du gerne geworden?"

„Ist das wieder eine deiner Grundsatzfragen?"

„Nein, ich meine beruflich, du Eumel."

„Held wäre ich gern geworden."

Sie gingen querfeldein. Sie sahen Tatzenspuren im Schnee und Hufspuren.

„Ich wäre auch gerne Erfinder geworden oder Maler. Ich habe nie in die Menge gepasst, ich habe leider nie herausgeragt."

„Was hättest du denn erfunden?"

„Elektronische Bücher."

Katharina schaute ihn abwartend an.

„Damit meine ich Bücher mit integriertem Video-Design-Programm, in denen Leser ihre eigenen Videoclips zu den Figuren entwerfen können. Ich hätte als Kind gern bewegte Bilder produziert. Kinder hätten einen Riesenspaß, wenn sie das, was sie lesen, gleich auf der nächsten Seite sozusagen als Videoclip entwerfen könnten, als eine Art Zeichentrickfilm. Sie könnten ihre Figuren leicht entwerfen, mit festen Bausteinen, könnten sie sie in Bewegung bringen. Es wäre eine unheimlich kreative Arbeit, in der schon Kinder kleine Filme erstellen. Es könnte so lustig sein! Die Figuren würden mit einem Schlag vornüber purzeln, wenn man zwei Bilder hintereinanderlegt, die identisch sind bis auf die Position des Darstellers. Vielleicht ließe sich das mit einer Diktierfunktion koordinieren, sodass zum Bild noch ein bestimmter Text abgespielt wird. Dann wäre man auch gleichzeitig noch Schauspieler. Man müsste mit alter Opastimme rufen: ‚Ich verhaue dich!' Im nächsten Bild zieht das Kind dem Opa den Stuhl weg, im übernächsten Bild liegt er auf dem Rücken. Als Kind hätte ich mich kaputtgelacht. Später ließen sich kompliziertere Detektivgeschichten konstruieren. Ich hätte Nachmittage lang Filme entworfen, am besten mit einem Freund zusammen. Es muss toll sein, das den Eltern vorzuspielen."

Katharina sah ihn belustigt und bewundernd an. „Das ist ja eine irre Idee."

„Ja, aber sie ist technisch schwer umsetzbar. Außerdem bräuchte man Mut und Kapital, Unabhängigkeit."

Gern hätte Katharina etwas Tröstliches gesagt. Aber ihr war klar, dass Jens mit ihr keine finanzielle Unabhängigkeit erringen konnte. Mit Claudia hätte er Kapital geheiratet, das ihm ein eigenes Unternehmertum ermöglicht hätte. So blieb ihm nur der kleinste aller Heldenträume im Rädchen der Wirtschaftsmaschinerie, im Kapitalistenidealismus: Er musste Karriere machen. Reich werden, geldmächtig, und wenn er dann noch die Angst überwinden könnte, das Geld wieder zu verlieren, wäre er unabhängig. Im Alter von achtzig ungefähr. Ob er je die Fülle seiner Ideen mit ihr würde ausleben können?

„Was hat Claudia zu deinen Ideen gesagt?"

„Sie fand sie interessant. Ihr war aber auch klar, dass ihr Vater wenig begeistert wäre, wenn man aus seinem Kapital künstlerische Träume finanzieren würde, deren Tragfähigkeit noch in den Sternen steht."

Immer redeten sie, fast immer waren sie unterschiedlicher Meinung. Jens war der Ansicht, dass Katharina dauernd redete und eine alte Besserwisserin sei. Katharina behauptete, dass sie immer nur zuhöre. Sie sprachen viel und oft und über alles.

„Du bist irgendwie seltsam gebaut. Jedes Mal finde ich etwas anderes bei dir. Es ist nie gleich. Du bist eine Art Labyrinth. In einem Eingang lauern viele weiche Höhlen, immer eine Nuance anders. Und immer habe ich den Eindruck, dass ich die letzte Tür, die Tür der Türen noch nicht gefunden habe."

„Wenn ich klug wäre, würde ich jetzt nichts sagen."

„Dann sag, was du sagen musst, mein Dummerchen."

„Mit dir öffnet sich immer eine neue Tür, ein neues Erleben, das ich versuche zu fühlen, einzulassen. Aber wenn ich eine Tür öffne, wackelt mein ganzes Haus. Ich zerfalle jedes Mal. Immer habe ich das Gefühl, dass ich ein Durcheinanderhaufen bin, wenn ich mich mit dir zerwühle. Immer schäme ich mich, wenn du mein hilfloses Stöhnen hörst, das aus mir herausbricht, wenn eine Mauer eingefallen ist, eine neue Tür aufgestoßen wurde. Dann finde ich mich neu, danach. Und tue so, als wäre alles normal."

15.

Katharina

Katharina ging ungern zurück in Severins Haus, in ihr Zimmer. Was sie brauchte, holte sie tagsüber, wenn Herr Severin nicht da war. Vorher rief sie bei ihren Vermietern an, froh, dass Frau Severin nicht abnahm, weil sie noch in der Klinik war. Auf dem Weg zu ihrem alten Zimmer übte sie innerlich, was sie Frau Severin sagen könnte. Wie sie Herzlichkeit ausdrücken und so etwas wie ein „Willkommen zu Hause“ aufbauen könnte. So viel sie auch übte, bereits in der Vorstellung fühlte sie sich befangen. Nach einem Aufenthalt in der Klinik wirkte Frau Severin jedes Mal noch ruhiger und friedlicher als sonst. Sie blickte starr und ließ sich mit jeder Antwort etwas mehr Zeit als normal. Als hätte sie zwei Monate Meditation hinter sich und müsste sich erst wieder darauf einstellen, dass die anderen Menschen Pflichten und Terminen hinterherrannten, während sie selbst ihr Weniges bescheiden langsam erledigte. Wie würde Katharina diese resignierte Ruhe Frau Severins aushalten?

Wenn ihre Vermieterin ehrlich wäre, würde sie Katharina anschreien, vielleicht hätten sie dann alles bereinigen können. Aber Frau Severin würde das nie tun. Sie würde freundlich zu ihr sein und ihr weiterhin Kuchen mitgeben. Frau Severin hatte ihr einmal erzählt, dass sie im Nachhinein wisse, dass ihre Verfolger nur eine wahnhafte Vorstellung waren, dass sie aber auch in guten Zeiten überlege, ob die Einbildungen nicht doch einer tieferen Wirklichkeit entsprachen. Dass sie vielleicht doch mit einem sechsten Sinn begabt sei, dessen Eingebungen sie niemandem mitteilen dürfe, weil das alles nur für kranke Einbildung erklärt wurde. Ob es nicht doch stimmte, dass ihr Telefon abgehört werde, ob die Berichte im Fernsehen ihr nicht doch sagen wollten, dass die russische Mafia weitere

Mädchen entführt. Es stimmte ja alles. Nur, dass sich niemand mehr darüber aufrege. Dass niemand erkenne, wie schutzlos man dem Bösen ausgeliefert sei.

Vielleicht war es ja richtig, dachte Katharina, dass Menschen in Not Zwischentöne erlauschen können, die andere überhören. Würde Frau Severin nach diesem Aufenthalt heimlich annehmen, dass der Teufel das Regiment übernommen hatte? Würde sie wissen, dass sie sich Jens nicht eingebildet hatte – ja, das würde sie wissen –, würde sie nicht weiterhin überlegen, ob er der personifizierte Teufel sei? Würde sie in Katharina, die sie verraten, die das Zimmer in eine Bettstatt mit dem Teufel verwandelt hatte, ebenfalls eine Verbündete des Bösen erkennen? Würde sie versuchen, Gift in den Kuchen für sie oder Jens zu mischen, um den Teufel zu töten? Vielleicht auch nur in einer Phase, in der sie die Medikamente wieder heimlich reduzieren oder absetzen würde. Solches Misstrauen gärte in Katharina, wenn sie auf dem Weg zu ihrer alten Wohnung war. Sie schämte sich dafür und versuchte, ihre Gedanken zu bezähmen, während sie weiterhin ihr Zimmer mied.

Jens hatte nie nach Frau Severin gefragt, sodass Katharina ihm die Geschichte geradezu aufdrängte.

„Du kennst die Geschichte von Frau Severins Tochter noch nicht."

„Nein."

„Willst du sie denn hören?"

„Na ja."

„Sie wurde Tage, nachdem Frau Severin die Vermisstenanzeige aufgegeben hatte, im Wald gefunden. Erdrosselt. Spermaspuren von zwei Männern. Herr Severin hat es mir auf Nachfrage stockend erzählt. Frau Severin hat nie darüber gesprochen."

„Ist der Täter gefunden?"

„*Die* Täter. Oder erscheint es dir unwichtig, ob ein oder zwei Männer über sie hergefallen, sie vergewaltigt und dann ermordet haben?"

„Jetzt sei nicht so kiebig, bitte."

„Die Täter sind nicht gefunden worden. Die Freundin der Tochter ist verschollen geblieben."

„Ich glaube, darüber kann man nicht hinwegkommen."

„Es gab viele Gräuel während der Kriegszeit. Ich befasse mich in meiner Seminararbeit mit der Zeit zwischen den beiden Weltkriegen in Polen und auch mit dem Ausbruch des Krieges. Damals ist nicht nur die Wehrmacht in Polen einmarschiert, sondern gleichzeitig, im Gepäck sozusagen, die SS. Die Wehrmacht wollte die Polen ausbeuten, die SS wollte sie umbringen."

Jens seufzte. „Du machst alles immer so kompliziert und grundsätzlich."

Katharina wechselte das Thema, weil sie nicht wollte, dass sie weiter über ihre Suche redeten. Nach was suchte sie eigentlich? Sie fragte sich das oft selbst. Wollte sie ihre Großmutter finden, die eigentliche, die nicht vom Krieg zerrüttete Großmutter? Wollte sie ihre Mutter finden, die eigentliche Mutter, eine Mutter, die nicht jede Weihnachten drohte, in Tränen auszubrechen, die nicht dauernd klagte und sich unterwürfig gab? Oder wollte sie sich selbst finden? Ging es nicht auch anders, sich selbst zu finden, zum Beispiel durch eine Liebe, durch die Liebe zu jemandem, der ein fehlendes Stück in ihr ergänzte, durch die Liebe zu Jens?

Katharina und Jens

Katharina war beglückt und ängstlich zugleich, als Jens ihr vorschlug, sie seinem besten Freund Marc vorzustellen. Sie fürchtete zu versagen, weil sie schlecht in Gruppen passte, schüchtern und auf eine stille Art arrogant wirkte, während die anderen sich zwanglos Witze und Themen zuspielten. Jens hatte mit Marc und seiner Freundin Lea ausgemacht, dass sie sich in „ihrer“ Kneipe trafen. Jens wollte mit ihnen feiern, dass er bereits einen Vertrag in der Tasche hatte, während Marc den Abgabetermin für seine Diplomarbeit um weitere drei Monate hatte verlängern lassen. Jens hatte keinerlei Sorge, dass Katharina versagen würde. „Sei doch einfach so, wie du bei *mir* bist“, versuchte er, sie zu beruhigen. „Ich habe dich keinen Moment als unsicher oder zurückhaltend erlebt. Deine Kratzbürstigkeit ist sehr charmant.“

„Danke, sehr ermutigend.“

Die Kneipe war groß und dunkel und holzig. Man trank Bier. Jens erzählte, dass sie alle paar Tage hier gesessen hatten, und wären nicht einige seiner Kommilitonen bei ihren Eltern, um dort die letzten Seiten ihrer Arbeit in den Kasten zu tippen, wären sie zu sechst und mehr. Er seufzte. „Ein wenig ist das nun alles schon Vergangenheit. Ich weiß gar nicht, ob ich meine Studienzeit genügend genossen habe.“

„Hey, du alter Streber, das lassen wir uns etwas kosten“, meinte Marc, als sie einander schulterklopfend begrüßten. Lea umarmte Katharina, als würden sie einander bereits kennen. Sie saßen im gemütlichen Dunkel einer Gaststätte, in der vorwiegend Schweinsbraten, Obatzda und Kartoffelsalat serviert wurden. Brezn standen in einem Korb auf dem Tisch, als wären sie eine kostenlose Grundlage zum Bier. Lea setzte sich zu Katharina auf die Holzbank, und als sie sich als Lehramtsstudentin für Deutsch und Englisch offenbart hatte, waren alle weiteren Gesprächsthemen eröffnet.

Zu Beginn des Abends verfielen sie spontan in ein Männer- und Frauenduo. Katharina und Lea redeten über Literatur und Bücher, lästerten über ihre schlimmsten Schullektüren wie Handkes *Angst des Tormanns beim Elfmeter*, mit denen die Schüler vom Lesen abgebracht wurden. Katharina erzählte, wie sie rein gar nichts verstanden hatte von Leibniz' Monaden und dass sie den Begriff der *prästabilisierten Harmonie* bei Leibniz mit *präharmonierter Stabilität* wiedergegeben hatte. Lea gestand ihr nach dem ersten Bier, dass sie als Freundeskreis gar nicht glücklich waren mit der Verbindung zwischen Jens und Claudia, weil Claudia wenig erschütterbar erschien. Eine geradlinige Frau, in deren Gegenwart Jens aufrechter saß, als sie ihn sonst kannten.

Marc erzählte von den Kapriolen seines Diplom-Professors, der alle zwei Monate noch einen neuen Punkt in seine Gliederung einfügte, sodass Marc inzwischen bei hundertvierzig Seiten angelangt war. „Beim letzten Treffen hat er dann angemahnt, dass ich den Rückgriff auf Keynes und Friedman etwas kürzen sollte. Den Schlenker zu Adam und Eva habe ich doch nur eingeführt, weil er darauf bestanden hat! Hast du irgendeine Ahnung, was die Grundsatzdenker mit der Wirtschaftlichkeit von Photovoltaikanlagen auf der Grundlage einer dezentralen Energieversorgung zu tun haben? Bis ich das alles einarbeite und dann wieder herauskürze, kommt ein neues Stromeinspeisungsgesetz, ich bin sicher."

Katharina musste sich bremsen. Sie fürchtete, mit Marc in allzu ernste Themen abzurutschen. War es nicht ein Abend der Leichtigkeit? Hätte sie wieder alles zerstört mit Anmerkungen über die Klimaerwärmung, mit der Frage, ob nur echter Verzicht statt fortschrittlicher Energiespartechnik einen Untergang der Welt verhindern konnte? Musste die Technik sich erneuern oder sollten die Menschen umdenken?

Jens erzählte von der neuen Stelle und von ersten Plänen zusammenzuziehen.

„Was, so schnell schon? Ihr seid mutig", sagte Lea. Marc und Lea waren im Sommer zusammen in Untermiete in eine Wohngemeinschaft gezogen.

„Ich habe noch Geld vom Erbe meiner Oma, wenn ich jetzt verdiene, kann ich einen Kredit aufnehmen, für eine kleine Dreizimmerwohnung vielleicht."

„Du bist echt von den Göttern beschenkt", meinte Marc.

„Nein, von meinen Großeltern."

„Aber deine Oma hat doch bis vor Kurzem noch gelebt! Hast du sie umgebracht?"

„Nicht *die* Oma, die lebt immer noch. Die Oma mütterlicherseits hat meiner Schwester und mir ein Haus hinterlassen und uns freigestellt, es zu verkaufen."

„Und, hast du's gut losbekommen?"

„Das hat meine Schwester gedeichselt. Alles in trockenen Tüchern."

„Und wir hängen in Untermiete in einer abgeschabten WG herum und müssen uns gegenüber dem Vermieter gut benehmen."

Marc berichtete von ihrem Mitbewohner, der gleichzeitig ihr Vermieter war und jeden Morgen hörbar ins Waschbecken rotzte. „Da bekommt man echt Lust, sich anschließend die Zähne zu putzen. Ein Berliner mit Problemen mit seinen Nasenscheidewänden, auch im Sommer. Wenn er ans Telefon geht, meldet er sich immer mit: ‚Hallo, ick bin's!'"

„Ist er aus dem Osten oder Westen?", fragte Katharina nach.
„Aus dem Osten", antwortete Lea.

„Dann müsst ihr ihm noch beibringen, dass wir Wessis schon morgens im Bad an Leistung und Sauberkeit denken", meinte Jens.

„Die haben echt noch viel Dreck an den Fassaden und in der Luft", meinte Marc. „Ich muss meinem Prof noch vorschlagen, dass ich meine Arbeit um ein weiteres Kapitel bereichern könnte, über die besonderen Chancen der sauberen Sonnenenergie im luftverschmutzten Osten."

„Ja, die Sachsen würden sich freuen: ‚Ai verbibbschdnochämol, die Fodovoldaig'", ahmte Katharina die Sachsen nach. Sie lachten Tränen. Alle waren über das erste Bier hinaus.

„Kennst du schon den Trabi 16V? – Vier Ventile an jedem Reifen", warf Marc ein.

„Der kürzeste Trabi-Witz: Steht ein Trabi auf dem Berg", ergänzte Jens.

„Man sollte die Sachsen nicht unterschätzen. Die werden uns mit ihrem Fleiß bald noch überholen", meinte Katharina.

„Wieso mit ihrem Fleiß?", fragte Marc.

„Die Sachsen gelten doch als die Schwaben des Ostens", erklärte Katharina.

„Oh nein, keine zusätzlichen Schwaben für unser Land. Die sind viel zu engstirnig. Das mit der Wiedervereinigung hätte sorgfältiger überlegt werden müssen", fand Marc.

„Unser Mitbewohner kommt leider nicht aus Sachsen und hat Fleiß und Sauberkeit nicht erfunden", meinte Lea. Sie beschrieb, wie er beim Kaffeekochen die Schubladen offenstehen ließ, sodass sich das verschüttete Pulver in der Besteckschublade wiederfand. Sie freue sich schon auf den Tag, wo sie nur noch Marcs Schlamperei aufräumen müsse.

„Was, meine Schlamperei? Also hör mal. Meine Socken und meine Unterwäsche, die sind doch eine reine Freude für dich!" „Ja, ich sammle sie, wasche sie, und du bügelst sie dann."

„Ja, genau, Sockenbügeln muss ich dringend noch lernen."

Jeder halbe Witz führte zu baucherschütterndem Gelächter und zum Gefühl, dass sie es gut meinten miteinander und mit der Welt.

„Ich sehe mich auch schon, wie ich samstags die Rasiercremetube, die Haargeldose, das Parfum und die Lancôme-Gesichtscreme für Männer einzeln sauber mache. Meine bescheidene Nivea steht dann dunkelblau daneben", sagte Katharina.

„Ich schenke dir dann eine Anti-Aging-Creme", frotzelte Jens.

„Dabei werde ich im Alter immer schöner“, konterte Katharina.

„Viel Spaß beim Zusammenwohnen“, wünschte Marc.

Beim Verabschieden umarmten Marc und Lea ihren abschiedlich gestimmten Jens länger als sonst, und Jens umarmte beide seinerseits lange, weil er ihnen dankbar war, dass sie ihn mit Katharina akzeptierten. Und weil er angetrunken war und sich sehnte, wieder allein mit seiner zarten und eigenwilligen, seiner sprachbegabten und schönen, interessanten und humorvollen Freundin zusammen zu sein.

16.

KATHARINA

Endlich konnten Eva und Katharina wieder einmal lange miteinander spazieren gehen. Sie hatten sich stillschweigend auf die alte Spazierroute geeinigt – am Rücken der Staatsbibliothek über die Königinstraße in den Englischen Garten bis zum Monopteros. Es war so kalt, dass nur Hundebesitzer freiwillig durch die Landschaft wanderten. Vertraut wie sie waren, erlaubten sie sich Gesprächspausen, in denen sie nebeneinander hergingen und sich in der Bewegung, nicht im Wort synchronisierten. Katharina hatte die Angewohnheit, sobald eine Gesprächspause eintrat, in ein stilles Selbstgespräch zu verfallen. Dann schüttelte sie unmerklich den Kopf, und man sah sie mit angedeuteten Lippenbewegungen Diskussionen führen, manchmal konnte sie sogar pantomimisch in ein zurückhaltendes lautloses Lachen ausbrechen.

„Deine Witze sind genial, ehrlich, ich muss schon mitlachen, bevor ich sie hören kann.“, meinte Eva kopfschüttelnd.

„Gehst du an Weihnachten zu deiner Mutter?“, fragte Katharina vorsichtig.

„Das schätze ich an dir, dass du fragst, obwohl du Gefahr läufst, dass ich dich für diese Frage angifte. Nein, meine Mutter fliegt nach Teneriffa und hat mir, bevor ich auf die Idee kommen könnte, das unpassend zu finden, gleich dazugesagt, dass sie es wichtig finde, dass ich in meinem Alter nun auch meine eigenen Wege und Traditionen finde. Sie fliegt, sozusagen wegen mir, mit einem neuen Liebhaber an Weihnachten nach Teneriffa.“

„Und wie verbringst du dann Heiligabend?“

„Ich lade alle, die aus dem traditionellen Familienritus herausgefallen sind oder sich freiwillig der heimischen Christkindheuchelei entziehen wollen, zu einem Umtrunk ein."

„Eine Gleichaltrigenheimat, wenn die intakten Familienverhältnisse nicht mehr tragen."

„Intakt ist gut. Wir Nichtfamiliären stehen unter dem Verdacht, nicht richtig zu funktionieren, eine kaputte Maschine zu sein."

„Du übertreibst."

„Ich glaube nicht. Aus gutem Hause zu kommen hieß früher, aus einer Familie mit Status und Geld zu kommen, vertraut mit den höheren Umgangsformen zu sein. Heute ist das vorrangige Kriterium, ob man psychisch vollwertig ist. Dazu ist es notwendig, aus einer Kleinfamilie zu kommen, in der immer noch alle gut drauf sind und sich lieben oder zumindest so tun."

Katharina schwieg. Es war ihr tatsächlich etwas wert, dass Jens, dass seine Familie intakt und modern erschien, dass sie sich dort womöglich einreihen konnte oder zumindest mit ihm ein Familienmodell leben konnte, das an eine Generationengeborgenheit anknüpfte.

„Es wäre doch einmal interessant", fuhr Eva fort, „eine Umfrage zu starten: 'Was ist Ihnen bezüglich der Herkunftsfamilie Ihres Partners oder Ihrer Partnerin wichtiger: ein hoher Status mit finanzieller Sicherung oder ein intaktes Familienleben?'"

Katharina schüttelte den Kopf. „Das lässt sich schwer operationalisieren. Du müsstest definieren, um welche Gesellschaftsschicht es sich handelt und wie hoch der Vermögenshintergrund wäre – und, noch schwieriger, was ‚intakte Familie' bedeutet."

„Ja, leider."

„Jens ist in beiderlei Sinn eine Aufwärtsverbindung. Seine Familie ist besser situiert und sie kommt mir intakter vor, sie kränkelt nicht wie meine Eltern."

Eva lachte. „Es ist schön, dass du so ehrlich bist. Bitte bleib mir erhalten, auch wenn du mit Jens zusammen bist."

„Ich habe immer Angst, dass du dich abwendest", sagte Katharina leise.

Sie hängten sich beieinander ein, als sie zum Monopteros hochstiegen. Das war eine unbequeme Position, um rutschige Treppen hochzugehen, aber sie wollten es nicht anders.

Oben angelangt, ließen sie ihren Blick über einer Raureiflandschaft ruhen. Katharina fühlte sich in eine frühere Zeit zurückversetzt und wurde von einer unbestimmten Sehnsucht erfasst. Der Englische Garten schien unendlich weit, wie eine russische Winterlandschaft. Die angrenzenden Kirchtürme und Dächer der Stadt schienen nur angedeutet, von einem feinen Nebel umflort, sehr weit weg. Die Bäume in Gruppen, in die Ebene eingestreut, ihre kahlen Äste weiteten sich an den Spitzen zu weißen Nebel-Eiskristallen, von der kühlen Sonne matt beleuchtet. Dann setzte aus vermeintlicher Ferne ein langsam schwingendes, dunkles Glockengeläut ein, als käme es aus lang vergangener Zeit.

Auf dem Rückweg fragte Eva, wie Katharina mit der Seminararbeit vorankäme.

„Ich bin noch bei den Definitionen und muss so vieles im Voraus klären, bis ich endlich zu dem komme, was ich eigentlich sagen möchte. Ich würde am liebsten die Tagebucheinträge meiner Großmutter aneinanderreihen. Im Wesentlichen geben sie die damalige Zeitgeschichte am Einzelbeispiel wieder."

„Das wäre aber nicht wissenschaftlich. Ich schätze, du musst auch noch die Seite der Deutschen darlegen und nicht nur das polnische Schicksal deiner Oma."

„Ja, leider."

Katharina wusste, dass sie heute noch ihre Mutter anrufen müsste, um ihr mitzuteilen, wann sie Weihnachten käme. Sie wusste, dass ihre Mutter wartete, weil sie immer auf den Anruf anderer wartete, selbst aber nie zum Hörer griff. Wenn das Läuten ertönte, eilte sie schnell zum Schnurtelefon, das auf dem Telefontischchen neben der dunklen Schrankwand stand. Das Wohnzimmer war hell, zur Südseite gelegen, mit zahllosen Kakteen, die bei ihrer Mutter prächtig gediehen. Sie zitierte gern den Spruch eines befreundeten Gärtners: „Kakteen sind wie Frauen. Je weniger man sie pflegt, desto besser gedeihen sie." Sogar ihr Humor war eine Klage.

Ihr Leben reduzierte sie auf Pflicht und Vorsicht. Ihren Hunger stillte sie billig mit abgepackten Würstchen von Aldi, den immer selben Geschmack ihres Salats verstärkte sie mit Aromat, und für den süßen Genuss kaufte sie in großen Tüten Kekse mit gelblich fettiger Füllung. Sie arbeitete im Mahnwesen eines Rollladenbauers und konnte aus Erfahrung darüber klagen, dass die Zahlungsmoral der Menschen nachgelassen habe.

So kannte Katharina ihre Mutter. Zu neunundneunzig Prozent hatte sie es schwer, gab ihr Bestes und war besorgt. Besorgt, dass ihre Tochter nicht das tat, was sie tun musste, um ein gutes Kind, eine gelingende Tochter zu werden. Es war jedes Mal ein Akt der Hartherzigkeit gewesen, wenn Katharina den falschen Rock angezogen, den Scheitel falsch gebürstet, bei einer Freundin übernachtet hatte, nach dem Mittagessen gelesen statt gelernt hatte, die vom Vater organisierte Lehrstelle ausgeschlagen hatte, zum Studieren gegangen war … Ein Akt der Hartherzigkeit gegen ihre sorgende Mutter und der Ausbeutung ihres treuen Vaters. Manchmal aber blitzten in ihrer Mutter eine Intelligenz und ein Humor auf, die Katharina hoffen ließen auf Verständnis und Gemeinsamkeit. Auf die Eigenwilligkeit, die noch aus der Jadwiga-Tradition stammte. Ihre Großmutter, ihre Mutter, Katharina – waren sie nicht alle im Grunde Frauen, die sich kein X für ein U vormachen ließen?

„Ich glaube, du hast die Antennen- mit der Cinchbuchse verwechselt", sagte ihre Mutter genervt zu ihrem Mann, als er nach einer Stunde Kabelfummelei auf den neuen Videorecorder fluchte. Sie hatte die Gebrauchsanweisung gelesen.

„Ich meine, der Nato-Doppelbeschluss wurde unter der SPD-Regierung ratifiziert. Apel, der nicht einmal bei der Bundeswehr war, hat auch mitgemacht", raunte sie während des abendlichen Umtrunks zum Namenstag, kurz beim Stricken innehaltend, in die politische Männerdiskussion hinein, in der sich alle einig waren, dass die SPD nur einen feigen Schmusekurs gegen den sozialistischen Osten aufgeboten hatte. Danach strickte sie weiter und sagte nichts mehr. Die Männer schimpften weiter auf die SPD.

Das war die unauslöschbare Hoffnung Katharinas, dass sie ihre Mutter herauslotsen konnte aus der grauen Bescheidenheit, sie dazu verlocken könnte, ihr Licht nicht mehr unter den Scheffel zu stellen. Dass sie beide zusammenhalten und sich über Insiderwitze verständigen könnten. Wäre das nicht möglich?

Im Sommer hatte ihre Mutter im Nebensatz fallen lassen, dass die zweite Doppelhaushälfte zur Zwangsversteigerung stand – ob man das kaufen solle, sie wisse es auch nicht.

„Ja, dann kauft das doch", hatte Katharina ins Telefon gerufen.

„Ja – aber dann könnte der Papa das Geld auf dem Sparbuch nicht mehr zählen." Katharina hatte gewagt aufzulachen, und war sofort eines Besseren belehrt worden. In sorgend schleppendem Tonfall hatte ihre Mutter mit der alten Leier angefangen: „Kind, weißt du, wir müssen ja dein Studium finanzieren. Und wir wissen ja nicht, wie das weitergeht. Ob du je mit deinen Sprachen Arbeit finden wirst?" Ihre Mutter hatte nie verstanden, dass sie Geschichte, Germanistik und Philosophie studierte. „Warum hast du denn nichts Richtiges gelernt oder studiert? Hättest du die Lehre in der Bank gemacht, sie hätten dich mit Kusshand genommen, wir wären jetzt raus aus den Sorgen."

Es tat immer noch weh. Katharinas Wut währte nie länger als ein Streichholzfeuer und erlosch regelmäßig, sobald sie aufgelegt hatte.

Ihre Mutter hatte ja recht, es ließ sich nicht leugnen. War sie glücklich, war sie erfolgreich, war sie eins mit sich? War sie nicht einfach eingebildet und eigensinnig, wollte weg und hoch hinaus, um doch zu scheitern? Würde sie ihr Studium so erfolgreich schaffen, dass sie als Geisteswissenschaftlerin Arbeit finden würde? Am Ende würde sie mit Büchner und östlicher Geschichte im Gepäck doch bei der Bank arbeiten, dort, wo ihre Mutter sie immer schon haben wollte. War sie nicht einsam geblieben, an Eva hängend, der einzigen Freundin? War sie nicht oft so unzufrieden, so melancholisch, so wütend, so hilflos, weil sie alle gangbaren Wege ausschlug? Lag sie dafür ihren Eltern auf der Tasche? Musste sie die normalen elterlichen Hoffnungen auf eine Tochter, die arbeitete, heiratete und Kinder bekam, enttäuschen, ohne Sinn? Konnte sie keine liebevolle Tochter sein, dankbar für das, was ihre Eltern ihr gegeben hatten, das Gegebene vermehrend. Jetzt, wo sie Jens hatte, jetzt könnte sie den Eltern vielleicht ein Trost werden.

Unter diesen alten Gedankenschleifen hatte Katharina sich nach dem Abschied von Eva zum Lesesaal im dritten Stock der Staatsbibliothek geschleppt, um sich auf ihr Thema zu konzentrieren. Das Zusammenleben der polnischen und deutschen Bevölkerung war durch das Deutsche Reich erschwert worden, bereits vor der Machtergreifung durch die Nationalsozialisten.

Sie haben mich abgelehnt an der deutschen Schule! Jeden Tag habe ich gebetet und die Waltraud hat mit mir Diktate gemacht. Ich kann gut Deutsch. Ich kann es fast so gut wie Waltraud und bestimmt besser als Hildegard und Hermann. Das sind die Kinder vom Schmid. Der Schmid ist dumm, und die Kinder können zwar a bisserl besser Deutsch reden, aber schlechter schreiben. Sie waren schlecht in der Schule, und Waltraud hat mit mir oft darüber gelacht, wie behämmert die sind.

Meine Mutti (so sagen die Deutschen für Mama, das darf sie nie hören!) ist froh, daß ich nicht genommen wurde, weil ich sonst vom rechten Glauben abge-

kommen wäre. Aber ich hatte ihr versprochen, immer in die katholische Kirche zu gehen und auch zur Firmung. Mein Vater ist bös darüber. Er sagt, daß die Deutschen selber schuld sind, wenn ihre Schule bald geschlossen wird. Warum die Polen zahlen, wenn die Deutschen nur ihr eigene Suppe kochen! Waltraud hat gesagt, daß sie mir alle ihre Bücher gibt und mit mir zusammen lernt. Sie will nicht alleine lernen. Sie will überhaupt nicht so gerne lernen. Sie braucht es nicht. Sie will später einen Deutschen heiraten und eine richtige Frau werden, sie will Mutter werden. Sie will mal sechs Kinder haben, weil die Deutschen zu wenig sind auf der Welt, weil sie die Herren sind. Ich will selber etwas werden, Lehrerin oder Übersetzerin. Karol lernt Latein und hat mir gesagt, daß wir agricola sind in Lateinisch. Der Bartek haut mich jeden Tag, wenn Vater oder Mutter es nicht sehen. Bartek ist ein böser Hund. Mein Vater sagt, daß wir friedlich sein sollen. Ich will weg, wenn ich groß bin, vielleicht nach Lodz, da gibt es viele Deutsche und Zeitungen. Auch wenn wir kein Geld zum Studieren haben, werde ich schreiben.

Jadwigas Ehrgeiz hatte sich nicht brechen, sondern anstacheln lassen. Sie wollte an eine deutsche Schule und später zu den Intellektuellen aufschließen. Nach Lodz wollte sie, wo sich deutsche Unternehmer mit der Textilindustrie angesiedelt hatten und deutsche Zeitungen verlegt wurden. Aber jetzt war sie am ersten Ziel gescheitert: die deutsche Schule in Kozienice. Die Deutschen, überwiegend protestantisch, verfügten im katholisch dominierten Polen über eine lange Tradition eigener Schulen, evangelischer Kantoratsschulen. Während dies im Rahmen der Konfessionen noch halbwegs nachvollziehbar war – die Kirchen hatten sich immer schon das Recht gesichert, ihre Lehre separiert weiterzugeben und auf keinen Fall die Konfessionen zu mischen –, waren die Schulen später ein „Hort" deutscher Kultur, in dem der Erhalt der Muttersprache und des Volkstums gepflegt wurde. Es ging aber nicht nur um die Tradition deutscher Lieder und Texte, um ein Heimatgefühl in der Fremde, es ging um den Hoheitsanspruch über die Slawen und deren Territorium.

Über die deutschen Schulen wurde deutsche Reichspolitik in die Pädagogik eingeschleust. Arbeitsblätter und Schulaufgaben dienten der Hetze und Propaganda. Jadwiga, an der deutschen Schule abgelehnt, bekam die Materialien über Waltraud großzügig zugesteckt, sie war dabei, wenn Waltraud ihre Hausaufgaben machte.

Die Entdeutschung des Landes durch den polnischen Staat!

Schon seit Beginn unserer Zeitrechnung, bereits nach dem Berichte des Tacitus im ersten Jahrhundert n. Chr., waren die Wohnsitze der Germanen weit nach Osten bis zur Weichsel vorgeschoben. Mit der großen Völkerwanderung im 4. Jahrhundert erhoben sich die germanischen Stämme und drängten nach vorwärts, nach Westen, nach Süden; eine ungeheuere Welle, so rollte das Germanentum heran und überschwemmte die gesegneten Länder altrömischer Kultur. Die weiten Ebenen des Nordostens und der böhmische Kessel, sie wurden leer, oder nur spärliche Reste der alten Bevölkerung blieben zurück und andere Stämme, meist slavische Völker rückten nach; sie bauten ihre leichten Hütten an den Flüssen und Seen, um deren Fischreichtum auszunutzen; sie ritzten mit ihrem leichten, hölzernen Hakenpfluge den Boden und gewannen ihm spärlichen Ernteertrag ab; sie durchstreiften die Wälder und sammelten als Zeidler den Honig der wilden Bienen.

Aber bereits im 12. Jahrhundert erscholl der Ruf von der Ostgrenze des Deutschen Reiches von den dortigen Fürsten und Herren: kommt hierher nach dem Osten, hier ist Raum für die überschüssige Kraft des Volkes, für die jungen Söhne des Hofes; wir geben euch eine Hufe Landes, größer als ihr sie bei euch zu Hause gewohnt seid und in zusammenhängender Lage, nicht über viele Gewanne zersplittert; hier ist guter Boden in Fülle, den ihr mit eurem starken deutschen Pflug aufreißen möget, der euch reichen Ertrag geben wird.

Zahllose Scharen deutscher Ansiedler folgten dem Rufe nach dem Osten. In harter Arbeit daheim hatten sie gelernt, den Acker dem Urwald abzuringen; der herbe Mut des Auswanderers oder die Verzweiflung des unverschuldet ins Elend Getriebenen, beseelten sie; Im Kampfe mit der Natur ihres Landes hatten sie gelernt, die großen Moore der Tiefebenen zu entwässern und in fruchtbaren Acker-

boden zu verwandeln, anderseits sich durch Dämme und Deiche gegen die Springfluten des Meeres und die Überschwemmungen der Flüsse zu schützen.

In den Städten kam das große Zeitalter der Eindeutschung seit dem 13. Jahrhundert zur vollen Blüte.

Die Tatkraft der Kolonialdeutschen des Ostens hat sich dem ganzen Volke mitgeteilt; die Arbeitsleistung desselben, seine Fortschritte auf dem Gebiete der Industrie, des Verkehrswesens, des Handels, der Wissenschaft, der Erziehung und des Unterrichts, der Wehrkraft zu Wasser und zu Lande sind geradezu staunenerregend.

Und doch will uns eines heute nicht gelingen, was unsere Vorfahren im Mittelalter so gründlich vollbracht haben, die Niederwerfung des Slaventurms in unserer Ostmark. An dem so starken und gesunden Leibe unseres Reiches brennt eine offene Wunde; das Polentum ist auf dem Vordringen, das Deutschtum im Zurückweichen begriffen.

Sollte nicht auch heute noch der an Rassenanlage und an Kultur überlegene Deutsche mit dem minderwertigen Polen fertig werden, wie er es im Mittelalter geworden ist?

Sollte er nicht weiterhin und mehr denn je, mit den deutschen Tugenden des Pflichtgefühls, der Ordnungsliebe, der Pünktlichkeit, der Arbeitsamkeit dieses Land durchdringen und der Polonisierung der Schulen und der Landwirtschaft Einhalt gebieten? Als Hauptziel muß bleiben: die Schaffung eines genügend zahlreichen und widerstandskräftigen Bauernstandes, nur dieser widersteht der Gefahr der Polonisierung, und für die Städte wird dadurch eine deutsche Landkundschaft geschaffen, sodaß die deutschen Kaufleute und Handwerker zu leben haben.

1. Wann war die Agrarreform des polnischen Staates?

2. Welche Auswirkungen hat der Diebstahl des polnischen Staates auf unsere Bauern? Beschreibe die Gefahren für die rassische, volkswirtschaftliche und moralische Entwicklung des deutschen Volkes.

3. Gehe zu den Bauern in deinem Ort und frage, wie viel Land ihnen entrissen und den slavischen Bauern zur Misswirtschaft übergeben wurde.

Katharina lehnte sich zurück und schloss die Augen. Die Agrarreform war 1925 vom polnischen Staat durchgeführt worden, um die Ungleichverteilung von Grund und Boden auszugleichen. Sie war dringend notwendig gewesen, weil wenige Großgrundbesitzer einer großen Mehrzahl von Kleinstbauern gegenüberstanden, die in bitterer Armut lebten. Auch die Bewirtschaftung des Landes litt darunter. Kleinstbauern hatten nicht die Mittel – kein Pferd, keinen Pflug –, um ihr Land fruchtbar zu machen. Jadwigas Eltern waren ein gutes Beispiel dafür, auch wenn ihr Hof immerhin drei Kinder ernährte und Jadwiga stolz war, dass sie nicht in einer selbstgegrabenen Höhle mit dem wärmenden Misthaufen obendrüber lebte, wie andere Bauern im Ort. In der Schulaufgabe wurde unterschlagen, dass auch polnische Großbauern bei der Zwangsparzellierung Land abgeben mussten. Es ging nicht um eine Enteignung der Deutschen, auch wenn diese unter den Großgrundbesitzern in der Mehrzahl waren. Es ging um eine Umverteilung. Auch Jadwigas Familie hatte Land dazugewonnen, unglücklicherweise waren Felder dabei, die ihren großzügigen deutschen Nachbarn abgezweigt worden waren. Dadurch war Unfrieden zwischen den Familien gestiftet worden. Die Haffners hatten sich fortan geweigert, Saatgut, Gäule oder gar Knechte abzugeben. Das war verständlich, mehr als verständlich. Sie streuten hämisch ihre Kommentare darüber, dass man nun sehen konnte, wie das Land unterging, wenn die „polnische Wirtschaft" herrschte und nur noch ein Bruchteil des Ertrages eingefahren wurde.

Die Wojziechowski, Jadwigas Familie, mussten mit ihrer Kuh und ihrem wackeligen Pflug eine größere Fläche bewirtschaften. Dem Einschreiten des Pfarrers – er drohte Jadwigas Mutter mit der jenseitigen Vergeltung, wenn sie Gottes Wege zum Priestertum Karols durchkreuzte – war es zu verdanken, dass Karol weiterhin aufs katholische Internat gehen durfte. Jadwiga musste Feldarbeit leisten, bis sie zitterte, bis zur schmerzhaften Entkräftung. Sie wurde geschunden. In der polnischen Schule schlief sie oft ein, in jeder freien Minute lernte sie nachmittags aus den deutschen Büchern. Es war der Großzügigkeit der Haffners zu verdanken, dass die Mädchen sich noch sehen durften.

Während die benachbarten Familien sich weiterhin um einen Umgang miteinander bemühten, forcierten die Staaten die Trennung.

Hatte Jadwiga ihren Eltern je erzählt, dass in den deutschen Büchern nicht nur klassische und romantische Gedichte, Texte und Lieder zu finden waren? Hatte sie vom Inhalt der neuen Arbeitsblätter und Schulaufgaben berichtet? Vom offenen Aufruf, den angeblich minderwertigen Polen das Land wegzunehmen, das angeblich immer schon von Germanendeutschen besiedelt war? Sie hatte es bestimmt verschwiegen.

Den Polen war bekannt, – trotz des Versuchs der Geheimhaltung – dass die Schulen durch Geldzuwendungen aus dem Deutschen Reich unterstützt wurden. Das völkische Denken der Lehrer, die freiwillig in den wirtschaftlich ärmeren Ostgebieten arbeiteten, war ausgeprägt. Die polnische Regierung hatte im Versailler Vertrag den Schutz der Minderheiten zugesagt, daher konnte sie die deutschen Schulen nicht einfach abschaffen. Aber man konnte die Deutschen schikanieren, so dass die Erhaltung der Schulen erschwert wurde, und man versuchte zu verhindern, dass polnische Kinder an deutschen Schulen unterrichtet wurden. Kamen innerhalb eines Bezirks keine vierzig deutschen Schüler mehr zusammen, wurde die Schule geschlossen. Der polnische Staat verkleinerte die Einzugsbereiche, sodass die Zahl der Schüler sich verringerte und Schulen geschlossen werden mussten. Jährliche Deklarationen und Gesuche wurden von den Deutschen verlangt, verschleppt bearbeitet, sodass Fristen zur Anmeldung verstrichen. Polnische Kinder wurden bei Sprachtestungen, ob sie des Deutschen mächtig seien, rigide geprüft. Polnische Eltern, die ihre Kinder an deutsche Schulen schickten, hatten mit Nachteilen zu rechnen. „Platzmangel" wurde als Begründung dafür vorgeschützt, dass deutsche Kinder an polnische Schulen verwiesen wurden. Als Antwort darauf setzten die Deutschen Wanderlehrer ein, die Hausunterricht abhielten und vom Deutschen Reich instruiert und bezahlt wurden. In Kozienice war die deutsche Schule erhalten geblieben.

Folgte Katharina den deutschsprachigen Quellen, dann wurde auch nach dem Krieg darüber lamentiert, wie das Minderheitenrecht auf deutsche Schulen und deutsche Bildung im Verlauf der Zwischenkriegszeit ausgehöhlt worden war. Katharina stand auf, ging im Leseraum auf und ab und fing sich kritische Blicke der Bibliothekarin ein. Ein Minderheitenrecht. Was würden die Deutschen heute sagen, wenn Italiener, Türken, Russen oder Araber darauf pochen würden, dass sie eigene Schulen bekommen mussten, in denen nur ihre Sprache gesprochen, ihre Kultur, ihre Religion und ihre Version von Geschichte und Politik gelehrt werden würden? Wie käme es bei uns an, wenn die Immigranten laut reklamierten, dass sie keine „Entfremdung von ihrem Volkstum" duldeten? Dass das Land, in dem sie lebten, eigentlich ihnen gehörte? Eine deutsche Minderheit, die im polnischen Staat 1921 mit 3,9 Prozent, 1931 mit 2,3 Prozent Muttersprachlern gezählt worden war. Von dieser Minderheit sollten sich die Polen beschämen und auf dem Kopf herumtanzen lassen! Es kam noch viel schlimmer.

Katharina zwang sich auf ihren Stuhl zurück. Es begann zu dämmern, die Lichter im Lesesaal gingen an. Jadwiga, das stand fest, war der Zugang zur deutschen Schule verwehrt worden, weil über die Politik ein Separationsprozess forciert worden war, in einem Landstrich, in dem die Kinder der unterschiedlichen Nationalitäten beste Freunde geworden waren. Als die Deutschen 1939 in Polen eingefallen waren, wurde deutlich, dass sie eine Schulpolitik der besonderen Art durchzogen: Die Polen sollten als Sklavenvolk unterjocht werden und keine Bildung mehr erhalten. Himmler hatte festgehalten, was er plante: Eine vierklassige Volksschule für die Polen, die nur einfaches Rechnen bis höchstens fünfhundert vermitteln sollte, Schreiben des Namens, eine Lehre, dass es göttliches Gebot sei, den Deutschen gehorsam und ehrlich, fleißig und brav zu sein. Lesen hielt er nicht für erforderlich. Die überwiegende Mehrheit der Bevölkerung sollte unter der *strengen, konsequenten und gerechten Leitung des deutschen Volkes berufen sein, an dessen ewigen Kulturtaten und Bauwerken mitzuarbeiten.*

Alle um sie herum schienen konzentriert zu schreiben, wissenschaftlich zu arbeiten. Vielleicht sollte Katharina sich selbst wegen Befangenheit bei ihrem Professor anzeigen. Ihre Unfähigkeit zu weiteren geschichtlichen Ermittlungen zugeben, weil sie persönlich berührt und betroffen war. Geschichte war etwas für Menschen, die nicht betroffen waren. Sie nahm ein unbeschriebenes Blatt Papier, zückte ihren breitesten Filzstift und schrieb: *Wir sind alle betroffen. ALLE!* Vielleicht sollte sie das als Thema für ihr Referat wählen.

Dann packte sie ihre Materialien zusammen. Für heute hatte sie genug. Heute war es ihr nicht möglich, eine schlüssige Zusammenfassung zu verfassen, die beiden Konfliktparteien gerecht würde. Sie eilte die Treppen der Staatsbibliothek hinunter. Sie konnte das neofaschistische, herrschaftlich schöne Ambiente der unteren Stockwerke kaum ertragen. Stuckverzierte Säulen, die hohen Decken die in Rundbögen aufeinander zulaufend, an langen Stahlseilen hängende Kronleuchter, Marmorstatuen von den Königen und Herzögen von Bayern. Reliefbüsten über den hochaufstrebenden Fenstern – Tacitus, Virgil, Herodot und Plato gegenüber Schiller, Goethe, Kepler und Galilei. Wie zeitlos und schön Geschichte sein konnte, wenn man ihre Inhalte verschwieg!

17.

Katharina

Immer noch mied Katharina ihr Zimmer, genauer gesagt mied sie Frau Severin. Sicherheitshalber läutete sie, bevor sie nach Hause ging, bei ihren Vermietern durch, um auszuschließen, dass Frau Severin den Hörer abnahm. Aber der Tag kam, an dem nach fünfmaligem Telefontuten der Hörer abgenommen wurde. Nach einer kleinen Pause meldete sich Frau Severin mit ruhiger Stimme. Katharina stockte, obwohl sie diesen Moment oft innerlich durchgegangen war, und rang sich dann einige freundliche Worte ab.

„Das ist schön, dass Sie wieder da sind." Pause.

„Ich komme die nächsten Tage vorbei." Pause.

„Ich war in letzter Zeit nicht so oft da – das erkläre ich Ihnen dann –, ohne Sie ist das Haus etwas leer." Was redete sie da?

„Am besten gleich morgen, nachmittags." Pause.

„Sind Sie morgen zu Hause?" Katharina wartete.

„Nachmittag – ja."

Katharina zupfte eine Fluse von ihrem Pullover, und noch eine.

„Ja, das ist schön. Also, bis dann."

Seit dem Telefonat schlich sie durch die Straßen. Wie gerne hätte sie sich dieser Begegnung entwunden! Jens erzählte sie nichts davon. Sie wusste, dass er nur genervt schauen würde, womöglich sie noch darauf einschwören würde, nichts von seinem Besuch und schon gar nichts von seiner Notwehrattacke zu erwähnen. Sie musste das allein regeln, glimpflich und ehrlich. Irgendwie schonend.

Die einzig wirksame Ablenkung gewährte nur das Philosophieseminar. Inzwischen waren sie bei Hegel angelangt und der Referierende, niederbayerischen Dialekts, von Eva spöttisch als Sepp („das reimt sich doch auf Depp, oder?") tituliert, hatte nicht mehr zustande gebracht, als Hegels komplexe Gedankengänge auf einen philosophischen Gassenhauer zu reduzieren. Dialektik („die Dioläktyk") als ein Prozess von These, Antithese und Synthese.

Das war beiden bereits bekannt, dass Hegel die Bewegung der Geschichte als einen Prozess des Kampfes der Gegensätze und deren labiler Vereinigung erklärt. „Doduach öntstöhd Öntwicklong. Däs Oanzelne weard em Prozöss da Veroanigong da Widerspröche, da Thöse, ond da Ontithöse, aufghoam. Es weard aufghoam im draifochn Sinn: Es weard aufghoam em Sinn von aufgeam, besaidigd. Es weard aufghoam em Sinn von bewoahrn, eaholdn, hinaingeam. Es weard aufgehoam em Sinn von eahöhd wearn."

Eva und Katharina hielten sich sehr gerade, schauten konzentriert auf ihre Blätter, während ihre Bäuche vor Lachen zitterten.

Gilt die Dialektik auch für Paare?, schrieb Katharina auf den Zettel, den sie mittig zwischen ihnen positioniert hatten.

Du meinst die Gegensätzlichkeit. Es ist sehr gewagt, den Mann als Antithese zur Frau darzustellen.

Ich meine, wenn sich aus den Widersprüchlichkeiten etwas Neues ergibt.

Zum Beispiel?

Zum Beispiel im Sex.

Der Professor schickte einen strafenden Blick zu ihnen herüber.

Wenn er uns die Blätter abnimmt, schrieb Eva, *übernehme ich die Verantwortung für das Wort Sex.*

Wenn die Frau weichen Sex möchte und der Mann harten Sex, Katharina blickte zwischendurch konzentriert zum Referenten und schrieb dann weiter, *dann wird daraus kein fauler Kompromiss oder wechselweises Durchsetzen, es wird etwas Neues.*

Es gibt bei Hegel Ausführungen über die Dialektik der Kopulation. Ich muss nachschauen. Das dürfte eine untergeordnete Rolle spielen. Für ihn ist die Welt, die Entwicklung der Welt, ein geistiger Prozess. Aber du liebst Jens ja auch nur geistig.

Katharina runzelte bedächtig die Stirn, als müsse sie über den Vortrag nachdenken und sich weitere Stichworte notieren. Sie schrieb: *Dreiundzwanzig Stunden am Tag. Aber im Ernst: Ist Sex nicht das Paradebeispiel für Dialektik? Die Synthese ist dann das Kind.*

Du senkst das Niveau des Seminars. Ich werde gleich die Hand heben und den Sepp fragen, ob Hegel Sex hatte. Ob vielleicht gar, ob die Theorie des dialektischen Prozesses bei Hegel aus den Erfahrungen mit einer Frau entstanden ist. Wir betreiben hier krude Hegelhäresie!

Der Professor stand von seinem Stuhl auf und wanderte, auf den Boden blickend, scheinbar ungerichtet im dunklen Seminarraum herum.

Das ist mir egal. Ich habe jetzt eine neue Liebeserklärung für Jens gefunden: Wir sind zusammen etwas Neues. Wir sind im dreifachen Sinn ineinander aufgehoben, er in der Verbindung mit mir und ich in der Verbindung mit ihm. Ein Paar aus widersprüchlichen und aufgehobenen Individuen. Wir sind nicht mehr die Alten, wir sind gleichzeitig bewahrt im Sinne von erhalten, und wir sind etwas Größeres und Schöneres, als wir vorher waren. Ich bin einfacher geworden, ich bin von meinen Mauern befreit. Jens ist differenzierter geworden. Und wir beide sind eine neue Einheit in dieser Welt.

So eine Liebeserklärung würde ich auch gerne mal bekommen. Ich schreibe sie mir ab, damit ich sie an den Mann meines Lebens weitergeben kann. Wir müssen dann nur aufpassen, dass die beiden sich nicht beim Bier über unsere gleichlautenden Liebeserklärungen unterhalten.

„Gleich kommt er“, zischte Eva und legte ihre Hand auf die Notizen.

„Wir müssen den Prof fragen, ob die Synthese nur dann möglich ist, wenn die ringenden Kräfte gleichwertig sind“, flüsterte Katharina unbeirrt zurück.

„Die Frage gehört mehr zu Marx als zu Hegel.“

Der Professor ging an ihnen vorbei.

Katharina zog erneut das Blatt zu sich her. *Wenn die beiden Parteien unterschiedlich groß sind, dann wird es nichts mit dem Neuen. Wenn Russland größer und mächtiger ist, wenn seine Freiheit größer ist als die Tschetschéniens, dann formiert sich aus beiden nichts Neues, wenn sie miteinander ringen. Wenn einer von beiden dominiert, auch bei einem Liebespaar, dann entsteht nichts Neues.*

Deswegen ist Marx ja dafür, dass sich die Schwachen vereinigen, um die Dominanz der Kapitaleigner zu durchbrechen.

Greifst du für mich ein, wenn Jens zu groß wird und ich zu klein?

Umarmung von mir, deiner dich schützenden Polizei und deinem dich schützenden Staat.

„Meine Damen, kann ich die Ergüsse ihrer schriftlichen Unterhaltung, die ich als philosophisch wähne, bitte einmal haben?“ Der Professor klang höflich, aber seine Stimme war dünn geworden. Er schob unbeirrt seine Hand zwischen ihnen durch und griff nach den Blättern.

„Nein“, sagte Eva laut und zerriss die Blätter, bevor sie sie in ihre Tasche steckte.

Nach dem Seminar machte sich Katharina widerwillig zu ihrer Vermieterin auf. Früher, und es schien ihr bereits lange her zu sein, war sie am Rotkreuzplatz täglich ausgestiegen und gern nach Hause gegangen, in ihre Dachstube, ihre Kemenate.

Inzwischen war ihr Haidhausen, Jens' Umgebung, lieber als Nymphenburg, und das anonyme Treppenhaus, das sie täglich zu Jens' Wohnung hinaufging, war ihr vertrauter als die knarzende Holztreppe in Severins Haus. Waren das nicht dieselben Stufen, die sie täglich zwischen Studium und privatem Rückzug gedankenlos hochgegangen war? Waren es nicht die Stufen, die sie damals mit Jens gestiegen war, verliebt, vergeistigt und gleichzeitig inbrünstig körperlich drängend wie nie zuvor?

Seit Frau Severin in der Zwangsjacke abtransportiert worden war, betrat sie dieses Haus mit einem Befremden, einer leisen Furcht, die, das musste sich Katharina eingestehen, nicht daher kam, dass Frau Severin unter Verfolgungsfantasien litt, sondern daher, dass Katharina sich schuldig fühlte. Jens war gewalttätig geworden, und sie hatte mitgewirkt. Sie würde den Besuch hinter sich bringen und – das war wohl nicht mehr zu vermeiden – mittelfristig diese Bleibe hinter sich lassen. Gedankenverloren ging sie zu ihrem Zimmer hoch, statt, wie ursprünglich geplant, bei der Severin'schen Wohnung zu klingeln. Sie schaute sich um, und alles kam ihr verändert vor. Stand die Schreibtischlampe zu mittig? War die Schachtel mit den Utensilien ihrer Großmutter zu nah an die Wand gerückt worden? War das Bett zu sorgfältig gerichtet? Hatte jemand ihre Sachen durchsucht? Frau Severin? Ihr Mann? Katharina riss ihre Schubladen auf und schaute in den Schrank. Es war noch alles da. Sogar die fehlende Socke von Jens lag staubbedeckt unter ihrem Bett. Sie öffnete das Fenster und blickte auf die rückwärtigen Balkone des gegenüberliegenden Hauses. Jetzt im Winter wirkten sie unordentlich. Sie wurden nur als Abstellfläche für Blumenkästen und Bierkästen genutzt. Die Balkonstühle waren abgedeckt, die Planen vom Wind verzerrt. Ein bärtiger Mann rauchte und drückte schließlich die Zigarette aus. Er hatte nicht einmal aufgesehen. Das war gut so, sonst hätte Katharina reagieren müssen, und sie wollte ihn nicht grüßen. Sie hatte Angst. War sie jetzt schon so paranoid wie Frau Severin? Langsam schloss sie das Fenster, vorsichtig ging sie die Treppe hinunter und läutete. Für einen Moment war alles wieder wie früher. Aber früher hätte sie gleichzeitig die Tür aufgeschlossen. Jetzt wartete sie.

Frau Severin war noch rundlicher geworden. Sie begrüßte Katharina freundlich, gab ihr eine kraftlose Hand zur Begrüßung. Katharina fühlte sich wie bei einem Krankenbesuch. Die Wohnung roch zwar nicht nach Krankenzimmer, sie roch aber auch nicht mehr nach Vanillezucker. Sie roch nach gar nichts. „Wie geht es Ihnen?"

„Recht gut."

Frau Severin ging voraus zur Küche.

„Sind Sie froh, wieder zu Hause zu sein?"

„Ja, es ist schön, wieder im eigenen Bett zu schlafen."

„Machen Sie sich bitte keine Mühe, ich kann gern einen Tee zubereiten oder Kaffee.“

„Da steht noch welcher.“

Frau Severin fragte nicht, ob sie Kaffee wollte, sondern nahm die Kanne von der Warmhalteplatte der alten Kaffeemaschine und goss ein.

„Haben Sie die Koffer schon ausgepackt?“

„Nein, das hat Zeit. – Das erledige ich im Laufe der Woche.“

„Ja, das ist gut.“ Es entstand eine Pause. „Ich bin froh, dass Sie wieder da sind.“

„Ja.“

„Kann ich Ihnen helfen? Ich kann Ihnen gern etwas einkaufen oder die Wäsche bügeln.“

„Nein, das mache ich schon. – Es ist ja auch gut, wenn ich wieder etwas zu tun habe.“

„Ja. Schön, dass Sie alles wieder erledigen können. Ihr Mann freut sich bestimmt auch, dass Sie wieder da sind.“

Frau Severin schaute auf ihre Pantoffeln.

„Wann sind Sie denn wiedergekommen, gestern?“

„Ja, gestern Vormittag.“

Katharina holte sich Milch aus dem Kühlschrank, schenkte auch Frau Severin Milch zu ihrem Kaffee ein, gab ihr Zucker dazu. Sie saßen über Eck an dem Resopaltisch, der passend zu den veralteten resopalverkleideten Küchenschränken ausgesucht war. Katharina war die Ärmlichkeit dieses Ortes nie aufgefallen. Bis vor vier Wochen war ihr die Wohnung wie ein lieb gehütetes Museum einer verlorenen Kleinfamilienidylle vorgekommen. Jetzt erschien ihr der Tisch wackeliger, die Tischplatte zerkratzter. Alles war von einer Patina umgeben, die schmutziger wirkte als früher. Das Licht war ungünstig. Im verbleichenden Nachmittag hatte die Küche einen geisterhaften Gelbstich.

„Werden Sie wieder zum Besuchskreis für die alten Leute gehen?“

Frau Severin schaute Katharina lange ausdruckslos an. „Das hat noch Zeit. Vielleicht nächste oder übernächste Woche.“

Katharina überlegte, ob sie wieder gehen sollte, und fühlte doch, dass Frau Severin froh war, sich zu unterhalten. Wenn auch nur langsam und ohne Aufregung.

„Das Haus war ganz leer ohne Sie. Ich war gar nicht oft hier.“

„Ja.“

Katharinas Herz pochte heftig. Sie suchte die ganze Zeit schon fieberhaft nach einer Formulierung, mit der sie Frau Severin sagen konnte, dass damals wirklich ein Mann die Treppen hochgekommen war. Die Frau sollte wissen, dass es verständlich war, dass sie damals in ihre Verfolgungsfantasien gekippt war.

„Ich habe jetzt einen Freund, bei dem ich häufig bin.“

Frau Severin schaute auf die Bild-Zeitung, die auf dem Küchentisch lag. Sie trank einen gierigen Schluck aus der Kaffeetasse.

„Soll ich Ihnen noch einen Kaffee machen?“

Wieder verging Zeit. „Nein, das ist nicht nötig. Ich soll nicht so viel Kaffee trinken.“

„Frau Severin, Sie haben meinen Freund schon mal gesehen. Ich weiß, dass Sie damals sehr erschrocken sind.“

Jetzt war es heraus. Aber Katharinas Herz beruhigte sich nicht. Die stämmige Frau kratzte mit den Fingern ihrer linken Hand einen kleinen Marmeladenfleck von der Tischplatte ab.

„Es tut mir leid, dass Sie damals so erschrocken waren. Ich hätte Ihnen gern vorher gesagt, dass ich Besuch bekomme. Aber ich habe irgendwie die Worte nicht gefunden.“

Die Frau malmte mit den Zähnen und kaute die Lippen. Sie schob den Kiefer vor und ihre Mimik wurde unruhiger. Ihre Hand klopfte leicht auf den Tisch. Ohne Unterbrechung, immer weiter.

Es war misslungen. Katharina wurde klar, dass sie wieder Unglück angerichtet hatte.

„Wir können ein bisschen spazieren gehen, Frau Severin. Das wäre schön. Das tut Ihnen gut. Ich gehe mit."

Es kam keine klare Antwort, nur ein verhaltenes Röhren wie bei einem Hirsch, aber ohne erhobenen Kopf und viel leiser. Katharina strich ihrer Vermieterin über die unruhige Hand. Frau Severin atmete heftig, wippte mit den Beinen und schaute unentwegt auf den Boden. Schließlich fasste sich Katharina ein Herz und nahm Frau Severins Hand zwischen ihre Hände.

„Es ist alles gut, Frau Severin. Es ist alles gut. Es ist warm." Dann sagte sie nichts mehr, atmete der nervösen Frau ruhig zu, sah sie besorgt und liebevoll an, ohne dass ihr Blick erwidert wurde. Schließlich entzog Frau Severin ihre Hand ruckartig, stand auf und schlurfte zur Anrichte. Sie nahm den Block und den Stift und schrieb umständlich langsam. Ihre ganze Hand schien die Buchstaben mitzumalen wie bei einem Kind, das schreiben lernt. Sie überlegte vor dem nächsten Wort und schaute dabei auf einen Punkt an der Wand. Katharina blieb sitzen und beobachtete Frau Severin mit lauernder Ängstlichkeit. Die Vermieterin ging ohne einen Blick zu Katharina zur Garderobe und nahm ihren Mantel. Sie zog sich ihre Schuhe an. Katharina hatte den Eindruck, dass sie die Frau nicht ansprechen durfte. Als Frau Severin die Tür hinter sich zuzog, stand sie auf und warf einen schnellen Blick auf den Block. Sie griff sich an die Brust, die Worte trafen sie hart. *DER TEUFEL MORDET*, stand dort.

Katharina packte schnell ihre Jacke und folgte der Kranken möglichst leise. Frau Severin durfte auf keinen Fall verloren gehen, durfte sich nicht verirren. Draußen sah sich Katharina eilig um und konnte noch beobachten, wie die Vermieterin sich schwerfällig gegen die Eingangstür des Nebenhauses lehnte und darin verschwand. Gott sei Dank, das war das Haus, in dem Frau Hauber, eine befreundete Nachbarin, wohnte. Vorsichtshalber wartete Katharina noch kurz, ging dann hinüber, um nachzuschauen, ob es wirklich das Haus mit dem richtigen Klingelschild war. Zurück in der Wohnung suchte sie mit zittrigen Fingern im dünnblättrigen Telefonbuch nach der Nummer der Nachbarin und rief sie an.

„Ja“, antwortete Frau Hauber auf ihre drängende Frage, „sie ist da. Wir trinken einen Tee. Schön, dass sie wieder daheim ist.“

„Ich glaube, ich habe Frau Severin beunruhigt. Ich bin froh, wenn sie sich bei Ihnen wohlfühlt. Erwähnen Sie am besten nicht meinen Namen. Es tut mir leid.“

„Das wird jetzt alles wieder gut. Machen Sie sich keine Gedanken.“

Katharina floh aus dem Haus und konnte sich nur schwer beruhigen. Sie war gefangen in kreisenden Gedanken. *Die Nachbarin redet mit mir so wie ich mit Frau Severin. Ich bin bescheuert. Wieder habe ich alles falsch gemacht. Ich hätte nichts sagen sollen. Ich bin so blöd!* Sie ging ums Karree, zweimal. Sie müsste es Jens erzählen und wusste schon, was er sagen würde: „Du hast es wieder kompliziert gemacht.“ Er hatte so recht.

18.

Jens

Weihnachten rückte näher und damit auch das Ende von Jens' freier Zeit. An Heiligabend würde die Familie zusammensitzen und endlich einmal wieder „richtig reden", wie seine Mutter das sehnsüchtig nannte. Er würde den vertraulichen Fragen nicht entkommen, und es wäre ihm wie Verrat erschienen, die Trennung von Claudia zu verschweigen oder Lügengeschichten zu erzählen. Seiner Schwester konnte er sowieso nichts vorenthalten. Ihr Jura-Abschluss war gut genug, dass sie sich auf geradem Weg zu ihrem Traumberuf befand: Richterin. Alexandra war schon immer eine Autorität für ihn gewesen, eine große Schwester, die in ihrem Urteil unbeugsam und doch milde war. Konnten drei Jahre Altersunterschied so viel Überlegenheit sichern?

Während er als Kind stets den Eindruck hatte, dass er zu kurz komme, war Alexandra eigentlich immer großzügig ihm gegenüber gewesen. Wahrscheinlich hatte sie schon milde auf ihn geschaut, als er erst krabbeln und sie bereits rennen und reden konnte. Sie hatte ihn immer mitspielen lassen bei den Spielen, die sie ausgesucht hatte, Barbiepuppen, Mutter-Kind, Bauernhof, Frau und Hund. Selbstredend hatte er die Rolle des Kindes und Hundes bekommen. Gern hätte er ein Klapprad gehabt wie sie, obwohl das eindeutig ein Mädchenfahrrad war.

Alexandra war leider auch eine sportliche Schwester, die, seit er denken konnte, besser im Schwimmen und beim Skifahren war. Als er sie im Freibad beim Kraulen überholte, war er außer sich vor Triumphgefühlen, während sie ihm den Sieg gönnte und ihn auch noch dafür lobte. Er fuhr schneller Ski, sie fuhr schöner Ski, er raste, sie wedelte. Und sie war und blieb immer eine schöne Schwester, die mit ihren langen brünetten Haaren und ihrem hellen Lachen Jungs an Land zog, die ihn jederzeit niederringen konnten, als er noch spielerisch mit ihnen kämpfen wollte. Und darüber hinaus war Alexandra eine familiäre Schwester, die dem Opa noch seine Geschichte abgerungen und sie aufgeschrieben hatte, bevor er gestorben war, die Streitereien ausgeglichen hatte zwischen Jens und seinen Eltern. Sie hatte sich dafür eingesetzt, dass er den Tenniskurs machen durfte, obwohl er nur auf Probe in die achte Klasse vorgerückt war. Sie hatte durchgefochten, dass er mit seinem Freund Stefan in Skiferien gehen konnte, obwohl seine Eltern kein Geld dafür übrighatten. Sie hatte dafür plädiert, dass er das Studium wechseln durfte und weiterhin finanziell unterstützt wurde, länger als sie selbst, die immer schon gewusst hatte, was sie beruflich wollte. Ob sie auch für ihn eintreten würde, wenn er zugab, dass er nicht mehr mit Claudia zusammen war?

Wie ein dräuendes Gewitter nahten die Weihnachtsfeiertage. Gern hätte er mit Katharina darüber gesprochen, wohlwissend, dass sie alle Eventualitäten ausleuchtete, sodass die Realität meistens einfacher war als ihre Vorüberlegungen.

„Wie wird deine Mutter reagieren?", hätte Katharina gefragt. Ein wenig besorgt würde sich seine Mutter geben. Natürlich nur wegen ihm, weil sie wusste, dass eine Trennung immer schwer ist. Auf Claudias finanziellen Hintergrund legte sie vermeintlich keinen Wert. „Geld ist doch nicht wichtig, Hauptsache es langt zum Leben." Sie war immer sparsam, wenn sie etwas Neues aussuchte, und betonte, dass sie mit Fantasie und Geschmack aus Wenigem viel machen konnte. Neue Böden für das ganze Haus, eine neue Küchenausstattung, neue Räume für ihren Friseurladen, manchmal eine neue Sonnenbrille, neue Hemden für ihren Mann und ihren Sohn – dank ihres guten Geschmacks schien sie dabei mehr zu sparen, als Geld auszugeben.

Im Umgang mit Claudia hatte sich seine Mutter locker gegeben, geradezu zwanglos und herzlich. Dabei hatte Jens sehr wohl beobachtet, dass ihre Nervosität stieg, bevor Claudia kam. Der gewohnte Schweinebraten zum Wochenende wurde durch Rinderfilet ersetzt, und damit das gelang, kaufte seine Mutter vorher noch ein Fleischthermometer. Die Unordnung, die seine Mutter gern durchgehen ließ, wurde vor Claudias Ankunft sorgfältig drapiert. Die Kissen lagen gebürstet und schräg auf dem Sofa, zwei Bildbände schienen wie hingeworfen auf dem Couchtisch, die Kerzen wurden erneuert und zu einem Drittel abgebrannt, die neue High-Tech-Pfeffermühle stand vermeintlich zufällig noch auf dem Esstisch, wenn Claudia kam. „Ach, bei uns liegt immer etwas herum", sagte seine Mutter dann lächelnd, wenn Claudia ihre Jacke abgelegt hatte und wartend im Wohnzimmer stand. Sie fand es toll von Claudia, dass sie sich unkompliziert gab, obwohl sie es nicht nötig hatte, sich mit normalen Menschen wie ihnen abzugeben.

Und sein Vater? Daran wollte Jens jetzt noch nicht denken. Er würde enttäuscht sein von Jens. Der Sohn hätte ins Unternehmertum einheiraten können! Sein Vater hatte noch fast zehn Jahre bis zum Ruhestand, und doch hatte Jens im Gespräch oft das Gefühl, dass er bald in Rente gehen würde. Er schien müde. Im städtischen Baureferat war er als Jurist im Wohnbaurecht tätig. Er arbeitete Verträge zwischen Bauträgern und der Stadt zur Kostenaufteilung der Infrastruktur aus. Die Erschließung der Grundstücke, Straßen, Grünflächen, Schulen, der geförderte Wohnungsbau mussten nach gesetzlichen Vorgaben vonstattengehen. Die Eigentümer konnten an den öffentlichen Kosten beteiligt werden. Gleichzeitig blieb Verhandlungsspielraum. Sein Vater hatte oft den Eindruck geäußert, dass er, als Vertreter der Stadt, die Wertsteigerung der Immobilien für die Eigentümer mitzufinanzieren hatte, weil er, als Vertreter der öffentlichen Hand, den Großteil der Infrastruktur bezahlte. Er ärgerte sich maßlos, wenn es zu Nachverhandlungen kam, weil zum

Beispiel ein Bauträger dagegen klagte, dass ein anderer, Jahre vorher, günstigere Konditionen erhalten hatte. Kleinkriege, Dauerärger. Von wem war er enttäuscht? Von seinem Sohn, von sich? Nein, sein Vater hatte nichts gewagt, auch dessen Vater nicht. Der Großvater hatte nach dem Krieg seine Beamtenlaufbahn fortgesetzt. Eigentlich hätte er damit zufrieden sein können, aber er sah, wie reich die anderen geworden waren, die investiert hatten. Er selbst hatte nichts gewagt – bloß keine Schulden machen – und sein Sohn hatte auch nichts gewagt. Die Hugenbauer-Männer waren in der gehobenen Verwaltung verhockt, hatten Sicherheit gesucht und waren neidisch geworden auf die Risikobereiten.

Und doch freute sich Jens auf seine Familie, auf das aufmunternde Lachen seiner Mutter, auf ihre neue Frisur, auf den Grant seines Vaters, der doch immer nichts anderes im Sinn hatte, als für den Unterhalt seiner Familie zu sorgen, und auf seine gnädig richterliche Schwester, die er, wenn er es genau bedachte, bestimmt auf seine Seite ziehen könnte.

Aber noch war seine Zeit familienfrei. Katharina war zwar eingebunden in ihre Vorlesungen, Seminare und Arbeiten, aber er konnte sie oft zu gemeinsamer Zeit überreden. Ein Ausflug zur Firstalm am Spitzingsee, schneesicher, sechzig Kilometer von München entfernt, mit einer Winteridylle, die beide in Romantik und in der weißen Pracht versinken ließ. Im Voraus hatte er Diskussionen zu bestehen, die er mit Claudia nie erlebt hatte. Katharina wollte Proviant mitnehmen, er wollte essen gehen. Am Ende nahmen sie Brote mit und kehrten zu Kaffee und Kuchen ein. Zug oder Auto? Katharina plädierte für den Zug, damit sich die Erde nicht noch mehr erwärmte, er lieh das Auto seiner Mutter. Sie fuhren mit dem Auto. Jens wollte vor dem Ausflug erst einmal wintergeeignete Wanderschuhe kaufen, Katharina stopfte Einlagen in ihre alten Winterschuhe, damit sie besser wärmten, und hängte sich an Jens, wenn sie zu schlittern drohte. Er zeigte ihr die Skihänge am Spitzingberg und wollte sie überreden, Skifahren zu lernen, was sie kategorisch ablehnte, um die Berge zu schonen.

Katharina und Jens

In seiner freien Zeit zu Hause versuchte Jens, ein Bild zu malen. Er stellte alle Möbel aus seinem Wohnzimmer zusammen, sodass sie gedrängt rechts und links neben der Eingangstür standen und er ab der Mitte des Zimmers freien Blick nach draußen hatte. Er suchte nach einem Motiv, das einen Abschied ausdrückte.

„Den Abschied von Claudia?", fragte Katharina.

„Nein, von mehr. Ich denke an einen Berg von hinten, einen Berg, den ich hinter mir lasse."

Katharina schaute ihn lächelnd an. „Das wird schwer – wie unterscheidet sich denn die Rückseite von der Vorderseite eines Berges?" Jens überlegte. „Es ließe sich nur zeigen, indem jemand den Berg verlässt, von ihm weggeht."

Katharina schaute ihn aufmerksam an. Jens hatte eine Art „Malerblick", er schaute dann suchend, forschend, unzufrieden. Es kam eine steile Falte zwischen seine Augenbrauen, die sich über die ganze Stirn zog.

„Ich mag keinen Menschen malen, der vom Berg weggeht. Das sieht dann aus wie ein Strichmännchen vor großer Kulisse, lächerlich und banal. Ich habe schon überlegt, ob ich einen Hund male, größer, überproportioniert."

Katharina lächelte immer noch. „Vielleicht einen Wolf."

„Einen gezähmten Wolf." Seine Mundwinkel kräuselten sich. „Gezähmt – weiß ich nicht – aber ein Wolf als Motiv ist gut! Das muss ein schöner Wolf werden, vor einer sehr blanden Landschaft, weiß und beige, eine Art Taiga oder Schneelandschaft. Das Grau des Wolfes – vielleicht müsste er eine andere Farbe haben – er soll farbenprächtig wirken. Dahinter das Dunkel des Berges, bedrohlich. Der Betrachter soll ein Gefühl dafür bekommen, wie befreiend es ist, in eine weite Landschaft hineinzulaufen. Vielleicht sollte ich zwei Wölfe malen, dich und mich?"

„Das musst du nicht, Jens, das wäre wahrscheinlich eine Verfremdung deines ureigenen Motivs."

KATHARINA

Katharina telefonierte oft von Jens' Telefon aus, und es machte ihr Freude, Jens im Hintergrund lauschend zu wissen. Im Nachhinein versuchte er dann zu erraten, wer am anderen Ende der Leitung war und auch noch, was das Gegenüber gesprochen hatte.

„Du hast mit Eva über mich gelästert! Dass ich so steif gehe und meine Hosen zwicken."

„Wir haben über unseren Prof gesprochen. Nimm dich nicht so wichtig."

„Ich habe mich nicht wichtig genommen, ich war selbstkritisch. Dank deiner Nachkriegsküche und ohne Fitnesszwang verfette ich langsam."

„Lass mal fühlen."

Dass Jens zuhörte, als sie ihre Mutter anrief, war Katharina im Grunde nicht recht. Aber er ließ sich nicht davon abbringen und erklärte ihr, dass er ihr beistehen wolle. Er schien zu spüren, dass sie Angst vor einem Telefonat mit ihrer Mutter hatte, obwohl es nur um die Absprachen zu Weihnachten ging. Sie sah ihm zu, wie er Kartoffeln schälte und wünschte sich, dass er ein schnurloses Telefon angeschafft hätte.

„Markgraf."

„Hallo Mama! Wie geht es euch?"

„Ach, du bist es. Ich hatte gar nicht mehr mit dir gerechnet. Der Papa ist immer noch in der Arbeit." Ihre Mutter seufzte. „Ich weiß gar nicht, wie das weitergehen soll. Du weißt, wie schwer er arbeitet, und das mit seinen Kreuzschmerzen. Er muss jetzt länger machen, da nimmt niemand Rücksicht." Katharina war klar, dass sie nichts Aufmunterndes einwenden durfte. Die Ausführungen ihrer Mutter würden lang werden, aber jeder Satz von Katharina provozierte nur noch ausschweifendere Erklärungen.

„Und die Ärzte können auch nicht helfen. Aber er darf nicht krank sein. Die Jungen drängen nach, und auch sein Chef ist jünger als er. Er nimmt jetzt täglich Schmerzmittel. Er schläft schlecht. Und ich wache dann auch immer auf."

„Oh, das tut mir leid. War er schon beim Orthopäden?"

„Ach, der kann doch auch nichts machen. Unser Hausarzt gibt ihm manchmal eine Spritze, aber das geht doch nicht ewig so weiter."

Sie musste das Thema wechseln. Sie wusste, dass ihre Mutter ihr sonst wieder erklären würde, dass er so lange arbeiten musste, weil Katharina noch studierte.

„Mama, ich habe mich verliebt."

„Weißt du schon, dass Gerda, deine Grundschulfreundin – sie hat doch letztes Jahr geheiratet – schwanger ist? Ich habe sie neulich getroffen, es war unübersehbar. Das Kind kommt im März. Ich habe sie gefragt. Es wird ein Junge. Aber das ist ja nicht so wichtig. Wichtig ist, dass es gesund ist."

„Mama, er heißt Jens und hat sogar ab Januar eine Stelle in einem Softwareunternehmen."

„Ja, die Jungen, die haben es noch leicht. Wann kommst du denn über Weihnachten? Ich weiß noch gar nicht, was wir dir schenken sollen. Bei dir weiß man das ja nie. Gerda meinte, dass sie froh sei, dass sie nicht studiert hat. Sie freut sich sehr auf ihr Kind und kann vielleicht sogar nach einem Jahr beruflich wieder einsteigen."

„Ich weiß noch nicht, was ich mir wünsche. Du kannst mir auch einfach etwas Geld schenken, vielleicht ziehe ich demnächst um, dann müsste ich die Kaution bezahlen."

„Willst du wirklich umziehen? Aber du fühlst dich doch so wohl bei deiner Vermieterin."

„Ja, aber sie wird immer schwieriger. Jetzt hatte sie wieder eine psychotische Phase und fürchtet den Teufel."

„Aber das ist doch teuer, wenn du umziehst." Die Stimme ihrer Mutter war lauter geworden.

„Das weiß ich doch auch."

„Der Papa muss so viel arbeiten!"

„Papa muss sowieso arbeiten!"

„Kannst du nicht warten, bis dein Studium fertig ist? Vielleicht kannst du es dann selbst bezahlen? Wir haben früher zu zweit in einem Zimmer gewohnt. Wir konnten uns auch nichts leisten."

Katharina schüttelte den Kopf. Jens blickte aufmerksam zu ihr herüber und gab ihr mit der Hand ein Zeichen, dass sie nicht laut werden solle.

„Ich komme an Heiligabend. Am ersten Weihnachtsfeiertag fahre ich abends wieder."

„Warum denn nur so kurz? Da lohnt sich ja nicht einmal die Fahrt. Ich habe schon günstiges Rinderfilet bekommen. Ich habe es eingefroren. Extra für dich."

„Mama, ich mag doch gar kein Rinderfilet, und schon gar kein besonders günstiges!"

Ihre Mutter schwieg. Sie schien verletzt.

„Mach's gut Mama. Grüß Papa, ich wünsche ihm gute Besserung."

„Wann kommst du dann?"

„Am 24. Dezember! Das habe ich schon gesagt. Mittags. Ich fahre mit dem Zug und rufe euch vorher an. Papa soll mich dann am Bahnhof abholen."

„Aber Autofahren ist nicht gut für seinen Rücken.“

„Dann fahr halt du!“

„Ja, aber ich muss doch kochen. Kannst du nicht früher kommen?“

„Nein, ich rufe dann noch mal an.“

„Aber sag’s uns früh genug.“

„Ja! Bis dann.“

Katharina warf den Hörer auf. Es war beschämend. Jens würde immer mehr die Achtung vor ihr verlieren. Sie war wieder laut geworden, und wenn sie ihm erzählte, was ihre Mutter – er würde die Achtung vor ihr verlieren. Wie lange würde er bei ihr bleiben? Hatte er nicht in Claudia eine Freundin gehabt, mit der alles einfach war? Eine Frau, die mehr Lösungen als Probleme hatte? Sie stellte sich vors Küchenfenster und versuchte, ruhig zu bleiben. Es war besser zu schweigen. Ihre Mutter würde nun dem Vater, der mit Rückenschmerzen nach Hause kam, sagen, dass Katharina sie nur einen Tag an Weihnachten besuchte. Er würde nicht viel sagen.

Gut, dass sie bislang kaum etwas von ihrer Großmutter erzählt hatte; Was würde Jens sagen, wenn sie ihm gestand, dass sie ihre Mutter manchmal hasste, dass sie glaubte, dass ihre Mutter absichtlich so gemein war? Oder war sie, Katharina, einfach eine ungeduldige und harte Tochter? Ihre Abneigung schien ein zäher Schleim aus Schuld und Wut. Jenseits aller Möglichkeiten zu entrinnen.

„Was war denn so kompliziert?“, fragte Jens. Sie entwand sich, als er neben sie trat und den Arm um ihre Schulter legte. Sie wollte nicht angefasst werden, sie wollte versinken oder gehen, weit weg. Weg von ihrer Familie, von Jens und sehr weit weg von sich selbst.

Ob sie sich bei Eva einladen sollte zum Umtrunk für alle, die aus den nicht intakten Familien kamen und selbst nicht funktionierten, die diesen Makel hatten, der sich nicht ausmerzen ließ? Die sich freiwillig der Christkindheuchelei entzogen. Was hieß hier freiwillig?

Ob Jens sie dann verlassen würde? Die komplizierte Frau aus der nicht intakten Familie?

„Ich gehe joggen, vielleicht gehe ich auch heim, zu mir."

„Bleib hier – oder lass mich wenigstens mitgehen."

„Nein."

Sie fluchte, als sie in ihre Turnschuhe schlüpfte und ihre Jacke vom Haken riss. Sie schaute sich nicht um, als sie die Tür zuzog. Sie hetzte durch die Straßen, vorbei an der Johanneskirche am Preysingplatz, mühsam innehaltend an den Ampeln am Max-Weber-Platz, streifte die mächtige Fassade des Maximilianeums nur kurz mit ihrem Blick. Als sie die spärlich beleuchteten Pfade des Englischen Gartens erreichte, rannte sie über den harschen Schnee querfeldein die Isarauen hinunter, bis zur Stauwelle. Bogenförmig bauschte sich das Wasser, das über künstliche Betonklippen tosend hinabrauschte. Der Lärm war beruhigend.

Wie Wasser von Klippe
Zu Klippe geworfen,
Jahr lang ins Ungewisse hinab.

War das nicht das Schicksalslied? Hölderlins Lied hatte in ihr stets die Assoziation von etwas leise Verschwindendem geweckt, aber vielleicht war das Schicksal viel lauter, als es besungen in romantischen Liedern anmutete. Gern wäre sie ihren Erinnerungen entronnen.

Heiligabend war bei ihr zu Hause immer ein inniges Fest gewesen, bei dem eine geheiligte und fromme Ruhe einsetzte, die sie als Kind im Schein der Christbaumkerzen geliebt hatte. Die Schwere des Abends war ihr als Kind nicht zu Herzen gegangen, weil sie sich so sehr über die Geschenke gefreut hatte, die sie sofort spielend in Anspruch nahm: eine neue Puppe oder neue Kleider für die Puppe, Bücher, Süßigkeiten. Der Abend folgte einem festen Ritual. Abends um sechs, wenn es draußen dunkel wurde, „kochte" ihr Vater, das heißt, er briet die Würste an und stellte sie dann zusammen mit dem von der Mutter vorbereiteten Kartoffelsalat auf den Tisch. Dann wurde gegessen. Früher hatte sie während des Essens aufgeregt geplappert, während die Eltern sich Zeit ließen. Endlich zündete dann ihr Vater die Kerzen an, und sie sangen Lieder, damit das Christkind sie hören konnte. Sie wünschte sich alle bekannten Lieder, die deutschen und die polnischen. Bei den polnischen Weihnachtsliedern wurde ihre Mutter immer melancholisch. Sie sang, weinte und lächelte dann immer gleichzeitig. Katharina fühlte, dass sie, wie ihre Mutter, die polnischen Lieder mehr mochte als die deutschen, damals wie heute. Sie schienen noch stärker im Ausdruck. *Lulajże Jezuniu* war ein sanft fließendes Weihnachtslied, einfach und getragen von mütterlicher Hinwendung zum Jesuskind. Ein Wiegenlied für die Armen, die Weinenden, für die Vertriebenen, die keinen Platz auf dieser Welt hatten. Der Refrain wurde oft wiederholt. *Dzisiaj w Betlejem* – Heute in Bethlehem – dagegen war so voller Schwung und Freude, dass man beim Singen aufpassen musste, nicht zu sehr zu eilen.

Nach den deutschen Liedern durfte sie die wichtige Aufgabe übernehmen, die Weihnachtsgeschichte aus dem Schott-Messbuch zu lesen. Nach den sich daran anschließenden polnischen Liedern sagte ihre Mutter: „Psst, ich habe das Christkind gehört!" Als Kind hatte sie es auch gehört, sein sanftes Flügelschlagen, wenn es am Fenster vorbeirauschte und darauf wartete, dass es seine Gaben bringen durfte. Ihr Vater und sie zogen sich dann in die Küche zurück, während die Mutter am offenen Fenster die Geschenke des Christkinds entgegennahm. Endlich durften sie aus der Küche kommen, und die Mutter sagte, mit lächelndem Blick auf sie: „Das Christkind war da."

Immer war sie überglücklich über die Schleifen und den Glanz und über die Größe der Geschenke. Nach dem Auspacken, sie wusste, dass das sorgfältig erfolgen musste und kein Papier zerrissen werden durfte, spielte sie. Sie aßen Plätzchen, und später, wenn sie schon müde war, brachen sie zum Gottesdienst auf, bei dem sie selig dem Singsang lauschte, bis sie einschlief.

Als sie zwölf war, war sie das erste Mal bewusst enttäuscht von ihrem Geschenk. Während des gesamten Advents hatte sie darauf hingebettelt, dass sie eine Querflöte bekäme, damit sie, nach der Altflöte, endlich ein ernsthaftes Instrument spielen könnte. Sie war gut in Altflöte, und auch ihre Flötenlehrerin unterstützte den Wunsch. Gerda hatte bereits mit Querflöte angefangen, obwohl sie weniger gut Holzflöte spielte. Ihre Mutter hatte immer nur skeptisch den Kopf gewiegt, wenn Katharina sie bedrängte – längst nicht mehr an das Christkind glaubend –, dass sie ihr eine Querflöte schenken sollten. Ihr Vater hatte die Frage nach der Querflöte einmal mit: „Wer weiß?“ beantwortet. Auf diese zwei verheißungsvollen Worte hatte sie all ihre Hoffnung gebaut und hatte den Zirkus mit dem flügelschlagenden Christkind gern mitgemacht. Aber bereits als sie die verpackten Geschenke sah, wusste sie, dass keine Querflöte dabei war. Sie riss ein quaderförmiges kleines Paket auf – sie konnte sich nicht bändigen – aber es waren nur Kekse. Warum Kekse zu Weihnachten? Danach ging sie langsam vor, löste mechanisch die Schleifen und die Tesafilm-Streifen: neue Noten für die Altflöte, ein elektronischer Wecker. Undenkbar, dass sie sich unter dem Weihnachtsbaum über etwas beschweren dürfte. Sie hauchte ein zurückhaltendes „Oh, danke“ und aß dann stetig und langsam von den Keksen. Die Eltern riefen sie an den Tisch, um noch Plätzchen zu essen, und ihr Vater bot ihr an, dass sie auch Martini trinken dürfte. Ihre Eltern unterhielten sich schleppend, sie trank kontinuierlich und schenkte sich nach, ohne dass ihre Eltern etwas dazu sagten. Das matte Licht der fünfstrahligen Deckenlampe, in der die Glühbirnen so beschützt leuchteten wie das Kerzenlicht in den Pergamentschalen beim Blasiussegen, verschwamm vor ihren Augen. Sie sah den Schnurrbart ihres gesetzten Vaters vergrößert, die streng zurückgebundenen ergrauenden Haare ihrer Mutter vernebelten vor ihren Augen. Und sie kam nicht mehr an gegen eine maßlose Traurigkeit. Sie weinte ohne Geräusch, den Blick auf dem Tischtuch, wohlwissend, dass sie die Stille des Gesprächs und den leisen Klang der Weihnachtsliederplatte nicht stören durfte. Als sie den Blick hob, sah ihre Mutter sie kurz an und dann an ihr vorbei. Ihr Vater schaute strafend zu ihr und strich dann der Mutter über den Arm. Zur Mutter, nicht zu ihr, sagte er besänftigend: „Du musst nicht weinen."

„Ich muss halt an früher denken", sagte ihre Mutter mit gebrochenem Flüstern. „Ich kann es nicht vergessen. Gleich nach Weihnachten mussten wir aufbrechen. Ich durfte nichts mitnehmen. Es sollte so aussehen, als würden wir eine Reise machen. Nicht einmal meine neue Puppe Helena durfte ich mitnehmen." Den Namen sprach sie polnisch aus, mit der Betonung auf der ersten Silbe. Dann konnte sie einige Minuten nicht mehr weiterreden, weil sie vom Schluchzen erschüttert wurde. Schließlich sprach sie in abgehackten Sätzen weiter, stoßweise, würgend an den Worten, die nach oben drängten, manchmal verfiel sie dabei kurz ins Polnische.

„Warum – warum hat sie die Puppe an die Wand geworfen. Sie war tot – ganz allein – und ich musste gehen. – Meine Cheelena! – Ich habe sie geküsst und getröstet, und ich habe sie allein gelassen." Dann schaute die Mutter Katharina an und fragte sie unter verschwommenem Blick herausfordernd: „Weißt du, wie das ist? Wenn man gehen muss und von einem Tag auf den anderen alles verliert? Sogar den eigenen Namen? Wenn der eigene Name zurückbleibt bei der Puppe, die friert und allein ist, tot? Alles habe ich verloren – den Vater, das Haus, die Heimat, die Sprache und den eigenen Namen. Weißt du, wie das ist?" Sie schrie. Katharina getraute sich nicht, etwas zu sagen. „Und du weinst wegen einer Flöte!"

Ihr Vater strich seiner Frau beruhigend über den Rücken.

„Elisabeth, mach langsam, das Kind kann nichts dafür", sagte er.

„Konnte *ich* etwas dafür?“ Sie schaute ihren Mann herausfordernd an. „Konnte ich etwas dafür? Durfte ich je ein Instrument spielen? Konnte ich Deutsch?“ Dann versuchte sie, ihres Schluchzens und Schüttelns, ihres Schluckens und halben Tränenwürgens Herr zu werden. Katharina saß still, auch wenn sie immer stärker weinen musste, aufrecht und steif. Schließlich ging die Mutter aus dem Wohnzimmer. Sie blieben schweigend sitzen. Zwischendurch aß ihr Vater ein Plätzchen und trank Martini. Er sagte: „Nachher gehen wir in die Kirche, dann wird alles wieder gut.“

Katharina betete im Gottesdienst um die Besserung ihres Charakters, um Bescheidenheit. Sie wollte kein egoistisches Kind mehr sein. In der Nacht konnte sie nicht schlafen. Als die Kirchturmuhr Zwei schlug, musste sie sich erbrechen. Sie war froh, dass sie es schaffte, noch rechtzeitig zur Kloschüssel zu kommen, säuberte die Toilette sorgfältig, sodass am nächsten Morgen niemand von ihrer Entgleisung erfuhr. Sie schämte sich. Sonst blieb alles beim Alten.

Sie fror am tosenden Wasser. Ob sie das Jens je erzählen konnte?

19.

Jens

Die Zeit drängte vor Weihnachten. Katharina blieb oft lange in der Bibliothek. Jens fühlte das Ende seiner freien Zeit herannahen. Seinen Freund Marc, der immer noch über seiner Diplomarbeit ächzte, konnte er leicht dazu bringen, mit ihm in die Berge zu fahren Es blieb nur noch wenig freie Zeit, in der sie als Studenten, ungebunden, ohne ihre Frauen, über leere Pisten brettern konnten. Und das auch noch wochentags, ohne die arbeitenden Biederlinge mittleren Alters, ohne die nervigen Kinder, die, befeuert von ihren bewundernden Eltern, die Pisten verstopften. Allein mit den Rentnern und Privatiers, die es nicht mehr nötig hatten, sich fürs Bruttosozialprodukt zu versklaven. Noch waren sie frei, um übermütig wie damals, als sie noch Jugendliche waren, die Pisten als Rennstrecke zu nutzen oder als Lonely Rider über Tiefschnee zu gleiten und die Berge allein für sich zu beanspruchen.

Jens malträtierte den Fiat Punto seiner Mutter mit durchgedrücktem Gaspedal, bis alles vibrierte, und zog nur manchmal stakkatoartig auf die rechte Spur zurück.

„Was bin ich froh, wenn ich diese Weiberkarre los bin. Irgendwann werden wir hier mit einem gediegenen S-Klasse-Mercedes über den Asphalt schnurren."

„Das klingt nach angejahrtem Reichtum. Wie wär's mit Geschwindigkeit ohne Business-Allüren, dem GTI?"

„Dem Golf GTI? Du bist noch nicht erwachsen geworden, Marc. Der GTI ist was für junge Spießer."

„Okay, das ist doch jetzt die Vorlage für unser Treffen in zwanzig Jahren. Wir beide wieder unterwegs zum Gletscher, frei von unseren Frauen und Kindern, im Wettrennen zwischen S-Klasse und

GTI. Dann rauschen wir den Berg runter, als erprobte Pistenschweine mit Bauchansatz. Anschließend Kampftrinken beim Après-Ski."

„Wir mieten uns in einem schnuckeligen Alpenhotel ein und taxieren abends die Mädels auf ihre Verführbarkeit durch uns alte Säcke."

Marc stellte den Sitz nach hinten und brachte seinen Rücken in Liegestellung. Er streckte die Beine aus und legte die Füße auf das Armaturenbrett. Die A8 lief schnurgerade auf die Bergketten zu, die von Sepialicht ummantelt schienen. Sie stachen deutlich vom Horizont ab, spitz, im Ensemble schienen sie gewaltig, ewig mächtig und uneinnehmbar.

Jens drehte seine Musik voll auf, und sie sangen lauthals mit zu *We Are The Champions* und *Highway to Hell.*

Wortlos, wie ein eingespieltes Team, nahmen sie die eiskalten Skier vom Dachträger, drängten sich ächzend in die Skischuhe, zogen die Helme fest, schulterten die Skier wie Wehrgepäck und stapften über die Gittertreppen zur Kasse. In der Gondel lehnten sie sich zurück und stöhnten entspannt auf. Lässig, mit angedeutetem Kopfnicken besahen sie sich die Schneehauben auf den Tannen, die Eiszapfen am steil abfallenden Felshang und das sich weitende Panorama. Der Schnee glitzerte wie ein großflächiges Diamantencollier. Sie waren dankbar und wussten es voneinander.

Auf den dünn besiedelten Hängen fuhren vereinzelt bunte Figuren. Weiße Schneehäsinnen, die in weiten Bögen schwangen, vor jedem Umschwung den Schnee mit dem Stock anpiksten, sich tief in die Knie beugten, bevor sie sich zur anderen Seite erhoben. Breitbeinige Kerle, die ihre Bretter mit dem ganzen Körper herumwarfen, die Skier dann laufen ließen, bis sie sich zum nächsten Schwung aufrafften. Die Parallelschwinger, die trotz neuer Carving-Skier die Bretter enger als hüftbreit und den Oberkörper angestrengt gerade hielten.

„Gott sei Dank wenig Neulinge“, meinte Marc.

„Gott sei Dank wenig Skifahrer“, sagte Jens.

Sie schwitzten bei den Abfahrten, sie froren im Lift. Sie fuhren die Hänge ohne Pausen, und Jens gewann mühelos die angedeuteten Wettkämpfe. Oft ließ er Marc vorbeifahren und überholte ihn kurz vor Schluss. Er lobte Marcs neue Carving-Skier.

„Die waren bei uns als gegenseitiges Weihnachtsgeschenk geplant“, sagte Jens, nach vorn blickend, im Sessellift.

„Von wem?“

„Jetzt denk mal scharf nach.“

„Manchmal denkst du schon noch an sie, oder?“

„Ungern. Wär ich noch mit Claudia zusammen, wär ich heute nicht mit dir hier.“

„Sie hätte doch nichts dagegen gehabt.“

„Sie wäre aber auch nicht dafür gewesen.“

Im Panoramarestaurant war so wenig los, dass sie einen Fensterplatz bekamen. *1500 Meter Abstand zum Alltag* stand auf der Innenseite der Speisekarte. Sie aßen deftig und genossen ihre Schwere bei einem Weißbier.

„Die Berge und das Skifahren werde ich nie lassen.“

„Das hat auch niemand verlangt, oder?“

„Nein, aber Katharina fährt nicht Ski.“

„Klingt nach ausgedehnten Langlauftouren.“

„Sie ist halt keine Frau für die Kurzstrecke, nicht einmal beim Skifahren.“

Marc lächelte großzügig zu dem missratenen Vergleich. „Ihr seid ziemlich unterschiedlich, oder?“

Jens nickte zustimmend. „Bingo.“

„Da drüben sitzen zwei süße Mädels, die schauen die ganze Zeit schon rüber.“

„Schnellmerker.“

„Die interessieren uns dann in zwanzig Jahren wieder.“

„Da haben unsere Frauen doch echtes Glück, dass wir uns auf ganze zwanzig Jahre verpflichten."

„Noch einen Kaffee auf die Frauen." Marc lächelte ermutigend. „Ohne sie wäre es auch ungemütlich."

Sie fuhren bis zur letzten Auffahrt der Lifte. Ab nachmittags um drei waren sie fast allein auf der Piste. Die Vorläufer der Abenddämmerung gaben dem Schnee ein mattes Weiß, die Tannen standen dunkler, das Panorama entrückte in große Ferne. Sie kamen sich einzigartig vor in der großen Arena der Berge und fühlten sich wohl dabei.

20.

Katharina

Welche der Stereotypen, die damals den Polen von Deutschen zugeschrieben wurden, sollte Katharina darstellen? Wie sich beschränken? Sollte sie alles referieren? Sie hatte die Qual der Wahl. Deutscher Wille, deutsche Tüchtigkeit, deutsche Ausdauer, deutsche Disziplin, deutsche Sauberkeit standen im Gegensatz zum polnischen Maulaufreißen, polnischer Wirtschaft, ein Synonym für mangelnde Struktur und mangelnden Ertrag. Die Deutschen galten als die aufbauende, die Polen als die zerstörende Kraft. Die Polen waren angeblich gefühlsduselig, in der Lenkung der Staatsgeschäfte unbeholfen und von Korruption zerfressen, während die Deutschen als geborene Staatslenker stilisiert wurden. Sie sahen sich als Demokraten und freie Denker, im Gegensatz zu den katholisch verengten Polen, die noch der Adelsrepublik anhingen. Was hatten die Polen doch ein Glück, dass die wenigen Deutschen ihre klapprige Hütte aufrechterhielten, sie wäre doch sonst bereits ein Jahr nach der Ausrufung des polnischen Staates verfallen.

Polen, so war es wiederholt zu lesen, war ein Saisonstaat, der sich nicht lange halten würde, ein kleines Intermezzo in der Geschichte. Der „polnische Hund" sitze auf einem wackeligen Lattenzaun und warte, wohin er nun falle – nach Osten oder nach Westen. Allein könne sich Polen, nach damaligem Dafürhalten, sowieso nicht halten. Es wartet, bis es fällt!

Katharina war froh, sich mit Eva in der Mensa treffen zu können. Bei ihr brauchte sie keine Hemmungen zu haben, ihre Wut, ihre Parteilichkeit zu zeigen. Es war ungemütlich in der Mensa. An der Theke herrschte Hektik. Sie standen in langer Schlange für die halbkalten Selleriebratlinge, die die Bediensteten mit Gummihandschuhen auf die Teller legten, dazu wurde Kartoffelpüree und eine Kelle Salat gekleckst, der großblättrig über die Hartplastikteller mit den funktionalen Einbuchtungen hinausragte. Es roch nach kalter Sauce.

Eva langte kräftig zu. „Ich sehe, du hast weitergearbeitet. Du schaust so verdrießlich, als hättest du dich mit den Ungerechtigkeiten der Geschichte beschäftigt."

„Verdrießlich ist untertrieben. Die Abwertungen machen mir fast mehr aus als die Gewalt. Bezüglich der Gewalt weiß ich, dass sich alle empören. Über die Degradierungen regt sich keiner auf!" Katharina stocherte im Püree. „Als ´undankbare Kinder, die die Segnungen und Gaben der Deutschen ausgeschlagen haben`, wurden die Polen in der deutschen Presse – der deutschen Presse, die in Polen verlegt wurde – beschrieben."

„Hm."

„Wir übernahmen eine Wüstenei!

Und übergeben einen Rosengarten!

Einst war dies Land nur eine wüste Brache", Katharina schüttelte verneinend den Kopf. „Das ist der Anfang eines Gedichts." Eva träufelte kalte Salatsauce über ihre Bratlinge und aß in großen Bissen.

„Mit ihrer deutschen Leistung hätten sie sich ein ‚Heimatrecht' erarbeitet. Der Überfall auf Polen ließ sich als ein Werk des Herrenmenschen-Humanismus stilisieren, eine ‚geschichtliche Sendung' unter dem ‚Odem völkischer Unsterblichkeit'."

„Das galt wahrscheinlich als poetisch", sagte Eva. „Wenn du nicht essen willst, könnte ich noch einen Bratling von dir nehmen."

„Die Polen wollten angeblich westlich sein", fuhr Katharina fort, „weil sie sich ihrer Östlichkeit schämten. Polen sei allein gar nicht in der Lage, die deutschen Gebiete ihrer höheren Kultur entsprechend zu verwalten. Die ‚deutschen Kulturgebiete' drohten in slawisches Chaos abzusacken. In Schmutz, Verfall, Versumpfung, Verlotterung, Verluderung, animaler Brunst zu verschlampen – im Gegensatz zur deutschen ‚Mühewaltung'." Katharina nahm eine Gabel voll Salat. „Der schmeckt roh und kalt." Sie schob ihn von sich weg.

Eva wischte sich den Mund mit der Papierserviette ab.

Katharina holte ein Blatt heraus und las ab.

‚Polen arbeitet nicht. Wir wissen dies nicht von heute, wir wissen, daß die Intensität der Arbeit im polnischen Volke einen ungewöhnlich niedrigen Stand hat, daß die Nichtstuerei förmlich ein charakteristisches nationales Merkmal des polnischen Volkes ist … die Nichtstuerei in Polen rechtlich protegiert wird.' Das Zitat stammt aus der Neuen Lodzer Zeitung, geschrieben im Jahr 1920."

„Das klingt ähnlich, wie wir heute über unsere Gastarbeiter reden. Und das Schlimme ist", Eva schob sich einen dicken Löffel Kartoffelbrei in den Mund, „wahrscheinlich war es sogar so, dass die polnischen Arbeiter weniger fleißig, weniger sauber, weniger zuverlässig, weniger effektiv als die Deutschen waren."

Katharina schaute sie fassungslos an. Dann dämpfte sie ihre Stimme, und doch war der Schrei dahinter deutlich zu hören. „Du spinnst! Das ist doch keine Frage der Rasse, das ist doch nicht Ausdruck des Slawentums!"

„Das hat auch keiner gesagt." Eva schaute ihr geradewegs in die Augen. Aber Katharina ließ sich noch nicht zügeln.

„Doch, alle haben das gedacht. Und du auch! Du tust gerade so, als stimme es, dass die Polen gegenüber den Deutschen minderbemittelt sind."

Eva nahm das Wort wieder auf wie ein Arzt, der die Diagnose nicht verheimlichen kann.

„Katharina, ich bin einfach für Wahrheit und Ehrlichkeit. Wir müssen nicht behaupten, dass die Polen so waren wie die Deutschen. Sie arbeiteten langsamer, gaben sich, als hätten sie keine Verantwortung. Bis 1918 war ihnen die Verantwortlichkeit für ihren eigenen Staat entrissen worden. Sollten sie sich von einem Tag auf den anderen, von einem Jahr auf das andere als hervorragende Lenker von Staat und Wirtschaft hervortun? Sie hatten die schlechteren Schulen, waren überwiegend in armen Verhältnissen sozialisiert. Wach doch auf! Du unterliegst wie die ganzen damaligen Schreiberlinge und Denker dem Rassendenken, sonst könntest du ohne weiteres eingestehen, dass die Polen Opfer ihrer Verhältnisse waren. Das Sein prägt das Bewusstsein, um noch einmal den guten alten Marx zu zitieren."

Katharina stützte den Kopf in ihre Hände. Sie hatte es satt. Warum denken, statt zu weinen? Warum sich anstrengen? „Du machst es dir leicht. Die Stereotypen sind doch immer noch dieselben", fügte sie matt an.

„Ja, aber es trifft auch andere Nationen. Du könntest auch Italiener, Rumänen, Südamerikaner, Afrikaner nehmen, viele andere. Am leichtesten fällt es, Frauen als Platzhalter für Polen einzusetzen. Die Frauen gelten auch als emotional, kindlich und undankbar angesichts der Rechte, die ihnen großzügig zugestanden werden, unfähig zu Struktur und Politik, nicht tüchtig und klar genug, um Leitungspositionen zu übernehmen."

Eva hatte alles aufgegessen, schob die Teller ineinander und legte das billige Besteck obenauf. „Stell dir vor, du bist in einem gemischt bevölkerten Ort. Dem Ort geht es nicht gut. Die Betriebe lahmen, die Spielwiesen sind verdreckt, die Leute sind unzufrieden, arbeitslos, arm, und die Konflikte werden gewalttätig. Chaos."

„Was willst du eigentlich? Soll das jetzt eine Beschreibung der polnischen Wirtschaft sein oder was?"

„Warte und hör zu. Du kennst die Kandidaten auf der Liste nicht. Du musst überlegen, wen du als Bürgermeister, als Polizeipräsident – warte, was brauchen wir noch? –, als Leiter im ortseigenen Ziegeleibetrieb und als Funktionär an der Spitze der Genossenschaft der Bauern wählen würdest. Wem schenkst du das Vertrauen, dass er den Ort umsichtig und konsequent zu Frieden und Wohlstand führt? Einem Deutschen, einem Juden, einem Polen oder einem Russen? Einem Mann oder einer Frau?“

Katharina schaute angewidert zur Seite.

„Du musst wählen gehen, weil sonst niemand den Ort leitet und völlige Anarchie ausbricht. Nimmst du den Polen als Bürgermeister, eine Polin? Gibst du dem Russen oder einer Russin die Hoheit über die Polizei?“

„Darauf antworte ich nicht.“

„Man könnte auch andere Nationalitäten, Araber, Spanier, Perser … einsetzen. Wen würdest du nehmen? Du traust dich nicht, etwas zu sagen. Aber mal ehrlich! Es gibt sie immer noch, die Stereotypen, auch bei dir, auch wenn sich die Menschen nicht mehr getrauen, das offen auszusprechen.“

„Gut, dass uns niemand hört. Es ist sinnlos, widerlich.“ Katharina schaute nachdenklich, mit steifem Mund auf die vielen Menschen in der Mensa, die ihr Essen in sich hineinstopften, wahllos fraßen, ohne nachzudenken und ohne sich zu fürchten.

„Lass uns noch einen Kaffee trinken gehen“, Eva legte ihre Hand auf Katharinas Arm und suchte ihren Blick, „nicht in der Cafeteria, lieber in dem lauschigen Café in der Türkenstraße. Schwabings schönstes Studenteneck. Ich lade dich ein.“

Auf den Gehsteigen lagen harte Kiesel, kein Schnee mehr. Einige zusammengeschmolzene Schneehaufenreste mit gelben Streifen von Hundepisse waren am Rand aufgetürmt.

„Ich weiß nicht, ob die Polen es schaffen, in die Europäische Union aufgenommen zu werden.“

„Natürlich werden sie das schaffen, sie sind bereits in der NATO und orientieren sich westlich und demokratisch.“

Sie gingen schweigend weiter und betraten das Café.

„Weißt du, was das Schlimmste ist“, hob Katharina wieder an, als sie den kunstvoll drapierten Milchschaum verrührte, „das Schlimmste ist, dass meine polnische Großmutter das alles geglaubt hat.

Wahrscheinlich sogar bis zum Schluss, bis zu ihrem Lebensende. Und dass sie, obwohl ihr Mann und ihr Bruder erschossen worden waren, nicht aufgehört hat, das Deutsche hochzuhalten."

„Dabei war sie eine sehr intelligente Frau, oder?"

„Ja, ohne Frage. Aber halt auch ehrgeizig und stur. Sie wollte weg vom Land, zuerst von ihrem Bauernhof, dann weg aus Lodz und schließlich aus Polen."

„Sie hat gesucht – wie du."

„Ja, ich bin ihr wahrscheinlich sehr ähnlich. Meine Mutter hat mir das oft vorgehalten. Genauso stur, genauso ehrgeizig, genauso zum Scheitern verurteilt."

„Aber die Zeiten haben sich geändert, du musst nicht mehr hartherzig sein. Deine Großmutter lebte in finsteren Zeiten, besah, gezwängt zwischen Tod und Not, die Menschen in Ungeduld."

„Das ist doch ein halbes Brecht-Zitat." Katharina musste lächeln und schüttelte den Kopf. „Du bist noch schlimmer als ich, Eva. Jens würde dich jetzt mit steifgehaltenem Nacken fragen, ob er schon wieder Bildung verpasst habe."

„Ja, hat er. Da bin ich ganz sicher."

Katharina verließ die Bibliothek erst am Abend. Es tat gut, durch Straßen zu gehen, die nächtlich wirkten, auch wenn es noch gar nicht spät war. Alle ihre Studienmaterialien hatte sie sorgsam ins Schließfach gepackt und zurückgelassen. Den ganzen Weg ging sie zu Fuß, ließ ihre schweren Gedanken mit jedem Schritt in den belebten Straßen weiter zurück. Dann, als sie sich vom Strom der stockenden Autos und der eilenden Menschen entfernt hatte, als sie in das harmlose Sammelsurium der Gassen in Haidhausen gekommen war, als der türkische Gemüsehändler sie anlächelte, während er seinen Stand zusammenpackte, als sie an der Kirche vorbeikam, deren Glockenklang sie aus Jens' Schlafkammer kannte, als sie sich verirrte und dabei auf eine kleine Töpferei stieß, in deren Auslage sich handgedrehte, runde Schälchen, Tassen und Teekannen drängten – da spürte sie ein Gefühl der Versöhnung, einen kleinen Einklang.

Katharina und Jens

Jens war bereits zu Hause. In der Wohnung hingen eine feuchte Wärme und ein Duft nach Duschgel. In der Küche standen eine leere Bierflasche, gerupfte Salatblätter im Sieb und zwei Gedecke auf dem kleinen Tisch. Wie bei den sieben Zwergen, dachte Katharina, schenkte sich ein Glas Rotwein ein und suchte Jens in seiner Schlafkammer. Als sie die Tür öffnete, blinzelte er verwirrt, als käme sie von weit her. Er setzte sich mühsam auf, um aufzuwachen. Sie legte sich geruhsam in seinen Schoß, um müde zu werden. Ihre getrennten Bahnen strömten zusammen. Liegend und sitzend näherten sie sich an, ohne sich zu bewegen, ohne sich in die Augen zu schauen, bis Katharina einen Schluck Rotwein nahm.

„Wie war euer Tag?"

„Wir hatten einen herrlichen Schneetag. Wir haben das Gebirge bezwungen und in die Weite geschaut. Die Berge geben mir immer ein Gefühl von Ewigkeit, ich höre einen stillen Gesang, der älter ist als alles Lebendige, wenn ich dort bin. – Ich rede schon wieder romantisch, um dir zu imponieren. Es war ein richtiger Männertag."

„Was zeichnet ihn denn aus, den richtigen Männertag?"

„Dass man nichts zerreden muss. Die Dinge bleiben ganz."

Katharina lächelte nachsichtig.

„Wir hatten einen richtigen Frauentag."

Jens schaute sie abwartend an.

„Wir reden über die Dinge, damit sich ihre Einzelheiten zusammensetzen zu einem Ganzen. In eine Ordnung, manchmal eine neue Ordnung."

21.

Jens

Ich vermisse dich. Wie soll Weihnachten werden bei meiner Familie? Ohne dich bin ich nur ein halber Mensch. C.

Jens war genervt. Er war in Eile, grundlos. Seit dem Abschied von Katharina, die er nun einige Tage lang nicht sehen würde, wollte er schleunigst heimkommen. Dass Claudia immer noch an ihn dachte, ihn an das erinnerte, was einmal war, erschien ihm als unnötiger alter Zopf. Und doch besah er sich die SMS mehrmals. Den ersten Satz – er atmete durch, fast regte sich in ihm ein fragendes Mitleid – meinte sie es ernst? Tat ihr etwas weh, in ihrem Herzen? Aber nein, es war doch nur die Furcht vor ihrem übergroßen Vater, der sie anschauen würde, die Konsequenzen in einer Millisekunde überreißend: Sein Zukunftsmodell schwamm dahin, und wenn etwas schieflief, dann ließ er Rechtfertigungen nicht gelten. Das Urteil stand fest, ohne weitere Rede darüber: Seine Tochter hatte es nicht verstanden, einen ganz normalen Mann zu halten, obwohl er, der Patriarch, ihn bereits abgesegnet und ihm eine glänzende Zukunft angeboten hatte. Er würde nicht hinhören, wenn sie sich rechtfertigte. „Never complain, never explain." Claudias Erklärungen würden angesichts der autoritär daherkommenden Enttäuschung ihres Vaters ins Leere laufen. Er würde sich sogar die Geste der abwinkenden Hand sparen.

Du vermisst nicht mich. Du vermisst jemanden, der gut in deine Familie passt. J.

Die Antwort kam postwendend, als ob sie bereits formuliert war, bevor er geschrieben hatte:

Ist es nicht eine Form der Liebe, miteinander Teil des Ganzen zu sein? Dass du zu mir und damit zu uns gehörst, Teil unserer Familie bist?

Er schüttelte den Kopf. Sie war die Tochter ihres Vaters. Das Deckmäntelchen des *ich vermisse dich* war doch arg dünn. Nun durfte er sich noch eine weisheitliche Belehrung gefallen lassen! *Ist es nicht …* – „Nein, es ist nicht, nicht mehr und nie wieder", murmelte er. Warum genierte sich Claudia überhaupt nicht dabei, wenn sie ihm jetzt noch hinterherschrieb? Warum entschuldigte sie sich nicht dafür, dass sie immer noch an ihn dachte? Warum musste er sich erklären und Gegenweisheiten erfinden? Immerhin konnte er inzwischen dagegenhalten. Früher hätte er genickt und verstanden, dass Claudias Gedanken und Gefühle wertvoll waren, im Zweifel wertvoller als seine eigenen. Er würde mit dem antworten, was Katharina sagen würde, vielleicht zog das ja besser.

Nein. Es ist wichtig, sich von der Familie abzusetzen und einen eignen Weg zu gehen.

Dieses Jahr würde er als ein Anderer nach Hause fahren. Er hatte sich verändert seit den letzten Weihnachten. Er war nicht mehr der Student, für den man beide Daumen drücken musste. Auch wenn er seine Stelle noch nicht angetreten hatte, kam er als Mann zurück, der auf eigenen Beinen stand und der Familie nur einen Besuch abstattete.

Als er zu Hause ankam, war niemand da. Auf dem Tisch lag ein Zettel: *Lieber Jens, wir mussten noch mal kurz weg und einige Besorgungen machen. Spätestens um zwölf sind wir zurück. Rühr nichts an, warte noch mit dem Christbaumschmücken! Umarmung, Alexandra.*

Er ließ Kaffee durchlaufen und setzte sich müde auf die Bank am Küchentisch. Klein und pfiffig war diese Küche gestaltet. Seine Mutter hatte einen Architekten bemüht, der auf zwölf Quadratmetern alle modernen Küchengeräte untergebracht und dabei Farben dezent und prägnant eingesetzt hatte. Der Boden, ein anthrazitfarbiger PVC mit Retro-Noppen, kontrastierte gut mit der Küchenzeile. Die weißen Fronten der Schränke wurden von quadratischen Farbeinlagen in Rot und Blau ergänzt. Die Sitzmöbel waren aus geradlinig gezimmertem Holz. Das Moderne in dieser Küche bekam beim Essen eine gediegene Note durch das Nymphenburger Porzellan. Es war vollkommen weiß, klassisch zeitlos, verziert nur durch geschwungene Riffel an den Außenrändern.

Er lächelte. Seine Mutter konnte sich endlos ergehen in Wünschen und Beschreibungen zu innenarchitektonischer Ästhetik, die sie ihm gern vortrug. Sein Vater hatte wahrscheinlich befürchtet, dass er schwul würde wegen dieser Schönheitsdiskussionen. Gerade während seiner Jugendzeit hatten seine Mutter und er oft Gespräche über Wohnstile und Designansätze geführt. Sie war bestimmt enttäuscht gewesen darüber, dass gerade er seine erste eigene Wohnung nicht gestaltet hatte. Er fühlte sich wohl am Ort seiner Kindheit und hätte Katharina gern alles gezeigt. Vielleicht würde sie bald kommen können.

Vollbepackt mit Tüten und Kisten drängten seine Schwester und sein Vater zur Küchentür herein. Sie hatten noch Getränke, Lebensmittel und Weihnachtskrimskrams gekauft. Streit lag in der Luft, bevor eine Begrüßung ausgetauscht war. Lustlos nahm Jens seinem Vater eine Getränkekiste ab.

„Das ist jetzt auch nicht mehr nötig.“

„Schöne Begrüßung“, gab Jens genervt zurück. „Ich hatte mich gerade gefreut, nach Hause zu kommen und euch zu sehen.“ Alexandra schüttelte den Kopf, lachte ihn erfreut an und packte ihn bei den Schultern. „Du hast zugenommen“, meinte sie und umarmte ihn, als sei es ein Geschenk, ihn wiederzusehen.

„Mir geht es ja auch gut.“

Er gab sich versöhnlich und versuchte, seinen Vater zu entlasten, nahm ihm vorauseilend alles ab, was er einräumen wollte.

„Lass Papa, ab jetzt geht die Weihnachtsvorbereitung auf unsere Kappe.“ Sein Vater brummte, nuschelte „Ja, gut dass du da bist“, gab ihm einen freundschaftlichen Klaps auf den Oberarm und verschwand in seinem Arbeitszimmer.

Jens und seine Schwester legten verjazzte Weihnachtsmusik auf und gaben sich ihrer Tradition hin. Als die Mutter ihren eigenen Friseurladen eröffnet hatte, übernahmen Alexandra und Jens schlagartig einige Aufgaben, die bis dato in der Hand der Mutter gelegen hatten. An Heiligabend war die Friseurkundschaft besonders drängend und beanspruchte Termine bis in den Nachmittag. „Ich kann da ganz schlecht Nein sagen", entschuldigte sich ihre Mutter wiederholt. Alexandra drehte das herkömmliche Ritual kurzerhand um, sodass die Mutter erst abends zur Bescherung ins Wohnzimmer kommen und gespannt darauf sein durfte, wie der Baum behängt war. Schon beim ersten Mal – Jens dürfte acht gewesen sein – schlug er vor, den Baum nicht nur mit Kugeln, sondern mit Bauklötzchen und Mohrrüben zu schmücken. „Weißt du, wie bei den armen Leuten", sagte er zu seiner Schwester. Er wusste genau, dass er dabei den Bonus des süßen kleinen Jungen, der noch Bullerbü-Ideale hatte, einfuhr. Sie hängten Bauklötzchen mit Geschenkband auf, und als sie herunterfielen, halfen sie mit Klebstoff nach, der auf den Boden tropfte. Danach suchten sie Möhren in der Küche, und Alexandra stach sich blutige Finger, weil die Möhre so hart war, dass die Nähnadel nicht durchging. Sie bestimmte, dass Paprikastücke den Baumschmuck bilden sollten, und so begannen sie, rote und grüne Paprikastücke aufzuhängen. Am meisten freuten sie sich über die Wurst, die sie in die unterste Zweigetage hängten, sodass die Katze beständig unter dem Baum saß, ihre Nase nach oben hielt, ohne die Wurst je zu fressen.

Ihre Mutter, gezüchtigt von ihrem schlechten Gewissen, den Kindern keinen idyllischen Heiligabend bieten zu können, machte das Spiel mit und übertrieb in kindischer Manier.

„Oh nein", rief sie, „gleich brutzelt die Paprika über der Kerze!" Oder: „Hoffentlich kommt über die Tage niemand und sieht unseren ärmlichen Weihnachtsbaum!" Alexandra nutzte die folgenden Adventszeiten dazu, ihre Mutter zu erziehen. „Mama, wenn ich keine Ralph-Lauren-Jacke bekomme, dann schmücken wir dieses Jahr den Weihnachtsbaum mit Luftballons." Mit der Zeit erweiterten sie das Spiel mit Fotos und Botschaften des rügenden Christkinds: *Ohne Zimtsterne leider nur ein kleines Geschenk für die Frau des Hauses. Ach, die armen Kinder müssen immer allein Latein lernen!*

„Jetzt erzähl mal", meinte Alexandra. „Wie kommt es, dass du nicht mehr mit Claudia zusammen bist?"

Jens hob einige Schachteln zur Seite, um den Karton mit den großen weinroten Kugeln zu finden. „Da gibt es eigentlich nicht viel zu erzählen. Wenn du Katharina kennenlernst, wirst du auf meiner Seite sein. Du wirst dich gut verstehen mit ihr, ich weiß es."

Die weinroten Kugeln hatte sein Vater vor Jahren gekauft. Sie schimmerten matt und warm. Bislang hatte Jens sie verschmäht. „Ich kann dir das schlecht beschreiben. Katharina hört zu und hat immer Gedanken, die neu sind, anders. Sie versteht einen und hält gleichzeitig dagegen. Sie ist auch witzig und auf eine eigene Art schön." Alexandra verteilte die schillernden Weihnachtsvögel an exponierten Stellen. Jens redete weiter. „Claudia war dagegen viel platter."

Alexandra blickte von der Stehleiter auf ihn herunter. „Claudia war doch nicht platt! Sie hatte klare Meinungen, und die vertrat sie sehr differenziert."

„Na ja, sie hat ihre eigenen Vorstellungen. Man kann ihnen genügen und gehorchen oder auch nicht."

Alexandra stieg von der Leiter. „Ich konnte immer gut mit ihr diskutieren, und auch dann, wenn wir nicht einer Meinung waren, konnten wir uns beide gelten lassen."

Jens stützte seine Hand in die Hüfte und streckte sich durch. Sein Rücken tat weh.

„Ja, aber im Ernst: Hat es dich nicht auch genervt, dass sie stets das Beste hatte, die beste Wohnung, die besten Geschenke, die besten Klamotten?"

Alexandra raffte ihre Haare zusammen, während sie aufmerksam die Auswahl an Weihnachtskugeln inspizierte. „Ja, aber Claudia war nicht egoistisch. Sie hat immer geholfen, wenn etwas zu tun war. Du hättest deine Diplomarbeit wahrscheinlich gar nicht fertiggekriegt, wenn Claudia nicht so viel Hintergrundarbeit geleistet hätte."

„Ach komm, das ist jetzt aber echt übertrieben."

Sie schüttelte nachdenklich den Kopf. „Ich trage immer noch den Schal von ihr. Sie hat ihn nicht nach *ihrem* Geschmack ausgesucht, sondern daraufhin, was zu *mir* passen könnte. Es waren wirklich schöne Geschenke."

„Hängst du an ihren schönen Geschenken?"

„So ein Quatsch! Du brauchst mir nicht solche Oberflächlichkeiten zu unterstellen. Ich weiß nicht, woher deine Abschätzigkeit gegenüber Claudia kommt. Ich hatte Respekt vor ihr, und sie hat uns Respekt entgegengebracht. Sie war nicht angeberisch. Ich hatte oft den Eindruck, dass es ihr eher peinlich war, wenn sie sich nicht ganz einpassen konnte in unsere Welt, unsere Tisch-Deko, unseren Wein, unser ganzes Ambiente."

„Jetzt hör aber mal auf. So ein Loblied auf Claudia hast du früher nie angestimmt."

Alexandra schwieg und schien nachdenklich versunken, nahm eine von Jens' weinroten Kugeln wieder ab und hängte sie ein Astwerk tiefer. Ihre Stimme war leiser, als sie wieder anhob. „Sie tut mir leid." Sie seufzte und schaute Jens an, als wollte sie um Nachsicht bitten. „Claudia hat mich angerufen und gefragt, ob ich nicht mit dir reden könnte. Sie versteht es nicht."

Da also läuft der Hase lang, dachte Jens. Frauensolidarität.

„Es ist schlimm, Jens, wenn man verlassen wird und gar nicht weiß, warum."

Er lächelte spöttisch. „Sie hat mich betrogen. Hat sie dir das auch erzählt?"

„Nein."

„Ja. So selbstlos und zuverlässig ist sie nun auch wieder nicht."

Das Baumschmücken schien nachrangig geworden. Alexandra schaute die nächste Schachtel an, ohne einen Finger zu rühren. „Wann hat sie dich betrogen?"

„Ich weiß es nicht, und ich werde sie auch nicht mehr dazu befragen."

„Hast du das gewusst?"

„Nein, natürlich nicht."

„Das ist aber vorbei, oder? Sie betrügt dich nicht mehr. Sie hätte mich doch sonst nicht angerufen."

„Ja, es ist vorbei." Jens hängte die hellgrünen Kugeln, die Alexandra an die Stelle seiner weinroten gehängt hatte, wieder ab. Das passte doch alles nicht zusammen.

„Jetzt ist sie so großzügig und würde mich auf die Malediven einladen, um bei Sonnenschein unter Palmen unsere Beziehung neu aufleben zu lassen. Die hat doch einen Schuss!"

Alexandra nickte vorsichtig. „Hm. Ich bin gespannt auf Katharina."

„Ihr seid ja schon fast fertig", tönte ihre Mutter im Hintergrund.

„Mama!", rief Alexandra. „Hast du mich erschreckt! Was machst du denn hier? Du darfst doch noch gar nicht ins Weihnachtszimmer kommen!"

„Also, ich finde, dass ich nun alt genug dafür bin. – Da muss noch mehr Farbe in den Baum."

„Kaum über fünfzig, und schon wird sie frech", sagte Jens schelmisch und nahm seine Mutter in den Arm.

Als sie wieder allein waren, schwor er seine Schwester darauf ein, dass sie bei den Eltern ihr Loblied auf Claudia steckenlassen solle. „Papa wird mich ziemlich hart angehen. Er hätte mich gern als Thronfolger von Claudias Vater gesehen. Vielleicht sage ich einfach, dass ich Schluss gemacht habe, weil sie mich betrogen hat. Das stimmt ja fast."

Alexandra schürzte ihre Lippen. „Und ich soll dich dabei unterstützen?"

„Ja, ich weiß sogar, dass du das tun wirst, weil du nämlich meine große Schwester bist."

Er merkte, dass er müde war. Nicht nur das Gespräch hatte ihn geschlaucht, Katharina und er hatten letzte Nacht zu lange den Abschied zelebriert. „Ich leg mich noch ein Stündchen aufs Ohr bis zum Beginn des festlichen Abends."

22.

Katharina

Als sie von Jens weg war, konnte Katharina das Korsett, mit dem sie ihr Inneres geschnürt hatte, endlich etwas lösen. Bei ihm hatte sie sich noch halbwegs zusammenreißen können, aber dann war sie tieftraurig geworden, trauriger als so ein Abschied auf kurze Zeit erlaubte. Er war nicht angemessen, dieser Schmerz, der sich wurzelartig bis ins Innerste ihres Herzens eingrub. Sie hatte das Gefühl, dass sie nie mehr aufhören könnte mit Weinen. Sie hörte Aretha Franklin, während ihr die Tränen liefen und sie in ihrem Zimmer zusammenpackte. *You make me feel, like a natural woman* erinnerte sie an die vergangene Nacht. War Aretha nicht eine schwarze Sängerin? Kam daher die tiefe Schwingung in ihrer Stimme, dass in ihr sich Leid zu Kraft gewandelt hatte? Der Gesang erschien ihr kräftig, auf eine alte und traditionelle Art. Jedes Wort glaubwürdig. Bei Popmusik hatte sie oft Hemmungen, ihren Körper tanzend in die Musik hineinzugeben, weil ihr die Liebesbekenntnisse und Rhythmen so flüchtig erschienen, als müsste sie sich zu Seifenblasen wiegen. Mit Widerwillen erinnerte sie sich an Discoabende in Deggendorf, veranstaltet von der katholischen Jugendgruppe oder ihren Mitschülern. Alle um sie herum hatten so getan, als könnten sie dem leichtfertig wiederholten *You're my heart, you're my soul* folgen und sich dabei gegenseitig anlächeln. Dabei waren die Sänger von Modern Talking doch die Verkörperung von selbstgefälliger Oberflächlichkeit. Damals hatte sich Katharina dafür geniert, dass sie nicht mittanzen wollte, heute war es ihr immer noch peinlich, wenn sie eine Aufforderung, sich auch ins Tanzflächengewimmel zu begeben, ablehnte. Sie wollte nicht arrogant erscheinen, schlug die Augen zu Boden, als wolle sie sagen: Tanzen kann ich leider nicht.

Katharina ging mit einer weihnachtlich eingetüteten Weinflasche zu ihren Vermietern hinunter. Beide empfingen sie freundlich, sie sprachen miteinander, als wäre nichts passiert. Es sei schade, dass der Schnee wieder geschmolzen sei, das sei früher anders gewesen. Wie sie denn zu ihren Eltern fahre, ob das Umsteigen klappen würde, wo die Züge doch oft Verspätung hätten. Die Severins würden dieses Jahr bereits nachmittags in die Christmette gehen. Sie bedankten sich für den Wein, und Frau Severin übergab Katharina einen selbstgebackenen Christstollen. Diesmal habe sie etwas Bittermandelaroma dazugetan. Sie hoffe, dass man das nicht herausschmecke. Katharina bedankte sich freundlich und versprach, die Eltern zu grüßen. Den Christstollen legte sie obenauf in ihren Rucksack. Am Bahnsteig ging sie auf und ab und fror. Sie hatte sich die Sitzplatzreservierung gespart, musste sich mit ihrem Gepäck in einen zugigen Zwischenraum zwischen zwei Waggons stellen, war den aus- und einsteigenden Menschen im Weg, traf auf viele abgespannte und genervte Gesichter. Gut zwei Stunden dauerte die Zug- und Busfahrt bis nach Deggendorf. Sie war müde von der letzten Nacht. Ihr Vater stand am Busbahnhof und wartete. Mit seinem gekrümmten Rücken wirkte er klein, in seiner abgetragenen Cordhose und seinem an den Ellbogen geflickten Lederblouson alt. Sie musste daran denken, dass auch er eines Tages nicht mehr sein würde, und hielt ihn, gegen seinen unmerklichen Distanzierungsruck, noch etwas länger in den Armen. Das Gepäck trug sie selbst zum Auto. Dreißig Minuten Fahrt durch den Bayerischen Wald in dem geheizten Auto machten sie schläfrig und einverstanden mit ihrem Leben und Schicksal. Am liebsten hätte sie die von großen Adern durchzogene Hand ihres Vaters genommen.

„Wie geht es deinem Rücken?“, fragte sie nach einer Weile.

„Es geht so.“

„Er tut weh, wenn du Auto fährst, oder?“

„Im Moment ist es eigentlich ganz gut. Das wechselt.“

„Mama hat erzählt, dass du Stress hast bei der Arbeit und dass du mit Schmerzen Überstunden machst."

„Ach, sie übertreibt gern. Das weißt du doch."

Er stellte das Autoradio an in seinem alten Ford. Die Oldies klangen blechern, als kämen sie aus einem antiquierten Grammofon. Sie fuhren durch die friedlich wirkende hügelige Kulturlandschaft, in der Dörfer, Streuobstwiesen und Wälder eine Einheit bildeten. Auch im Winter wirkte sie abwechslungsreich. Sogar die felsig rauen Einsprengsel stimmten Katharina versöhnlich. Die Zwiebeltürme der Kirchen, die putzig zum Himmel aufragten. Ihre Großmutter war überzeugte Katholikin gewesen. Ihr stärkstes Liebesgefühl hatte sie in einer Kirche durchlebt. *So habe ich Gott und die Liebe nie erfahren, wie neben ihm auf der Kirchenbank, auch wenn wir durch den breiten Mittelgang getrennt waren. Mein Gebet war seines, im Herrn.* Das Herz der siebzehnjährigen Jadwiga war für die Liebe offen gewesen wie ein Scheunentor.

Wie ist es möglich, dass ich beides fühle, so stark, dass es mich zu zerreißen droht? Die Sehnsucht nach meiner Heimat, dem Geruch von Erde, dem hellen Grün der jungen Blätter, dem überbordenden Gesang der Lerchen, die fliegen und zwitschern gleichzeitig. Mein Herz krampft vor Liebe nach meiner Mama, der ich nie gesagt habe, dass sie gut zu mir war, und nach meinem Vater, der mich gelehrt hat, dass wir zusammen auf der Erde sind und sie bewirtschaften. Bartek hat mich vertrieben. Nun jage ich durch die schmutzigen Straßen, als wolle ich fliehen und fliegen. Müde kehre ich heim aus der Fabrik, in der ich mit gebeugtem Rücken und zusammengekniffenen Augen die Stoffe im Akkord schneide. Die Stadt ist oft im Nebel, aber sie leuchtet. Voller Herzklopfen gehe ich zusammen mit Matylda abends los, Gaslaternen erhellen die Nacht, die Straßenbahnen fahren elektrisch und ich bin frei in dieser großen und internationalen Stadt, in der ich mal Polnisch, mal Deutsch rede und mit Matylda das Jiddisch der Händlerjuden nachäffe, bis wir in die Hosen pieseln vor Lachen. Ich bin am Puls des Lebens, wir singen hinter vorgehaltener Hand die Internationale, ohne Kommunisten sein zu müssen. Niemand wird mich mehr niederringen.

„Und wie geht's dir?", fragte Katharinas Vater nach einer ganzen Weile.

„Gut. Ich habe einen neuen Freund."

„Die Mutter hat's erzählt."

„Wirklich? Ich hatte den Eindruck, dass sie es gar nicht gehört hat."

„Doch. Sie hat gesagt, dass er erfolgreich sei und anfängt, in einem Softwareunternehmen zu arbeiten."

„Und dann hat sie bestimmt noch gesagt, dass das sicherlich nicht gut gehen wird. Dass es Zeit wäre, dass ich Kinder bekomme. Dass ich noch nicht einmal Geld verdiene und keine Arbeit finden werde, oder?"

„Kennst sie doch, sie macht sich immer Sorgen."

Seit Beginn ihres Studiums war Katharina nur noch alle paar Monate nach Hause gekommen. Sie wusste, dass sie ihre Eltern damit enttäuschte. Mit den Gleichaltrigen des Dorfes hatte sie schon lange nichts mehr zu tun. Seit der Grundschule gingen sie getrennte Wege. Nur Gerda war mit aufs Gymnasium gegangen, aber mit ihr hatte sie sich nie wirklich anfreunden können. Gerda hatte nach der zehnten Klasse die Schule verlassen und eine Ausbildung als pharmazeutisch-technische Assistentin absolviert. Sie war heimatverbunden geblieben. Wenn sie sich im Dorf begegneten, blieb Katharina stehen, weil es unhöflich gewesen wäre, einfach aneinander vorbeizugehen. Beide, so schien es Katharina, taten interessiert und waren doch verlegen ob der unaufhörlich wachsenden Distanz. Katharina machte sich kleiner; sie betonte, dass München schon sehr groß und anonym sei, dass es viel zu lernen gäbe und ihr Leben viele Unsicherheiten enthielte. Gerda erzählte, dass es interessant sei, in der Apotheke zu arbeiten, und dass sie immer wieder Fortbildungen machen müsse, um auf dem Stand der Forschung zu bleiben. Als wären sie auf einem Niveau. Aber Katharina war sich bewusst, dass sie mehr lernte, weltoffener wurde und später wahrscheinlich mehr verdienen würde. Sie fühlte sich schuldig dabei, als Verräterin, als eine Nestbeschmutzerin, die ihre Wiege verleugnete.

Ihre Mutter stand in der Küche und konnte sich schwer von den noch warmen Kartoffeln trennen. Ihre Gummihandschuhe waren im Weg, als sie die Tochter kurz umarmte. Katharina stellte ihr Gepäck in ihr Kinderzimmer und fragte die Mutter, ob sie etwas helfen könne.

„Nein, lass. Die Kartoffeln müssen dünn geschnitten werden und dürfen doch nicht matschig werden."

„Trinkst du auch einen Kaffee mit?"

„Ja, ich komme kurz dazu. Mach ruhig einen für dich, Papa setzt sich bestimmt dazu."

Es war schwierig, zwischen Kartoffeln und Kartoffelschalen, Zwiebeln und Schüsseln Platz für den Filterkaffee zu finden. Ihre Mutter räumte alles geschäftig auf die Seite.

„Plätzchen gibt es erst heute Abend, oder?"

„Ich habe dieses Jahr nur drei Sorten gebacken. Es lohnt ja kaum mehr. Der Vater bekommt Sodbrennen, und ich werde auch nicht dünner davon."

Sie tranken Kaffee, kurz. Die Mutter betonte, dass sie noch viel zu tun habe, der Vater redete nicht viel, und Katharina war müde. Gerne hätte sie sich noch kurz hingelegt, wagte es aber nicht. Die Stimmung schien untergründig gereizt.

„Katharina, kannst du wenigstens den Plätzchenteller für heute Abend richten?"

„Ja, sag's mir doch einfach."

„Ja, muss ich denn alles alleine machen", seufzte die Mutter.

Katharina holte den Christstollen aus dem Rucksack, um noch einige Stücke zum Plätzchenteller dazuzulegen. Beim Aufschneiden roch er tatsächlich anders als sonst. Katharina musste über sich selbst lachen, als sie daran dachte, dass sie Frau Severin zugetraut hatte, dass sie Jens und ihr Gift unterjubeln würde. Ihre Mutter liebte Christstollen.

23.

Jens

Freundliches Gläserklirren, aufmunternde Blicke: Frohe Weihnacht! Das war vielleicht der schönste Moment, bereichert durch Prosecco auf leeren Magen und einer Vorfreude, die noch aus den alten Tagen stammte, als Heiligabend voller Geschenküberraschungen war. Das Ritual hatte sich unmerklich zum Erwachsenenfest gewandelt.

„Wir lassen es ruhig angehen", war das Motto eines gelungenen Heiligabends bei Hugenbauers. Die Aufregung über die zu erwartenden Geschenke hatte sich im Vergleich zu früher gelegt. Jetzt war es ein Fest des Kleinfamilienfriedens, mit gehobener Beköstigung einschließlich der Schaumcremesuppe vor dem Hauptgang. Seine Mutter zauberte das kleine Menü gern mithilfe neuester Küchenmaschinen. Eine überkommene Aufregung war noch vor dem Badspiegel zu fühlen, wenn sie alle vier auf einmal das Finish über ihre Frisuren und Gesichter legten. Der Vater drängte sich mühsam durch, um nach seinem Hugo-Boss-Aftershave zu langen, in vorderster Reihe Jens' Mutter, die ihrem Haar mit dem Lockenstab noch mehr Fülle aufzwang. Halb selbstkritisch, halb selbstgefällig musterte sie ihr Gesicht und den Sitz ihres Kleides. Dieses Jahr mischten sich Braun und Weinrot in Schlangenlinien, die die Wellen ihres Haares fließend zu verlängern schienen.

„Als ob ich's gewusst hätte." Jens schaute anerkennend auf seine Mutter. „Die weinroten Christkugeln passen hervorragend zu deinem Kleid!"

„Ja, ihr werdet auch immer erwachsener, früher hingen Wurst und Paprikastücke am Christbaum. Wisst ihr das noch?"

„Nein Mama, unsere schlimme Kindheit haben wir völlig verdrängt", warf Alexandra lapidar ein.

Jens' Vater hatte die Lichterkette eingesteckt, der Christbaum stand in stiller gesicherter Pracht. Aus dem CD-Player tönten die Weihnachtslieder, von berühmten Sängern mit professionellem Timbre interpretiert. Der gut gekühlte Prosecco war bereits ausgeschenkt, sodass sie einander passend zu *Oh, du Fröhliche* zuprosten konnten.

Obwohl es bereits seit einigen Jahren die Absprache gab, dass man sich mit Geschenken zurückhalten sollte, war Jens nun doch etwas unwohl dabei, dass er für seine Eltern nichts anderes als die von ihnen bevorzugten Parfums besorgt hatte. Natürlich hatten sie diese bereits, aber was hatten seine Eltern noch nicht? Wer glaubwürdig aus dem Geschenketerror an Heiligabend aussteigen wollte, musste nun mal den Mut haben, auch aus dem Ideenkonkurrenzkampf auszusteigen, oder?

Das Geschenk für ihn sah verdächtig klein und wertvoll aus. Unter dem roten Geschenkpapier mit breiter hellgrüner Schleife verbarg sich das neueste Nokia-Handy. Jens schluckte. Smart, kompakt, leicht, sogar ohne Antennenstab! Er nahm es vorsichtig in die Hand, als sei er den Umgang mit einem Mobiltelefon noch nicht gewöhnt.

„Wir haben dir eine Abdeckschale mitgekauft, echt hipp, total easy."

Einen Moment lang ging ihm die gestellte Jugendlichkeit seiner Mutter gehörig auf die Nerven. „Seit wann gibt es denn solche Hüllen? Du hast ja wieder mal ein Topdesign ausgesucht, Mama", sagte Jens ohne ein Lächeln.

Seine Mutter drückte ihn fest an sich. „Für deine Zukunft. Wir sind doch so stolz auf dich!" Sie hatte Tränen in den Augen. Er ging zögernd auf seinen Vater zu.

„Damit du bei deiner Schwiegerfamilie nicht schlecht dastehst", raunte der, während er Jens die Schulter klopfte. Der entzog sich, steif.

Jens zwängte sich auf die Küchenbank, auf seinen angestammten Kinderplatz. Es war heiß in der Küche, der Geruch der Speisen hing aufdringlich in der Luft. Er wurde von Ekel erfasst, als er die Champignon-Creme-Suppe löffelte. Seine Mama lächelte ihn entschuldigend an. „Ein französisches Rezept – der erdige Geschmack der Champignons wird etwas aufgehellt von Cognac und Orangenschalen. Vielleicht ist etwas zu viel Rahm dabei. Dabei habe ich die Menge schon etwas reduziert. Ich halte mich ja nicht so sklavisch an die Vorgaben."

Jens rülpste dezent. Die Luftperlen des Proseccos schienen das Orangen-Cognac-Champignon-Sahne-Gemisch in seinem Magen durcheinanderzuwirbeln. Ihn überkam das dringende Bedürfnis nach einer Zigarette. Er hatte vorsorglich welche mitgenommen, würde aber erst am Ende des Abends aus seinem Fenster rauchen. Seine Familie wusste, dass er manchmal rauchte. Nie hätte er vor den Augen seiner Eltern eine Zigarette angezündet, keinesfalls konnte er mit frischer Rauchfahne an den gemeinsamen Tisch zurückkehren. Immer musste er nach längerem Beisammensein mit ihnen eine anstecken. Eine Zigarette rauchen – den Reset-Knopf seiner Psyche drücken –, zurück auf Los! und 4000 Mark einstecken. Bis zur Befreiungszigarette würden noch einige Stunden vergehen.

„Köstlich", sein Vater tupfte mit der Serviette seine Mundwinkel ab, die sauber waren. Er hatte zugenommen. Seine Körpermasse wirkte gedrängt. Er saß eingezwängt in der kleinen Küche zwischen Tisch und Küchenzeile und hielt sich sehr gerade. Wie ein kultivierter Bulle, ein kastrierter Stier, ging es Jens durch den Kopf. Papa isst und trinkt zu viel und tut so, als geschähe es aus Genuss. Er schob seinen Teller weg. Sein Vater erhob das Weinglas. „Auf die Köchin!"

„Auf die Köchin", stimmte Alexandra mit ein. Sie tranken sich alle zu.

Der Vater schlürfte genüsslich den Weißwein und nickte bestätigend. „So ein Riesling ist doch immer noch das Beste, ein ehrlicher Wein."

Diesen flauen Spruch hast du bei Claudia auch immer gebracht, dachte Jens. Sie hatte ihm nie widersprochen, er auch nicht. Den Eltern ließ man Respekt zukommen, auch wenn sie beschränkte Weisheiten zum Besten gaben. Er hatte es satt. Ab wann galt es als legitim, die Eltern zu berichtigen? Nie?

„Ja, aber nur wenn er aus guter Lage kommt", fügte Jens in beiläufigem Tonfall ein. „Die Riesling-Trauben reifen langsam und brauchen ihre Zeit in der Herbstsonne. Der Rheingau ist das einzig hochwertige Riesling-Gebiet. Der Wein ist geradlinig und körperreich. Der Pfälzer Riesling ist gefälliger, blumiger – mehr für den allgemeinen Geschmack." Er streckte seine Hand aus, als wollte er eben kurz die Flasche inspizieren.

„Wo kommt er denn her?" Aber niemand reichte ihm die Flasche herüber. Der Vater zog sein Taschentuch hervor und fuhr damit nachdenklich unter der Nase herum, während er sie leise hochzog.

„Ich bin inzwischen mit Weinen etwas ansprüchlicher geworden."

Seine Mutter zog die Suppentassen ein. „Jens, deine kann ich auch schon mitnehmen, oder? Du hältst dich wohl mehr an Bohnen und Lende, oder?"

„Ja, gern."

„Wie geht´s denn Claudia?", fragte sie in unverfänglichem Tonfall weiter.

Er hätte sich besser vorbereiten sollen.

„Das weiß ich nicht." Er schluckte. „Wahrscheinlich trotzdem ganz gut. Sie leidet nie lange." Er streckte den Arm und las vermeintlich die Uhrzeit an seiner Armbanduhr ab. „Im Moment dürfte sie sich etwas ungemütlich fühlen. Sie muss nun ihrem Vater gestehen, dass sein Schwiegersohn abgesprungen ist. Er wird nicht erfreut sein."

Jens hatte Herzklopfen, hoffte, dass das niemand bemerkte. Seine Vorlage war dreist, das wusste er. Ein hörbares Schweigen erfüllte den Raum, die Gedankenmaschinerien seiner Eltern schienen auf Hochtouren zu laufen. Die Mutter wandte den Kopf zu ihrem Mann, unklar, ob sie ihn wortlos aufforderte, etwas zu sagen oder zu schweigen. Als wären sie beide allein mit einer Nachricht, die ein Handeln erforderte, auch wenn es nutzlos sein würde. So wie man den Notarzt ruft, auch wenn der Angehörige nicht mehr atmet. So wie man jemanden umarmt, der mit seiner Trauer allein bleiben wird. Tu etwas, schien sie zu ihrem Mann zu sagen, aber sag nichts.

Der Vater nickte. Seine Frau blickte ihn fragend an.

„Hab ich es dir nicht von Anfang an gesagt, Inge?" Das hatte nichts Gutes zu bedeuten, wenn Horst seine Frau vor seinen Kindern Inge nannte.

„Aber, wie kommt denn das?", fragte die Mutter ungläubig. „Da ist doch bestimmt noch etwas zu machen, oder?" Sie hielt kurz inne. „Claudia will dich doch nicht aufgeben! Sie glaubt an dich. Wir haben uns im Sommer noch beim Spaziergang über dich unterhalten."

Die Frauen untereinander, sie maßten sich an, ihn zu beurteilen.

„Schön, dass ihr über mich gesprochen habt."

Alexandra stand auf und räumte das Geschirr geräuschvoll in die Spülmaschine. „Ich werde die Fleischplatte anwärmen, Mama, und die Schüsseln. Soll ich auch die Teller in den Backofen stellen?"

„*Ich* habe Schluss gemacht." Hätte sein Herz nicht so gehämmert, hätte er hinzugefügt: „weil eine andere Frau, Katharina, mich viel tiefer berührt." Er schaffte es nicht. „Claudia hat mich betrogen."

„Das muss dir sehr wehgetan haben, mein armer Junge", murmelte seine Mutter. Jens schüttelte unmerklich den Kopf. Mitgefühl konnte er nun kaum ertragen. Außerdem glaubte er seiner Mutter nicht. Alexandra räumte die Teller in den Backofen.

„Stell die Hitze nicht zu groß", die Mutter schob mit dem Fuß die Küchentür weiter auf, „das Geschirr könnte platzen!"

„Da wär ich allein nicht draufgekommen", gab Alexandra pampig zurück.

Jens lehnte sich auf der schmalen Küchenbank zurück. Das Design hatte über die Bequemlichkeit gesiegt. Die dünne Spanplatte, mit schwarzer Farbe überzogen, drückte auf seine Schulterblätter. Der Kopf blieb in gerader Haltung, auch wenn er ihn zurücklegte.

„Das war von Anfang an klar. Das habe ich immer gewusst." Sein Vater nickte sinnierend, sich selbst bestätigend, mit dem Kopf, nahm ein Stück Baguette, schmierte ein gutes Stück Butter darauf und biss genüsslich hinein. Eine Befriedigung lag im Ton, eine selbstgewisse Resignation. Jens spannte seine Bauchmuskeln. Sein Vater! Sein Vater würde ihn jetzt niedermachen. Ein Vater hatte ja das Recht dazu, ganz offiziell. Eltern durften das, mussten es sogar, die ‚Fehler' der Kinder deuten, weil sie ihre Kinder kennen, ihre Persönlichkeit, ihren wahren Kern. Aber er, der kleine Sohn, durfte nicht so frech sein und mit gleicher Münze rausgeben.

„Es hätte mich gewundert, *mein* Sohn, wenn du etwas anderes getan hättest, als leichtfertig aufzugeben. Du wirfst alles weg, ohne hinter dich zu blicken."

War es nicht erbärmlich, wie er sich versteckte? War das der Trost der Verlierer, dass sie alles geahnt und vorausgesehen hatten? Konnte man so das Verlieren in einen Gewinn uminterpretieren?

Der Vater schob den Stuhl zurück, bis er an die Küchenzeile stieß, verschränkte die Arme und spreizte die Beine. „Du lässt andere leiden, du selber leidest nicht. Claudia muss es ihrem Vater beibringen. Bei dir geht das ganz beiläufig." Er rückte den Stuhl wieder heran, beugte sich über den Tisch zu Jens und raunte in kaum verhohlener Wut: „Du kennst keine Not. Verwöhnt und verzärtelt bist du. Du hast nie kämpfen müssen, weil alle anderen für dich kämpfen. Wir hatten noch Herausforderungen, sind daran gewachsen, du verweichlichst immer mehr! Eine Memme bist du, zwischen Deko und Christbaumkugeln. Bettgeflüster interessiert dich und Karrierefantasien. Du bist noch mitten im Verlieren satt, du kennst keinen Kampf, keine Angst.“ Er lächelte abschätzig.

Jens schluckte, wich aber keinen Zentimeter zurück. So eine versierte Rede, dachte Jens. War die schon lange vorbereitet gewesen, zu anderen Anlässen verschwiegen? Sollte er seine eigenen Gedanken nicht doch auspacken?

„Horst, sei nicht ungerecht – sie hat ihn doch betrogen!“

Horst nickte. „Wundert dich das, Inge? Frag ihn doch, ob er eine weiße Wäsche hat.“

Von Katharina würde er so schnell nichts erzählen, das war nun klar. Er langte in die Hosentasche, umkrampfte das Stofftaschentuch, das sie ihm mitgegeben hatte. Hatte er ihr nicht irgendwann gesagt, dass er ein Mann sei, kein Schwiegersohn mehr, der ins Rudel eingereiht wird? Aber hier beim eigenen Vater, war er die Memme!

Sein Vater stützte die Ellbogen auf den Tisch und faltete die Hände, während er den Kopf nachdenklich zur Seite neigte. „Ein verwöhntes Weichei im Alter von siebenundzwanzig.“

Jens zitterte nicht mehr, er fühlte nur eine kalte Wut, die ihm egal war. Seinen Vater schaute er herausfordernd an, wartete, bis dieser aufschaute. Wie zu einem Kind, dem man die Ermahnung erst dann zuteilwerden lässt, wenn es einen anschaut.

„Als hättest *du* je gekämpft! Als wüsstest du, was es heißt zu wagen und zu verlieren. Als wärst *du* im Krieg gewesen. Aber sei doch einmal ehrlich – wer ist hier denn die Memme? Du bist schon zurückgezuckt, bevor eine Niederlage überhaupt möglich war.“ Jens nickte vor sich hin, gerade so wie sein Vater vorher. Er lächelte genauso abschätzig. „Du bist doch der verbitterte Halbbeamte, immer schön sicher gesettelt im mittleren Wohlstand. Du hast nie etwas gewagt! Risiko! Ein Fremdwort!“ Jens wollte sich zügeln, war aber machtlos. Wie oft hatte er eingesteckt, dass sein Vater enttäuscht von ihm war, weil er sich nicht für Glühbirnchen am Kran interessierte, weil er Farben liebte, weil er nach dem richtigen Studium suchte, weil er Noten heimbrachte, die schlechter als Zwei waren – nein, er würde sich das wissende Lächeln seines Vaters ein für allemal verbitten.

„Ich soll dir liefern, was du verpasst hast, dein ganzes Leben lang verpasst hast! Die Größe, den Reichtum mit einem erheirateten Immobilienimperium. Du hast es verpasst, weil du es gar nicht probiert hast. Wer ist denn hier die Memme?“ Er lehnte sich nach vorn, raunte, den Tonfall seines Vaters überlegen nachäffend. „Du hattest die leichteren Voraussetzungen. In der Nachkriegszeit konnte man leicht groß werden. Du hast nicht gekämpft, Vater, du hast nie kämpfen müssen, viel weniger als wir heute, und du bist immer noch nicht zufrieden.“ Dann schüttelte er den Kopf, als sei er traurig über die mangelnde Leistung seines Vaters. „Von mir bist du enttäuscht? Frag dich mal selbst, von wem du enttäuscht bist.“ Dann lehnte er sich wieder zurück, als hätte er für heute genug gesagt. Sein Vater schwieg mit Verachtung in seinem Blick.

Die Frauen trugen wortlos das Essen auf. Teller, Schüsseln, Platten. Die Mutter tat jedem etwas auf. Alexandra verbat es sich und nahm selbst. Niemand sprach beim Essen. Der Vater aß vier Stück Rinderlende, teilte sich zusätzlich Sauce zu.

Jens besah die tiefe Falte auf seiner Stirn, so wollte er im Alter nicht aussehen! Eine Kerbe von Trübsal. Sein glattrasiertes Kinn, graue Tränensäcke unter selbstgerechten Augen, hängende Ochsenwangen. Der Vater sah dem Großvater ähnlich. Die Falten an den Mundwinkeln, die seitlich des Kinns nach unten zogen, die grau gewordenen Augenbrauen. Der Großvater war ein bitterer alter Mann gewesen. Er hatte sich vom Leben betrogen gesehen. Zuerst hatte er in den Krieg ziehen müssen, war dann bald nicht mehr an der Front eingesetzt worden, weil er nach einem Lungenschuss untauglich war.

Er hatte den Krieg auch seelisch schlecht ertragen. Das Schießen sei nichts für ihn gewesen. Später schimpfte er unablässig auf die „linke“ Berichterstattung in den Medien, die den Deutschen immer mehr Gräueltaten nachweisen wollten. „Da sitzen sie im fetten Nest, das wir ihnen aufgebaut haben, aus all den Trümmern, und scheißen hinein!“

Seine Mutter redete in seine Gedanken hinein. „Mit dem Fleischthermometer ist es gar kein Problem mehr, auch sensibles Fleisch – Lende oder Filet – au point zuzubereiten. Jens, das muss ich dir auch noch beibringen.“

Was war ein Vater, den man nicht mehr hochachtete? Jens schob den Teller zurück, krempelte ruhig seine Ärmel hoch. Warum gab es kein Initiationsritual für Söhne? Einen alles entscheidenden Kampf mit dem Vater, der im Ritus den Generationenübergang besiegelte? Damit man danach guten Gewissens als siegreicher Rivale dem alten Silberrücken gegenübertreten konnte. Musste man die Eltern ehren, obwohl sie einem die Kraft des Anfangs raubten? Weil sie selbst keinen Anfang mehr hatten, an keinen Anfang mehr glaubten?

Sein Vater saß ruhig, trank Riesling, blickte demonstrativ an Jens vorbei. Ob er gerne andere Frauen gehabt hätte, mehr Macht, mehr Geld? Hätte er gern über das Leben nachgedacht und seinen Sinn? Hatte er sich all das verboten, weil nichts anderes zählte als Sicherheit?

Jens wartete. Das innere Vibrieren hatte wieder angefangen. Es kam nichts. Sein Vater kämpfte nicht. Früher hatte er alles dafür getan, um den schweigenden Vater wieder versöhnlich zu stimmen.

„Wenn du willst, kannst du das Handy gleich wiederhaben.“ Jens war es ernst damit. Vom Handygeschenk seines Vaters war er nicht mehr abhängig. „Du hast es sowieso nur für meine vermeintliche Schwiegerfamilie geschenkt. Du hast es nicht mir geschenkt. Ich brauche es nicht.“

„Jetzt hör endlich auf, Jens, das ist ja unerträglich!" Alexandra wischte mit der Hand vor ihren aufgerissenen Augen hin und her, um ihm zu signalisieren, dass er verrückt sei.

„Du kannst es gern behalten, *ich* brauche es auch nicht." Vaters Stimme klang gepresst. War das ein gezittertes Eingeständnis der Niederlage? War das die erste Kooperation nach der entscheidenden Schlacht? Oder war es eine erneute Abschätzigkeit?

Jens atmete tief durch und sagte mit klarer Stimme: „Danke." Fast war er versucht, seinem Vater die Hand hinzustrecken, aber dann fiel ihm ein, dass er vorbauen musste. „Und übrigens, meinen Job werde ich nicht mein ganzes Leben lang ausüben. Wer heutzutage auf dem Arbeitsmarkt bestehen will, muss wechseln. Wer nicht flexibel ist, geht unter. Ich kann Informatik und Betriebswirtschaft, weil ich gewechselt habe. Ich kann Skifahren und Surfen und Tennisspielen, weil ich mich nicht auf einen Sport begrenze. Ich kann Klavier und Gitarre spielen, weil ich beides ausprobieren wollte. Es ist ein Merkmal meines starken Charakters, dass ich flexibel bin. Für uns gibt es eine Zukunft." Niemand antwortete. Es war ihm egal. Er streckte seinen Rücken, stupste Alexandra mit dem Ellbogen an. „Lass mich mal bitte raus. Ich geh jetzt eine rauchen."

24.

Katharina

Draußen war es dunkel geworden. Die Zeremonie des Heiligen Abends würde bald beginnen. Katharina bürstete die Haare, flocht sie zu einem langen Zopf und lächelte ihr Spiegelbild an. So hatte Jadwiga ihre Haare gebunden auf dem Foto, auf dem sie sich stolz und schwanger verewigt hatte. Katharina sah, wie blass sie war im schalen Licht der Neonlampe im Bad. Ihre Haut schien noch heller als sonst, das Haar fast blond. Sie hatte eine beige Bluse angezogen. Ihr Bild im Spiegel wirkte wie eine bewegte Schwarzweißfotografie. Sie besah sich mit Wohlwollen. War Weihnachten nicht das Fest der wohlwollenden Menschen, der Menschen guten Willens? Ein Fest des Verstehens?

Beim Kerzenanzünden half sie ihrem Vater, der sich nur schwer zu den oberen Kerzen recken konnte. Sie schaltete die Deckenlampe aus. Im Schein der Kerzen bewegten sich die Schatten der Möbel unmerklich, und es wurde heimelig wie in den Tagen ihrer Kindheit. Der Raum roch nach Bienenwachs. Es verbreitete sich ein althergebrachtes Licht, das die Dunkelheit so erhellte, dass beides erkennbar war: das Licht und die Dunkelheit. Ihr war melancholisch zumute. Sie blickte einvernehmlich zur Mutter und nickte sacht, als diese mit verhaltener Stimme vorschlug, mit *Maria durch ein Dornwald ging* den Baum anzusingen. Katharina legte die Hand auf den Arm der Mutter, als dieser die Stimme im stillen Weinen wegbrach. Danach stimmten sie *Zu Bethlehem geboren* und *Stille Nacht, heilige Nacht* an. Ihr Vater gab die tragende männliche Stimme im Hintergrund, die verlässlich durch die Höhen und Tiefen der Intonation leitete. Katharina gab das Schott-Messbuch wortlos an die Mutter weiter und bedeutete ihr, dass sie dieses Jahr die Weihnachtsgeschichte lesen sollte. Sie hielt ihrer Mama die Kerze, während diese las. Die Mutter las die alte Geschichte, als würde sie sie erzählen. Auswendig berichtete sie fließend darüber, dass Josef und Maria einen Stall fanden, mehr nicht. Weil niemand anderes ihnen aufmachte. Die polnischen Weihnachtslieder beendeten sie mit dem schmissigen: *Dzisiaj w Betlejem*. Katharina kniff ihre Mutter leicht in den Arm, weil diese, wie immer, zu schnell und zu hoch dahingeeilt war. Sie lächelten einander an. Den alten Brauch wahrend, ging sie zusammen mit dem Vater in die Küche, damit die Mutter die Geschenke vom Christkind entgegennehmen konnte. Dabei hatte Katharina die golden eingepackten Mitbringsel bereits vor zwei Stunden im Schlafzimmer der Eltern bereitgelegt. Einen Espressokocher für ihre Mutter, klein und bescheiden, sodass er wenig Platz wegnehmen würde und sie sich nach der Arbeit einen starken Espresso brauen konnte. Die Mutter bedankte sich mit einem Nicken und einem „Vergelt's Gott", ein Zeichen dafür, dass sie es mit ihrem Dank ernst meinte. Dem Vater hatte Katharina einen kamelhaarfarbenen Schal zu seinem „guten" Mantel gekauft. Bei der Familie Markgraf gab es alles in doppelter Ausführung: das Brauchbare für den Alltag und das „Gute" für die besonderen Anlässe. Das gute Geschirr, die guten Gläser, die gute Tischdecke, die guten Schuhe und den guten Mantel. Die gute Kleidung war meist rettungslos altmodisch, aber nie abgetragen genug, um aussortiert zu werden. Der neue Schal würde den guten alten Mantel ihres Vaters sicher etwas aufpeppen. Der Vater schaute abwägend und anerkennend: „Ja, der ist gut. Den leg ich gleich heute Abend zur Christmette um." Katharina bekam einen Umschlag mit zweihundert Mark und das Buch *Wenn Frauen zu sehr lieben*. Sie atmete tief durch und meinte: „Beides kann man immer gut gebrauchen. Danke!"

„Habt ihr schon viele Studenten aus dem Osten?", fragte der Vater, als sie bei Plätzchen und Christstollen saßen.

„Ja, einige. Russisch und Slawistik bietet sich für alle Spätaussiedler und für die Leute aus der ehemaligen DDR geradezu an. Die Spätaussiedler aus Russland können natürlich gut russisch, müssen sich aber umgekehrt noch sehr ins Deutsche einarbeiten. Die Idee, dass die Deutschstämmigen deutsch könnten, ist wohl falsch. Die Spätaussiedler aus Polen erscheinen mir flexibler. Sie können Russisch aus der Schule und sind des Deutschen eher mächtig oder lernen es schnell. Sie sind auch sehr leistungsmotiviert. Soweit ich das beurteilen kann."

„Das glaube ich sofort", fiel die Mutter ein. „Die Polen werden sich leichter eingewöhnen. Wir haben eine gemeinsame Tradition mit Europa. Über die Zugehörigkeit zu Österreich-Ungarn und zu Preußen ist die Aufklärung transportiert worden. Ihre Mündigkeit haben sie sich nicht absprechen lassen. Und sie sind immer katholisch geblieben, haben ihre Werte nie vom Kommunismus einstampfen lassen. Der Papst hat viel im Hintergrund vermittelt, und so den Fall der Mauer gebahnt. Johannes Paul II. ist eine mächtige Identifikationsfigur."

Da war wieder ihre andere Mutter, die mit Verve ihre Argumente ins Feld brachte, die nicht länger in schleppendem Tonfall die Unterhaltung erschwerte.

„Der Katholizismus hat die Werte von Bildung und Mündigkeit aber nicht wirklich gefördert", wandte Katharina ein.

„Ach, kein Vergleich zum Kommunismus! Die Russen haben durchgängig unter diktatorischen Systemen gelebt. Erst die Zaren, dann die Bolschewiken. Frag nicht nach Stalin. Sie durften und mussten nie lernen, selbst Verantwortung zu übernehmen. Sie durften und mussten nie flexibel sein. Denken war verhängnisvoll."

„Ach, da muss ich einen Witz erzählen – entschuldige Mama, nur kurz – Stasi-Agent auf der Straße: Wie beurteilen Sie die politische Lage? Passant: Ich denke … Stasi-Agent: Das genügt. Sie sind verhaftet."

Die Eltern lächelten.

„Den Ostdeutschen wird ja auch nachgesagt, dass sie für unseren Arbeitsmarkt nicht flexibel genug seien, und dass sie nicht mitdenken würden." Ihr Vater erzählte, dass er einen Kollegen bekommen hatte, der die Situation im Osten drastisch schilderte. „Die Betriebe sind sukzessive von der Treuhand liquidiert worden. Die Dagebliebenen arbeiteten für den nahen Bankrott."

Die Mutter nahm ihr Weinglas in die Hand und schaute sinnierend.

„Das ist doch wie im Krieg. Da kommt die Besatzermacht und liquidiert alles, was man aufgebaut hat. Wer nicht bereit ist, für Arbeit seine Familie zu verlassen, hat keine Chance." Sie stierte resigniert auf den Boden.

„Sie haben es doch selbst so gewollt", warf der Vater ein.

„Das macht es doch nur schlimmer", ihre Mutter richtete sich wieder auf, „als ob man selbst schuld wäre." Sie nahm einen langen Schluck aus dem Glas. Ihre Stimme hatte das leicht zitternde Timbre, das Katharina in einen steifen Alarmzustand versetzte. „Niemand, der es nicht erlebt hat, weiß, was das heißt, wenn man sich als Zugezogener in jeder Minute bewähren muss. Alles, was hinter einem liegt, scheint nichts mehr wert zu sein. Alles, was vor einem liegt, ist unsicher. Man fühlt sich stets unter Druck, stets unter Rechtfertigungszwang – für das Lächeln, für die Kleidung, für die Sprache, für das Reden und das Denken." Katharina sah, wie ihr Vater tief durchatmete, er würde nichts mehr erwidern. „Die Ossis haben sicher das Gefühl, in einer anderen Diktatur gelandet zu sein. Die Westmacht steht nicht mehr mit Gewehren da, aber mit einem abschätzigen Lachen über ihre Identität. Vermutlich war es leichter, sich in die vorgegebenen Bahnen der SED einzufügen als in die Marktdiktatur."

Katharina schaute den Vater an, der auf die Plätzchen blickte, als müsste er sich lange überlegen, welches nun das Beste sei.

„Die Generation, die jetzt herüberkommt, hat keine Chance." Die Mutter schluckte die ersten Tränen und redete doch weiter. „Sie können wirklich weniger. Sie müssen sich schämen, obwohl sie nichts dafürkönnen. Das ist das Schlimme."

„Mama, wir sind alle offen dafür, den Osten aufzubauen." Aber die Mutter hörte nicht hin und schien gefangen in einer lang eingeübten Gedankenschleife. „Sie können schlechter Englisch, sie können nicht mitreden über Urlaubsziele, weil sie bisher noch nicht einmal in Italien waren. Sie können nicht mitreden, sollen aber kompetent und ruhig erscheinen. Und wenn sie schon mitreden, dann bitte ohne Dialekt, weil sie sonst Lacher für das ernten, was sie ernst gemeint haben. Sind sie forsch, gelten sie als vorlaut. Sind sie zurückhaltend, gelten sie als passiv." Dann hob sie den Kopf und blickte ihren Mann feindselig an. „Ach ja, und dankbar soll man auch noch sein!" Sie stand abrupt auf und ging aus dem Zimmer.

Katharina und ihr Vater lauschten mit niedergeschlagenen Augen, hörten, wie die Angeln der Schlafzimmertür quietschten. Der Vater schenkte beiden Wein nach.

„Du solltest nicht immer auf so schwere Themen kommen", sagte er.

„Ich habe überhaupt nichts gesagt. *Du* hast angefangen mit den Studenten aus dem Osten!"

„Ja, aber ich habe es positiv gemeint. Dass sie studieren und eine Zukunft vor sich haben, ist doch etwas Gutes."

Sie schwiegen.

Katharina fragte: „Willst du ihr nachgehen?"

„Nein. Sie will sicher allein sein, und alles, was ich sagen würde, ist sowieso falsch."

Das Esszimmer erschien ihr klein. Als Kind war ihr alles viel größer vorgekommen, auch heller.

„Hat sie dir ihre Geschichte erzählt? Ich kenne die Version ihrer Mutter inzwischen recht gut."

„Ja. Das hat sie dir immer übelgenommen, dass du nach der Großmutter gefragt, ihre Tagebücher erbettelt hast, als wären sie ein Schatz, den es zu bewahren gilt. Als wäre das Schicksal der Großmutter viel wichtiger als das Leid deiner Mutter. Nach *ihrer* Geschichte hast du nie gefragt."

Katharina schwieg. Ihre Rechtfertigung wäre eine Klage geworden, darüber dass ihre Mutter sich auch nie für sie interessierte. Eine Klage über die immerwährende Klage und Anklage ihrer Mutter. Hörte das Klagen nie auf? War es nicht ein heimlicher Kampf um den Sieg vor dem imaginären Gericht, das zu entscheiden hatte, wer Täter und wer Opfer war, über den Status, wer das größte Opfer war? Wer am meisten gelitten hatte? Verharrte nicht ihre Mutter auf dem Privileg, dass sie am meisten abbekommen hatte, weil sie in ihrer Kindheit jäh aus der ihr geschuldeten Geborgenheit hinausgeworfen worden war? Aus ihrer Sicht war es nicht die Großmutter, die es schwergehabt hatte, schon gar nicht Katharina. Hätten sie heute zu dritt zusammengesessen, wer hätte den Streit gewonnen? Die Großmutter, die Mutter? Warum musste sie, Katharina, eigentlich noch klagen? Es war Zeit auszusteigen. Vielleicht konnte sie heute zuhören. Aus dem Mund ihres Vaters würde sie die Geschichte ihrer Mutter vielleicht annehmen können.

Er lehnte sich zurück und fing an, mit verschränkten Armen über seinem Bauch zu erzählen.

„Der Großvater war in der polnischen Armee, obwohl er Deutscher war."

„Das weiß ich. Er hatte die polnische Staatsbürgerschaft angenommen, um keinen Schikanen vom polnischen Staat ausgesetzt zu sein und auch, um für die Versöhnung der Völker ein Zeichen zu setzen. Er hielt es für möglich und wollte, dass Deutsche und Polen Freunde, eine Familie werden könnten. Er war nicht allein damit."

Ihr Vater schien wegzuhören.

„In der Gegend um Ciepielów ist er bei einem Gefecht mit den Deutschen umgekommen."

„Er ist nicht umgekommen, Papa. Er musste sich entkleiden und wurde hingerichtet. Die polnische Armee hatte es geschafft, Widerstand zu leisten, weil sie sich in den Wäldern auskannte. Die Deutschen mussten Verluste hinnehmen, der Hauptmann war gefallen. Der Regimentskommandeur geriet in Rage: `Eine Frechheit, uns aufhalten zu wollen, und meinen Lewinski haben sie mir erschossen.´ Es gibt Augenzeugenberichte und ein Foto. Er ordnete an, dass ein Teil der Gefangenen erschossen werden sollte. Es war ein großer Teil, über zweihundert polnische Männer, Soldaten, die im Gefecht Widerstand geboten hatten. Es war eine Racheaktion, eine emotionale, die gegen Kriegsrecht verstieß und vollkommen unverhältnismäßig war." Sie machte eine kurze Pause. „Aber so weit konnte der Kommandeur noch denken, dass die polnischen Soldaten sich entkleiden mussten, damit er sie als vermeintliche Partisanen erschießen lassen konnte. Eine weiße Weste wollte er mit dieser schmutzigen Aktion durchaus behalten!"

Ihr Vater stützte die Ellbogen auf den Tisch und schaute sie scharf an. Sie schob unwillkürlich, den Stuhl mit ihren Füßen zurück.

„Was macht es für einen Unterschied, ob sie im Gefecht getötet oder als vermeintliche Partisanen erschossen worden sind? Will man noch bis in alle Ewigkeit nachrechnen, wer im Krieg rechtmäßig oder unrechtmäßig umgekommen ist? Wer aus Rache erschossen wurde oder aus Kalkül?" Er trommelte mit den Fingern, schien nervös. „Willst du Gut und Böse trennen, mitten in Kriegszeiten? Willst du ewig hinterhersinnieren? So war deine Großmutter auch. Sie wollte sich nicht abfinden mit dem, was ihr die Geschichte aufgebürdet hat."

Katharina versuchte, sich zurückzuhalten, auf keinen Fall wollte sie aufbrausend werden.

„Die Geschichte hat ihr viel aufgebürdet. In Ciepielów war ihr geliebter Mann aus Willkür erschossen worden, und zwei Tage zuvor war ihr Bruder von den Deutschen ermordet worden, als potenzieller Widerständler.“

Es sind Gewitternächte in eisiger Stille. Mit kalten Blitzen. Meine Gedanken laufen wie Termiten durcheinander. Nur Termiten werden den Weltuntergang überleben. Große rote Lebewesen schneiden ihr Heim zurecht. Nur in der skrupellosen Masse findet sich Geborgenheit. Es gibt niemanden mehr, der herbeieilen würde, wenn ich blute. Es bluten viele, und der Schmerz ist größer geworden, aber die Herzen nicht. Die Größe des Schmerzes übersteigt die Größe der Herzen. Die Wut ist auf der Seite der Ungerechten. Meine Tochter schicke ich weg, wenn sie nachts kommt. Ich kann sie nicht trösten. Wer Trost erwartet, liegt falsch. Ich muss meine Kraft für den Kampf sammeln. Wenn ich meine Tochter tröste, werde ich weinen und untergehen.

Katharinas Vater winkte müde mit der Hand ab, als wolle er sagen: Ja, und diese Geschichte mit dem Bruder jetzt auch noch.

„Der Volksdeutsche Selbstschutz und die SS haben, von den Machthabern in Berlin geduldet, von der Wehrmacht flankiert, in den ersten Monaten des Krieges über zehntausend Polen als potenzielle Freischärler liquidiert. Jeder Intellektuelle galt als Widerständler, Geistliche sowieso.“

Ihr Vater knetete die Hände. „Die Polen haben auch Deutsche umgebracht. Darum nannten sie sich auch Volksdeutscher Selbstschutz.“

„Aber viel weniger. Die Deutschen haben im Vorfeld und zu Beginn des Krieges viel mehr Polen umgebracht als andersherum.“

„So reden Kindergartenkinder: Der hat angefangen, der war viel böser.“

Katharina suchte vergeblich, sich zu bremsen. Gern hätte sie mit ihrem Vater gemeinsam einen Bund der Verständigen geschlossen. Und doch schien sie mit jeder Bemerkung die Kluft zu vergrößern. Sie versuchte, kurze Sätze zu machen, nur das Allerwichtigste zu benennen. Auf keinen Fall durfte sie lange Unrechtsgeschichten kundtun, die wollte niemand hören.

„Sie haben die Polen systematisch liquidiert. ‚Liquidiert' ist ein beschönigender Begriff, er klingt, als müsste man überflüssiges Gestrüpp abholzen. Sie haben die Lehrer vor den Augen der Kinder aus den Schulen herausgezerrt, aus Krankenhäusern die Ärzte, aus Pfarrhäusern und Kirchen die Pfarrer, aus Fabriken die leitenden Angestellten, anfangs nachts, später mitten am Tag. Sie haben sie aus ihrer Tätigkeit herausgerissen, in Lastwagen abtransportiert, in Reihen aufgestellt, getreten, als ‚Polacken' beschimpft und in den Hinterkopf geschossen."

„Das wusste ich nicht." Er stand auf und blies eine verzierte Weihnachtskerze aus, die auf dem Fenstersims stand. „Die soll nicht herunterbrennen. Die ist noch für nächstes Jahr gut."

„Zum Zeitpunkt des Überfalls auf Polen war für die Deutschen vorrangig, dass durch die Eroberung der Ostgebiete ‚Lebensraum' geschaffen werden sollte. Die Polen sollten ‚verschrottet' oder als Sklavenvolk unterjocht werden.

„Das wissen wir doch schon!"

Katharina beobachtete ihn. Er schien aufgebracht, selten, dass er so laut wurde. Aber was wusste er schon? Was *wollte* er wissen? Er war auf der Seite ihrer Mutter, auch er war nicht bereit, die Geschichte Jadwigas zu hören.

„Die polnischen Kinder durften in den ersten Kriegsjahren gar nicht mehr zur Schule gehen. Sie liefen ohne Schulbildung mit. Was meinst du, was das für Jadwiga bedeutete, dass ihre Tochter gar nicht mehr unterrichtet werden würde? Die Bauern mussten ihre Höfe an ‚Deutsche' abgeben, die aus Russland und der Ukraine kamen. Die polnischen Besitzer der Bäckereien, Fleischereien, Gasthöfe, Betriebe wurden enteignet, sobald sich ein Deutscher fand, der bereit war, in den Ostgebieten einen Betrieb zu übernehmen. Polen hatten kein Recht, im Krankenhaus behandelt zu werden, geschweige denn, ein Gericht anzurufen. Polnische Bürger mussten den Bürgersteig verlassen, wenn ihnen Deutsche entgegenkamen. Es gibt Berichte, dass alle, die auf Anruf nicht auf Deutsch antworteten, erschossen wurden. Den Deutschen, die einen respektvollen Umgang mit Polen aufrechterhielten, drohte die Beobachtung der Gestapo, und wer unter der Beobachtung der Gestapo stand, dem drohte ‚Schutzhaft' im Konzentrationslager."

„Das glaube ich nicht."

Waren ihre Sätze zu lang, zu drängend gewesen? Hätte sie in sanftem Tonfall sagen sollen, dass die Polen Grund zur Angst um ihre Existenz hatten? Dass sie systematisch ausgehungert wurden mit Rationen, die nicht zum Überleben langten? Oder hätte sie nicht doch schreien und heulen sollen, mit den Zähnen klappern, damit sie die Mauern zum Erzittern bringen konnte? Unsichtbare Mauern, Schallmauern. Niemand wird berührt – ich nicht, du nicht – niemand leidet. Niemand lässt die Last der Schuld zurück. Nichts bleibt zurück. Was hatte es für einen Sinn, ihm alles zu erzählen? Er kannte die Version, die den Nachgeborenen weitergegeben worden war: Der Krieg gebiert harte Zeiten, unzählige Tote, deren Schicksal nicht mehr einzeln gezählt wird, ein demütiges Warten auf bessere Zeiten. Hungern in der Hoffnung, dass man es überleben würde. Sollte Jadwiga Zuversicht behalten? War's das, was er Jadwiga abverlangte, im Nachhinein? Der Anspruch, dass sie demütig und wider alle Erwartung hoffen sollte? So wie viele Juden gehofft hatten? Hätte sie es überlebt?

„Deine Großmutter war eine stolze, eine herrische Frau. Warum glaubst du ihren Tagebüchern, warum glaubst du nicht dem, was deine Mutter zu erzählen hat?"

Katharina schloss die Augen, legte Daumen und Zeigefinger an die Nasenwurzel. War das die Botschaft des Heiligen Abends, dass man an Türen klopfte, die geschlossen blieben, dass man abgewiesen wurde und doch nicht auf Gerechtigkeit pochte? Dass sie, Katharina, die Wahrheit der anderen gelten ließ, auch wenn die eigene nichts galt?

„Deine Großmutter war eine stolze Frau“, hob er noch einmal an, „sie war hoffärtig. Es mag sein, dass ihr Jungen das heutzutage selbstbewusst oder emanzipiert nennt. Stolz und Hochmut sind zuvorderst benannt im Kanon der sieben Todsünden. Sie hat das Leben deiner Mutter vernichtet mit ihrem Dünkel. Deine Großmutter hat sich nie auf ihre Familie eingelassen, weil sie ihr zu wenig war. Deutsch wollte sie sein, obwohl sie Polin war, Städterin wollte sie sein, obwohl sie vom Land war. Jadwiga hat die Schönheit der Gegend, in der sie aufgewachsen ist, nie gesehen. Sie hatte kein Gefühl für das weite Land an der Weichsel, das flach ist und dessen Lehmboden sich in Sand auflöst. Eine Ebene, deren Erhebungen nur Hecken sind, wo alles brav und alt ist, nur das junge Gras wächst wild und die Bäume leuchten im Herbst dunkelgelb. Sie stehen nicht in Reih und Glied. Vogelscheuchen stehen in Lumpen auf den Feldern. Biederes Ackerland.“

Katharina hätte gern gefragt, ob er dort schon einmal gewesen war. Aber wann? Er musste das Land kennen, er sprach so poetisch. Vielleicht hatte ihm die Mutter das oft erzählt, während er sie im Arm hielt.

„Der Bauernhof deiner Urgroßeltern war nicht an Deutsche vermacht worden. Sie kam mit erhobenem Kopf zum Heiligen Abend, deine Jadwiga, die kultivierte Frau aus Lodz, die die Nase rümpfte, weil die Stube vom Vieh gewärmt wurde und die Tür zum Stall weit offenstand! Sie war keine Wojziechowska mehr, sie war eine Burkant, eine verwitwete Burkant. Sie brachte ihre Tochter mit, deine Mutter, damals bereits fünf Jahre alt, im sauberen Kleid, das sie nicht schmutzig machen sollte. Das hatte sie von den Deutschen übernommen: wie schmutzig die Polen waren, wie sauber die Deutschen dagegen! So sauber, dass sie alle Fremdvölkischen eliminierten, um Rassenhygiene zu betreiben.“

Warum stritten sie sich? Jetzt sagte ihr Vater doch genau dasselbe wie sie vorher. Aber das war der wunde Punkt: Jadwigas Sympathisieren mit dem Deutschsein.

„Deine Mutter hat diese Weihnacht nie vergessen. Die Weihnachtslieder, den Stallgeruch, den Geruch der Oma, auf deren Schoß sie sitzen durfte und die mit ihr und ihrer Puppe spielte. Die Puppe Helena, handgenäht und lebendig im Spiel mit der polnischen Oma, der Babcia. Babcias Hände waren alt und dick. Ihre Brüste und ihr Bauch waren weich, keine Zähne mehr im Mund. Sie lachte gutmütig, als sie ihre Enkelin in die Arme nahm und drückte, jauchzte bäuerisch über ihr einziges Enkelkind. Bei ihrer Oma fand deine Mutter den Schoß, auf dem sie bei deiner Großmutter nie sitzen durfte. Weihnachtslieder aus Bauernkehlen, die weinten beim Versprechen, dass Friede kommen würde und der Erlöser als Kind im Stall geboren worden war."

Er machte eine Pause, blickte kurz zu Katharina, als wollte er sagen: Und nun horch zu!

„Es war das dritte Mal, dass Jadwiga ihren Eltern einen Besuch abstattete, in fünf Jahren! Sie war sich zu gut dazu, wollte sich bestimmt nicht schmutzig machen in der Kate, auf den morastigen Wegen, im Gestank. Aber es war Weihnachten 1940, und wahrscheinlich hatte sie bemerken müssen, dass ihr städtisches Leben mit ihrer Tochter keinen Weihnachtsglanz abwarf. Vielleicht hatte sie sogar gemerkt, dass sie ihre Familie brauchte."

Katharina dachte an die Aufzeichnungen, dass Jadwiga befürchtete, als Polin nicht mehr lange in der Lodzer Zeitung, die inzwischen in Litzmannstädter Zeitung umbenannt war, arbeiten zu können. Auch ihre Deutschkenntnisse würden sie nicht mehr lange retten, weil die Stellen von Deutschen besetzt werden sollten. Wie sollte sie ihren Lebensunterhalt verdienen? Sie hatte sich und ihrer kleinen Tochter bei einem Juden in Lodz einen deutschen Pass fälschen lassen. Aus Sorge, dass sie in Deutschland als Polin verfolgt würde, hatte sie sich und ihre Tochter auf ‚Neumann' umbenennen lassen. Aus Jadwiga Burkant wurde Kreszentia Neumann, aus Agata Burkant wurde Elisabeth Neumann. Dabei hatte sie die Daten einer Familie übernommen, die aus Kozienice nach Amerika ausgewandert war. Warum hatte sie ihrer Tochter nicht einfach den Namen Agata gelassen? Aus Angst, dass die deutschen Behörden nachprüfen würden, ob die Angaben echt waren?

Warum war sie Weihnachten 1940 zu ihrer Familie gegangen? Hoffte sie auf ein Unterkommen? Wollte sie sich verabschieden? War sie wirklich so arrogant aufgetreten, oder verklärte ihre Mutter die Begegnung mit der Oma in kindlich romantisierter Erinnerung?

Der Vater trank einen Schluck Wein. Dann nahm er wieder Katharina in den Blick, geradeso, als wolle er ihr die Frage stellen, die an Jadwiga ergangen war.

„‚Und, was sagst du zu den Deutschen?', fragte der Bartek in streitsüchtigem Ton, ‚deine *sauberen* Deutschen. Morgen machen wir einen Spaziergang zum Ghetto, da sind die Juden gepfercht, und zum Rathaus, da sind schon die überflüssigen Polen interniert.'"

Ihre Mutter schien Details erzählt zu haben. Ob sie als Fünfjährige alles richtig erinnerte?

„‚Das sind nicht die Deutschen', hielt deine Großmutter dagegen. Du kennst sie nicht. Ich weiß, dass die richtigen Deutschen entsetzt sind von den Marodeuren, dass sie Eingaben nach Berlin schreiben und darauf verweisen, dass diese Gräuel dem Anspruch, ein kultiviertes Volk zu sein, schaden!'

‚Ach, und deinen Mann, deinen *Deitschn* haben sie auch nicht umgebracht, die Deitschn, und unseren Bruder haben sie auch nicht ermordet?'

Deine Großmutter hat kurzerhand ausgeholt und ihm eine schallende Ohrfeige verpasst. Dann war es still, weil alle den Atem anhielten. Aber der Bartek, der hat sich das nicht gefallen lassen! Der hatte genug. Der Bartek hat sie nach Strich und Faden verprügelt. Deine

Urgroßmutter hielt deine schreiende Mutter im Schoß gefangen." Katharina fühlte die Röte in ihrem Kopf. Eine trockene Hitze in der Luft.

„Meinst du nicht, dass sie deswegen so lange von zu Hause weggeblieben ist, weil sie wusste, dass es Gewalt und Streit geben würde? Der Bartek hat sie schon als Kind immer verprügelt."

„Halte du nur immer zu deiner Großmutter. Sie wird sie nicht umsonst bekommen haben, die Prügel." Ihr Vater schüttelte heftig den Kopf. „Deine Großmutter hat nie gearbeitet auf dem Hof, schon als Kind war sie sich zu fein dazu, hat ihre Nase in die deutschen Lehrbücher gesteckt. Ihr Vater war viel zu gutmütig mit ihr, ihre Mutter auch. Der Bartek hat ihr manchmal eine draufgegeben, wenn sie gejammert hat, dass ihre schwachen Arme das Korn nicht dreschen könnten. Sie hat immer auf den Nachbarhof geschielt, wo Knechte und Mägde die harte Arbeit taten. Deine Großmutter hat am Heiligen Abend mit ihrer Überheblichkeit wieder die ganze Familie tyrannisiert."

Das war doch viel zu einseitig. Aber Katharina hielt an sich.

In den Tagebüchern stand lediglich, dass Bartek sie wieder geschlagen hatte, und dass sie an dem Abend beschloss, ernst zu machen mit ihrem Plan, nach Deutschland zu fliehen, weil ihr nichts anderes übrigblieb. Katharinas Vater redete unverdrossen weiter.

„Aber schwach war sie nicht. Sogar im verprügelten Zustand hatte sie noch die Kraft, die Puppe deiner Mutter, die Chelena an die Wand zu schmeißen. Dann hat sie ihr Kind davongezerrt und ist zu den deutschen Nachbarn, den Haffners, abgezogen. Am nächsten Tag hat sie sich auf die Reise ins Deutsche Reich gemacht." Er richtete sich auf und stützte mit der Hand seine Seite. Die Rückenschmerzen schienen stärker geworden zu sein.

Katharina musste an die Zeilen Jadwigas denken, die sie geschrieben hatte, als sie nach Lodz gegangen war, siebzehnjährig, die sich auch sieben Jahre später wieder bewahrheitet hatten: *Mein Herz krampft vor Liebe nach meiner Mama, der ich nie gesagt habe, dass sie gut zu mir war, und nach meinem Vater, der mich gelehrt hat, dass wir zusammen auf der Erde sind und sie bewirtschaften. Bartek hat mich vertrieben. Nun jage ich durch die schmutzigen Straßen, als wollte ich fliehen und fliegen.*

Wieder hatte Jadwiga die Chance verpasst, das zu sagen, was in ihrem Innern war, ihre Dankbarkeit und dass sie sich in der Aussöhnung der Völker an ihrem Vater orientierte. Wieder hatte Bartek sie vertrieben, und wahrscheinlich stimmte es, dass sie auch nicht bleiben wollte, weil sie nach etwas Höherem strebte. Wieder floh sie.

Katharina trank das Glas aus, ließ sich vom Vater nachschenken und konnte die Tränen nicht mehr zurückhalten. Alles drängte zur Wiederholung. Gerne hätte sie ihren Eltern um die Ohren geschleudert, dass sie ungerecht waren und nie Jadwigas Kummer gesehen hatten. Am liebsten hätte sie ihren Vater angeschrien, dass sie auch so war wie Jadwiga, dass sie Sehnsucht hatte, der Beschränktheit zu entgehen und für die Freiheit und die Versöhnung zu kämpfen. Dass sie lesen wollte und der Kultur verfallen war, mehr als er und ihre Mutter, dass sie sich dabei isolierte. Dass auch Jadwiga so gedacht hatte, dass sie gescheitert war, aber dass es niemand hören wollte, weil es leichter war, sie als böse Frau zu stigmatisieren, sodass ihr geschriebener Schrei in den Tagebüchern verrottete! Sie trank und schwieg. Diesen Heiligen Abend wollte sie nicht zerstören, anders als Jadwiga damals. Daher würde sie morgen billiges Rinderfilet von Aldi essen, würde heute Abend in die Christmette gehen, in der sie als Zwölfjährige darum gebetet hatte, dass sie ein besserer Mensch werden würde und nicht der ersehnten Querflöte nachheulen würde, weil ihre Mutter Schlimmeres durchgemacht hatte. Damals hatte sie nachts gekotzt. Heute würde sie das Eigene begraben, würde ihre Großmutter und sich nicht in den Vordergrund stellen. „Das Weizenkorn muss sterben, sonst bleibt es ja allein." Sie wollte nicht allein bleiben.

„Und Mama", fragte Katharina, „wie ging es mit Mama weiter?"

„Deine Mutter hat nachts im Schlaf oft geschrien. Inzwischen kommt es nur noch selten vor. Seit jenem Weihnachtsabend durfte sie nicht mehr Polnisch sprechen, durfte ihren Namen Agata nicht mehr nennen. Sie musste Deutsch reden und lernen. Fehltritte hat deine Großmutter mit Ohrfeigen oder Schlägen geahndet."

„Sie hatte bestimmt Angst, dass Mama sich als Polin verrät und sich dadurch in Gefahr bringen würde."

„In Deutschland galten sie als minderwertig, weil sie aus den Ostgebieten stammten. Das war nicht nur am Pass ersichtlich, auch aus dem Akzent. In der Schule wurde deine Mutter als Polackin verschrien, weil deutlich war, dass sie nicht gut Deutsch konnte und dann auch noch mit diesem langen i redete. ‚Bitte' sprach sie ‚biedde' aus. Du kennst das."

Katharina strich sich nachdenklich über die Lippen. Sie hasste es, wenn ihre Mutter in dieses Polendeutsch verfiel. Meist, wenn sie wütend oder traurig war.

„Von den Lehrern wurde sie angegangen, dass sie als Kind einer Kriegerwitwe in den ‚Lebensborn' gehöre. Das waren die Heime, in denen die Kinder nach der NS-Ideologie erzogen wurden. Alleinerziehende Mütter waren angehalten, ihre Kinder dorthin zu geben. Es gab aber auch genügend Fälle, wo die Kinder als rassisch unsauber identifiziert wurden und dann ins Konzentrationslager kamen."

„Ich weiß."

„Deine Großmutter hat gewusst, das zu verhindern. Aber oft genug hat sie deiner Mutter eingeschärft: ‚Ein Wort Polnisch, und du kommst in den Lebensborn.' Deine Mutter hatte Angst vor der Schule, vor den anderen Kindern, die sie nachäfften und ausschlossen, vor den Lehrern, die sie öfter als die anderen Kinder mit dem Rohrstock schlugen. Vor sich selbst hatte sie Angst, dass sie Polnisch reden würde, weil sie innerlich immer noch Polnisch sprach. Sie betete oft. Auf Polnisch." Katharina nickte nachdenklich. Sie blickte ihren Vater nicht mehr an. „Jadwiga arbeitete als Putzfrau in einem deutschen Haushalt. Nach der Schule kam deine Mutter dorthin und musste helfen. Sie durfte auf keinen Fall berichten, dass es ihr in der Schule schlecht ergangen war, sonst gab es Schläge mit dem Kochlöffel. Wenn er zerbrach, gab es wieder Ärger. Sie musste im Haushalt helfen und war oft so verängstigt, dass sie zitterte. ‚Du bist zu dumm, einen Eimer Wasser auszuschütten, du dumme Göre!' – An solche Sprüche kann sie sich noch erinnern. Wenn ihre Finger wund waren, bohnerte und wienerte sie trotzdem kräftig, damit ihre Mutter nicht mitbekam, dass sie sich wieder Tatzen vom Lehrer zugezogen hatte."

Katharina knetete ihre Lippen mit den Zähnen. „Großmutter fürchtete wahrscheinlich, dass ihr das Kind entzogen würde, wenn es in der Schule Schwierigkeiten machte."

„Mag sein."

Ihr Vater holte eine Mädchenfotografie ihrer Mutter zur Erstkommunion von der Kommode. Katharina schaute sie zusammen mit dem Vater an, als hätten sie ein neues Bild vor sich. „Sie war ein sehr hübsches Kind", gab Katharina zu.

„Und sehr gescheit. Deinen Grips, dein helles Köpfchen hast du von ihr, nicht von mir."

Wieder musste Katharina weinen, sie unterdrückte ein Schluchzen. So weinte doch immer ihre Mutter.

Ihr Vater nahm sich ein Stück Christstollen. „Der schmeckt komisch dieses Jahr." Er legte den Rest zurück und wischte mit der Hand die Krümel von seinem guten Pullover.

„Ja, das kann sein. Ich hatte schon die Vermutung, dass uns Frau Severin vergiften will, aber wahrscheinlich ist es nur Bittermandelaroma."

„Ja, bravo! Das fehlt uns noch."

Sie mussten beide lächeln.

Katharinas Mutter kam ins Esszimmer zurück und mahnte, dass es Zeit sei, zur Christmette zu gehen. Sie sah aufgeräumt aus, ihre

Augen waren nicht mehr verweint. „Was macht ihr denn mit dem alten Foto?“, fragte sie.

„Du warst ein süßes Kind und bist eine tapfere Frau“, sagte Katharina und nahm sie in den Arm.

„Du bist betrunken“, meinte die Mutter.

„Ich geh mit zur Christmette, aber morgen geh ich nicht zum Hauptgottesdienst“, hielt Katharina fest. Der Vater nickte, die Mutter sagte gar nichts. Auf dem Weg zur Kirche hängte sie sich bei ihrer Mama ein. Die ließ es sich gefallen. Vielleicht freute sie sich sogar.

Es war der erste Abend, an dem sie sich nicht nach Jens sehnte. Sie dachte an ihre Mutter und an Jadwiga. Sie verstand beide und mochte beide. Es tat ihr alles so leid. Und erstmals hatte sie das Gefühl, eine Geschichte zu haben, eine Familiengeschichte. Ob sie sie Jens je erzählen konnte? Der Sadismus der Nazi-Deutschen hinderte sie daran. Wäre es eine „einfache“ Kriegsgeschichte gewesen, mit Opfern auf beiden Seiten, wäre es leichter gewesen. Aber sie konnte die Geschichte nicht erzählen, ohne Jens damit zu nerven, dass die Deutschen sich wie eine islamistische Terrorgruppe verhalten hatten. Er wollte das nicht mehr hören. Sie würde es auf später verschieben. Sie lächelte wehmütig, als sie an die Postkarte ihres Urgroßvaters vom 2. September 1939 dachte, die Jadwiga zu ihren Tagebüchern gelegt hatte.

Wir waren dieses Jahr sehr unruhig vor der Ernte. Wir schoben es aufs Wetter, wir hatten Angst vor Gewittern. In Wirklichkeit hatten wir Angst vor dem Krieg. Nun ist er da. Wie viel wird uns bleiben von unserer Ernte, wer wird uns verlorengehen? Wenn Du Dich fürchtest, mein Mädchen, komm nach Hause. Hier ist es sicherer als in der Stadt. Dein Papa.

25.

Jens

Jens hatte zwei Zigaretten hintereinander geraucht und war bereit, dem Abend eine zweite Chance zu geben. Seine Familie saß im Wohnzimmer. Sein Vater bot ihm, als wäre nichts gewesen, einen Cognac an, schwenkte das Glas so eingehend und sinnierend, dass Jens sich seinem Gehabe fügen musste. Er kam sich vor wie ein Jugendlicher, der von seinem Vater großzügig in die Gepflogenheiten von Erwachsenen eingeführt wird.

„Deutschland, der kranke Mann Europas." Wie konnte Alexandra so dumm sein und dieses Stichwort in die Runde werfen? War ihr nichts Besseres eingefallen? Sein Vater würde die Vorlage nutzen:

Der Silberrücken, der als scheinbar einzig Informierter in der Familie seine Niedergangsvisionen als Wahrheit auftischen konnte. Der im Leben Weitgereiste, der beurteilen konnte, wie naiv die Horde in ihrer Aufbruchstimmung und ihrem Optimismus geblieben war.

„Die werden uns noch *richtig* runterziehen, die Ostdeutschen." Sein Vater senkte seine Stimme in der Mitte des Satzes. Der Rutsch der Deutschen in die Schlammgrube war bereits im Tonfall inszeniert. „Hunderte von Milliarden haben wir rübergeschoben, für abgewrackte Straßen, Kanalisationen, Häuser. Dabei kommt die Wirtschaft nicht in Gang." Er blickte provozierend in die Familienrunde. „Wo sind denn die ‚blühenden Landschaften'? Diese ganze Ost-Brache! Aus dem Osten ist noch nie was Gutes gekommen."

Er saß in seinem Ledersessel, den er, gegen den Wunsch seiner Frau, durch alle Erneuerungswellen gerettet hatte. Das braune Leder, rau, mit kleinen Rissen, in der Farbe fast marmoriert von den alten Bruchstellen, in der Mitte durchgesessen, gab ihm die Autorität des Älteren, der sich von keiner Aufbruchstimmung mehr täuschen ließ. Aber sein Tonfall war schleppend, seine Aussprache verwaschen. Er war bereits betrunken.

Auch Jens' Mutter, sonst für jeden Optimismus zu haben, sekundierte ihm mit ihren Befürchtungen. „Die Kinder sind von früh an in staatlichen Kindergärten erzogen worden, vierzig Stunden die Woche." Sie zupfte ein Haar von ihrem Kleid, dann setzte sie sich aufrecht wie ein Teenie, der auch etwas zu sagen hat. „Das muss doch psychische Schäden hinterlassen. Sie haben doch keine Geborgenheit erfahren, die Kinder."

Sogar Alexandra machte mit. „Zumindest wurden sie von früh an mit kommunistischen Parolen geimpft. Ein ähnliches Modell wie bei der Hitlerjugend, unter entgegengesetzten Vorzeichen."

Die Mutter schüttelte bedächtig den Kopf. „Wenn ich daran denke, wie lange ich mit der Entscheidung gerungen habe, ob ich wieder arbeiten gehen kann." Sie blickte zu Jens, der in seinem Schweigen noch der einzig Unüberzeugte zu sein schien. „Ein kleines Kind gehört doch noch in die Familie. – Ich fürchte, dass das bei uns nun auch immer mehr Mode wird. Die Mütter, die sich um ihre Kinder kümmern, müssen sich dann rechtfertigen."

Jens sah sich in die Ecke gedrängt. Koalierten sie gegen ihn? Der bunte Flickenteppich seiner Familienbeziehungen war in eine monochrome Familienidylle übergegangen. Selbstverliebt in der Gewissheit, dass sie ein letzter Hort des Familienglücks waren. Umstellt vom Sog des drohenden Untergangs. Jens blickte durch sein leeres Cognacglas zu Boden.

„Einen Cognac schaffst du schon noch, Jens." Gutmütiges Gelächter, das Jens bis in die Knochen erschütterte und ihm die Kraft zur klaren Gegenrede nahm.

Er hätte ihnen gern gesagt, dass sie die ganzen Jahre darüber geredet hatten, dass der Osten Deutschlands nicht mehr friedlich angeschlossen werden könnte, dass sie Angst vor dem Risiko eines

Atomkriegs hatten. Und jetzt hatten sie keinen Atem für das Glück, kein Wort für Dankbarkeit und Chancen.

„Die kommen alle in den Westen, um Geld zu verdienen, und nehmen uns die Arbeitsplätze weg. Wo sollen wir denn das Geld hernehmen?" Der Vater hatte sein Cognacglas gehoben, als wollte er Jens ironisch zuprosten. „An unserem sozialen Wohnungsbau wird gespart werden, an unseren Schulen, an unseren Straßen! Hast du eine Ahnung, wie klamm die Kommunen und Länder jetzt schon sind?" Er blickte Jens herausfordernd an, als ob dieser dagegengeredet hätte. „Wie soll denn das gehen? Da muss man doch nur einmal realistisch rechnen."

Nein, dachte Jens, ich kann ja nicht rechnen. Ich habe ja nur Informatik und BWL studiert. Kein Wort kam ihm über die Lippen, sein Blick reichte nicht weiter als bis zur Kante des Glastisches.

„Dabei denke ich gar nicht an mich", redete sein Vater gefühlsduselig weiter, „Inge und ich, wir werden schon noch durchkommen. Aber an euch denke ich, an meine Kinder!"

Alexandra nickte und drehte vorsichtig am Ruder: „Wir können an der Wiedervereinigung und an Europa auch erstarken, Papa. Meinst du nicht?"

„Mit einer Arbeitslosigkeit von 11,8 Prozent? Deutschland ist der kranke Mann Europas! Das Boot ist voll, versteht das denn keiner? Wir stehen an der Jahrtausendwende und sinken immer weiter. Aus dem Kosovo sind dieses Jahr über hunderttausend Flüchtlinge bei uns aufgeschlagen. Hundertausende warten noch in Albanien und Mazedonien. Was meinst du, wo die hinwollen? Und die ganzen Spätaussiedler aus Russland und Polen! Seit 1990 haben bei uns mehr als eine Million ‚Zuflucht genommen'". Er lachte sarkastisch. „Wie soll unser Staat das verkraften? Wie sollen wir unsere Kultur retten, unser Leben, unsere Traditionen? Wir dürfen schuften, und die beuten uns aus! Wann, frage ich, wann dürfen wir uns wehren?"

Jens fühlte, dass seine Gedanken und Worte zu langsam waren. Gern hätte er seinem Vater entgegengehalten, dass er ein Feigling war, eine Memme, all das, was der ihm, seinem Sohn, noch vor einer Stunde vorgehalten hatte. Er wollte die Grenzen abschotten und sich endlich wieder einfrieden in einem Staat, der sauber war, nicht mehr durchsetzt mit Menschen, die ihre ganze Existenz aufs Spiel setzten und denen er nicht mehr zutraute als die Zerstörung seiner sauberen Sicherheit. Im Osten war die Trostlosigkeit flächendeckend, im Kosovo wurde man von Nachbarn erschossen, die vorher noch Freunde gewesen waren. Sein Vater fürchtete sich inmitten seiner wohlgehegten Sicherheit wegen verlorengehender Arbeitsplätze.

Alexandra dirigierte den Vater in eine angemessene Richtung. „Es werden jedes Jahr weniger Spätaussiedler, Papa. Seit 1996 sind Sprachtests eingeführt worden. Der Zustrom war durch die Öffnung der Ostgrenzen exorbitant. Auch diese Welle lässt langsam nach."

„Wir öffnen sie doch immer weiter! Bald will Polen in die EU! Was meinst du, was dann los ist? Nichts gegen die Polen, aber die haben noch nie was gearbeitet! Wenn die alle rüberkommen und auf den Wohnungsmarkt drängen und uns Deutschen die Arbeitsplätze wegnehmen, dann Gnade uns Gott!"

Darauf war nichts mehr zu sagen. Zahlen sprachen deutlichere Worte als alle Zuversicht. Argumente hätten seinen Vater nicht überzeugen können, Jens hätte ihn wieder grob angehen müssen als einen – ja, was – einen Kaltherzigen? Einen Kleingläubigen? Einen rechtschaffenen Angsthasen?

Alexandra schaute ihn warnend an. Er hatte schon verstanden: Heute kein grobes Wort mehr, und kein Wort von seiner Freundin, die irgendwie auch Polin war.

Alle schienen froh, als seine Mutter vorschlug, dass sie noch die Super-8-Filme von früher anschauen könnten. Es kam wieder eine gemeinsame Regung in die zähe Runde, als sie die Filme suchten, die Möbel verschoben und der Vater die Spule einlegte. Die Leinwand zauberte Bilder aus einer anderen Zeit. Sorglosigkeit, Kinderzukunft. Eine verwackelte Perspektive auf putzige Kinder mit Zahnlücken, mit schmutzigen Hosen und tollpatschigem Selbstbewusstsein. Wie altmodisch und rührend schick die Klamotten und Frisuren waren! Sie hatten eine gute Kindheit gehabt. Bauernhof, Skifahren, italienische Strände. Lobende Eltern, die sich später einen Kuss geben würden als Gratulation zu ihrem freudestrahlenden Nachwuchs. Wie hübsch seine Mutter früher war, dachte Jens, und auch sein Vater.

Er konnte nicht schlafen. Nüchtern und wach ging er leise die Treppe zum Wohnzimmer hinunter, stellte sich an die Fensterfront und fand alle Weihnachtslichter erloschen. Nur eine entfernte Straßenlampe verschmutzte die Dunkelheit mit ihrem nebligen Licht. Er nahm die Cognacflasche, schenkte sich einen großen Schluck in das Glas seines Vaters und trank ihn nieder. Auf ex. Er fühlte sich sehr allein.

War er jetzt schon so kompliziert wie Katharina?

Reagierte er bereits so empfindlich wie seine Freundin auf einen ganz normalen Familienabend? Witterte er hinter politischen Diskussionen bereits einen Affront gegen sich? Was war nur in ihn gefahren? Verwarf er die Erinnerung an schöne Kindheitszeiten, die seine Eltern liebevoll erstellt hatten, als Selbstverliebtheit? War das notwendig? Er hatte keine Not.

26.

KATHARINA

Der Weg zurück schien länger als der Hinweg. Katharina saß neben ihrem Vater im Auto, der den Tag im Bett verbracht hatte und nur aufgestanden war, um sie zum Sechs-Uhr-Zug von Deggendorf nach München zu bringen. Die Luft im Auto war heiß, und draußen war es dunkel. Es war alles gesagt. Ihr Vater hatte Magenschmerzen und Rückenschmerzen. Sie wusste es und durfte nichts sagen, musste ihm seine Ruhe lassen, obwohl sie wusste, dass er keine Ruhe hatte. Sie hatte ihn aufgewühlt, mit den alten unlösbaren Geschichten. Er und ihre Mutter waren sicherlich froh, dass sie nicht lange geblieben war, auch wenn sie es nie zugeben würden, nicht vor sich selbst und nicht voreinander. Sie würden Reste essen. Ihre Mutter würde in die Abendandacht gehen. Danach würde sie mit schwerem Herzen ihren Mann fragen, warum ihre Tochter nicht länger zu Besuch geblieben war. Ihr Vater würde stumm nicken, auch wenn das keine Antwort war. Er würde verstehen, dass Katharina wie ihre Großmutter war, landflüchtig.

Ihre Eltern hatten lange auf ein Kind gewartet. Gern hätten sie zwei oder drei Kinder bekommen, aber es war spät gewesen, als sie sich kennengelernt und füreinander entschieden hatten. Ihr Vater hatte fast lautlos und geduldig, unbeirrbar in seinem Wohlwollen, um ihre Mutter geworben. Sie war seine Sekretärin, die seine Briefe während des Schreibens verbesserte, seine Analysen korrigierte, die Angebote im Preis hochstufte. Er ließ es sich gefallen. Er lobte sie vorsichtig dafür. Mit jedem Kompliment war sie äußerlich kratzbürstiger geworden, und darin hatte er ihr Berührtsein, ihr verletztes Herz erkannt. Wie eine verwundete Katze, die sich windet und die Krallen ausfährt, wenn ihre Verletzung versorgt wird. Aus ihrem ungeduldigen Gesten und Worten hatte er herausgelesen, wie sehr sie auf ihn wartete. Er hatte die kleinen Spuren des wachsenden Vertrauens, ihrer bedürftigen Liebe gelten lassen. Dass Elisabeth ihn liebte und brauchte, war ihm Gewissheit und Sinn. Es war eine stille Hochzeit gewesen zwischen der Frau, die seit ihrem fünfzehnten Lebensjahr Waise war, und dem Mann, dessen Mutter als Kriegerwitwe mühsam den Lebensunterhalt mit Putzen verdient hatte.

Vielleicht war es gut, dass sie nicht mehr Kinder bekommen hatten. Vielleicht war in ihrer Verbindung zu wenig Kraft gewesen, um das lebendige Treiben zweier Kinder zu behüten. Womit hatten sie es verdient, dass in ihrem einzigen Kind das Inbild der Großmutter geboren war? Gern hätte Katharina ihren Vater gefragt, ob er sie trotzdem liebe. Sie versagte es sich. Was für eine abgeschmackte, billige Groschenromanfrage. Zum Abschied umarmte sie ihn lange, wünschte ihm gute Besserung und flüsterte verschämt: „Ich hab euch lieb."

Wo sollte sie hingehen, wenn sie heimkäme? Wo war sie zu Hause? Ihre Dachklause erschien ihr unheimlich. Nach Frau Severins Rückfall war Katharina von ihr nicht mehr in ihre alte Ordnung aufgenommen worden. Sie spürte das deutlich. Sie wusste, dass es absurd war, das Unwohlsein ihres Vaters mit dem komischen Geschmack des Christstollens in Verbindung zu bringen – das brauchte sie gar nicht weiterzudenken. Trotzdem musste sie sich eingestehen, dass sie in einen unangesagten Kampf verwickelt war. Frau Severin sah sie mit dem Teufel im Bunde. Immer noch. Damals hatte sie auf den Zettel geschrieben: *DER TEUFEL MORDET*. Katharina hatte ihn mitgenommen, um ihn später zu verbrennen. Ein einfaches Zerreißen wäre zu wenig gewesen, um ihn auszulöschen. Noch lag der Wisch als Fluch in ihrem Zimmer. Weil sie kein anderes Versteck wusste, hatte sie ihn in die Schachtel mit den Tagebüchern ihrer Großmutter gesteckt.

War die Stadt des Studiums nicht einst das gelobte Land gewesen, das Versprechen auf ein eigenes Leben, auf Weitblick und Freiheit? Wie groß ihre Sehnsucht gewesen war, wie jubilierend sie in das kleine Zimmer eingezogen war, froh, sich trotz ihrer bescheidenen Mittel zu etablieren. Ein kleiner Triumph gegen das Unken ihrer Mutter, dass sie in der Ferne untergehen werde. Ja, sie hatte es geschafft, auf eigenen Beinen eine Existenz zu gründen, die anders war als das dörfliche Zuhause.

Im Gegensatz zu Jadwiga hatte sie keine Sehnsuchtsattacken erlebt, kein versäumtes Wort hatte sie gereut. Ihre Unglücksmomente waren ihr das Unterpfand ihrer Unabhängigkeit gewesen, ihre Glücksmomente hatte sie gesammelt wie Sterntaler. Aber jetzt war alles klein geworden, enger, als es zu Hause je gewesen war. Ihr Kabuff unter dem Dach eine unheilige Mönchsklause, umstellt von der Angst vor dem radikalen Bösen. Ihre Vermieterin stellte ihr nach, mehr als ihre Mutter sie je verfolgt hatte. Ja, verfolgt fühlte sie sich von ihrer Mutter. Heute Morgen noch war sie, trotz anderer Absprache, ins Zimmer gekommen und hatte gefragt: „Gehst du nicht mit zur Kirche?"

Katharina kannte den fatalen Ablauf, der nun kommen würde und dem sie nicht entrinnen konnte. Zuerst reagierte sie nicht.

„Warum gehst du denn nicht mit?"

Dann reagierte sie kurz: „Wir haben es gestern besprochen, und am Abend habe ich es noch einmal klar gesagt: Nein!" Ihre Mutter war stehen geblieben. Zäh wartend. Schließlich hatte Katharina ihre Mutter angeschrien: „Lass mich in Ruhe!" Da endlich hatte sich die Tür leise geschlossen. Ohne hinzuschauen sah Katharina den Blick ihrer Mutter vor sich. Die Trauer, dass sie chancenlos war, ihre Tochter zum Guten zu überreden. Der langsame Schritt und der gesenkte Kopf der Geschlagenen, die nun allein zur Kirche ging.

Katharinas Herz schlug kräftig und schnell, gefangen in ihrer Brust. Jeder Schlag ein Schlag der Vernichtung. Vom Fenster aus beobachtete sie die alternde Gestalt ihrer Mutter, ihre gebeugten Schultern und ihren unbeirrbaren Tritt. Sie ging rechtslastig, als ob ihre Handtasche, die durch nichts als ein Stofftaschentuch und das Gesangbuch beschwert war, sie krümmen würde. Ein kleiner Schritt rechts, ein ausholender Schritt links. Den Kopf gesenkt zum Bürgersteig, der zur Kirche führte. Eine eiserne Sicherheit, dass sie das Gute tat und das Böse erntete. Eine fürchterliche Angst, irgendwann vernichtet zu werden, wenn sie das Gute nicht mit aller Gewalt durchsetzte.

Das hatten Frau Severin und ihre Mutter gemeinsam: Nur im Zwingen der Kirche liegt Macht gegen das Böse. Nur die Kirche gibt Schutz in einer ohnmächtigen Welt. Wer sich nicht ihrer Obhut anheimgab, schien den Mächten der Finsternis hilflos ausgeliefert.

Ob Frau Severin in ihrem Zimmer gewesen war? Ob sie den Teufel ausgetrieben hatte, mit Weihwasser oder Knoblauch? Ob sie ein kleines Kreuz unters Bett geschoben hatte, um den Satan zu bannen?

Ihre Mutter hatte ihr noch Kartoffeln mitgegeben. Sie seien von der Schulzenbäuerin, bei der sie früher so oft gespielt habe. Ob sie sich noch erinnere? Die konnte sie nicht ablehnen. Sie hatte sie in den Rucksack gestopft, der sich nun bucklig in ihren Rücken drückte. Es tat weh. Die Nacht war leer, das Rattern des Zuges laut. Der Abstand zwischen ihr und der Welt war wieder größer geworden. Sie schloss die Augen und versuchte, an Jens zu denken. Sein herzliches und unbedarftes Lachen, seine direkte Art, wenn ihn etwas nervte, seine Fürsorge, wenn sie kompliziert war, sein treuer Blick mit dem gefährlichen Wolfsfunkeln aus dem Hintergrund, seine blonden Brusthaare und sein gemütlicher Bauchansatz. Sie war ihm dankbar, dass er ihr den Schlüssel zu seiner Wohnung gegeben hatte. Sie würde sich in sein, in ihrer beider Bett legen. In seinem Geruch würde sie zur Ruhe kommen und die Einsamkeit, die von den alten Geschichten ausging, vergessen. Nein, dachte Katharina, nicht vergessen, einbetten.

27.

Jens

Ihm ging es miserabel. Das war das Einzige, was an diesem verschrobenen Morgen eindeutig war. Der Cognac hatte gestern Abend weniger Wirkung gezeigt als heute früh. Alles lotterte, fühlte sich zerrüttet an. Sein Gestell schien gar nicht richtig zusammenzuhalten, seine Stirn war inwendig wund, sein Kopf wollte bersten. Jens hatte einen schlechten Geschmack im Mund und roch auch nach dem Duschen noch wie ein Landstreicher. Sein Körper war ein schäbiger Trümmerhaufen. Er war während eines Traums aufgewacht, der unbedeutend war, aber seltsam. Es herrschte Baumwollwind. Die Büschel zerstoben, ohne gepflückt und gekämmt zu sein. Das beunruhigte ihn sehr. Er musste einen ganzen Korb voller Büschel pflücken, aber der Wind nahm alle weg. Bis er am Ende des Gartens eine alte Frau traf – sie hatte auffallend junge Hände –, die ihm einen vollen Korb schenkte. Er nahm ihn und rannte davon wie ein Junge, der etwas gestohlen hatte.

Früher hatte er sich keine Träume gemerkt, aber seit er Katharina kannte, gab er acht auf sie. Er sehnte sich nach seiner Freundin. In seiner Familie fühlte er sich eigenartig allein und eingebunden zugleich. Er wollte weder das eine noch das andere. Er wollte nicht isoliert sein, und er wollte nicht ungefragt zu ihnen gehören.

Er verwehrte sich gegen den langen, mitfühlenden Blick seiner Mutter, den sie ihm zuwarf, als er übellaunig am späten Vormittag allein am Frühstückstisch saß. Vor einem Frühstückstisch, auf dem das gekochte Ei ein Mützchen aufhatte, damit es warm blieb. Aber musste er ihr das übel nehmen? War der Tisch Ausdruck einer Fassade oder Ausdruck der Fürsorge? Warum musste er sich das überhaupt fragen? Dieses Doppeltsehen hatte er von Katharina. Sie hatte ihn infiziert mit dem Tiefenblickvirus.

Vor der Zeit mit Katharina war die Welt leichter gewesen, geradezu schön. Man kam nach Hause, sah die asymmetrisch gestylte Mama, nahm sie in den Arm – gut war's. Sah den grantelnden Vater, besänftigte ihn, verdrehte hinter seinem Rücken die Augen – gut war's. Man ging in die Berge zum Skifahren oder Wandern, freute sich über den Ausblick – gut war's. Absolvierte sein Arbeitspensum, wollte erfolgreich werden – gut war's. Manchmal malte er, rieb sich auf in inneren Kämpfen oder stellte die Staffelei beiseite – gut war's. Aber jetzt sah er seine Mama als Gauklerin, die sich jugendlich verkleidete, heimlich ehrgeizig war und nicht duldete, dass es Konflikte gab. Jetzt taten ihm die Berge leid, weil er auf ihnen Ski fuhr. Das war doch abartig! Man konnte sich auch Probleme machen.

Seinem Vater wäre er am liebsten nicht begegnet. Er wollte nicht daran denken, wie er den Vater gestern beschimpft hatte. Wer war nun eigentlich der Gewinner? Heute Morgen war es Jens egal, ob die Ostangliederung Deutschlands – wie nannte man das richtig –, die Wiedervereinigung nun alle runterzog oder nicht. Sollte sein Vater die Statistiken bemühen. Das Leben würde doch anders spielen. Außerdem gab es doch genügend Momente, in denen sein Alter auch guter Dinge war. Immer noch fand er seine Frau schön und legte manchmal seinen Kopf an ihre Schultern oder küsste sie und nannte sie das große Los seines Lebens. Musste er gegen ihn gewinnen? Und was hatte er eigentlich gegen Alexandra? Nur weil sie gestern den Vater zum Reden gebracht hatte, war sie doch nicht seine, Jens', Gegnerin, oder? Seine Schwester, die ihre Worte so treffend setzte, dass sie das erreichte, was sie wollte. Sie war wahrscheinlich hochbegabt, machte den Mund auf und hatte recht. Deshalb fand sie auch keinen Mann. Das konnte keiner aushalten.

Er vermisste Katharina. Mit ihr hätte er über alle und alles reden können. Sie hätte zugehört, hätte verstanden, hätte widersprochen, und am Schluss hätten sie gelacht und sich geliebt. Hätten ihre Magneten sprechen lassen. Er seufzte. Sie war nicht da. Und was nützte ihm sein Handy, wenn seine arme Freundin nicht einmal einen Festnetzanschluss besaß? Dass sie ihn heute Abend anrufen wollte, konnte ein Problem werden. Er würde unauffällig das Telefon überwachen müssen. Seinen Eltern hatte er nichts von ihr gesagt, und er würde es heute auch nicht übers Knie brechen.

Viel war nicht vorgeschrieben im Hugenbauerschen Protokoll zum ersten Weihnachtsfeiertag, obligatorisch waren lediglich der Spaziergang und das Abendessen. Dass ihn Alexandra ohne Vorankündigung kurz nach seinem Frühstück um die Mittagszeit in seinem Zimmer besuchte, verwunderte Jens. Er setzte sich auf und rieb sich die Augen nach innen, um halbwegs konzentriert zu sein.

„Was verschafft mir die Ehre?"

„Ich wollte dir die Beschreibungen vorlesen, die unser Großvater über Gauting und Umgebung geschrieben und mir ans Herz gelegt hat."

„Kenne ich die nicht schon? Mama hat sie einmal bei einem Sommerspaziergang rezitiert. Sie beschreiben die Reismühle, in die nun bald ein Fitnesscenter einziehen wird, als Geburtsort von Karl dem Großen, und es werden die wunderbaren katholischen Wanderwege beschrieben."

„Ja, er war ein verkappter Dichter. Aber wenn du brav bist, dann erzähle ich dir auch noch einiges darüber, dass er Grund hatte, die Idylle zu beschwören. Ein Deckmäntelchen über schmutzigen Geschichten."

Es war gut, dass er Zigaretten dahatte. Er würde später eine rauchen. Dieses Jahr stresste ihn seine ganze Familie. Irgendwas stimmte auch mit Alexandra heute nicht. Dieser sarkastische Tonfall, diese Doppeldeutigkeit passte überhaupt nicht zu ihr. Normalerweise sagte sie frei heraus, was sie dachte. „Hör zu."

Die Kulturgeschichte der Gegend um Gauting reicht weit zurück. Dieses Stück Land war bereits zu Urzeiten ein Hort der Zivilisation. Davon zeugen Grabhügel aus der Bronzezeit und Badehausreste von den Römern. Karl der Große ist, einer Legende zufolge, in der Gautinger Reismühle gezeugt und geboren worden. Eine erquickliche Landschaft, die auch heute noch zur Erholung einlädt mit alten Bäumen, deren Stamm sich knorrig und stark in der Erde verwurzelt, deren Äste in verspielter Manier im emsigen Wasser der Würm baumeln. Ausgetretene Wanderpfade, baldachinartig überwuchert, geben Schutz vor Sonne und Regen. Kirchen- und Kuhglocken gesellen sich dem Vogelsang und Wassergurgeln zu. Blumengeschmückte Wegkreuze und barock ausgestattete Kapellen auf dem Weg ins Voralpenland vermitteln das Gefühl einer althergebrachten bayerischen Ordnung, eines jahrhundertelangen Einklangs zwischen Katholizismus und Feld und Wald und bodenständigen Menschen.“

„Hört sich an, als hätte er geplant, die Einleitung für einen Reiseführer zu schreiben.“

„Hört sich an, als würde jemand eine jahrtausendealte Idylle beschwören, die durch nichts gestört worden ist und nicht gestört werden darf.“

„Ja, und jetzt bitte den spannenden Teil. Was hat der Großvater ausgefressen?“

Alexandra holte tief Luft, schaute ihn prüfend an.

„Unser Großvater war nicht nur ein verkappter Dichter, sondern auch ein verkappter Mörder. Seine Zeit bei der Wehrmacht, unter der er so ‚gelitten' hat, ist alles andere als sauber.“

Jens rülpste. Sein Magen war noch nicht in Ordnung. „Schieß los!“

„Großvater war im Polenfeldzug eingesetzt. Es war kein ‚normaler' Krieg, kein Krieg zwischen den Heeren der deutschen Wehrmacht und der polnischen Armee. Es kam von Anfang an, eigentlich bereits vor dem Überfall der Deutschen, zu Gräueln gegen die Polen. Die Polen galten als Slawen, als minderwertiges Volk, das nicht nur erobert, sondern vernichtet oder versklavt werden sollte. Bis zum Ende des Jahres 1939 haben die SS und der sogenannte Volksdeutsche Selbstschutz zigtausend Polen umgebracht, Zivilisten wohlgemerkt. Betroffen oder getroffen – sie wurden zumeist erschossen – waren insbesondere die Intellektuellen, auch die Geistlichen und natürlich die Angehörigen der Führungsschicht. Auch die Wehrmacht war beteiligt."

„Und was hatte unser Großvater damit zu tun?"

„Er war beim sogenannten Massaker von Ciepielów vor Ort."

Jens wusste, dass er jetzt entsetzt blicken musste. Er riss die Augen auf und schloss sie gleich wieder, weil sie schmerzten. „Das scheint mir ein sehr unbekanntes Massaker zu sein. Ich habe noch nie etwas davon gehört." Alexandra schüttelte leicht den Kopf.

„Die Wehrmacht traf während der Schlacht bei Radom vor Ciepielów auf unerwartet starken Widerstand in einem Waldgefecht und hatte Verluste hinzunehmen. Für die paar Soldaten, die auf deutscher Seite gefallen waren, ließ der Kompaniechef die polnischen Soldaten gefangen nehmen. Sie mussten sich entkleiden und wurden mit Maschinenpistolen erschossen. Die einen sofort, die weiteren sollen von einem deutschen Panzerwagen aus erschossen worden sein, wieder die Nächsten durch eine andere Einheit am nächsten Tag. Bis heute ist nicht vollständig aufgeklärt, wie viele polnische Soldaten gefallen und wie viele nachträglich als Gefangene oder als sogenannte ‚Partisanen' erschossen worden sind, weil die Zeugen, die überlebenden deutschen Soldaten, der nachträglichen Untersuchungskommission nichts Relevantes ausgesagt haben. Sicher dürfte sein: Um die dreihundert Männer haben die Polen vor Ort begraben. Der Großteil davon ist nicht gefallen, sondern exekutiert worden. Das war ein Kriegsverbrechen."

„Und was hat jetzt Großvater genau damit zu tun?"

„Großvater war beim Exekutionskommando dabei."

Das traf ihn mit einem Ruck, alles stockte. Unangenehm. Er suchte nach seinem Zigarettenpäckchen im Nachtkästchen und fingerte ungelenk zwischen alten Filzstiften und Spielzeugautos herum, bis er es hatte.

„Hat er dir das damals gesagt, als du seine Erinnerungen aus dem Krieg aufgezeichnet hast?"

„Ja. Er hat auch noch gestanden, dass er einige Freischärler zusammengetrieben hat."

„Was sind Freischärler?"

„Widerständler. Diejenigen, die sich gegen die Besatzung auflehnten. Damals reichte bereits der Verdacht, dass sie sich auflehnen könnten. De facto gibt es keinen einzigen belegten Fall – nicht einmal die polnische Geschichtsschreibung hat einen einzigen polnischen Helden dokumentiert – der während des Einmarsches gegen die Deutschen geschossen hat."

Jens sog den Rauch tief ein und fühlte sich dadurch wieder freier. Vielleicht war es ja eine Art Notwehr. Ein Schießen aus Angst, von den anderen erschossen zu werden. War es nun berechtigt oder unberechtigt, gegen die Soldaten und die Einheimischen vorzugehen? Aber als berechtigt durfte man im Nachhinein ja gar nichts mehr bezeichnen.

„Was hat er denn zu dir gesagt? Hat er sich gerechtfertigt?"

„Er verstehe inzwischen nicht mehr, dass er es damals als notwendig empfunden hat, mit dem deutschen Volk und für das deutsche Volk größtmögliche Härte gegen die Juden und Polen walten zu lassen. Sie hätten damals als überflüssig gegolten. Man kam sich als Feigling vor, wenn man zurückzuckte."

„So eine Scheiße." Jens sah seinen Vater vor sich – wie ungerecht er inzwischen war! Das Gerede von Arbeitslosigkeit und Niedergang, das Cognacschwenken. Man kannte dieses Bild aus alten Nazidokumentationen: gestandene, selbstgerechte Männer im Kreis der Erlauchten, der Entschlossenen, die dem Niedergang Tatkraft entgegensetzten und Pläne schmiedeten, Vernichtungs- und Ausgrenzungspläne mit gewichtigem Blick und der Aura der Notwendigkeit. Ein offenes Reden unter Männern, die nur aussprachen, was einfach mal gesagt werden musste: Die Menschen aus dem Osten waren arbeitsscheues Gesindel, das die Stabilität Deutschlands erschüttern und den Arbeitsmarkt überfluten würde. Er nickte Alexandra zu. „Aber so schlimm ist Vater nicht."

„Großvater war auch nicht schlimm. Keiner ist schlimm, aber alle machten mit, machen wieder mit und finden Gründe dafür, dass es sinnlos ist, noch einmal darüber zu reden. Damals, 1988, war er bereits krebskrank und wusste, dass er nicht mehr länger als ein halbes Jahr zu leben hatte. 1970 hatte ihn eine Untersuchungskommission angeschrieben. Er hat alles geleugnet. Er hat berichtet, dass die polnischen Soldaten im Kampf gefallen waren."

„Es hätte ja auch nichts gebracht. Er wäre vielleicht ins Gefängnis gewandert und die Polen wären auch nicht mehr lebendig geworden."

„Ja, mit dem Argument sollte man es Kindern durchgehen lassen, wenn sie nicht zugeben wollen, dass sie den Kleinen auf dem Schulhof zu zweit in die Mangel genommen und ihm dann die Zähne ausgeschlagen haben."

„Nein, bei den Kindern ist es wichtig, dass sie es zugeben, damit sie es nicht wieder tun. Aber Großvater hat keine Polen mehr zusammengetrieben und erschossen."

„Aber vielleicht hätten wir und unsere Eltern eine viel schmerzlichere Erinnerung daran, was passieren kann, wenn man sich in den Kreislauf aus Angst und Herrschsucht einlässt. Vielleicht würde Vater mehr zurückzucken vor der abfälligen Selbstgerechtigkeit, dass aus dem Osten sowieso nur Minderwertiges zu erwarten ist."

„Warum hat Großvater das gerade dir gestanden?"

„Weil ich so unglaublich vertrauenswürdig bin", Alexandra lächelte sarkastisch, „und weil er wusste, dass er bald an Krebs sterben würde. Er hat sein Gewissen erleichtert. Und er war sich zu dem Zeitpunkt wohl sicher, dass er nicht mehr zur Rechenschaft gezogen werden würde."

Die Zigarettenasche hatte er in eine Ziertasse geschnippt. Jens öffnete das Fenster weit. Draußen war es ruhig – feucht und kalt und ruhig. Nur die heiseren Stimmen einiger unruhiger Krähen waren zu hören. Er drehte sich zu Alexandra um.

„Immerhin hat er damit erreicht, dass du wie von der Tarantel gestochen bist, wenn der Osten geschmäht wird. Vielleicht bist du deswegen Richterin geworden?"

„Vielleicht. Den Geschädigten geschieht doppeltes Unrecht, wenn sich die Täter ohne Konsequenz davonstehlen, ohne Reue und ohne Strafe. Auch das ist der Sinn von Strafe, dass den Opfern Genugtuung verschafft wird."

„Warum erzählst du mir die Geschichte vom Großvater erst jetzt?" Sein Blick zog sich nach innen. „Wissen es unsere Eltern?"

„Ja, sie wissen es. Ich habe es ihnen damals erzählt. Sie haben mit Verständnis für den Großvater reagiert und mir aufgetragen, es dir vorerst nicht zu sagen. 1988 warst du sechzehn und genervt vom Geschichtsunterricht und dem Gerede, dass die Deutschen sich schämen sollten."

„Und warum sagst du es mir jetzt?" Er lächelte mit schiefem Mund. „Bin ich jetzt alt genug? Willst du mich warnen, damit ich meiner viertelpolnischen Freundin nichts von unserer Familienvergangenheit erzähle?"

„Weil ich nach dem gestrigen Abend genug habe. Sie haben nichts als Angst und Feigheit aus der Feigheit gelernt. Keinen Moment haben Großvater oder Vater sich dafür geschämt, dass Opa unschuldige Menschenleben ausgelöscht hat, dass diese Männer keine Kinder und Enkel mehr haben, weil sie umgebracht worden sind. Aus niederen Gründen, aus Herrenmenschen gehabe."

„Aber er konnte doch nichts dafür."

„Er hätte es zugeben müssen. Das wäre das Mindeste gewesen. Öffentlich und in der Familie. Keiner hat zugegeben, was er gesehen oder getan hat. Das war feige. Mitleid wollten sie und haben es bekommen. Und unsere Eltern machen weiter.

Sie machen genau dasselbe, immer dasselbe. Abwerten, ausstoßen, passiv vernichten – oder ist es kein Töten, die Flüchtlinge dem Krieg zu überlassen? Und dann tun sie noch rechtschaffen! Ich habe das alles gestrichen satt."

Ihm war schlecht. Die Zigarette hatte ihm nicht gutgetan.

„Ich wusste gar nicht, dass für dich der gestrige Abend auch eine niederschmetternde Heuchelei war."

„Nach deiner arg dummen Beschimpfung unseres Vaters war mir klar, dass ich nicht noch Öl ins Feuer gießen konnte."

„Danke der Lorbeeren."

Alexandra trat an ihn heran und senkte ihre Stimme.

„Beim heutigen Spaziergang werde ich nicht stillhalten, wenn Mama über die ästhetische Unbill des Ortskerns redet, der im Zweiten Weltkrieg zerbombt worden ist. Fünfunddreißig Gautinger sind damals gestorben. Sie äffte ihre Mutter nach: ‚Es wirkt doch alles sehr inhomogen. Die Bauten der Nachkriegszeit sind zu schnell hochgezogen worden. Die Gebäude wirken vereinzelt, der Ortskern ist zerstückelt, die Grünflächen muten an wie übriggelassen.'"

Jens blickte durch das geöffnete Fenster. Rauch zog hinaus, feuchtkalte Luft kam herein. Diesiges Wetter. Vielleicht sollten sie heute den Spaziergang ausfallen lassen.

„Ich glaube nicht, dass wir durch den Ort gehen. Wir werden die kleine Runde durch den Forstenrieder Park gehen, zum Waldfriedhof, zum Grab unseres Großvaters und dann zurück. Willst du ihn an seinem Grab nochmals als Mörder denunzieren?"

Alexandra zuckte mit den Schultern. „Es wird passieren, was immer passiert. Sie werden sich leidtun, weil sie angegriffen wurden.

Sie fühlen sich angegriffen, sie fühlen sich nicht schuldig. Und es gibt keinen Weg, dass sie sich schuldig fühlen."

Ihm war mulmig zumute. Er hatte sich noch nicht recht vom gestrigen Abend erholt, und nun rüstete Alexandra für den Spaziergang auf.

„Ich kann dir wenig Schützenhilfe leisten, weil ich so ‚arg dumm' daherrede." Alexandras Lächeln erschien Jens zugleich humorvoll und resigniert. Als hätte sie sich längst damit abgefunden, dass er ihr guter kleiner Bruder war, von dem man nichts erwarten konnte. Er fühlte keinen Ärger. Sie war einfach zu gescheit.

Es kam ganz anders, als sie gedacht hatten. Am Ende der Szene kauerte ihr Vater am Grab seines Vaters, seine Hände in die schwarze Erde vergraben, als wollte er sich an ihn klammern wie ein Kind, das ihn anrief, um ihn weinend zu lieben und zu verehren. Als ob er ihn nicht fortlassen wollte und ihm ewige Herzensinnigkeit schwören könnte, gegen alle Anfeindungen.

Sie gingen den alten Weg. Oft schon waren sie an Weihnachten durch den Forstenrieder Park gegangen, um über einen großen Bogen zum Waldfriedhof einzumünden. Im Unterholz lag noch Schnee. Es roch muffig. Der Mischwald hatte seine Blätter verloren und war abgemagert, die dünnen Stämme wirkten skelettartig. Die Feuchtigkeit hatte nichts Erquickendes. In diesem Wald hatten sie die schönsten Momente ihrer Kindheit erlebt. Auf ihren Kinderfahrrädern waren sie zusammen mit ihrer Mutter zum Eisessen nach Neuried gefahren. Hitze auf den Gehsteigen im Ort, die Sorge der Mutter vor lautlosen Autos aus dem Hinterhalt, bis sie in den Forst abbogen. Freihändiges Radeln auf den Waldwegen, Wettbewerbe beim lenkerfreien Durchqueren der Pfützen. Alexandras Matschlandung mit weißen Hosen, und ihre Mutter hatte sich kaputtgelacht. Auf dem Rückweg hatten sie die Fahrräder achtlos hingeworfen und waren auf die Holzstapel am Rand der Wege geklettert. Die Sonne hatte blinkend durch die vom Wind bewegten Blätter geschienen.

Die Zeit hatte sich mit dem gefüllt, was gerade war. Verstecken spielen. Sie hatten Käfer beobachtet, die Laufwege von Ameisen verfolgt. Immer in Begleitung ihrer Mutter, die mitgespielt hatte und am lautesten aufschrie, wenn sie beim Versteckspielen entdeckt worden war, die am theatralischsten zusammenbrach, wenn sie von Jens, dem Krieger des feindlichen Stammes, erstochen worden war. Jens hatte nur Erinnerungen an sonnige Nachmittage. Waren sie zu Kindertagen je im Wald gewesen, wenn die Stimmung grau war? Dass ans Ende des Waldfriedhofs der jüdische Friedhof grenzte, dass sie am Denkmal, errichtet zum Gedenken an den Todesmarsch der Dachauer KZ-Häftlinge, vorbeikamen, hatte bislang nur eine unbedeutende Rolle gespielt. Ihre Mutter hatte einmal darauf gedrungen, dass sie den jüdischen Friedhof ansahen. Eine übersichtliche Gräbersammlung, sehr ordentlich aufgestellt. Hebräische Schriftzeichen und ein deutscher Text darunter. Alle in ähnlichem Stil, halbrunde Grabsteine, hebräische Schriftzüge, darunter die stets gleichlautende Formulierung: *Hier ruht* … Damals hatte sich niemand um die individuelle Grabgestaltung gekümmert. Die Angehörigen waren nicht mehr in Deutschland, zumeist waren sie gar nicht mehr. In ihrer Bildungsmanier hatte die Mutter darauf gedrungen, dass sie die Mahntafeln lasen und dabei still wurden. Zweimal war der Friedhof geschändet worden. Die Namen der Toten waren in Form einer Kopie einer handschriftlich ausgefüllten Tabelle hinter dem Glas der Informationstafel festgehalten. Es sei gut, dass Gauting sich das Gedenken leiste, das sei eine schlimme Zeit gewesen, meinte die Mutter damals.

Alexandra erzählte, auf die freundliche Nachfrage ihrer Mutter, dass sie nun als Richterin auf Probe arbeitete, im Bereich des Strafrechts. Ja, sie mache die Arbeit gern; Tatbestand, Rechtswidrigkeit und Schuld, Vorsatz, Fahrlässigkeit, Notwehr. Nein, es mache ihr nichts aus, mit den Grausamkeiten konfrontiert zu sein. Natürlich müsse sie Strafen verhängen, auch wenn sie die Angeklagten verstehen könne. Nein, sie habe keine Angst, dass sie eines Tages aus Rache dafür erschossen werden könnte. Der Ruhe des Friedhofes gehorchend gingen sie schweigend zum Grab des Großvaters. Ein großzügiger Friedhof, weitläufig und begrünt. Der Nebel legte eine weiße Schicht auf die Grabsteine und die Grabblumen. Sie zogen ihre Handschuhe aus, um Weihwasser zu spritzen und mit gesenktem Kopf dem Großvater ein Gebet zu schenken. Alexandra lenkte als erste den Schritt zum benachbarten jüdischen Friedhof. Es war nicht weit, es gab kein Tor, nur etwas weitergehen mussten sie. Ihr Vater zögerte. „Komm", sagte sie in fast warmherziger Aufforderung. Jens hatte das belastende Gefühl, dass sie den Vater wie einen Angeklagten in zweiter Generation mit den Konsequenzen seiner Taten konfrontieren wollte, mit den Hinterbliebenen, die nicht mehr trauernd, sondern tot waren. Sie ging bei den Eltern. Sie war sarkastisch und machte keinen Hehl daraus.

„Da liegen die übriggebliebenen Juden. Dabei hat man doch vorher noch alles versucht, um sie zu retten. Seit 1943 war das Lungensanatorium für die tuberkulosekranken Soldaten eingerichtet worden. Es ist ja heute noch eine führende Lungenfachklinik. Die Schwerkranken unter den Soldaten – am Ende des Krieges waren über tausend Soldaten in Behandlung – mussten oft mehrfach am Tag in den Luftschutzkeller getragen werden." Alexandra schaute sich bedauernd um. Die Eltern sahen sich an, einander beruhigend. „Gauting lag in der Einflugschneise der Amerikaner, die München unter Feuer nahmen. Untersuchungen und Behandlungen der Soldaten konnten nur in den immer kürzer werdenden Luftangriffspausen durchgeführt werden. Das Pflegepersonal war so fleißig, dass nur ein Kranker durch Splitterbomben getötet worden ist. Man macht sich heute keine Vorstellung mehr, wie unermüdlich damals gekämpft wurde, um jedes einzelne Leben."

Ihr Vater studierte die gleichlautenden Grabinschriften. Sie hielt einen Vortrag, den niemand wirklich zu hören schien. Sie folgte ihrem Vater, sobald er weiterging.

„Nach der Kapitulation im Mai 1945 wurde das Lazarett von den amerikanischen Besatzern in ein Hospital für ‚Displaced Persons', wie die Alliierten die vom nationalsozialistischen Regime Zwangsverschleppten nannten, umgewandelt. Die ersten Patienten stammten aus dem Konzentrationslager Dachau."

„Das wissen wir doch alles", wandte ihre Mutter ein. Aber Alexandra fuhr unbeirrt fort, dicht neben dem Vater, ohne ihn anzublicken. „Den Deutschen war es natürlich nicht recht, dass die Amerikaner die Überreste der Säuberungsaktionen im KZ, die Skelettjuden und die Polen, die Sinti und Roma und all die Widerständler in diesem Zustand entdeckten. Als die Amerikaner herankamen, brach Hektik aus, und man wusste gar nicht genau, wohin mit diesen Kreaturen. Fort sollten sie. Fort, auch wenn noch nicht klar war, wohin. Die letzten fast siebentausend lauffähigen Insassen des Konzentrationslagers waren kurz vor der Ankunft der Amerikaner im Todesmarsch auf ein unbestimmtes Ziel hin getrieben worden. Die KZ-Häftlinge waren Juden aus Polen und dem Balkan, die Nichtjuden kamen aus Polen, der Ukraine oder waren Angehörige anderer slawischer Völker. Alle aus dem Osten."

Sie hielt ein Plädoyer, das sie schon lange vorbereitet zu haben schien. Jens versuchte, Blickkontakt mit ihr zu bekommen. „Hör auf", wollte er ihr warnend zurufen, so wie sie ihn manchmal einbremste.

„Die Gautinger waren sehr menschlich." Alexandra senkte die Stimme, als wollte sie einlenken. „Viele der Getriebenen wurden im Gautinger Hospital gepflegt, starben oft trotzdem." Sie gönnte sich eine sinnierende Kunstpause und schaute in die Wolken. „Man muss sich das mal geben: weil das Konzentrationslager hier in der Nähe errichtet worden war, und weil später in der Klinik so viele Juden, trotz medizinischer Nachversorgung, noch gestorben sind, gibt es in Gauting einen jüdischen Friedhof und, seit 1989, ein Mahnmal zur Erinnerung an die Opfer." Sie schüttelte in ironischer Manier den Kopf. Alle waren stehengeblieben und schauten irgendwohin, nur nicht zu Alexandra. „Das war ein Hin und Her damals! Ein Trichter der großen Vernichtung, der Rettung und dann der Beerdigung von Menschen. Es wird einem schlecht, wenn man anfängt, sich damit zu befassen."

Die Mutter nickte. „Wir verstehen das heute gar nicht mehr. Es ist so wichtig, dass wir das nicht vergessen."

Alexandra lächelte abschätzig.

„Die Nazis hatten es, trotz aller deutschen Ordentlichkeit, nicht mehr geschafft, den verwesenden Dreck wegzuräumen. Das ist nur der Not zuzuschreiben. Normalerweise waren die Deutschen sehr ordentlich und sauber, viel sauberer, ordentlicher und arbeitsamer als alle Polen und das andere ‚Ostgesocks'." Sie nahm ihren Vater in den Blick. „Man kennt sie ja, die sind ja heute noch nicht anders, gell Papa. – Aus Dachau kam die Nachricht, dass Einwohner aus Dachau von den Amerikanern dazu gezwungen worden waren, sich das Bild des Grauens im befreiten KZ anzuschauen. Stapel von Leichen, vierzig Güterwaggons – ein Transport aus Buchenwald – voll mit toten Gefangenen. Die GIs, waren nicht müde geworden, in ihrem Kaugummi-Englisch zu beschreiben, dass, als sie ankamen, einige Menschen in den vollgepferchten und verriegelten Waggons noch gelebt hatten, eine Handvoll Lebende im Gestank von zweitausend Leichen, die aber nicht mehr gerettet werden konnten. Nein, das hatte man doch nicht gewusst und nicht gewollt."

Jens stöhnte genervt auf. Wieder sprach Alexandra nur ihren Vater an. „Das wissen wir, dass das niemand wollte, und dass man daher nicht ewig dran erinnern muss. – Warum sollte man sich das anschauen? Hatten die Amerikaner Freude dran, die unschuldigen

Dachauer mit der Nase in solches Grauen zu stoßen?“ Sie ging zur gegenüberliegenden Grabreihe. Dann drehte sie sich wieder um.

„Übrigens, wir wollen nicht ungerecht sein: Die Amerikaner haben, aus spontaner Wut, dreihundert Angestellte im Konzentrationslager gleich erschossen. Das war auch ein Kriegsverbrechen, aber darüber kann man ja auch nicht mehr reden.“

„Hör jetzt sofort auf mit deinem selbstgerechten Dahergefasel“, warf ihr Vater ein. „Es ist Weihnachten.“

Sie atmete tief durch, um dann in einem Flüstern, das außerordentlich gut hörbar war, zum nächsten Abschnitt ihrer Anklagerede anzusetzen.

„Der ganze Gautinger Gemeinderat hatte sich damals sofort geschlossen hinter den Führer gestellt. Wenige Wochen nach Hitlers Machtergreifung waren alle Mitglieder des Gemeinderats in die NSDAP eingetreten. Der Gemeinderat ernannte in der ersten Gemeinderatssitzung nach der Wahl Hitlers den in Gauting lebenden Gauleiter Adolf Wagner zum Ehrenbürger. Adolf Wagner war ein harter Hund. Er war noch mehr auf ‚Säuberung' des Volksgutes bedacht als seine rüden Parteigenossen. Die Errichtung des Konzentrationslagers in Dachau trieb er maßgeblich voran, sodass es das erste – wohlgemerkt das erste durchgehend betriebene – Konzentrationslager der Nazis wurde. Der neue Ehrenbürger bezeichnete das KZ gern als ‚die neue Heimat für kommunistische und sozialdemokratische Volksschädlinge'. Er musste sich sogar vor Heinrich Himmler dafür rechtfertigen, dass er Trunksucht, Holzfrevel, unsittlichen Lebenswandel und Arbeitsscheu als ausreichende Vergehen zur ‚Schutzhaft' im Konzentrationslager ansah.“ Sie blickte zu Jens. Der schüttelte den Kopf. Wann war sie endlich am Ende ihrer großen Gerichtsrede?

„Der Opa war ja damals im Gemeinderat, gleich zur Machtübernahme Hitlers.“ Pause. Stille.

„Was?" Jens räusperte sich, aber der Frosch blieb im Hals, sodass ein hintergründiges Gurgeln zu hören war. „Der Opa hat damals für die Ehrenbürgerschaft von diesem Wagner gestimmt?"

Plötzlich stand sein Vater vor ihm, sehr groß und sehr breit, sehr nah. Jens wusste gar nicht, wie ihm geschah – warum ging sein Vater auf *ihn* los? In seiner Verblüffung versäumte er zurückzuweichen, sodass ihn einige Fäden der Spucke seines Vaters trafen.

„Du beleidigst nicht meinen Vater! Du nicht!" Der Vater ruckte mit dem Kopf nach vorne, immer auf Jens zu.

„Du weißt gar nichts! Mein Vater – war ein guter Mensch!"

Er nahm den erstbesten Stein vom jüdischen Grab, zielte auf Jens und warf ihn dann doch auf einen Grabstein. Er räumte ab. „Euch habe ich so satt!" Er nahm Stein um Stein, dazwischen wütete er mit Schimpfwörtern: „Heuchler! Gutmenschen, Memmen!", während alle anderen gebannt und reglos standen, unfähig, ihm Einhalt zu gebieten. Sein Gesicht war rot und leuchtete im kalten Nebel. Er schnaufte. Die anderen hielten den Atem an. Als keine Steine in dieser kleinen Reihe der Judengräber mehr lagen, hielt er seine Hände schützend vor sein Gesicht, als wäre er selbst von den Steinen getroffen worden. Er redete in seine Hände hinein, ohne jemanden anzusehen. Schließlich kam er zurück und sprach unter Tränen zu Alexandra.

„Und du hast es nicht verdient, dass er sich dir anvertraut hat! Du hast es nicht verdient!" Er zog die Nase hoch. „Eine Abrechnung hast du daraus gemacht, eine schäbige Gerechtigkeit, ein Standgericht. – Dein Großvater lag im Sterben! Du tötest ihn noch einmal!" Er bebte. „Ja, er hat geschossen, damals in Ciepielów. Aber was hätte er tun sollen? Nie hat er den Blick vergessen, den stummen Blick eines Soldaten, den er getroffen hatte. Diesen erstaunten Blick, als ob er bis zum Schluss nicht glauben konnte, dass es jetzt so weit ist. Es war ein kindlicher Blick."

Er schaute seitlich zu Büschen, als ob er etwas in seiner Erinnerung suchen würde. „Mein Vater hat mich gerettet. Als kleines Kind war ich in einen Brunnen gefallen.“ Er schluchzte, konnte nicht weiterreden, fing sich wieder. – „Er hat mir beschrieben, dass ich ihn mit offenen Augen im Wasser so angeschaut habe“, sein Vater schlug die Hände vors Gesicht und hielt inne, „dass ich so geschaut habe, wie dieser polnische Soldat. Erstaunt, mit offenen Augen unter Wasser, als würde ich mich wundern, dass es zu Ende geht. Es war derselbe Blick wie der Soldatenblick. Mein Leben hat er retten können, und er hat der Jungfrau Maria gedankt. Das hat er mir erzählt.“ Jens konnte fühlen wie nah sein Vater dem Vater war. Nie hatte er seinen Vater so verwundet, so schmerzend erlebt. „Ich habe es nicht verdient, dass ich mein Kind retten darf. Das hat er gesagt. Mein Vater.“ Er verfiel in einen bedrohlich leisen Tonfall. „Jetzt kommt ihr Großkopferten, ihr, vor denen er mich immer gewarnt hat. Horst, sei vorsichtig, hat er oft gesagt, bleib bei den nen.“ Er nickte sinnierend. „Er hat mich gewarnt vor dem, was euch so leicht über die Lippen kommt. *So schnell Horst, hat er gesagt, so schnell muss man Entscheidungen treffen, und man kann sie nie mehr zurücknehmen.*“

Dann ging der Vater weg, er ging zurück. Er ging ab wie von einer Bühne, auf der er unfreiwillig Hauptdarsteller war. Es war deutlich, dass er allein sein wollte, und doch konnten sie ihn nicht einfach gehen lassen. Sie gingen behutsam und leise in gehörigem Abstand hinterher und sahen ihn, wie er sich zu seinem Vater eingrub. Seine Hände waren schwarz, als sie den Friedhof verließen. Sein Gesicht war voller Schlieren, der Mantel verdreckt. Alexandra ging allein, sie ging voraus durch Gauting. Der Vater ging in gehörigem Abstand hinterher. Jens‘ Mutter versuchte immer wieder, neben ihm zu gehen, aber er wies sie ab. Es war ihr sichtlich peinlich, dass sie Gautings Straßen passierten, und dass ihn jemand so sehen könnte.

Später kam Jens zu Alexandra ins Zimmer und stand ihr schweigend bei. Sie sagte nicht viel. Sie schaute Jens lange an. Er wusste, dass sie litt und zweifelte. Wer sie nicht kannte, hätte gedacht, dass sie herzlos war. Das war aber falsch. „Man könnte es antizipierte Notwehr nennen“, sagte Alexandra, „die Angst und die Abscheu vor den Polen war im Vorfeld systematisch geschürt worden“, und dann schwieg sie wieder.

Sie tat ihm leid.

„Wieso hat er eigentlich das Massaker erwähnt? Du hattest doch gar nicht davon gesprochen?“ Alexandra zuckte die Schultern. Jens fragte sie nach allem, was sie noch wissen könnte. Sie wusste viel und berichtete von der Familiengeschichte des Großvaters, dessen Bruder im Ersten Weltkrieg gefallen war, dass die Urgroßeltern ihren Glauben an einen ehrenhaften Krieg verloren hatten, dass der Großvater der weniger geliebte Sohn seiner Eltern war und vieles mehr.

Sie hatte die Wahrheit gesagt, aber nur in ihren spitzen Teilen. Das Runde und Weiche drum herum hatte sie weggelassen. Man konnte mit der Wahrheit nicht nur lügen, man konnte mit der Wahrheit auch zerstören. Und auch wenn er mit ganzem Herzen bei seiner Schwester war, so schwor er sich doch, dass er es anders machen würde. So würde Alexandra keinen Mann finden. Sie war zu unbestechlich für die Kompromisse, die eine Beziehung erforderte. Er wollte eine Beziehung, eine Beziehung mit Katharina. Auch sie suchte immer nach einer Wahrheit, aber sie war viel unsicherer als seine Schwester. Und das war gut so.

28.

Katharina

Katharina sehnte sich danach, in Jens´ Wohnung zu kommen und sich bei ihm schlafen zu legen. Zurück in München, am Ostbahnhof, rief sie bei seiner Familie an, obwohl sie fürchtete, sie zu stören. Seine Mutter nahm ab, reichte den Hörer an Jens weiter mit der Bemerkung: „Für dich, Jens. Eine Katharina Mackaff."

Mackaff! – Am liebsten hätte Katharina gleich wieder aufgelegt. Wie hatte Jens wohl von ihr geredet? Zwei Möglichkeiten gab es: in übler Weise oder gar nicht. Sie hätte am liebsten wieder aufgelegt.

„Du hast nichts von mir erzählt. Du schämst dich für mich, oder?"

„Nein! – Wenn du wüsstest!"

Er telefonierte eine Dreiviertelstunde mit ihr. Dafür nahm er in Kauf, dass erneut Streit aufkommen würde, weil er den Familientisch hintanstellte. Er erzählte ihr, dass sie so präsent gewesen war, die ganze Zeit, dass sie all ihre Unterhaltungen geprägt hatte.

„Obwohl deine Eltern noch nichts von mir wissen?"

„So viel habe ich während der letzten 25 Jahre nicht mit meinen Eltern gestritten!"

„Ich scheine ja einen guten Einfluss auf dich zu haben."

„Einen großen Einfluss, selbst wenn ich dich nicht erwähne." Sie musste lachen. Immer war es so, dass sie streiten mussten und sich dabei vertraut wurden. Sie spürte seine Sehnsucht.

„Dieses Weihnachten ist ganz anders gewesen als alle vorigen. Ich habe Streit mit Vater, auch Alexandra ist ihn hart angegangen. Obwohl sie dich nicht kennt, hat sie Schützenhilfe von dir bekommen, weil ich alles viel bewusster wahrnehme. Ich sehe meine Eltern mit deinen Augen, und sie sind mir fremder geworden – nein, sag nichts. Es ist gut so!“ Sie fürchtete, dass seine Eltern mithörten. „Ich sehe die Oberfläche und doppelte Böden, ich sehe die Sicherheit und die Feigheit dahinter. Ich sehe meine Mutter, meinen Vater und sogar Alexandra anders. Sie sind so, dass ich anders sein will. Mit dir zusammen anders.“

„Weißt du noch, an unserem ersten Abend bei dir – damals hast du das schon gesagt: ein neues Leben.“

„Ein neues Leben, ohne Ingwer – ich weiß, ja. Damals hast du gelacht. Ich habe sogar das erste Mal verstanden, dass man manchmal einsam sein muss. – Sag etwas“, seine Stimme wurde brüchig, „ich möchte dich hören.“

„Jens“, Katharina presste den Hörer an ihr Ohr und an ihren Mund. „Jens – ich schlafe heute bei dir.“

„Ich wäre so gerne bei dir!“

„Ja.“

„Wir gehören zusammen!“

„Ja.“

Katharina versuchte sich zu fassen, alle Türen hatte er wieder aufgestoßen, alles Viereckige ging dahin. Sie schniefte leise, aber dann entrang sich ihren Tränen ein Lachen. „Du hast mir schon zweimal hintereinander ein ‚Ja' entlockt. Ich habe mich verändert.“

„Ich habe mich auch verändert.“

Sie streifte sich die Tränen aus dem Gesicht. Wie schön wäre es gewesen, ihm dabei in die Augen zu schauen.

„Dann müssen wir bald aufhören zu telefonieren.“ Sie hörte seine Scherzhaftigkeit und fühlte sich eins mit ihm, bevor er weitersprach: „Das dritte Ja wäre diesmal der Heiratsantrag.“ Sie küsste den Hörer und wischte sich danach die Lippen ab. „Ich brauche ein eigenes Telefon, es ist unhygienisch hier.“

„In unserer neuen Wohnung.“

„Ja.“

Am Münchner Ostbahnhof traf sie eine hektische und abgewrackte Kälte, sobald sie die Zelle wieder verlassen hatte. Sie ging eilig durch die Straßen Haidhausens, floh geradezu in Jens´ Bett.

Aber die leichte Furcht stellte sich trotzdem ein, schwang wie ein Kindheitsengel in der Luft. Eine klamme Geborgenheit in der belebten Stille, in der andere sorglos dahintrieben, während sie nicht schlafen wollte. Als Kind hatte sie abends im Bett gelegen, unwillig zu schlafen, und hatte den Geräuschen des Dorfes gelauscht, die durch das gekippte Fenster verhalten in ihr Zimmer gedrungen waren. Das Klappern einer Gießkanne, wenn sie auf dem Gitterrost abgestellt wurde, der Wasserstrahl, der kräftig auf dem Boden aufschlug und immer leiser wurde, je voller die Kanne gelaufen war, die Unterhaltung der Nachbarinnen, bei der nur das berstende Lachen der Gruberin herauszuhören war, wiederholt, weil sie mehrfach ihren eigenen Witz nachsprach und ihm nachlachte. Einige Vögel, deren Lieder abends kürzer waren und leiser als tagsüber. Das unterbrochene Summen einer Fliege, die in ihrem Schlafzimmer gefangen war. Oft hatte sie sich noch in Gedanken mit der Bäuerin unterhalten, stumm, manchmal laut vor sich hinredend. Sie berichtete ihr von den gelesenen Erlebnissen – vom Gespensterhaus, in dem Natascha nachts nicht schlafen konnte, oder von Juri, dem Pferd, das schneller und gütiger war als alle anderen und trotzdem getötet werden sollte. Aber auch das Klappern des Bestecks und das Scheppern der Töpfe drang zu ihr, wenn die Mutter abends noch in der Küche räumte. Wenn sie den Gang entlangging, vor Katharinas Zimmer anhielt, um gebügelte Wäsche vor der Tür abzulegen. Das knirschende Geräusch, wenn sie in der Gefriertruhe wühlte, weil sie Brot für den folgenden Tag auftauen wollte. Es war wie eine spätabendliche Mitteilung, dass ihre Mutter all die Arbeit machte. Wie dankbar Katharina damals sein musste, dass ihre Mutter so selbstlos war. Das lag ihr abends schwer auf dem Herzen, dass die Mutter allein war und in ihr keine Stütze hatte. Und dann die Geräusche der

Nacht. Das Huschen und Knacken. Das knurrend jaulende Geschrei zweier Katzen, die sich bekämpften.

29.

KATHARINA UND JENS

Nach Weihnachten verging die Zeit schneller, die Momente des Verweilens wurden rarer, ihre Gespräche und ihr Beieinandersein verkümmerten zu Beigaben am Rande des Geschehens. Im Mittelpunkt stand Jens' neue Arbeit. Die Nervosität packte ihn, sobald er nach Weihnachten wieder in München war. Nun war es an der Zeit, Hemden und Sakkos zu besorgen, sich mit den Unterlagen zu beschäftigen, die ihm bereits vor vier Wochen zugegangen waren. Jens vertiefte sich auch in seine alten Informatikskripte. Ihm wurde wieder bewusst, warum er damals das Studium aufgegeben hatte. Der Stoff interessierte ihn nicht, und er verstand weniger von der Materie, als er im Vorstellungsgespräch vorgegeben hatte.

Katharina befürchtete, dass er sich seiner Arbeit nicht gewachsen fühlen würde, hielt ihre Bedenken aber sorgsam zurück.

Jens bestand. Jeden einzelnen Tag. Ab dem 4. Januar des Jahres '99 ging er jeden Morgen gut gekleidet aus dem Haus und berichtete abends ausführlich davon, wie bedacht er mit seinen fünf Untergebenen – es war auch eine Frau dabei – umging und sich ihr Vertrauen erwarb, indem er zuhörte und verstand. Er verstand, dass es einen schwelenden Konflikt gab, da ein Mitarbeiter unzuverlässiger und langsamer arbeitete als die anderen, dass jener Sand ins Getriebe warf, obwohl das Projekt zeitlich bereits im Verzug war. Er spürte den Anspruch seiner Mitarbeiter an ihn, dass er den Minderleistenden strafen und lenken solle, verstand, dass sie Angst hatten, verstand aber auch, dass er nicht die Macht hatte zu sanktionieren, auch wenn er der Anführer war, zumindest dieser kleinen Gruppe. Auch seine Vorgesetzten waren vorsichtig, wussten um ihre Sandwichposition und waren nicht frei. Jedes Rädchen steckte an einem anderen Zahnrad, und die Zahnräder der Weisungsberechtigten an noch größeren Zahnrädern. Sogar der Inhaber und der Geschäftsführer waren eingespannt in die Mühle der Angst vor Konkurrenten. Den fachlichen Anforderungen zu den Informatikprozessen war Jens kaum gewachsen. Er verstand die Umsetzungsprobleme der Programmierer, die Suchläufe nach den Fehlern nur rudimentär. Jens nickte oder schaute skeptisch auf Verdacht, je nachdem, in welchem Tonfall ihm ein Problem vorgetragen wurde.

Er brauchte Katharina in dieser bedrohlichen Welt. Und doch blickte er oft unwirsch, sogar dann, wenn sie ihm mitteilte, dass sie den Einkauf bereits erledigt hatte.

Katharina stellte mit Erschrecken fest, dass sie über dem Referat zu den deutsch-polnischen Beziehungen die Dringlichkeit der anderen Fächer vernachlässigt hatte. Früher hatte sie die Lektüren für Germanistik im Vorhinein verschlungen, jetzt war sie hintendran. Im Januar stand in Philosophie ein Referat über den frühen und den späten Wittgenstein an, zwei Teile, die sie kompakt in einer Sitzung unterbringen sollte. Sie fürchtete sich mehr als früher, den intellektuellen Anforderungen nicht gerecht zu werden. Das Ambiente der Universität – die hallenden Räume, dunkel, im Winter durchgängig elektrisch beleuchtet – war ihr keine Heimat. Die offensichtliche Unfruchtbarkeit der Abstraktion erfüllte sie erstmalig mit Zweifeln am Sinn dieses Studiums. Oft überkam sie eine schleierhafte Müdigkeit. Alles Lebendige schien getilgt von der funktionalen Einrichtung der Uni-Gebäude: gleich aussehende Tische und Stühle, Flipcharts. So euphorisch sie sich früher in die Bücher gegraben und hineingefressen hatte, so sehr sträubte sie sich inzwischen. Der Stoff kam ihr trocken vor. War das geschichtliche und philosophische Denken bedeutend oder taten nur alle so? Wittgensteins Unterscheidung zwischen „sinnlosen" und „unsinnigen" Sätzen erschien ihr unsinnig.

Sie brauchte Jens. Er war es, der sie interessierte und der das Reflektieren nachrangig werden ließ. Sie hatten ihr Wiedersehen nach

Weihnachten gefeiert, als kämen sie aus einem langen Aufenthalt in einem fremden Land wieder. Als hätten sie Abenteuer bestanden, die nur Märchenhelden hinter sich bringen. Sie spürten die Veränderung im anderen. Jens war härter und durchdringender geworden, in seiner Art zu denken und – tatsächlich – auch in seiner Körperlichkeit. Ein Schatten der Rohheit war in ihm, den sie bisher nur geahnt hatte.

„Was ist los mit dir?“, fragte Katharina. „Du bist vom gezähmten Wolf zum Wolf geworden.“

Er zog seinen Blick nach innen. Sie beobachtete die steile Falte zwischen den Augenbrauen, die sich bis zum Scheitel zog. „Ich glaube, dass es mir gutgetan hat, meinen Vater zu überwinden. Ich habe keine Lust mehr, mich von seinen Schatten einholen zu lassen. Ich bin kein braver Junge mehr, Katharina.“

„Ja, das merke ich.“

„Du hast mich dazu gebracht.“

„Ich?“

„Ja, seit ich dich kenne, denke ich unabhängiger. Auch Claudia war ein Teil des alten Systems. Mit dir bin ich freier.“

„Danke.“ Sie blickte befangen zu Boden. „Das ist doch eine der schönsten Liebeserklärungen, dass du mit mir zusammen mehr zu dir selbst kommst.“

„Du bist wieder viel zu grundsätzlich“, meinte Jens lächelnd.

Es geschah aus Rücksicht, dass sie die neuen Details ihrer Familiengeschichte voreinander bedeckt hielten. Eine unausgesprochene Furcht, dass sie das Netz ihrer Zusammengehörigkeit mit unnötigen Worten zerschneiden könnten. Jens hatte erzählt, dass sein Vater enttäuscht war über das Ende von Jens‘ Beziehung mit Claudia. Er hatte Katharina zusammenfassend in abgeklärtem Ton berichtet, dass der Vater seine Enttäuschung über sich selbst auf ihn und auf die wirtschaftliche Entwicklung übertrage. Auch Alexandra habe sich darüber aufgeregt, dass der Vater über die Menschen aus dem

Osten Deutschlands, die Russendeutschen und die Flüchtlinge, so abschätzig rede, nur um den eigenen Wert herauszuheben und seine Habe zu sichern. Anhand der vermeintlichen Arbeitsscheu und Dummheit der anderen beweise er seine Identität als rechtschaffener Bürger, treusorgender Vater, Arbeitsplatzbesitzer.

Katharina hörte mit Unwohlsein zu. Sie fühlte, dass Jens ihr die Lösung eines Problems servierte. Sie spürte, dass die Antwort gut war, aber die Fragen dahinter weiträumiger. Aber sie wollte nicht nachfragen und die Dinge komplizierter machen, als sie sich darstellten. Sie selbst war froh, dass Jens nicht nachbohrte, als sie erzählte, dass sie erstmals verstanden habe, dass ihre Mutter unter deren Mutter gelitten hatte, dass sie Ängste hatte, die sie löste, indem sie sich von Katharina das wünschte, was sie selbst nie gehabt hatte: Sicherheit, finanzielle und soziale Sicherheit im Rahmen einer festen Gemeinschaft, im Dorf und in der Kirche. Dazu eine Familie mit Kindern, die wieder Kinder bekämen und sicher und glücklich lebten.

Jens lächelte. „So leben unsere Eltern ihr nichtgelebtes Leben in uns weiter und bemänteln ihr Lamentieren mit dem gutmeinenden *´euch soll es einmal besser gehen`*."

„Und wir", Katharina lächelte in ihrer typischen Art zwischen Ironie und Ernst, „wir werden unseren Kindern Freiheit lassen, sie bestärken in ihrem eigenen Weg und werden ihnen vertrauen."

„Ja", antwortete Jens.

Beide wussten, dass sie sich dabei etwas vormachten.

Katharina hakte auch bei Fragen des Alltags weniger nach. Den ethischen Unterschied zwischen Eiern aus Boden- oder Freilandhaltung musste sie nicht mehr festhalten. Sie besah Jens' Yuppie-Klamotten mit Toleranz und neckte ihn manchmal damit, dass sie im Bad kleine Zahnpastaspritzer auf sein Hemd brachte. „Oh Gott, dein Hemd", sagte sie dann lachend und spielte damit auf die Zeit ihres Kennenlernens an, als er vom Vorstellungsgespräch und seiner Mutter erzählt hatte.

Ja, sie war zu ihm gezogen, auch wenn sie an Severins noch die kleine Miete zahlte. Samstags standen sie im Dunkeln auf, um die Zeitung zu kaufen und später bei zukünftigen Vermietern oder Verkäufern anzurufen. Jens drängte sehr darauf, dass sie eine neue Wohnung finden sollten. Manchmal fuhren sie zum schwedischen Möbelhändler und berieten, wie ihr zukünftiges Bett oder ihr Sofa aussehen sollte und leisteten sich neue Kissen und Decken, um ihre Zukunft schon jetzt zu beginnen.

Nur die Freitagabende waren Inseln der Verlangsamung, auf denen sie sich, unter dem Einfluss von Wein und Wodka, einander weit öffneten. Ein Aufbäumen gegen die Dominanz der Normalität. Sie zelebrierten diese Abende mit einem reichen Essen und einem oder zwei Gläsern Wein bereits während der Zubereitung. Rituelle Abende, die sich von Mal zu Mal ausweiteten, mit vertrauten Gesten und neuen Wagnissen.

Jens goutierte den Wein, und Katharina lächelte gutmütig, als würde sie einem Meister lauschen, wenn Jens die Fülle der Aromen beschrieb. Sie stimmte Gewürze in erfinderischer Form aufeinander ab, mit frischem Chili, Zitrone, einer Prise Nelken, einem Quent Kakao, sodass Jens mit bedächtigem Nicken über ihre Schulter blickte, sie neckisch küsste oder in langsameren Bewegungen auf einen ausladenden Abend einstimmte.

Sie prosteten einander zu beim Abendessen, erzählten vom Alltag und taten harmlos, weil eine wütende Gier in ihnen war, die sie nicht benennen wollten. Jens war ein Wolf, und Katharina fand eine eigene Befriedigung darin, sich herausfordernd zu unterwerfen. Sie spielte mit dem Zögern, er spielte mit der Heftigkeit. Manchmal hielten sie inne, aus Angst, zu weit gegangen zu sein in ihrer Schamlosigkeit, versicherten einander ihrer Vertrautheit, tranken und entblößten sich weiter.

Einmal beschloss Jens, Katharina im Dämmer des Straßenlampenlichtes auf Farbe zu bannen. Sie lag nackt und reglos auf dem

Boden seines Wohnzimmers inmitten der alten Möbel, während er ihre Konturen auf dem Boden nachzog, mit der Fingerfarbe spielte, schließlich auch ihren Körper sorgsam bekleckste. Expressionistisch. Rot für die Zonen, die ihm die Sinne hochjagten. Grün für den Urwald, Blau für das fließende bewegte Meer. Bis er sich nicht mehr zurückhalten konnte, bis sich die Farbe mischte mit seinem Körper, ihren Tränen und ihrem Schrei. Sie waren in neuem Land, immer weiter entgrenzt. Sie ließen ihren Körpern diesen Magnetismus, diese Sucht nacheinander in eine Vereinigung hinein, die sie nie ganz erreichten.

„Das muss das Paradies gewesen sein", raunte Katharina leise, bevor sie einschliefen, „keine Grenzen, keine Scham, keine Schuld."

In der Nacht träumte sie von Vietnam. Sie war ein Vietcong und fühlte sich in äußerster Gefahr. Die amerikanischen Soldaten rückten in Überzahl heran. Sie musste schleunigst in eine Öffnung des unterirdischen Tunnelsystems kommen und kroch am Boden entlang, der schmierig war und seltsam grelle Farben aufwies. Viel zu langsam kam sie voran, in unendlicher Mühe, keuchend. Sie fand den Eingang nicht, obwohl sie schon an der richtigen Stelle war. Die Eingangsplatte war zu gut getarnt. Endlich hob sie, mit übergebührlicher Anstrengung, die mit Gras und Laub bedeckte Platte hoch und wälzte sich hinein. Aber sie konnte sie nicht mehr schließen. Sie fiel und fiel und fiel. Sie war in einen Brunnen gefallen, er musste sehr tief sein. Sie wachte auf, bevor sie aufgekommen und zerschellt wäre. Zum ersten Mal hatte Katharina Angst, Jens zu verlieren.

30.

Katharina

Der Nachmittag, an dem Katharina ihr Referat über die deutsch-polnischen Beziehungen in der Zwischenkriegszeit halten musste, nahte unweigerlich, trotz ihres innigen Wunsches, dass er sich verzögern oder in einem schwarzen Zeitloch verschwinden möge. Katharina fühlte sich immer unfähiger, eine ausgewogene Darstellung zu präsentieren. Sie hatte sich von dem Thema abgewandt, mit einem vordergründigen Gefühl von Überdruss, als wäre sie übersättigt, als wäre es Zeit, einen alten Zopf hinter sich zu lassen. Es hatte so gutgetan, Vergangenheit Vergangenheit sein zu lassen und mit Jens in eine beherzte Zukunft hineinzuleben.

Nun, als sich die Materie wieder auf sie zuschob, als sie die Handouts erstellte, spürte sie eine Erregung in sich aufsteigen, ein unausgegorenes Gefühl der Hingezogenheit und Abwehr zugleich. Sollte sie den Vortrag persönlich halten und ihre Zuhörer in den Bann gelebter Geschichte hineinziehen? Sollte sie im Seminarraum, diesem dunklen, viereckigen Ungetüm, die Aufzeichnungen ihrer Großmutter vorlesen, womöglich mit zitternder Stimme? Sollte sie werben um die versäumte, aber zukünftige Möglichkeit, Frieden gedeihen zu lassen, indem man die Menschen vor Ort zusammenwachsen ließ, während sie miteinander einkauften, zusammen aßen und einander heirateten? War das die Wahrheit? Hätten sich die Deutschen und die Polen zusammengetan oder hätten sich die Unterschiede weiter vertieft? Hatte sie die Unterdrückung der Deutschen durch den polnischen Staat genügend dargestellt? Konnte sie wissenschaftlich sein, oder war sie nicht doch ein Landei? War sie gut genug angezogen? Würden ihre Kommilitonen über sie lächeln, so wie sie mit Eva über „Sepp" („der Depp") gelacht hatte?

Es kam, wie es kommen musste. Sie eilte durch ihr Referat des Herzens. Sie rasselte die Definitionen der Rassen herunter, unterschied unnötigerweise den kleinen und großen Ariernachweis, zitierte die Zahlen der Toten, die bereits vor dem Krieg angefallen waren, mit dem Hinweis, dass diese Zahlen nicht sicher seien. Sie suchte ihr Blatt Nummer drei, das sie fälschlicherweise hinten eingeordnet hatte. Sie entschuldigte sich, und weil sie wusste, dass ihre Zuhörer abgeschaltet hatten, berichtete sie, dass der Krieg von den Deutschen unter falschem Vorwand angezettelt worden war, dass er kein Eroberungs-, sondern ein Vernichtungskrieg war. Sie führte aus, dass es ein unbekanntes Massaker in Ciepielów gegeben hatte und noch weitere …

Der Dozent unterbrach sie. „Vielen Dank, Frau Markgraf. Wir wollen uns auf die Zwischenkriegszeit beschränken. Das Thema der Kriegsführung und der Kriegsziele würde nun doch den Rahmen sprengen."

Für ein Zitat ihrer Großmutter, für das Zeugnis des Schmerzes, das sie fürs Referatsende aufgehoben hatte, war keine Zeit mehr geblieben.

Die Diskussion wollte nicht recht in Gang kommen. Nur der beredte Besserwisser Gangolf, der Großspurige unter den Studenten, der stets mit eigenem Wissen die Referenten zu `ergänzen´ wusste, meldete sich zu Wort. „Wenn ich richtig informiert bin", er räusperte sich, als wollte er seine Unzufriedenheit etwas bändigen, „dann hatte sich Polen in der Zwischenkriegszeit doch sehr übernommen. Eine immense Staatsverschuldung, zerrüttete Handelsbeziehungen zu den Nachbarländern Russland und Deutschland, eine unsichere Staatsführung, in der Piłsudski sich an die Macht putschte. Staatliche Maßnahmen in der Industriepolitik, welche die von den Deutschen geführten Betriebe", er nahm Katharina in den Blick, „auch die von dir angeführten Textilbetriebe in Lodz, in den Ruin trieb. Haben nicht die Polen versucht, aus den Deutschen die Buhmänner der

Nation zu machen, und haben sie diese nicht systematisch vertrieben? War das in Zeiten der Wirtschaftskrise nicht die vollkommen verfehlte Politik?“

Er beschrieb Tatsachen, als wären sie eine ganze Wahrheit. „Ist denn nicht gerade die Agrarreform, die du zitiert hast, Katharina, ein Beispiel dafür, dass die Polen nichts *ganz* gemacht haben? Ein Reförmchen, das den Unfrieden verstärkte, weil sie nur Verbitterung, aber keine Gerechtigkeit geschaffen hat? Ist es Zufall, dass der Prozentsatz der Deutschen in den Zwischenkriegsjahren kontinuierlich kleiner geworden ist, weil sie diskriminiert wurden, obwohl sie bis dahin weitgehend für die Prosperität des Landes gesorgt hatten? Müssen wir nicht, auch wenn das politisch unkorrekt wirken sollte, gerecht sein? Ist deine Darstellung nicht zu sehr dem ‚good will' verpflichtet? Bringt es uns etwas, wenn wir im Nachhinein die Verlierer, die sie vielleicht geblieben wären – ich sage bewusst ‚vielleicht' –, als gerechte und unschuldige Opfer der Propaganda hinstellen?“

Er redete noch viel mehr. Er belegte seine Ungehaltenheit über Katharinas Referat mit einseitigen Beispielen, die er im Ton der Informiertheit vorbrachte. „Ist nicht die Tatsache, dass die Deutschen die Polen binnen vierzehn Tagen überrannt haben, auch ein Beleg dafür, dass die polnische Armee ebenso korrupt und unsystematisch aufgestellt war wie ihr ganzes Staatswesen?“

Die letzten polnischen Truppen waren erst am 6. Oktober 1939 besiegt worden, sechs Wochen nach Kriegsbeginn, und er redete von zwei Wochen. Aber wer redet, hat recht, fuhr es Katharina durch den Kopf. Ich muss ihn unterbrechen.

„Aber die Polen hätten Zeit gebraucht, um ihr Staatswesen besser zu organisieren. Und der Krieg ging länger als zwei Wochen.“ Wie konnte sie nur so einen Unsinn reden? Gangolf lächelte nachsichtig. „Ja, der Krieg ging länger als zwei Wochen.“

Wäre doch nur Eva da gewesen. Aber Eva studierte Philosophie und nicht Geschichte. Sie war nicht da. Eva hätte in wenigen und klaren Sätzen die Positionen benannt, sie hätte dann ein Plädoyer gegen die Überheblichkeit, ein Plädoyer für das Eingeständnis der Schuld und für eine differenzierte Betrachtung gehalten, weil die differenzierte Betrachtung die einfachste war.

Jede Reduktion führte über kurz oder lang zu Erschütterungen, die nicht mehr steuerbar waren. Die Herabwürdigung und Unterdrückung von Menschen erschien vielleicht kurzfristig als klare Lösung der Probleme des Zusammenlebens. Sie führte aber langfristig zu einer Eskalation. Eva und sie hatten dies in vielen Beispielen durchexerziert, egal ob es um die Beziehung der Eltern zu ihren Kindern, um den Umgang der Lehrer mit ihren Schülern, um die verächtliche Isolation der Einwanderer oder um die imperiale Unterdrückung der Ureinwohner eines Landes ging. Das alles hatte Eva mit Katharina im Vorfeld oft genug diskutiert.

Aber nun blieb Katharina still und beschämt. Ein hilfloses und betretenes Schweigen lastete im Raum. Wahrscheinlich hatten die Kommilitonen Mitleid mit ihr.

Der Dozent versuchte, die Sitzung ins Lot zu bringen, indem er von Komplexität sprach und Katharina dankte, dass sie auch die Seite der Polen auf eine glaubwürdige Art vertreten habe. Ob sie noch etwas über das Schicksal ihrer Großmutter erzählen wolle?

„Nein“, antwortete Katharina. Damals habe es viele Flüchtlinge gegeben, und ihre Großmutter sei bereits früher nach Deutschland gekommen. Diese Geschichte sei längst verschmerzt. Sie verließ die Sitzung, ohne jemanden anzusprechen und, ohne von jemandem angesprochen zu werden.

Eva tröstete sie, als Katharina ihr von dem Desaster erzählte. „Wahrscheinlich ist mehr angekommen, als du denkst. Du hast beide Positionen dargestellt, ich weiß das, und ich bin sicher, dass dies bei den meisten Seminarteilnehmern angekommen ist. Aber dieser

Gangolf – klingt der nicht wie Werwolf – also dieser Werwolf hat es einfach nicht ertragen.“ Katharina schüttelte den Kopf.

Eva nickte. „Wahrscheinlich hättest du das gar nicht besser machen können, Katharina, denn nur dann, wenn deine Differenziertheit unterliegt, wenn die bösartige Macht der Vereinfachung und der Falschdarstellung das Netz deiner Argumentation niederwalzt, passiert das, was immer passiert. Und glaub mir, der Dozent und die Studierenden haben es gespürt. Ihnen war unwohl mit dem Werwolf. Und das wollen wir doch erreichen, dass allen unwohl wird, wenn jemand nicht mehr aufhört, plakativ und selbstgerecht die Wahrheit zu vereinfachen.“

Auch Jens tröstete sie. „Mir geht es jeden Tag ähnlich, Katharina. Ich muss die Arbeit, die Schwierigkeiten und die Komplexität vereinfacht darstellen. Niemand will hören, dass wir mehr Probedurchläufe bei der Umstellung der Tradingsoftware bräuchten, weil sonst Sicherheitslücken entstehen. Es ist auch unklar, was langfristig an der Börse passiert, wenn sie durch die elektronischen Möglichkeiten weiter dereguliert wird. Ich muss, auch wenn mir dabei unwohl ist, das Projekt geschönt darstellen.“

Katharina nickte, auch wenn sie sich fragte, ob Jens sie wirklich verstanden hatte. Tat er nicht genau das, was Eva ihm angekreidet hätte – die Komplexität vereinfachen und die Lücken verschweigen? War er nicht auch Handlanger der Vereinfachung, als wäre die Differenziertheit nicht wirklichkeitstauglich? Würde das auf Dauer halten?

Aber immerhin war ihm unwohl dabei. Und hätte sie ihm jetzt Vorwürfe gemacht, dass er ein Mitspieler sei, ein Mitläufer, der, weil er die Komplexität leugnete, die nächste, nicht mehr steuerbare Katastrophe herbeizitierte, dann hätte er sie nur entgeistert angeschaut. Ob sie ihn jetzt in die Nähe der Nazideutschen und der rechten Querköpfe wie diesen Gangolf stellen wolle? Nein, das wollte sie nicht. Nein, das wäre völlig übertrieben gewesen. Es hatte keinen

Sinn, darüber zu reden. Es hatte keinen Sinn, es machte nur alles so kompliziert. Sie wollte ihre Beziehung erhalten. War es da nicht nötig, weniger ehrlich zu sein, dafür Toleranz zu üben und die vielen Grundsätzlichkeiten zu übergehen? Sie nickte vorsichtig und schwieg.

31.

Katharina und Jens

Der Frühling kam mit frischer Macht. Die Forsythien blühten, bevor sie Blätter hatten. Sie prangten gelb wie die Tulpen, die aus Holland kamen und in den Blumenläden vorschnell Farben und Fülle versprachen. Jens hatte seine Probezeit bestanden und einen Vertrag für die Projektleitung bekommen, die sich länger als ein Jahr hinziehen würde, vielleicht zwei oder drei Jahre. Er hatte Katharina mit seinem Handy angerufen, um sich mit ihr im Café am Rotkreuzplatz zu verabreden. „Erinnerst du dich noch, du wolltest den Schampus zahlen, wenn ich eine unbefristete Stelle bekäme."

„Ich erinnere mich. Haben wir damals festgelegt, ob wir den zu Hause trinken oder im Kennlern-Café?"

„Damals hatten wir noch kein Zuhause. Und heute trinken wir im Café. Ich habe eine Gehaltserhöhung bekommen, und du kannst mich einladen."

„Absolut logisch."

„Viertel nach fünf? Ich werde bis dahin durch die Straßen irren und mich daran erinnern, dass ich dich damals im Regen schon fast vergessen hatte."

„Der Vertrag ist verlängert?"

„Wie unsere Liebe auch."

„Auf wie viele Jahre?"

„Bis das Projekt beendet ist. Glaube mir, das Projekt ist noch lange verbesserungswürdig. Es muss immer etwas optimiert werden. Die Konkurrenz schläft nicht."

„Du wirst wachsam bleiben, die \`Day Trader\` dürfen auf dich vertrauen."

„Endlich eine Frau, die mich versteht! Wenn das so weitergeht, versumpfe ich hier wirklich noch zwanzig Jahre."

„Für magere zwanzig Jahre soll ich einen Schampus ausgeben? In zwanzig Jahren sind wir immer noch verbesserungswürdig."

„Wir nicht, nur unsere Kinder."

„Viertel nach fünf im Café."

KATHARINA

Sie liebte das füllige, verschwenderische Leben mit Jens. Manchmal besuchte Katharina ihre Vermieterin, wenn sie die Post abholte. Es war ein Besuch, eine Rückkehr in eine vergangene Lebenszeit. Die Wohnung roch wieder nach Vanillezucker, sie aß den Kuchen vertraulich mit der alternden Frau, die immer dicker und versöhnlicher wurde. Katharina fühlte sich wie eine Tochter, die ausgezogen war und für die Frau Severin eilig die herumliegenden Zeitschriften auf dem Küchentisch wegräumte, wenn sie kam. Sie braute starken Kaffee, den sie sich allein nie zugestanden hätte. Dann redeten sie mit Herzlichkeit über banale Themen wie das Wetter, die Preissteigerung der Lebensmittel oder den Besuchskreis für alte Menschen. Wunderliche Alte seien das, die der Vergangenheit nachhingen, meinte Frau Severin mit einem Lächeln über sich selbst. Katharina verließ ihre Vermieterin immer mit wehem Herzen und konnte sich nicht dazu überwinden, ihr mitzuteilen, dass sie mit Jens zusammen in eine neue Wohnung ziehen würde.

Sie hatten sich einigen können. Eine Eigentumswohnung in Bogenhausen, ein Neubau, der erst im Herbst fertiggestellt werden würde. Sie hatten den Rohbau aus Beton besichtigt und hatten vom Makler ihre Fantasie beflügeln lassen. Siebzig Quadratmeter, effektiv geschnitten, sodass neben den Funktionsräumen noch ein großzügiges Wohnambiente möglich wäre. Dazu ein Balkon mit Blick auf den Englischen Garten! Im Moment wirkte der Bau noch wie ein Klotz mit Löchern.

„Die Lage ist fantastisch, und glaub mir, Katharina, die Lage ist alles!“ Es war deutlich, dass Jens, der mit Claudia zusammen oft Immobilien bewertet hatte, professionellere Argumente hatte. Es war eine ruhige gehobene Wohngegend mit guter Infrastruktur, Einkaufsgelegenheiten, Parkplätzen und Spielplätzen in einer zentralen Lage. Katharina straffte ihre Schultern, als sie auf dem Weg zum Besichtigungstermin, Hand in Hand mit Jens, an den Villen vorbeiging. Privathäuser, teilweise geschäftlich vermietet an Rechtsanwälte, Ärzte und Botschaften, umgeben von ausgedehnten Gärten, deren Gestaltung an kleine Parks erinnerte. Die Bäume schlugen aus, die Blumen wuchsen aus ihren Zwiebeln. Was würden ihre Eltern sagen, wenn sie zu Besuch kämen? Wären sie glücklich, dass Katharina nun so nobel wohnte? Jens malte ihr aus, dass sie abends einen Spaziergang ins Grüne machen könnten, jeden Abend, und am Wochenende eine Fahrradtour. Der Makler beschrieb, dass er Erfahrung mit derartigen Immobilien hatte und versicherte, dass diese Preisklasse sympathische Menschen anzog. Die unteren Stockwerke seien bereits an angehende Familien verkauft, und oft würde sich in diesen Neubauten eine gute Hausgemeinschaft herausbilden, da alle einen neuen Anfang wagten.

Sie stand an der Auslassung für die Fenster. Sie hörte Vogelstimmen, und die Luft roch frisch und neu. Die Wohnung, nun noch rau und grau, würde hell und freundlich werden. Kein dunkler Keller mehr wie bei Severins, keine Wäscheleine, sondern ein Trockner, keine Dachschrägen, sondern ein Balkon. Es gab keine Gründe gegen diese Wohnung, außer ihrer Angst. Jens hatte sie bereits gebeten, pro forma einen Mietvertrag zu unterschreiben, damit er einen Nachweis dafür hatte, dass er die angedachte Tilgungsrate bedienen konnte. „Du musst es gar nicht bezahlen.“

„Natürlich werde ich dir Miete zahlen, wenn ich bei dir wohne." Sie sahen einander an – im Moment zahlte sie ihm keine Miete. Katharina wurde rot. „Seit ich bei dir wohne, erledige und zahle ich fast alle Lebensmitteleinkäufe."

„Das ist doch alles kein Problem."

„Ich werde sofort einen Dauerauftrag einrichten, um mich an den Nebenkosten zu beteiligen. Ich werde es mir an anderer Stelle abknapsen."

„Das möchte ich nicht." Er wandte sich ihr zu. „Wir wollen es schön haben und das Leben genießen." Er küsste sie neckisch auf die Nasenspitze. „Das Geld kommt dann ins Kässchen für unsere aushäusigen Abende. Wir werden großzügig essen gehen oder ins Theater. Du suchst die Vorstellungen aus, und ich genieße die Bildung."

Katharina wusste, dass Jens freigiebig war und dass er sich darüber freute, ihr etwas Schönes bieten zu können. Er konnte nicht verstehen, dass sie das Geld nicht hatte, um zwei Mieten zu bezahlen.

JENS

Am Vortag hatte Jens Post von Claudia bekommen. Ein dicker Briefumschlag, in dem einige Fotografien steckten. Katharina hatte ihm den Umschlag gegeben und sich dann diskret zurückgezogen. Später sprach sie ihn darauf an. Er zeigte ihr die Fotos. Claudia und ihr Bruder Michael vor türkisblauem Meer, auf einem Steg, vor einem kleinen Holzferienhaus, einmal sogar Arm in Arm.

Die Bilder zeugten davon, dass Claudia wieder ein sicheres Gespür dafür gezeigt hatte, dass sie Luxus nicht mit Prunk verwechselte. Das hatte sie von ihrem Vater, der seine Ferienimmobilien auch so gewählt hatte, dass man sich im Luxus wohlfühlen und locker bleiben konnte. Claudia hatte eine Postkarte in den Umschlag gesteckt.

So weit ist es mit mir gekommen, dass ich nun sogar mit Michael in den Urlaub geflogen bin! ((Smiley)) Wir hatten hier eine herrliche Zeit. Michael lässt dich grüßen. Ich soll dir ausrichten, dass du das Victory-Zeichen als Anerkennung nehmen sollst. Er meint, es sei ein Erfolg, sich von unserer Familie zu trennen. Er spinnt, aber es macht Spaß mit ihm. Dir alles Gute, Jens! Claudia

Jens' Hände zitterten, als er das Bild hervorholte, auf dem Claudia ihn herzlich anlachte, Arm in Arm mit Michael, der ein V aus Zeige- und Mittelfinger der Kamera entgegenstreckte und ihn mit verschwörerischem Blick an ihre alte Brüderschaft erinnerte. War es eine ausgeheckte Bosheit? Wussten sie, dass sie ihn damit treffen konnten? Oder war es wirklich so, dass die Geschwister ein *sowohl-als-auch* gefunden hatten? Sowohl versöhnlich als auch abgegrenzt vom Erbe ihres Vaters. Sowohl selbstsicher als auch über sich selbst lachend? Sowohl einverstanden damit, dass Jens gegangen war, als auch eine alte Gemeinschaft demonstrierend. So hatte er sie nicht gekannt. Immer hatte er den Eindruck gehabt, dass er und seine Familie ein Accessoire, ein Beiwerk zu Claudias Familie waren, dass er sich schmückend oder arbeitend einfügen durfte. Hatten sie ihn ernst genommen? War er als Außenseiter der kleine Keil, den sie brauchten, um nicht en bloc zu versteifen? Mit Michael hatte er oft am Rande der Unterhaltung seine Witze getrieben. Meist nur mit einem kleinen Zwinkern, einer ironisierenden Geste, einem halben Satz. Wenn Claudias Vater davon erzählte, wie sie früher mit dem VW Käfer nach Jesolo gefahren und im Auto verschmachtet waren („Er kennt die Armut", hatte Michael geraunt und Jens hatte unmerklich genickt), oder wenn der Vater beschrieb, wie er sich Dauerwellen hatte machen lassen, weil das damals „In" war, und von einer alten Frau als „faule linke Sau" angeschrien worden war. Claudia hatte normalerweise nur zugehört. Wie das heute wohl wäre?

Als Katharina ihn fragte, ob er sie vermisse, schüttelte er den Kopf. „Ich habe ihr schon oft getraut, aber sie ist nur für kurze Momente tieffühlend oder selbstkritisch."

Katharina nickte und atmete tief durch.

„Damals beim Telefonat, als ich die Beziehung beendete, habe ich kurz gezögert, weil ich für einen Moment annahm, dass sie verletzt sein würde, dass sie Zweifel und Fragen zuließe. Das war aber gleich wieder vorbei. Ich trau ihr nicht. Es ist immer nur kurz. Würde ich sie heute sehen, sie wäre wie immer. Würde ich sie fragen, was sie auf der Postkarte angedeutet hat, würde sie verständnislos tun."

Katharina glaubte ihm. So oft hatte sie Angst, aber nie Bedenken, dass sie und Jens zusammengehörten, gerade weil sie so unterschiedlich waren. Wie der Plus- und Minuspol eines Magneten. Das Ja-Nein-Paar, das ineinander aufgehoben war.

„Nein, es ist vorbei", fuhr Jens fort. „Wir haben äußerlich miteinander gelebt, weil sie es zu ihrem Inneren immer nur einen Sekundendurchbruch lang schafft. Ich habe es auch nicht gekonnt. Mit dir ist das anders geworden."

Er weinte, und Katharina war nicht klar, ob seine Tränen vom Abschiedsschmerz oder der Nähe zu ihr herrührten. Es war ihr egal. Sie war ihm nahe, als sie neben ihm saß und vorsichtig ihre Hand auf seinen Rücken legte, als könnte sie damit die Erschütterung etwas mildern.

32.

Jens

Seine Eltern hatte Jens mit Bedacht nicht in die Entscheidung einbezogen, welche Wohnung er kaufen wollte. Inzwischen wussten sie von Katharina, gleichzeitig zeigte er kein Interesse daran, sie ihnen vorzustellen. Etwas boshaft hatte er auf die Frage seiner Mutter nach Katharina geantwortet, dass er sie erst vorstellen wolle, wenn er sicher sei, dass sie auch heiraten würden. Er war aber doch froh, dass seine Schwester sich ankündigte. „Ich möchte Katharina kennenlernen, und dann“, sie senkte verschwörerisch ihre Stimme, „muss ich doch auf dich aufpassen, wenn du so weitreichende Entscheidungen wie einen Wohnungskauf tätigst.“

„Über Katharina wirst du noch mehr staunen als über die Wohnung.“

Katharina und Jens

Sie bummelten Hand in Hand durch die große Bahnhofshalle. Im Münchner Kopfbahnhof schienen alle Züge zu enden, sie standen mächtig nebeneinander mit ihren modernen hellen Schnauzen.

Katharina und Jens gingen ruhig durch die vielfältigen Gerüche, orientierten sich an den Anzeigetafeln und Durchsagen, die im Lärm untergingen und bayrisch vernuschelt klangen.

„Warum sind die Durchsagen nicht auch auf Englisch? Wollten wir nicht eine Weltstadt sein?“ Er schien unter Druck zu sein, Katharina auch. Lange hatte sie überlegt, was sie anziehen sollte. Bei Jens hatte sie den Vorschlag durchgesetzt, abends selbst zu kochen, weil dies familiärer sei.

„Aber Alexandra ist keine Vegetarierin."

„Wie ich deine Schwester einschätze, isst sie gern Fleisch, aber wenig. Wir können sie einfach fragen, ob es okay ist, den Nudelauflauf zu essen. Ich will sie nicht drängen." Katharina hatte Jens' Nervosität daran abgelesen, dass er versuchte, Ordnung zu schaffen.

„Es liegen gar keine Knöpfe, Büroklammern, alte CDs und anderes Zeug herum. Wie soll ich denn Ordnung schaffen, wenn schon alles aufgeräumt ist?"

„Schön, dass du das merkst. Wir sollten öfter Besuch einladen."

Auf seiner Staffelei stand das Bild, an dem er an den Wochenenden arbeitete. Der Berg war skizzenhaft, seine dunkle Festigkeit in unzähligen Bleistiftstrichen bereits angedeutet. Vor ihm ein überproportional großer Wolf (den Katharina scherzhaft auch als Hund betitelte), der davonlief. Er hatte ein natürliches Gesicht, („Du kannst so toll zeichnen, es ist so ein schönes Wolfsgesicht." – „Du meinst, er sieht mir ähnlich." – „So schön ist er jetzt auch wieder nicht."), während sein Pelz bereits mit dunkelroten Pinselstrichen verfremdet war.

„Er muss mächtig aussehen, kräftig", betonte Jens. „Er darf ruhig bedrohlich wirken. Er geht in eine Zukunft hinein, er nimmt das Risiko auf sich, allein durchkommen zu müssen."

Jens drängte regelrecht nach vorn, als der Zug aus Passau einfuhr. Als Alexandra und er einander von Weitem entdeckten, winkten sie beide ausgelassen und fielen sich in die Arme. Alexandra begrüßte Katharina mit einem Händedruck, bei dem sich Katharina unwillkürlich angezogen fühlte. Vorbei war der kurze Neid, dass Jens eine Schwester hatte, vorbei war die Befangenheit, die sie im Vorfeld verspürt hatte.

Jens nahm Alexandra das Gepäck ab und leitete sie zur U-Bahn, während die beiden Frauen spontan ins Gespräch kamen. Zu Beginn blieben sie beim Smalltalk über die Zugfahrt und waren sich einig, dass man gleich nach dem Einsteigen ein belegtes Brot essen müsse. Zugfahren mache nur Spaß, wenn man satt sei und dann wechselweise im Buch lesen oder aus dem Fenster schauen könne.

„Ich habe nichts zu arbeiten mitgenommen und stattdessen an Anna Karenina weitergelesen", erzählte Alexandra.

„Ach, das ist schon lange her, dass ich das gelesen habe. Bist du schon an der Stelle, an der Wronskij auf ihre Frage, warum er mit ihr fahre, antwortet: ‚Wo sollte ich sonst sein, wenn Sie hier sind?'"

„Ja, Wahnsinn! Ich sollte wahrscheinlich ein anderes Buch lesen, ich werde verdorben."

Katharina schaute sie fragend an.

„Nun könnte ich ein Klagelied anstimmen mit dem Tenor: ‚Welcher Mann würde heute noch …'"

Katharina nickte. „Bevor ich Jens getroffen habe, hätte ich dir sofort zugestimmt. Aber jetzt …" Sie verstummte, weil es ihr peinlich war, gleich mit einer Liebeserklärung ins Gespräch zu stürmen.

Alexandra lachte weitherzig. „Ehrlich gesagt bahnt sich auch bei mir gerade eine Liebe an. Jens habe ich noch nichts davon erzählt. Bis heute Abend bleibt es ein Geheimnis unter uns Frauen."

Es kamen keine Fragen auf, wo sie essen sollten, wie der Tag zu gestalten wäre. Alexandra nahm in gelassener Weise ihr Quartier im Wohnzimmer und schloss sich bereitwillig allem an, was die beiden vorschlugen. Sie lobte München, obwohl sie die Stadt kannte, den Prinzregentenplatz und den Friedensengel, dessen Gold mächtig und filigran zugleich in der Sonne strahlte. Sie waren zu Fuß unterwegs zur zukünftigen Eigentumswohnung. „Wie gefällt sie dir?", fragte sie Katharina, bevor sie sie noch selbst besehen hatte.

„Die Wohnung ist schön, sie wird schön, die Umgebung ist fantastisch. Das Einzige was mich stört, ist meine Befangenheit. Ich habe das Gefühl, dass ich in dieser Wohnung nicht frei reden kann. Ich muss Anlauf nehmen, mich räuspern, bevor ich etwas sage. Manchmal stelle ich mir vor, dass unsere zukünftigen Nachbarn befremdet sein werden, wenn ich in Langarmshirt und Rucksack zur Uni eile."

„Das kann ich mir gut vorstellen. Die Umgebung ist elitär."

„Jens ist schon sehr ehrgeizig."

„Das kommt bestimmt davon, dass er zeitlebens nur der kleine Bruder war."

Sie lachten schallend. Nein, auch Alexandra hatte nichts an der Wohnung auszusetzen und war beeindruckt vom Blick auf den Englischen Garten. „Sieht so aus, als wolltest du mich überholen. Ich weiß nicht, ob ich mir je so eine Wohnung leisten kann. Als Richterin bleibe ich einigermaßen begrenzt in meinem Gehalt."

„Dafür hast du einen interessanten und sinnvollen Beruf."

„Du nicht?"

„Interessant ist meine Arbeit schon, sinnvoll weniger."

Katharina horchte auf. Mit ihr hatte er noch nie über die Sinnhaftigkeit seines Jobs gesprochen. Er wusste, dass sich ihre Begeisterung für den Ausbau des Börsenhandels in Grenzen hielt. Sie hatte ihm das nie gesagt. Gab es noch mehr, das sie einander verschwiegen, ohne es zu merken?

Alexandra half bereitwillig beim Kochen, wobei sie Katharina unauffällig den Vortritt ließ in der Entscheidung, ob noch nachgesalzen werden solle und ob genügend Käse über dem Auflauf sei. Sie tranken leichten Rotwein, und die beiden Frauen lächelten einander an, als Jens einen Vortrag über dessen Herkunft hielt.

„Ein Gamay, ein leichter, erfrischender Burgunder, aus der Bourgogne."

„Nein, Jens, wirklich? Kommt dieser Burgunder aus der Bourgogne?", fragte Alexandra neckend.

Jens warf das Küchenhandtuch nach ihr. „Ruhe in den hinteren Reihen! Katharina, du musst zu mir halten."

Katharina lachte. „Das fällt mir schwer."

„Wie soll man je zum Mann werden, bei diesen dominanten Frauen?"

Alexandra sagte: „Nietzsche."

Katharina sagte: „Schiele."

Jens zeigte ihnen beiden den Vogel. „Ihr seid bekloppt. Ich fühle mich sehr geehrt, dass ihr mich mit großen Persönlichkeiten vergleicht. Keine Ahnung, wie ihr darauf kommt."

„Von beiden ist bekannt, dass sie von Frauen dominiert waren", erklärte Alexandra.

„Jetzt ist Schluss mit Bildung. Erzähl mal, wie es dir geht."

Katharina schaute ihn dankbar an. Jeder andere Mann wäre beleidigt gewesen, aber ihr Jens schaffte es immer wieder, gutwillig zu bleiben. Sie hatte ein schlechtes Gewissen, dass sie so leichtfertig mit Alexandra gegen ihn koaliert hatte. Den Rest des Abends hielt sie sich zuhörend im Hintergrund.

Sie aßen gut, tranken viel. Alexandra berichtete von Martin, der sie als Anwalt so beeindruckt hatte, dass sie sich dabei ertappte, ein zu mildes Urteil zu fällen. Nach inneren Kämpfen hatte sie sich dazu aufgerafft, seine Telefonnummer ausfindig zu machen und hatte ihn unter einem fadenscheinigen Grund angerufen. Sie hatte ihn sogar um ein Treffen gebeten, um noch einmal über den Delinquenten zu sprechen. Alexandra war sehr ernst bei ihrer Erzählung, ließ es sich gefallen, dass Jens ihr sagte, dass es Zeit sei, ihren Nimbus der Überlegenen abzulegen. Sie erzählte, dass Martin dabei sei, sich von seiner Freundin zu trennen, und dass sie Angst habe vor der Verantwortung, die ihr dadurch entstünde. „Wenn ich der Auslöser dafür bin, dass eine bestehende Beziehung auseinandergeht, dann will ich mich ganz für ihn entscheiden." Sie blickte zu Katharina.

Katharina nickte.

33.

Jens

Am Sonntag stand Jens früh auf, um Semmeln und Brezn einzukaufen, seine Frauen zu versorgen. Ein diesiger und früher Morgen, die Läden waren geschlossen, die Straßen sehr ruhig. Er ärgerte sich, dass sie kein Auto hatten. Katharina hatte die Überlegungen dahingehend immer wieder abgebrochen und ihn damit überzeugt, dass er das Geld eher für die Immobilie brauche. Leider hatte sie recht, wie immer. Aber es wäre schön gewesen, diesen bedeckten Sonntag mit einem langen Spaziergang am Starnberger See zu verbringen. Er liebte die ineinander übergehenden Weiß-, Grau- und Blautöne, die sich am großen See ergaben.

Früher waren sie von ihren Eltern zu kleinen Sonntagsausflügen an die Seen und Schlösser Oberbayerns gezwungen worden. Eigentlich waren sie gar nicht gezwungen worden. Seine Schwester und er hatten sich auf die Schlösser gefreut und auf die Möglichkeit einzukehren. Dabei hatten sie Nuss- oder Schokoladentorte mit Sahne vertilgt oder Pommes zu knuspriger Schweinshaxe. Wie nebenbei war die Erinnerung an die gigantische Größe des Chiemsees und an Schloss Herrenchiemsee hängengeblieben, das kalte Blau des Königssees im Trichter der Berge, das märchenhafte Aufragen von Schloss Neuschwanstein, das von Touristen belagert war, die wie große Ameisen emsig den Hügel hinaufliefen. Gern hätte er jetzt, da Alexandra seine neue Welt kennengelernt und akzeptiert hatte, ein wenig an ihre alte gemeinsame Zeit angeknüpft.

So blieb für den langen Vormittag wieder einmal nur der Englische Garten, ein Spaziergang statt einer Wanderung, der Kleinhesseloher See, ein kleiner Stadtsee. Die junge Angestellte im Bäckerladen erschien missmutig und ordnete lange ihre Brote und Semmeln, bevor sie sich zu ihm wandte. Er musste an die freundliche Bedienung in Nymphenburg denken, die ihm am ersten Morgen mit Katharina Brötchen verkauft hatte, als ließe sich mit einem Frühstück eine neue große Zukunft einweihen. ‚Fürs späte Mittagessen halte ich Ihnen noch eine kleine Pizza zurück, Sie werden sie zu genießen wissen.' So etwas bekam man nur gesagt, wenn einem die Verliebtheit aus allen Knopflöchern drang.

Auch Alexandra war nun dabei, eine Partnerschaft einzugehen. War ja auch Zeit! Jeder Moment im Leben ein entscheidender Moment. Mit jeder Entscheidung die Freiheit, seine Identität zu wählen und die Welt zu prägen. Eine schwindelerregende existenzialistische Freiheit, wie Katharina betonen würde. Es wäre schön, das Leben schwindelerregend zu gestalten, aber dazu brauchte man wohl Geld, viel Geld! Stattdessen nahm es doch die vorgeprägte Bahn einer sesshaften Immobilie und eines sicheren Arbeitsplatzes. Wie fürchterlich! Kaum hatte er sich von seinen Eltern abgewandt, schon schlug er ihren Weg ein.

Die Frauen standen spät auf und waren sich einig, dass ein langer Spaziergang den Tag gut füllen und den Besuch gut ausklingen lassen würde. Nach dem Frühstück brachen sie auf. Jens kam sich spießig vor, als er fasziniert von den Abstufungen und dem Variantenreichtum der hellgrünen, lindgrünen, gelbgrünen und sattgrünen Blätter der ausschlagenden Bäume schwärmte. Es erinnerte ihn an das muntere Gerede seiner Mutter, das ihm früher auf die Nerven gegangen war.

„Jens hat einen unglaublichen Blick für Farben", kommentierte Katharina, an Alexandra gewandt.

„Ja, das hat er von unserer Mutter, die sein Maltalent sehr gefördert hat."

„Manchmal mäkelt er schon an meinem Kleidungsstil herum."

„Ja, das kann ich mir vorstellen."

Jens merkte, wie Katharina kurz stutzte. Dann wechselte sie das Thema und befragte Alexandra nach ihrer Arbeit als Richterin.

„Jedes Urteil hat eine klare Gliederung. Rubrum, Tenor, Bezeichnung der angewendeten Vorschriften und Urteilsgründe." Katharina schaute sie interessiert an.

„Das Rubrum beginnt mit dem berühmten Satz *Im Namen des Volkes* und ist eine vorausschauende Zusammenfassung zu dem, worüber das Urteil gefällt wird. Das Urteil selbst kommt im Tenor. Danach folgt die Begründung, die weniger auf dem fußt, was sich die meisten Menschen erhoffen. Ein Urteil begründet sich vorrangig aus den Gesetzen, nicht aus der Moral, die persönlich, wertend oder aburteilend wäre. Die meisten erwarten sich vom Richter oder der Richterin eine moralische Einordnung des Geschehens, was am ehesten in der Urteilsbegründung erfolgen kann, indem das Wichtige vom Unwichtigen unterschieden wird und Strafmilderung oder Strafschärfung begründet werden."

„Die Formel *Im Namen des Volkes* berührt mich immer wieder."

„Mich auch, immer noch. Sie mahnt mich daran, dass nicht ich das Urteil fälle, sondern dass ich Dienerin dessen bin, was unsere Väter festgelegt haben, zur Wahrung der Gerechtigkeit."

Jens war einige Schritte vorausgegangen und fragte vorsichtig nach, ob sie noch länger gehen oder nicht doch lieber gleich im Café am Kleinhesseloher See Einkehr halten wollten.

Sie entschieden sich für einige Umwege, den kleinen Pfaden am Eisbach folgend. „Hier ist es doch fast so schön wie bei uns zu Hause an der Würm entlang", warf Jens selbstironisch ein. Aber sie hörten nicht hin.

Sie konnte gut verstehen, dass Jens auf seine große Schwester gehört hatte. Sie strahlte eine Autorität aus, die sich nicht aufplusterte. „Bist du nicht oft versucht, Strafmilderungen zu geben, wenn du Angeklagte vor dir hast und verstanden hast, dass sie gekränkt sind, dass sie sich eine eigene Gerechtigkeit aufgebaut haben, deren Gründe nachvollziehbar sind?“

„Das fragen alle.“

Katharina blickte zu Boden und schwieg.

„Ich sage dir nun etwas, Katharina: Die Strafe ist nicht nur zum Schutz der Gesellschaft vor weiteren Delikten der Täter wichtig. Die Strafe wird zwar danach bemessen, dass bei Reue und Einsicht eine Besserung und Wiedereingliederung ermöglicht wird, aber das Strafmaß darf ich meines Erachtens nicht allein im Hinblick auf den Täter und dessen Reintegration fällen. Ich muss auch an die Geschädigten denken. Die Opfer sind oft ein Leben lang beeinträchtigt. Egal, ob sie ausgeraubt wurden, ein Auge verloren haben oder nur an der Erinnerung leiden, dass jederzeit ein Schrecken über sie hereinbrechen kann. Sie leiden oft länger, als die Täter gestraft werden. Milde muss ich sein, wenn ich an die Täter denke. Hart und ungnädig muss ich sein, um einen Ausgleich zu den Opfern zu schaffen.“

„Das klingt, als fühltest du dich auch für die ausgleichende Gerechtigkeit, ich würde fast sagen, für die Rache der Opfer zuständig.“

„Vielleicht ist Genugtuung ein besseres Wort als Rache. Den Zusammenhang zwischen Gerechtigkeit und Rache möchte heute niemand mehr benennen.“

„Er klingt nach ‚Auge um Auge, Zahn um Zahn‘. Nach Sippenrache, nach Ausgleich bis in die dritte Generation.“

„Den Geschädigten wird oft sehr viel Versöhnungsbereitschaft abverlangt.“

Katharina war wie elektrisiert durch diesen Satz. Konnte sie Alexandra wirklich fragen?

„Meine Großmutter starb unversöhnt. Sie war ein Opfer des Zweiten Weltkriegs, obwohl sie alles getan hat, um kein Opfer zu werden. Sie war tough bis zur Unbeugsamkeit, sie war eine intellektuelle Frau, obwohl sie auf dem Bauernhof aufgewachsen war, sie hat ihr Mitleid mit ihrer Tochter hintangestellt, um zu überleben.“ Katharina erinnerte sich an die Passage aus Jadwigas Tagebuch, die sich ihr eingebrannt hatte.

Die Wut ist auf der Seite der Ungerechten. Meine Tochter schicke ich weg, wenn sie nachts kommt. Ich kann sie nicht trösten. Wer Trost erwartet, liegt falsch. Ich muss meine Kraft für den Kampf sammeln. Wenn ich meine Tochter tröste, werde ich weinen und untergehen.

Alexandra sah sie fragend von der Seite an.

Katharina war beruhigt, dass Jens ein ganzes Stück vorausgegangen war. Sie wusste, dass er es missbilligen würde, wenn sie dieses Thema seiner Schwester aufdrängen würde. „Sie hat ihren Mann und ihren Bruder gleich in den ersten Tagen des Zweiten Weltkriegs verloren. Zu Hause bei ihren Eltern und bei ihrem anderen Bruder hat sie sich nicht mehr heimisch gefühlt. Sie ist nach Deutschland gegangen, hat als Haushaltshilfe gearbeitet, hat immer gefürchtet, dass ihr ihre Tochter, meine Mutter, weggenommen werden würde. Ich glaube, dass auch sie sich ihre ‚eigene Gerechtigkeit' gebastelt hat. Sie war sehr gekränkt, meine Mutter hat viele Schläge abbekommen.“

Katharina wischte sich unauffällig über die Augen, weil sie die Tränen nicht zurückhalten konnte. Sie hoffte, schnell von sich ablenken zu können, und fragte Alexandra in möglichst aufmunterndem Ton: „Jens hat erzählt, dass du dir auch die Mühe gemacht hast, die Geschichte, das Erleben deines Großvaters aufzuschreiben – bevor er starb."

„Er ist auch unversöhnt gestorben." Alexandra verstummte.

Jens war stehengeblieben und winkte sie heran. „Nun gibt es kein Entkommen mehr. Hebt mal euren schweren Blick, dann könnt ihr das Seehaus schon erkennen. Dort werden wir gemütlich einkehren und zur Feier des bayerisch sonntäglichen Vormittages ein Radler trinken."

Er schüttelte leicht den Kopf, als er bemerkte, wie versunken die beiden auf ihn blickten. „Schonfrist bis zum Eintritt ins Lokal, dann ist Schluss mit euren wichtigen Grundsatzgesprächen." Ihm blieb nichts anderes, als die paar Schritte neben ihnen her zu schlendern.

„Warum hast du ihn eigentlich befragt und interviewt, kurz vor seinem Tod?"

Alexandra wiegte den Kopf. „Mein Vater würde sagen, weil ich Inquisition betreiben wollte. Eine Aburteilung seiner Taten, unabhängig von seiner Person. Ich würde sagen, ich wollte die Wahrheit wissen. – Warum beschäftigst du dich mit deiner Großmutter?"

„Weil ich ihr so nahe bin, ihr ähnlich. Ich möchte versöhnt werden, sie war es nicht, nicht einmal meine Mutter."

Alexandra nickte. „Vielleicht willst du noch ein wenig Rache. Vielleicht willst du Gerechtigkeit, indem du das damalige Unrecht so lange herausschreien möchtest, bis sich jemand bei dir entschuldigt. Vielleicht war es dir noch zu wenig, dass die Deutschen ihre Schuld eingestanden haben."

Katharina war erstaunt, geradezu brüskiert, zwang sich, ihr Gekränktsein zu überwinden. Alexandra schien den Mut zur Ehrlichkeit zu haben. Sie räusperte sich. „Den Polen gegenüber haben sie noch wenig eingestanden. Alle Welt weiß – und das ist auch richtig so –, dass sie die Juden erniedrigt, gequält und vergast haben. Kaum jemand weiß, dass sie auch die Polen erniedrigten, liquidierten und versklaven wollten."

„Ich weiß es.“

„Und das soll mir jetzt genügen?“

„Ja. Du wirst nie den Punkt finden, an dem genügend Sühne und Schuldbekenntnis getan ist.“

Katharina ärgerte sich nun doch über den abgeklärten Ton Alexandras. „Hat dein Großvater etwas eingestanden?“

„Nein, zumindest nicht genügend. Im Nachhinein kann ich sagen, dass ich anerkenne, dass er unter seinen Taten gelitten hat. Das ist mehr, als die meisten empfunden haben.“

Katharina und Jens

Jens schaute aufmerksam auf Alexandra. Warum sagte sie nicht, dass der Großvater Dreck am Stecken hatte? Knickte sie ein, weil sie vor Katharina der Mut verließ? War das nicht dieselbe Feigheit, die den Großvater damals gelenkt hatte, als er vor der Untersuchungskommission nichts zugegeben hatte?

Abends, als Alexandra schon längst wieder zu Hause war, als das von ihr gebrauchte Handtuch in der Wäsche lag und das Wohnzimmer wieder aussah wie vorher, war Katharina immer noch gekränkt.

„Sie hat mir im Grunde vorgeworfen, dass ich noch Rache üben möchte und unversöhnt bin. Sie selbst hat nur die Wahrheit gesucht und ist schon milde gegenüber eurem Großvater. Ich finde“, sie sah Jens herausfordernd an, „dass sie ganz schön selbstgerecht ist.“

„Nein, ich glaube, sie verändert sich. Aber du hast recht. Manchmal ist sie in ihren Reflexionen gnadenlos. Völlig klar und unbeugsam. Ich würde eher sagen, sie ist hochbegabt. Das tut keiner Frau gut.“

„Du bist ein Macho – immerhin gutmütig.“

„Ein gutmütiger Wolf, ein von Frauen gezähmter Wolf. Und ein Magnet."

34.

KATHARINA UND JENS

Für den Juni planten sie ihren ersten gemeinsamen Urlaub. Jens hätte sich Amerika, Dubai oder Kuba gut vorstellen können, sah aber ein, dass diese Ziele ihr Budget überstiegen. Katharina hätte gern eine Alpenüberquerung mit dem Rucksack auf sich genommen, konnte sich alternativ noch vorstellen, eine günstige Unterkunft an der Ostsee zu mieten um dort, bei jedem Wetter, durchs Watt zu wandern. Einig waren sie immerhin darin, dass sie nicht ans Mittelmeer wollten. Nichts wollten sie beide. Jens setzte schließlich fest, dass sie in die Bretagne fliegen würden.

Sie einigten sich auf ein Ferienhaus, das alleinstehend und urig war. Jens bestand auf einen Mietwagen. Er nahm, neben zwei Krimis und Actionfilm-DVDs noch ein Geschichtsbuch über die Entwicklung der Machtstrukturen zwischen Ost und West seit dem Mittelalter mit, damit es seiner wachen Freundin nicht langweilig mit ihm werden würde und er etwas Interessantes zum Reden bieten könnte.

Als sie ankamen, waren sie glücklich und erschöpft. Mit letzter Erledigungskraft packten sie aus und kauften im Supermarkt des nächsten Ortes ein. Dann traten sie auf die Terrasse und ließen sich vom Ausblick überwältigen. Das Haus stand erhöht am Rand einer felsigen Landzunge, abgehoben vom windigen Treiben des meerigen Blaus. Es war ein warmer Wind. Der Frühling entwickelte sich sehnend in den Sommer hinein. Vergängliche Blüten boten sich in kräftigen Farben an. Wie ein bunter Teppich lag die Pflanzendecke auf den Hügeln. Wärmend und weich flossen Farben einander zu, die in ihrer Unvereinbarkeit zusammenpassten – apricot, lila, grün, gelb. Kein sinnlich sensibler Mensch hätte sie im Kleidungsstil so zusammengezwungen, sie hätten sich gebissen. Aber hier, in der Natur, in der Bretagne, im orangenen Sonnenuntergang fügten sie sich ineinander – ohne Konkurrenz, während Fels und Meer stoisch ihre Größe wahrten.

Katharina schob ein stilles Dankgebet zum Himmel, und Jens wollte das Haus kaufen. Jens holte Windjacken und Decken, Katharina Baguette, Rotwein und Käse. Sie saßen und lagen und schauten den ziehenden Wolken nach. „Ich habe nicht mal ein schlechtes Gewissen, Jens."

„Oh nein, erzähl mir nichts von schlechtem Gewissen und auch nichts von nicht schlechtem Gewissen."

„Nein, wirklich nicht. Ich möchte laut sein im sanften Tosen dieses Windes."

„Ja, da könnte ich dir behilflich sein."

Sie liebten sich heftig und unverschämt unter der Weite der vorüberziehenden Wolken. Jens war stolz und freute sich auf diese völlig freien Tage.

Sie gingen ins Haus. Die Sonne war untergegangen. Draußen wurde es kalt. Jens suchte im Fernsehen nach einem deutschen Sender. „Nichts als Französisch, wie soll ich denn das verstehen?"

„Ich kann dir leider nicht helfen, wir sind viel zu weit im Westen." Sie bereitete einen Salat und schaute eine Weile beim Zappen zu. Als sie an einer Dokumentation zum Zweiten Weltkrieg vorbeikamen, wurde Katharina von einer Schmerzwelle erfasst. Eine Woge, die keine Entscheidung zuließ, sie mitnahm mit einer Kraft, der sie nicht mehr widerstehen konnte.

„Sag mal, wie haben denn deine Großeltern den Zweiten Weltkrieg überstanden?"

Jens

Es war nur eine Frage – ein Frage, bei der ihm flau wurde. Er fühlte sich schwach. Ein Sog, der seinen Bauch verschlang, eine Frage, die ihn zum kleinen Kind degradierte, das dem unerbittlichen Urteil des Vaters entgegensieht, obwohl er nichts getan hatte. Er hätte gern seine Leichtigkeit beibehalten, die ihn immer geschützt hatte.

„Willst du wirklich jetzt darüber reden?“

„Ja, ich würde es wirklich gerne wissen.“

Was sollte er erzählen? Die Geschichte, so wie sein Großvater sie erlebt hatte? Hatte nicht Katharina auch so ihr Referat gehalten? Die Geschichte so erzählt, wie sie ihrer Großmutter widerfahren war? Unentrinnbar. „Warum hast du nicht Alexandra gefragt? Sie hätte es dir genauer erzählen können.“

Katharina schwieg.

„Also: Mein Großvater hatte seinen Bruder im Ersten Weltkrieg verloren. Eine Schwester war damals an der Spanischen Grippe verstorben. Die Familie war kriegsmüde.“ Jens machte eine Pause. „Er wurde bereits in den ersten Tagen der Mobilmachung eingezogen. Er konnte nicht den ganzen Krieg mitmachen. Er hat einen Lungenschuss überstanden und dann glaubwürdig darlegen können, dass er in die Logistik wollte. Sein befehlshabender Regimentskommandeur hat sich dafür verwendet, dass er nicht weiter an der Front eingesetzt wurde.“

„Das weißt du von Alexandra, oder?“

„Ein wenig wusste ich vorher schon, aber Alexandra hat alles genau erfragt, als er bereits krank war. Er hatte Krebs. Vorher hat er nie viel berichtet.“

„Die meisten haben über ihre Kriegserfahrungen geschwiegen. Ich weiß.“

„Meine Oma hat erzählt, dass er erstmals davon eingeholt wurde, als sie im Fernsehen eine Dokumentation angeschaut haben. Es war um den Umgang mit Kriegsgefangenen in der deutschen Waffenproduktion gegangen. Der Großvater hatte im Anschluss an diese Sendung einen Ausraster: Diese Schreiberlinge hätten keine Ahnung! Auch für die Deutschen sei es unglaublich schwer gewesen! Hungerleiden, der Zwang zur Ausbeutung, der tägliche Kampf ums Überleben und die Angst um die eigene Zukunft. Die Drecksnachrichten von der Front, bei denen man sich leicht vorstellen konnte, wie die Kameraden erfroren und verreckten. ‚Da sitzen sie im fetten Nest, das wir ihnen aufgebaut haben nach all den Trümmern und scheißen hinein!' So oder ähnlich hat er damals getobt."

Katharina machte den Fernseher aus. Es war dunkel. Sie schaltete die Stehlampe ein, die ein gemütliches Licht gab, und legte eine Decke über ihrer beider Beine.

„Er hat mit anderen nicht darüber gesprochen. Der Großvater starb in den achtziger Jahren. Ich glaube, dass er älter geworden wäre, wenn er nicht so bitter geworden wäre. Seine Lebensbilanz war verhunzt durch die Aufklärung über die Kriegsverbrechen in den späteren Nachkriegsjahren. Er wollte nicht mehr leben, er hatte genug." Jens setzte sich aufrecht und blickte stur geradeaus. „Er musste mit ansehen, wie die Gleichaltrigen, vor allem aber die Jüngeren, die Nachkriegszeit zu ihrem Fortkommen genutzt hatten, während er sich auf Sicherheit und bescheidenes Auskommen als städtischer Beamter verlegt hat. Er hasste die Linken, den ganzen Umschwung, der die Kriegsgeneration als Täter verurteilte. Nicht nur die alliierten Feinde gaben den Deutschen die Schuld, jetzt auch noch die Deutschen selbst. Die Intellektuellen gaben jedem Deutschen die Schuld und sagten kein Wort zum Unglück der Bevölkerung und der Soldaten. Und ich glaube, dass er das nicht mehr mitvollziehen konnte. Er war aus seiner Sicht ein ‚Getroffener'."

Jens konnte spüren, wie Katharina versuchte, sich zu zügeln, und doch fragte sie weiter. „Wieso ein ‚Getroffener'?"

„Ja", nun blickte er Katharina wieder an, „er sah sich als jemand, der in seinem ganzen Leben getroffen worden ist von Schicksalsschlägen und Verlusten. Bruder und Schwester hat er verloren, seine Eltern waren enttäuscht von ihm. Sein gefallener Bruder hat als Hoffnungsträger der Familie gegolten. Der Bruder war, kirchlich gefördert, ins Internat gekommen und hat Jura studiert. Er ist dann leider gefallen. Von ihm, dem großen Bruder, hätte die Familie so etwas wie Ehre und Status erwarten können." Katharina nickte.

„Mein Großvater war nicht so auffällig intelligent und war mit seiner Ausbildung zum mittleren Staatsdienst weniger angesehen. Er war halt die Nummer zwei, egal wie viel er überstanden hat. Er sollte ein sicheres Leben führen, finanziell abgesichert, Enkel liefern, die Eltern versorgen." Katharina schien zu frieren, obwohl sie eine Decke über den Beinen hatten. Unruhig wärmte sie ihre Arme, indem sie mit den Händen die Oberarme knetete.

„Und was wurde über die Schwester erzählt?"

„Ich weiß es nicht. Sie war vierzehn oder fünfzehn, als sie starb. Auf dem Familienbild sieht sie ganz hübsch aus." Er seufzte. Am liebsten wäre er aufgestanden, aber Katharina blickte so konzentriert vor sich hin, dass er es nicht wagte, umherzugehen. „Die Familie wollte keinen Krieg mehr, aber wie alle damals sahen die Urgroßeltern uns Deutsche als das Herrenvolk. Aus ihrer Sicht war das deutsche Volk im Ersten Weltkrieg verraten und verkauft worden. Verraten, weil die Alliierten, insbesondere der amerikanische Präsident damals – Wilson – ja Wilson, seine territorialen Zusagen nicht eingehalten hat, und natürlich, weil die Deutschen auf dem Feld unbesiegt geblieben wären, wenn nicht die Juden und die Kommunisten und die Sozialdemokraten mit ihrem internationalen Getue die Soldaten verraten hätten."

Katharina nahm noch einen Schluck aus dem Rotweinglas und schenkte Jens nach. „Das weiß ich doch längst. Die Dolchstoßlegende. Du redest von allen, aber nicht von deiner Familie. Der Bruder des Großvaters, der muss doch zwischendurch erzählt haben, dass der Erste Weltkrieg ein Stellungsgemetzel war, dem sie nicht mehr weiter standhalten konnten."

Jens zuckte die Schultern. „Das weiß ich nicht – wahrscheinlich hat er wenig erzählt oder er erzählte, wie sie als Kameraden heldenhaft zusammengehalten haben oder über die unzähligen Leiden, die sie durchstehen mussten. Es muss ja auch furchtbar gewesen sein." Jens stand auf und holte ein Schälchen mit Oliven, von denen er aß, noch bevor er sie auf den Beistelltisch stellte.

Katharina

Katharina zündete die Becherkerze an und verbrannte sich am Streichholz die Finger.

„Aber sie wollten ja auch nicht aufgeben."

„Hör doch auf, alles auf die Frage nach der Schuld zu reduzieren." Er richtete sich auf.

„Haben deine Urgroßeltern Geld verloren, bei der großen Inflation?", fragte Katharina weiter.

„Soweit ich weiß nicht, beziehungsweise nicht viel."

Eigentlich hatte sie vom Thema ablenken wollen, aber es zog sie unweigerlich zurück. „Haben sie Hitler gewählt?"

Jens stützte die Ellbogen aufs Knie und den Kopf auf die Fäuste. Er nuschelte. „Das weiß ich auch nicht, aber wahrscheinlich schon."

Warum musste man ihm alles aus der Nase ziehen? Sie war genervt, und sie wusste, dass er genervt war. „Und dann musste dein Großvater in den Krieg?"

„Ja, gleich zu Beginn. Das habe ich ja schon gesagt. – Anders als die anderen kam er aber zu keiner Zeit euphorisch oder siegessicher heim. Zu Anfang waren ja alle doch wieder kriegsüberzeugt, weil die Deutschen die Länder schier störungsfrei überrannt hatten. Der mühelose Anschluss Österreichs, Böhmens, Mährens. Polen war schnell erobert, Holland, Belgien – du weißt das besser."

Katharina war wütend über dieses allgemeine Gerede. Bei ihrem Vater hatte sie es geschafft zuzuhören. „Dein Großvater musste in den Krieg. Seine Eltern fürchteten, dass sie nun auch noch ihr letztes Kind und ihre Sicherheit verlieren würden. Sie wählten Hitler und sahen die Zeit gekommen, dass sie als Deutsche endlich groß herauskämen." Jens streckte sich, als wollte er sich entspannen.

„Ja, heute erscheint es uns so, als hätten sie mit Hitler auch die Eroberungspolitik gewählt. Ich glaube nicht, dass das den Deutschen so bewusst war. Sogar als der Krieg ausgerufen wurde – sie wollten an die Propaganda glauben, dass sie bald siegen würden und dass sie es verdient hätten."

Katharina lehnte ihren Hinterkopf an die Wand und schloss die Augen. Er schwafelte, er entwand sich. Sie hätte ihn am liebsten geschüttelt. Aber sie musste endlich aufgeben, ihn zu verhören.

„Ich weiß. Ich weiß, dass selbst meine polnische Großmutter der Propaganda erlegen war, der Herrenmenschenpropaganda. Sogar nach der Erschießung meines Großvaters und ihres Bruders durch die Deutschen war sie immer noch überzeugt, dass sie eigentlich gute, kultivierte Menschen seien. Und sie floh nach Deutschland. Verstehst du? Nach Deutschland, nicht nach Frankreich, das mit Polen verbündet war. Ich glaube sogar, dass sie als Kind und als Mutter und als erniedrigte Hausangestellte in Deutschland immer noch ‚deutsch' sein wollte."

„Schön, dass du das auch mal erzählst."

„Ich hatte bisher den Eindruck, dass du es nicht wissen wolltest."

„Ich will es auch jetzt noch nicht wissen. Es tut uns nicht gut, Katharina." Sie schüttelte den Kopf. Er durfte erklären und nun durfte sie es auch, verdammt nochmal!

„Ich glaube, dass meine Großmutter einfach in Sicherheit sein wollte. Mit ihrer fünfjährigen Tochter fühlte sie sich in Polen sehr gefährdet. Und wo war man sicherer als bei den Siegern, den Siegern von heute und morgen. Zu der Zeit hätte ja niemand gedacht, dass Deutschland nach diesem Krieg kleiner und gedemütigter denn je dastehen würde. Damals waren auch wir Polen beeindruckt und wollten irgendwie dazugehören."

KATHARINA UND JENS

Jens war es peinlich, dass ihm erst jetzt aufging, dass Katharinas Oma gar nicht zu den vielen Flüchtlingen gehört hatte, die nach dem Krieg aus den Ostgebieten nach Deutschland geflohen waren. Er hatte gewusst, dass die Großmutter hergekommen war, dass der Großvater bei einem Massaker umgekommen war und der Großonkel erschossen worden war. Nie hatte er bedacht, dass die Großmutter als Polin bereits früher als die anderen das Land verlassen hatte. Gleichzeitig fühlte er eine dumpfe Wut. Er richtete sich auf.

„Wie hat deine Großmutter das eigentlich bewerkstelligt? Konnte sie als Polin einfach so nach Deutschland kommen und arbeiten?"

„Sie hat sich einen deutschen Pass machen lassen auf den Namen einer deutschstämmigen Familie, die schon vor Ausbruch des Krieges nach Amerika ausgewandert ist."

„Wie denn?"

„Sie hatte wahrscheinlich über meinen Großvater Beziehungen. Damals war das wohl nicht so unüblich, einen Pass zu fälschen. Da sie genügend über die Familie wusste, fühlte sie sich gegen etwaige Nachfragen gewappnet."

„Ich dachte immer, bei deiner Familie sei alles voller Angst und Hilflosigkeit und Massakern und Angst vor Massakern gewesen. Dabei hatte deine Großmutter ja durchaus kriminelle Energien!"

„Was heißt hier kriminell? Also hör mal!" Katharina warf die Decke weg. „Du bist immer noch so deutsch!"

„Ich hol jetzt noch eine Flasche Wein – ist das auch deutsch? Ich bin übrigens gerne deutsch, dass hier keine Missverständnisse aufkommen.“ Er entkorkte die Flasche ohne Zeremonie, ohne Einverständnis, ohne Zeit. „Du hast vorhin gesagt: ‚wir Polen'. Für dich bräuchten wir jetzt wohl einen Wodka, oder?“

„Ich hab nicht gesagt ‚wir Polen'.“

„Hast du doch.“

„Hab ich nicht.“ Sie blickte durchs Fenster. Die Nacht war so hell, dass die Sträucher vor dem Haus Schatten warfen. „Aber du hast recht, meine Großmutter war sehr dominant. Vielleicht war sie auch nur mutig. Die Ängste meiner Mutter sind dadurch nicht weniger geworden. Sie hat meiner Mutter ihren Namen, ihre Heimat genommen. Sie hat sie auch geschlagen.“ Katharina räusperte sich. „Sie musste bei meiner Großmutter parieren und durfte nichts von ihren Nöten erzählen.“

Gern hätte Jens eingelenkt, aber diesmal war seine Wut tiefer. Er war angetrunken.

„Bei der eigenen Mutter musste sie parieren und wurde geschlagen! Und später so tun, als läge alles daran, dass sie als Polen immer vom deutschen Umfeld unterdrückt waren. Das sind mir die Richtigen!“

Katharina konnte sich nicht mehr halten. Sie ging auf und ab. Am liebsten hätte sie sich vor Jens aufgestellt, hätte ihm ins Gesicht geschrien wie einem kleinen Kind, das nichts kapiert. „Ich will dir mal was sagen: Mein Großvater ist von einem deutschen Kommando über den Haufen geschossen worden, bei einem Massaker – eine Laune des Kommandeurs! Deshalb war sie Witwe mit einem vierjährigen Kind, von einem Tag auf den anderen! Chancenlos in Polen und in Deutschland. Und du tust so, als wäre meine Großmutter ein Hausdrache gewesen und kriminell.“

Jens schüttelte den Kopf. „Kannst du denn einmal etwas zugestehen?“

„Nein, nur wenn es stimmt." Sie war zu laut geworden, das wusste sie. Bei ihrem Vater war sie geduldiger gewesen. Sie hielt inne und atmete durch. „Hast du übrigens gesehen, was für ein süßer kleiner Hund auf der Terrasse ist? Die ganze Zeit läuft er auf und ab, und dann schaut er wieder herein. Ich bin sicher, er winselt, nur wir hören es nicht."

„Ich hab den schon länger beobachtet, das ist irgendeine Mischung mit Border Collie, deswegen sieht er so süß aus. Wahrscheinlich einer, der gelernt hat, dass die Touristen hier immer noch zusätzlich Hundefutter kaufen." Jens war müde. Er wollte nicht mehr streiten und nicht mehr reden. Schon gar nicht wollte er sich um einen Hund kümmern. Er wollte eigentlich schlafen gehen.

„Meinst du, den kann man streicheln?"

„Na ja, ein paar Würmer hat er sicher, vielleicht Tollwut, deshalb ist er so anhänglich, oder Leishmaniose."

„Gefall dir ruhig in deiner ironischen Art."

„Ach, streichle ihn doch einfach, lass dich ablecken. Er hat sicher Hunger. Heute hatten wir schon ein paar schöne Momente. Ich muss dich nicht mehr berühren. Morgen kaufen wir Hundefutter und sprühen ihn mit Desinfektionsmittel ein."

Katharina ging nach draußen und fand einen verspielten jungen Hund. Weiß-dunkelgrau, mit hängenden Schlappohren. Er war mager, jeder Wirbel war zu spüren. Sobald sie etwas zu ihm sagte, stellte er ein Ohr auf und schaute sie an, als wollte er Deutsch lernen.

Sie ging zurück zu Jens und bat ihn eindringlich, rauszukommen und den Hund wenigstens mal anzuschauen. Jens trank noch einen Schluck und kam mit. Er wollte sich versöhnen.

Es war kühl geworden. Man konnte Sternbilder erkennen. „Katharina, lass uns noch kurz spazieren gehen, wir können hier die Milchstraße sehen."

Sie legten ihre Hände ineinander und suchten den kleinen Weg, den sie nur vage erkennen konnten. Manchmal drückten sie einander die Hände und versicherten sich so der Zusammengehörigkeit.

Der Hund folgte ihnen in gehörig bescheidenem Abstand. Immer in Sichtweite. Das Weiß in seinem Fell leuchtete. Wenn Jens ihn mit der Hand wegscheuchte, blieb er stehen, duckte sich kurz und schaute dann beide von unten an, als wollte er nur das Nötigste zum Leben und wäre dann glücklich bis ans Ende seiner Tage.

Katharina konnte sich des Mitleids nicht erwehren.

„Morgen kaufen wir Hundefutter, heute bekommt er noch etwas von unserer Wurst."

„Er bekommt sicher keine Wurst."

„Aber er ist ganz mager und hat Hunger!"

„Wenn er morgen noch lebt und immer noch kommt, dann kaufen wir Hundefutter."

Sie entzog ihm ihre Hand. „Ach ja, wir prüfen die Zugelaufenen auf ihre Qualitäten. Fehlt nur noch, dass er erst mal für uns arbeiten muss, bevor er etwas zu essen bekommt."

„Du hast auf sein Aussehen und seine Rasse reagiert. Wäre es ein hässlicher kleiner Mops, hättest du ihn gar nicht beachtet."

Katharina wollte sich nicht aus dem mühsam errungenen Gleichklang bringen lassen und lenkte ihren Blick nach oben.

„Hast du schon einmal so deutlich die Milchstraße gesehen?"

Jens ging einige Schritte wortlos weiter. Sollte er wirklich etwas erzählen? Würde sie seine Erinnerungen, das Gespräch wieder zum Verhör verdrehen?

„Ja, als Kind in der Schweiz, in Heidi-Land, auf den Bergen, bei einer Nachtwanderung mit meinen Eltern und meiner Schwester. Mein Vater trug mich auf den Schultern, weil ich nicht mehr laufen wollte, und ich fühlte mich den Sternen sehr nahe. Es war alles so still wie hier, aber noch kühler. So unberührt und so geborgen im großen All."

Sie legte den Kopf an seine Schulter, während sie weitergingen. Der Hund folgte ihnen. Er durfte nicht mit ins Haus. Sie gingen erschöpft und bewegt schlafen.

„Es war gut, mit dir zu diskutieren, Jens."

„Ich kenne Schöneres mit dir."

35.

Katharina

Katharina träumte in dieser Nacht, dass sie im Schwarzen Meer tauchten. Es war alles schwarz, und trotzdem konnten sie alles sehen: bleiche Fischschwärme, einen Rochen, Seewürmer, die sich in den Boden bohrten. Das Wasser war warm. Sie konnten im Wasser atmen ohne Tauchermasken und hatten altmodische Badeanzüge an, die den Oberkörper und die Oberschenkel bedeckten. Sie suchten etwas und tauchten danach. Sie trafen auf ein altes Schiffswrack, an dem unzählige Schnecken und Muscheln klebten. Jens suchte den Eingang und fand ihn nicht. Sie suchten immer weiter. Katharina tauchte als Erste auf. Es war kalt an der Luft, und das Ufer war eine unwirtliche Mondlandschaft. Ihr war klar, dass sie nicht rauskonnten aus dem Wasser, weil draußen niemand leben konnte. „Aber es muss doch jemand da sein für die Schmerzen, es muss doch jemand da sein für die Schmerzen!"

Sie wachte stammelnd mit diesem Satz auf und sah Jens neben sich friedlich schlafend. Er sah jungenhaft aus im Schlaf, unschuldig. Sie überlegte, ob sie ihn wecken sollte, ließ es aber. Sie wollte weiterschlafen, kam aber nur in einen unruhigen Dämmer. Der Schmerz ließ sie nicht los, obwohl sie nicht wusste, woher er kam und warum er sie nicht endlich loslassen sollte. Schließlich stand sie auf.

Sie ging dreimal an die Balkontür und jedes Mal schaute Znajda, so nannte sie den Hund inzwischen, sie aufmerksam an. Er verstand sie. Zweimal widerstand sie ihm. Dann streichelte sie ihn.

„Ich weiß doch bereits, dass Hunde die besseren Menschen sind, ich weiß es doch schon", wiederholte sie müde und zäh vor sich hinmurmelnd und holte in der Küche Wurst für ihn. Später schlief sie wieder ein und wachte erst auf, als Jens sie mit einem Kuss weckte und an den bereits gedeckten Frühstückstisch lotste. Znajda schaute von draußen geduldig zu. „Er hat überlebt. Er ist widerstandsfähig“, meinte Katharina.

„Es ist ja kaum mehr Wurst da.“

„Ich hatte Hunger letzte Nacht.“

„Warst du auf?“

„Ja, ich weiß nicht, warum. Ich hatte geträumt, von uns beiden im warmen dunklen Meerwasser. Die Würmer bohrten sich in den Grund, und wir suchten etwas, was wir nicht fanden.“

„Die Würmer sind laut Freud sicher ein Phallussymbol. Ich bohre auch gerne im Meeresgrund.“

„Du bist blöd.“ Sie schaute müde auf ihre Kaffeetasse.

Er nahm ihre Hand. „Ach, Katharina. Wir kaufen zuerst Hundefutter, und dann gehen wir los. Wir gehen einfach an den Hängen entlang und suchen ein Café in Concarneau. Wir gehen zum Hafen, schlendern durch die Altstadt. Wir können mit dem Bus zurückfahren.“

Nach dem Einkauf fraß Znajda gierig zwei Dosen auf einmal auf. Katharina stellte ihm noch Wasser hin.

„Warum hast du ihn Znajda genannt? Und wann?“, fragte Jens.

„Ich hänge immer an den Vokalen – I und A mag ich besonders. Znajda heißt `Findelkind´. Ein Verlorengegangener. Am liebsten würde ich ihn Znajdek nennen, Findelkindchen, aber das klingt dir wahrscheinlich viel zu Polnisch.“

Jens schaute sie an: „Nur in deinem Namen kommen die Vokale I und A vor. Ich hätte ihm nie einen polnischen Namen gegeben. Und das ‚Findelkind‘ und ‚Findelkindchen‘ geht auch auf deine Kappe. Habe ich irgendeine Chance hier?“

„Ja, ich weiß. Ich bin wieder eigenbrötlerisch. Lass uns gehen und dann reden, und dann schauen wir.“

Sie gingen kleine Wege an den Böschungen entlang, das Wasser schimmerte dunkelblau und kalt. Katharina warb um ihn. Sie nahm seine Hand, zeigte im tosenden Wind auf die Wellen, ließ ihre Haare flattern und lehnte sich immer wieder an ihn. Gleichzeitig waren beide damit beschäftigt, dass Znajda ihnen folgte. Für die Wanderung auf den Landwegen war das kein Problem. Sie mussten aber noch ein gutes Stück auf den Boulevards zurücklegen. Jens fürchtete, dass dieser zugelaufene Hund in ein Auto rennen würde, und er dann noch dafür verantwortlich gemacht würde.

„Was machen wir mit ihm auf der Straße? Er kommt leicht unter die Räder."

„Ich scheuche ihn zurück." Als Katharina Znajda zurückjagen wollte, blieb er stehen, duckte sich und schaute sie von unten an. Dann erhob er sich wieder, richtete gleichzeitig ein Ohr auf und wedelte. Sogar Jens musste lachen.

„Das ist nur der Anfang." Jens seufzte. „Ich glaube, so ist es später mit Kindern. Man gibt das Ziel der Wanderung auf."

„Nein, das kommt nicht infrage. Wir werden ins Städtchen gehen, wir werden den Hafen erreichen, wir werden am Ufer stehen. Entweder Znajda bleibt zurück oder er kommt mit uns, und wenn ihn ein Auto überfährt, dann müssen wir das aushalten."

Jens nickte anerkennend, hob den Daumen. „Morgen kaufen wir eine Leine."

„Danke dir", Katharina küsste ihn. „Warum bist du so gut?"

„Weiß ich nicht. Weil ich mich auf später freue."

Znajda bekam tatsächlich Angst vor den Autos. Sobald es enger und belebter wurde, blieb er sitzen und fiepte leise.

Katharina versuchte, ihn zurückzuscheuchen. „Nach Hause … zurück … bis später!"

So ganz hatte er sie wohl nicht verstanden und schaute ihnen fragend nach.

Die asphaltierte Straße erschien ihnen lang und war ermüdend. Es tat wohl, sich in der Altstadt in ein Café zu setzen. Dort waren sie geschützt gegenüber dem Wind und dem Tosen. In der Bretagne schien das Wasser das Land zu dominieren. Die paar Häuser, die vielen kleinen Boote, sie dienten sich alle dem Wasser an, schienen nur eine bescheidene Pracht auszuleben, als seien sie Würfel und Stäbchen, die einem Spiel ausgesetzt waren. Als könnten sie jederzeit umgeworfen werden, während der Ozean eine prächtige Kühle verbreitete.

Jens las aus dem Reiseführer vor. Concarneau, die blaue Stadt. Viele Flüchtlinge aus Cornwall waren hier gestrandet. Sie beschlossen, noch in der Ville Close herumzuschlendern, einer Festungsanlage im Meer, um dann den Rückweg entlang der Küste zu nehmen, bis sie zu einer Haltestelle kämen und zurückfahren könnten.

Sie waren müde vom Laufen, geschwächt von der Sonne, dem Lärm des Windes und Meeres und suchten ohne Worte den Weg ins Schlafzimmer. Katharina raffte sich auf, noch kurz zu duschen. Als sie zurückkam, lag Jens genüsslich aufgedeckt und meinte: „Komm, du Blüte des bretonischen Ufers, und ruh dich bei mir aus.“

KATHARINA

„Jens, Znajda ist nicht da.“

„Ja, und? War sein Name nicht *Findelkind*? Er hat sich jemand anderem angedient, der ihn mit Dosenfutter und Streicheleinheiten versorgt.“

„Wir müssen noch mal los, dorthin, wo wir ihn zurückgelassen haben. Er wartet. Ich weiß es.“

„Du spinnst. Er ist ein Tier. Irgendwann ist auch mal Schluss.“

„Ich kann auch allein gehen."

„Du kannst auch allein gehen!"

„Er ist ein junger Hund, er ist gerade von seiner Mutter entwöhnt. Sie hat ihn wahrscheinlich fortgeschickt, weil sie selbst kaum durchkommt. Er ist in der Bindungsphase. Er hat sich an uns gebunden. Er vertraut uns. Einfach so. Weil er muss. Wir dürfen ihn nicht am Rand der Straße zurücklassen. Hast du seine Augen gesehen?"

„Nein, aber du."

„Du hast sie doch gesehen, und du bist auch von ihm angetan", meinte Katharina halb werbend, halb beharrlich.

„Nein, aber du. Geh einfach. Nimm das Handy mit. Ich schlafe."

Katharina lief los. Sie sah ihn von Weitem, weil er auf sie zu rannte. Znajda hatte gewartet und hielt mit großen Junghundsprüngen auf sie zu. Seine Vorderläufe griffen aus, die Hinterbeine kamen kaum hinterher. Sie freute sich unbändig auf ihn. Als sie beieinander ankamen, hätte sie sich am liebsten selbst auf den Boden geschmissen. Sie blieb stehen. Er legte sich vor sie hin.

„Brav, mein Kleiner, lieg." Sie streichelte ihn. „Brav, brav. Komm mit – bei Fuß." Er sprang sie zwischendurch an. „Nein, brav, bei Fuß." Er sprang weiter an ihr hoch. Sie rannten beide los, bis nach Hause.

„Du musst draußen bleiben."

Er setzte sich an die Terrassentür. Sie gab ihm zu trinken und zu fressen. „Brav, bleib da. Ich gehe rein, dann komme ich wieder." Sie ging zu Jens ins Schlafzimmer und legte sich zu ihm. Er fragte verschlafen: „Alles gut?"

„Ja, alles gut."

36.

Katharina und Jens

Als sie das Abendessen zubereiteten schaute Znajda durch die Terrassentür zu. „Was willst du mit ihm machen? Du kannst ihn ja nicht mitnehmen“, fragte Jens.

„Warum nicht?“

„Weil es tausend Einfuhrbestimmungen gibt, weil er uns die Wohnung vollpinkelt, wenn wir außer Haus sind. Weil die Nachbarn sich beschweren, wenn er tagsüber jault, weil er sich nach der Freiheit des Landes sehnt.“

„Wir werden einen Weg finden, wir konnten uns bislang immer einigen. Wir sind ja selten einer Meinung.“

Jens kochte Spaghetti mit Meeresfrüchten und legte eine ABBA-CD auf, die sich im Haushalt fand. Sie genossen kühlen Weißwein bereits vor dem Abendessen. Katharina las und sah ihm vom Sofa aus zu. Jens trällerte und sang bei jedem Lied mit. Katharina fand alles schön an ihm. Jens schwang die Kochlöffel, legte ab und zu eine angedeutete Tanzeinlage ein und küsste sie. Katharina erzählte, dass sie vor dem Abitur immer in die Disco gegangen war, in die die amerikanischen Soldaten gingen, um Englisch zu lernen. „Was, du hattest mit Amerikanern Kontakt? Ich dachte, du seist immer so schüchtern gewesen.“

„Durchaus. Mit den Amerikanern war es einfach, ins Gespräch zu kommen.“

„Ins Gespräch.“

„Einer wollte mich bereits nach dem ersten Abend heiraten, obwohl wir uns nur geküsst hatten.“

„Wie bitte?“

„Amerikaner sind stürmisch. Kennst du die Anekdote, dass amerikanische Soldaten und englische Frauen sich jeweils beschuldigten, Draufgänger zu sein?“

„Nein.“

„Die Amerikaner waren während des Zweiten Weltkrieges in England stationiert und lernten englische Frauen kennen. Die Engländerinnen waren zurückhaltend mit Küssen. Wenn sie sich einem richtigen Kuss hingaben, hieß es für sie, dass alles andere folgte. Amerikaner küssten gern und schnell, aber alles andere kam viel später. Sobald nun die Engländerin dem Drängen auf einen Kuss nachgab, war der amerikanische Soldat erstaunt, wie schnell die Engländerin ‚alles' gab.“

„Jetzt weiß ich, warum der Amerikaner dich heiraten wollte.“

„Nein, das war viel harmloser. Nicht der Rede wert.“

„Wenn ich das mal glauben soll.“

„Warum war dein Großvater denn schon so früh gegen den Krieg, als alle anderen noch euphorisch waren?“

Jens stutzte. „Du willst schon wieder unseren Abend mit Diskussionen zerstören, ich weiß es genau“, sagte Jens halb humorvoll, halb drohend.

„Ja, gut dann lasse ich es halt. Ich wollte eigentlich etwas Gutes über deinen Großvater hören. Ich kann seinen Standpunkt als Getroffener viel besser verstehen, als du denkst.“

Jens

Jens stellte die Musik leiser, zupfte den Salat. Die Abendsonne drang aus Westen über die Fensterfront der Terrasse ins Haus und erfüllte den Raum. Er war geblendet, als er zu Katharina blickte.

„Er empfand den Krieg von Beginn an als ein Gräuel. Er hasste es, Unterlegenen etwas anzutun. Er war nicht gerne Herrenmensch, wenn du so willst. Sein Bruder war ja der Große, Tolle in der Familie gewesen, mein Großvater sah sich nie auf dieser Seite."

Jens sah sie nur undeutlich. Nur wenn sie sich regte, konnte er sie vage erkennen, aber er konnte sie gut hören. „Irgendetwas nervt mich. Dein Großvater war schon zu Beginn des Krieges, als alle Siege ein Leichtes zu sein schienen, als die Deutschen stolz auf ihre Überlegenheit waren, unglücklich, weil er sich in der Rolle des Überlegenen nicht wohlfühlte. Er empfand nicht Glück und Genugtuung darüber, zu den Siegern zu gehören, weil er zu Hause stets als minderwertig galt und sich deshalb mit den Verlierern identifizierte. Meinst du das?" Jens schwante Böses. „Katharina, ich warne dich, lass bloß deinen überheblich analytischen Ton. Ich rede überhaupt nicht mehr weiter, wenn du so weitermachst. Ich wollte eben noch etwas anderes erzählen." Er konnte erkennen, dass sie sich ihm zuwandte, liegend, den Kopf auf die linke Hand gestützt. „Entschuldige."

„Also, entweder du hörst jetzt richtig zu und lässt meinen Großvater gelten, oder ich sage nichts mehr."

„Ich lasse ihn gelten, das habe ich doch eben gesagt!"

Jens räumte die Ablage auf, legte Schneidebrett und Messer in die Spüle, stellte das Salatsieb auf einen tiefen Teller. Die Vorbereitung war fertig. Er hatte schon immer geahnt, dass er Katharina irgendwann alles erzählen müsste. Warum kam er sich bei ihr wie ein Kriegsverbrecher vor, obwohl sein Großvater im Krieg gewesen war, nicht er? Er setzte sich ans Fußende des Sofas.

„Er musste gleich zu Beginn des Krieges eine Reihe von polnischen Kriegsgefangenen erschießen. Damals, meine Schwester hat das gut beschrieben, egal wie wirklichkeitsfremd uns das heute erscheint, waren er und seine Kameraden in den Krieg gezogen mit dem Gefühl, dass sich keiner drücken dürfte. Er wollte sich bewähren. Er war in Polen. Es war zu heftigen Gefechten gekommen. Das Ganze hat im Wald stattgefunden, und sie haben unerwartet hohe

Verluste hinnehmen müssen. Immerhin haben sie die Oberhand behalten und polnische Gefangene gemacht. Sein Vorgesetzter war stinkwütend, weil zu viele Deutsche und wohl auch noch der Kompaniechef gefallen waren. Es muss grausam und nervenaufreibend gewesen sein. Es wurde angeordnet, dass die Gefangenen erschossen werden sollten." Jens atmete hörbar durch.

„Mein Großvater und natürlich einige seiner Kameraden mussten ran. Die polnischen Gefangenen, einige Verwundete waren darunter, haben ihn gerührt, aber besonders einer." Jens stockte. Er zupfte seine Lippen mit den Fingern. Sein Großvater tat ihm leid.

„Dieser eine habe ihn an seinen Bruder erinnert, hat er erzählt, er habe trotzdem schießen müssen. Fortan habe er dessen erstaunt-ungläubigen Blick immer mitgenommen. Später habe er diesen Blick noch einmal erlebt, als mein Vater als Zweijähriger im Dorfbrunnen fast ertrunken wäre. Mein Vater war hineingeklettert und lag dort mit offenen Augen unter Wasser, als würde er sich wundern, dass er keine Luft bekam. Mein Großvater kam rechtzeitig, aber dieses Nichtglauben-Können, das habe er in seinem kleinen Sohn wiedergefunden. Wie damals bei dem Gefangenen. Seinen Sohn konnte er retten." Jens hob den Blick. Die Abendsonne spiegelte sich in der Weinkaraffe.

„Er hat im Gebet zur Mutter Maria dafür gedankt, fand sich immer noch nicht würdig, dass er seinen Sohn retten durfte."

So, nun war es von der Seele. Seine Stimme war dünn geworden, aber er hatte es ohne Unterbrechung geschafft. Es war gut gewesen. Er war ehrlich gewesen und gleichzeitig war er seinem Großvater nicht in den Rücken gefallen. Als er sich zu Katharina umwandte, stimmte etwas nicht. Katharinas Blick fixierte ihn, leer und hohl. Sie fragte mit ruhiger Stimme weiter: „Und dann?"

Jens zuckte mit den Schultern.

„Er hat damals aufgehört, endgültig aufgehört, an einen ehrenhaften Krieg zu glauben." Er schluckte. Nie konnte man es Katharina recht machen. Er redete mit den Worten seiner Schwester, die immer recht hatte. „Weißt du, heute wird ständig berichtet, wie schmutzig ein Krieg ist. Aber in der Generation meines Großvaters, ging die Illusion, dass ein Krieg ein ehrenhaftes Unterfangen unter Männern sei, erst langsam unter. Vorher hat noch das Gefühl geherrscht, dass Krieg ein Mittel sei, um das Blut des Volkes zu reinigen, dass Mannhaftigkeit und Ehre sich erweisen und durchsetzen auf dem Schlachtfeld oder beim Duell. Ein Krieg reinigte und einigte das Volk. Die ‚warmen Brüder', die Schwulen, die Linken, die Toleranten, die Künstler, die mussten alle ran."

Er redete einfach weiter, weil Katharina gar nichts sagte. „Als mein Großvater die Erschießung durchführte, wusste er, dass er unehrenhaft handelte. Er gehörte als Sieger zu den Schmutzigen, nicht mehr zu den Sauberen, Männlichen. Das hat ihn fertiggemacht."

KATHARINA

Katharina fühlte einen Stein, einen Hassstein in ihrem Bauch, der sie anfüllte bis zur Kehle. Eine schwere und harte Bombe. Die Lunte saß im Hals. Sie wollte jede Wallung vermeiden, jedes Zündeln, und hauchte mit letzter Selbstüberwindung die stereotype Frage: „Und dann?" Jens kratzte sich an der Nase.

„Er hat noch eine Weile weitergekämpft. Er musste einen Lungenschuss auskurieren lassen, noch bevor Russland der Kampf angesagt wurde. Er bewarb sich um eine Stelle im logistischen Bereich und hat sie bekommen, weil er vorher schon Beamter gewesen war. Vielleicht hat sein Vorgesetzter die Entlassung vorangetrieben, weil er wusste, dass mein Großvater ihm das nie verzeihen würde – dass er Unschuldige erschießen musste."

Sie hörte ihn aus nebliger Ferne. Der Raum war dichter geworden, ein Wall aus dumpf lastender Luft.

„Er hat dann den Nachschub organisiert. Nicht die Lebensmittel, sondern die Zulieferung von Waffen. Ich denke, er wusste, dass Kriegsgefangene zur Waffenproduktion eingesetzt wurden. Ich weiß es nicht genau. Ich weiß nur, dass er froh war, nie mehr jemanden erschießen zu müssen."

Sie war unfähig, sich zu regen, und fürchtete jede Erschütterung. Ihre Kehle war heiß und eng. Die nächste Frage musste heraus, damit sie an der inneren Hitze nicht erstickte.

„Weißt du, wo dieses Polenmassaker stattfand?"

Jens hob die Schultern.

„Irgendwo ziemlich in der Mitte von Polen, Tschipolow oder so ähnlich."

Sie schloss die Augen. Die harte Hitze drohte, ein Vulkan zu werden. Ihre Eingeweide regten sich. Für Jens war das alles Nebensache, Vergangenheitszeug. Ob Tschipolo oder Jesolo, das klang doch alles ähnlich. Es war schwer zu reden. Sie musste alles festhalten, sonst würde sie zerbersten. Sie wollte nicht weinen. Musste sie noch etwas sagen? Warum spukte ihr wieder die Frage durch den Kopf, ob sie ihn anschreien müsste? Musste sie sich zu jeder Zeit gewahr sein, ob der andere litt oder sich von ihr abwandte? Nein, sie würde ihn nicht anschreien. Sie konnte ihm nichts geben, keine Wut, keinen Schmerz und keine Tränen. Gar nichts hatte er verdient für seine lebenslange Ignoranz. Nur den einen notwendigen Satz, einen kurzen Satz, einen sinnvollen Satz, einen wahren Satz wollte sie noch sagen. Und dann sterben. Ihre Stimme krächzte.

„Der Ort heißt Ciepielów."

„Dann heißt er halt Tschepielo. Das macht keinen großen Unterschied."

Da schoss sie hoch und schrie, dass Jens zurückwich. „Nein! Nein, es macht gar keinen Unterschied, wo der Großvater gemordet oder wen er umgebracht hat. Es ist völlig egal. Irgendwo in Ostpolen war es, oder in der Mitte oder unten oder oben, in irgendeinem

Nest sind irgendwelche Soldaten über den Haufen geschossen worden, weil der Kommandant so wütend war."

Sie schlug sich mit der Faust an den Kopf, wiederholend, als wollte sie sich selbst etwas einhämmern.

„Was hat dein armer Großvater gelitten! Das muss man sich einmal vorstellen, dass seine Sensibilität so weit reichte, dass er sogar in den Augen seines ertrinkenden Sohnes die Augen des erschossenen Soldaten erkannt hat! Wie hat er gelitten! Ein ganzes Leben lang!"

Sie beugte sich zu Jens vor und senkte die Stimme zu einem bedrohlichen Flüstern. „Es gibt nur einen kleinen Unterschied: Er hatte noch ein Leben." Sie starrte ihn an. „Er hat sich versetzen lassen, hat geheiratet, Kinder gezeugt, Enkelkinder aufwachsen sehen und hat sich leidgetan, bitter ist er geworden, als Getroffener!"

Jens

Jens hätte nicht vermocht zu sagen, wann ihn die Erkenntnis überrollt hatte. Früher hätte er gesagt, dass er sich wie vom Panzer überfahren fühlte. Aber das ging nicht mehr. Das Wort Panzer war wohl für alle Zukunft aus seinem Vokabular gestrichen. Nichts dürfte er mehr sagen. Er stand auf und stellte die unerträgliche ABBA-CD aus. *The winner takes it all.* Er trank, ohne Katharina anzublicken. Was glaubte sie eigentlich, dass sie ihn derartig anschreien könnte, für etwas, was er nie getan hatte! Das war also ihr Ziel gewesen, ihn zu besiegen und späte Rache zu üben. Hatte sie es geahnt oder gewusst? Sollte er jetzt für seinen Großvater herhalten? Er stellte sich an die Terrassentür, blickte auf das endlose, dunkelblaue Meer und versuchte, sich zu beruhigen. Aber dann kam dieser dahergelaufene Border Collie an die Scheibe, lief auf und ab und kratzte mit seinen Krallen am Glas. Er hätte ihn am liebsten in die Fresse gehauen.

Diese selbstgerechten Speichler und Kratzer, diese armselig blickenden Kreaturen, die immer nur haben wollten, weil sie so arm dran waren. Das Recht, die Liebe, das Gute wussten sie auf ihrer Seite, nur gut waren sie! Nur gut! Nur die Wahrheit wollten sie! Dieser arme Hund, dieser arme erschossene Großvater, diese arme Katharina!

„Das war gegen das Kriegsrecht, das wussten alle. Gefangene werden gefangen genommen, aber nicht ermordet." Jens fand es nur lächerlich, dieses pseudovernünftige Argumentieren aus dem Hintergrund. „Keiner konnte glauben, dass sie wirklich erschossen würden. Daher schauten sie wahrscheinlich auch so ungläubig."

Er wandte sich um. „Ach! Gut dass du mir das sagst. Blöd wie ich bin, hatte ich bisher immer geglaubt, dass alle Kriegsgefangenen erschossen werden müssten, auf der Stelle!" Er ging zu ihr hin, ganz nah, sodass Katharina leicht zurückwich. „Du hast es die ganze Zeit gewusst!"

Sie schüttelte den Kopf.

„Ich habe nur gewusst, dass mein Großvater von den Deutschen ermordet wurde. Wie sollte ich ahnen – du hast es auch nie wissen wollen. Du hast immer weggehört. Seit ich dich kenne, nerven dich die ‚alten Geschichten', die ganzen ‚Opfergeschichten', sogar die Geschichte von Frau Severins Tochter wolltest du nicht hören Keiner will es hören! Keiner! Ich habe dich in Ruhe gelassen, weil du nichts anderes willst als deine Ruhe."

Sie umkreiste den Tisch, als wäre dort die Rennbahn. „Warum, verdammt noch mal, hast du es nie angesprochen? Du wusstest doch von deiner Schwester, dass dein Großvater so viel ‚Dreck am Stecken' hatte, wusstest sogar, dass es in ‚Tschipolow oder so ähnlich' passiert ist. Warum hast du mich nie gefragt, wo mein Großvater umgekommen ist? *Du* hättest es doch ahnen müssen! Nicht *ich*!"

Sie redete, aber es würde ihr nichts bringen. Er würde gewinnen, und es war ihm egal, welche Moral gegen ihn sprach.

„Ich habe gar nichts geahnt. Und falls du es wissen willst: Ich verstehe meinen Großvater! Ich bin nicht so selbstherrlich wie du. Ich habe mich sogar schon gefragt, ob ich geschossen hätte. Dergleichen musst du dich ja nie fragen! *Du* bist der immer auf der guten und gerechten Seite."

„Hätte dein Großvater nicht geschossen oder danebengeschossen oder den Befehlshaber beruhigt, wäre mein Großvater am Leben geblieben."

Jens schüttelte fassungslos den Kopf. Wie dumm und verbohrt war sie eigentlich?

„Er wäre nicht am Leben geblieben. Weder dein noch mein Großvater wären am Leben geblieben. Befehlsverweigerung, bei einem Kommandanten, der in Rage ist!" Er langte sich an den Kopf und klopfte sich unablässig an die Stirn. „Den Befehlshaber beruhigen. Auf welchem Stern lebst du eigentlich? Das ist doch völlig utopisch!"

Katharina blieb stehen und stemmte ihre Hände in die Hüften.

„Er hat Hitler gewählt. Er wollte auch als Mitglied des Herrenvolkes einen ehrenhaften Krieg gewinnen, in dem sich die Untermenschen ohne Widerstand der höheren Germanenrasse unterwerfen sollten. Dumm, dass diese polnischen Tiere in ihrem eigenen Wald so viel unangemessenen Widerstand leisteten! Kein Wunder, wenn sie anschließend mal der Reihe nach abgeschlachtet werden mussten!"

Er fühlte sich ruhig. Er war froh, dass er besonnen bleiben konnte. Am liebsten hätte er sie gemahnt, sich wieder hinzusetzen.

„Das war nicht die Meinung meines Großvaters." Er würde ihr nie davon erzählen, dass sein Großvater als Gemeinderatsmitglied in Gauting den Wagner, den Konzentrationslager-Treiber, zum Ehrenbürger gemacht hatte. „Mein Großvater hat darunter gelitten. Es lag ihm auf der Seele. Er hasste den Krieg, bevor andere ihn hassten. Er schied früher aus."

Katharina entfuhr ein kurzes ironisches Stoßlachen. „Er schied nicht aus! Er suchte sich einen vermeintlich sauberen Platz, wo er polnische oder russische Kriegsgefangene für den Waffennachschub ausbeutete, bis sie starben. Er musste nicht mehr erschießen. Er überlebte den Krieg unversehrt und wurde von vielen Frauen umschwärmt, die einen Mann suchten. Deutsche Frauen, polnische Frauen, wie er gerade wollte! Er war immer noch obenauf. Meine Mutter, mein Lieber, war ungeheuer stolz, dass sie einen Deutschen bekam, der sie aus ihrem Flüchtlingsstatus erlöste." Jens versuchte ein Lächeln zu unterdrücken, verkniff sich den Kommentar, dass bei ihr ja wieder alle arm und unterdrückt waren, auch die Hausdrachen.

„Deine Großmutter und deine Mutter, meine Liebe, hätten in Polen weiterleben können. Sie hatten eine Landwirtschaft, die sie ernährte. Ich habe keine Ahnung, bin aber ziemlich sicher, dass auf das Nest von Tschipolow, oder wie es hieß, kein Bombenhagel niederging. Sie hätten ohne Hunger den Krieg überstanden. Sie hätten Bauersleute bleiben können, aber nein, sie wollte ja zu den Herrenmenschen! Wer war denn mehr der Herrenfantasie erlegen, deine Familie oder meine?"

Katharina stellte sich direkt vor ihm auf. „Du hast keine Ahnung, dass auch Bauern hungerten. Keinen blassen Schimmer davon, wie groß damals die Gefahr war. Du und dein Großvater, ihr wart immer auf der Gewinnerseite, auch als ihr verloren habt. Habt euch im Wiederaufbau gesundgestoßen, konntet euch sonnen unter dem Schutzschirm der Amerikaner. Die Amerikaner, die euch ja vermeintlich so verraten haben, zum Ende des Ersten Weltkriegs, haben euch kräftig aufgefüttert."

Jens zog die Augenbrauen hoch und beugte sich noch demonstrativ vor. „Euch? Gehörst du nicht dazu?"

„Ach, lass mich in Ruhe." Katharina fühlte sich hinüberschwinden in den Äther der Sinnlosigkeit, eine tiefe Sinnlosigkeit allen Daseins. Alles war umsonst. Das Leben und das Sterben und das Reden.

„Lass doch *du* mich in Ruhe."

Sie setzten sich an die Kopfenden des Tisches. Tranken Wein. Katharina holte die nächste Flasche, wankte, weinte, ihr war schlecht. Sie schenkte Jens nach. Es war egal. Jens blickte auf die Küchenzeile, auf der alles herumlag, was er umsonst vorbereitet hatte. An Essen war nicht zu denken. „Hattest und hast du nicht die Möglichkeit, das Gymnasium zu besuchen, zu studieren und Bach zu lieben? Du hast alle Möglichkeiten, weil du hier warst und hier bist."

Sie zog den Rotz hoch. „Soll ich mich jetzt noch bedanken? Dafür dass meine Mutter während meiner Kindheit nachts schrie? Dass sie immer Angst hatte? Dass sie mich liebt und hasst zugleich, weil ich frei bin und eine Heimat habe? Dass ich sie hasse und liebe zugleich, weil sie aus einer anderen Welt kommt, die sie verklärt und hasst zugleich? Dass sie mir hier versagt hat, mich frei zu entwickeln, weil sie noch in der alten Flüchtlingsangst ist? Brav, kirchlich, hinhündelnd, immer geduckt!" Sie starrte vor sich hin. „Du sagst, wir hätten bleiben können – du hast keinen blassen Schimmer, was den Polen von den Deutschen drohte."

Auch Jens' Zunge war schwer, und er fühlte sich ausgehöhlt. Wie lange wollte sie noch weiterstreiten? Er wollte einlenken und rieb sich seine müden Augen. „Ja, ich kenne die Angst. Nicht ich, aber die Generationen vor mir. Mein Großvater und mein Vater sind auch ängstlicher gewesen als sie hätten sein müssen. Auch meine Familie hat Angst davongetragen."

Sie wartete. Es war kein Stein, kein Feuer mehr, es war Lava. Langsame, zähe, abkühlende Lava. Ein vernichtender Brei, der immer weiter floss. Immer weiter, immer weiter.

„Ihr konntet bleiben. Ihr seid stolz geblieben. Es gab keinen besseren Ort als die deutsche Heimat."

„Falsch, Katharina. Wir durften nicht stolz sein. Hast du nicht die endlosen Schulstunden erlebt über das Dritte Reich? Hast du dich nie geschämt als Deutscher im Ausland? Bloß keinen Extrawunsch äußern, man könnte als arrogant gelten."

„Tss! Du hattest Probleme!"

Kaum etwas konnte ihn so auf die Palme bringen wie ihre Selbstgerechtigkeit. Er schlug mit alkoholschwerer Hand auf den Tisch. „Wer ist denn nun der Herrenmensch, meine Liebe? Du bist doch gleichzeitig die Deutsche, die die Vorteile abstaubt, aber nie zu den Bösen gehört hat. Immer nur zu den hoch erhabenen Opfern! Immer nur zu den Besseren!"

„Nenn mich nicht ‚meine Liebe', und nenn mich nicht ‚Opfer'!"

„Du hast zu mir ‚mein Lieber' gesagt."

„Hab ich nicht."

„Das ist doch alles scheißegal."

Es war nicht scheißegal, auch wenn alles verbrannt war, überall auf den Feldern und in ihr. „Das deutsche schlechte Gewissen hatte weniger Nachwirkungen als die reale Not der Besiegten. Ich geh jetzt ins Bett."

Jens lächelte sarkastisch. „Ins Bett eines teuren Ferienhauses, das bezahlt wird durch die mangelnden Nachwirkungen eines schlechten Gewissens."

Katharina lächelte sarkastisch. „Du hast das Geld. Du hast gewonnen. Ich erspare dir die Diskussion um die Benachteiligung der Frauen."

„Du hast noch nicht mal ein Kind und trumpfst schon auf mit der möglichen Benachteiligung. Vielleicht bleibe ich ja mal daheim und du eroberst die männliche Arbeitswelt?"

„Das will ich gar nicht."

„Klar."

Katharina ging auf die Terrasse und streichelte Znajda noch lange. Er stand schwanzwedelnd da. Wenn sie ihn zu „Sitz!" oder „Lieg!" sanft auf den Boden drückte und ihn dann lobte, schien er bereits etwas zu verstehen. Er gehorchte schon ein bisschen.

Jens brauchte unbedingt noch Zigaretten. Er fuhr mit dem Auto los, obwohl ihn Katharina quälend bat, es nicht zu tun. Er schüttelte sie ab, als sie ihn zurückhalten wollte. Znajda knurrte, als er ihn mit dem Fuß zur Seite stieß. Wieder daheim, entkorkte er die nächste Flasche Wein und rauchte einige Zigaretten, bis ihm schlecht war, dann erbrach er sich und ging zu Bett. Katharina schlief bereits.

37.

Katharina und Jens

Sie wurden von der Sonne geweckt, die schon auf ihren Zenit zuging. Beide blinzelten sich vorsichtig an.

„Geht's dir schlecht?", fragte Jens.

„Ja – und dir?"

„Mir auch."

Der helle Vorhang bewegte sich leicht im Wind. Katharina deckte sich auf, ihr war heiß. Jens blickte ruhig an ihr vorbei zu dem Bild, das an der Wand am Fußende des Bettes hing. Ein Meeridyll in Öl. „Das ist schlecht gemalt. Das Meer wirkt wie ein blauer Klotz, die Wellen wie statische Berge."

Katharina nickte.

Er legte seine Hand auf ihre. Sie sah seine Bartstoppeln und seine hellen Brusthaare. „Es tut mir leid", sagte sie leise.

„Mir auch. Es lag am Alkohol."

Im Wein ist Wahrheit, dachte Katharina, hütete sich aber, etwas zu sagen. Ab jetzt wollte sie Ruhe geben. Endlich Ruhe finden und Ruhe geben. Jens holte Kopfschmerztabletten aus ihrer Reiseapotheke. „Ich braue uns einen starken Kaffee."

„Danke dir."

Sie sprachen nicht viel. Sie tranken Kaffee im Bett, schlossen immer wieder die Augen, lauschten dem Wellenrauschen durch das geöffnete Fenster, blickten auf das schlecht gemalte Ölbild, lächelten einander begütigend zu. Jens fragte schließlich, ob es etwas ausmache, wenn er in seinem Krimi lese. Nein, natürlich machte das nichts aus.

Sie ging duschen und kam, umschlungen mit dem weißen Handtuch, wieder ins Bett zurück. Schließlich nahm auch sie ihr Buch zur

Hand. Jens brachte ein Tablett mit Toast, Oliven, Orangensaft, Wurst. Katharina dachte an Znajda und zwang sich, liegen zu bleiben. Als Jens unruhig wurde, schlug er vor, heute noch mit dem Auto nach Quimper zu fahren.

„Gute Idee“, meinte Katharina, obwohl sie noch Kopfweh hatte.

Sie verbrachten einen schönen Nachmittag miteinander, waren aufmerksam und gewährten sich alles. Zweimal kehrten sie ein und gönnten sich Kaffee, Kuchen, frisch gepressten Saft. Sie suchten nach Souvenirs, als wäre es ihr letzter Tag. Jens nahm einen emaillierten Aschenbecher in Augenschein, auf dem *Katharina* stand. Er entschied sich großzügig für den unbeschrifteten Aschenbecher.

Katharina konnte nicht widerstehen, als sie eine dunkelblau-weiße Kleinkindmatrosenmütze sah. „Die ist für unseren Sohn.“ Da nahm Jens sie zärtlich in den Arm und küsste sie auf die Stirn. Sie wischte sich ein paar Tränen aus den Augen.

Sie deckten sich mit frischem Obst und Gemüse ein. Katharina fragte nach, ob er lieber Fisch oder Fleisch essen würde. Jens wusste, dass das ein großes Versöhnungsangebot war. „Wenn du mich fragst, dann bitte Boeuf von einem glücklichen Rind.“

„Bring du das bitte den Franzosen bei, mich verstehen sie wirklich nicht.“

„Das mache ich am besten in Zeichensprache. Ich zeige auf mich und sage: ‚Glückliches Rindvieh, kaufen, acheter, aschtee!‘“

„Dann bekommen wir kein schmackhaftes Fleisch. Es wird nicht klappen. Du bist kein glückliches Rindvieh, du bist ein Wolf.“

„Früher war ich noch ein gezähmter Wolf.“

„Ja, an der Zähmung arbeite ich hart. Znajda ist leichter zu zähmen.“

„Den magst du auch viel lieber.“

„Ja, ja, jetzt hören wir auf. Sonst geht’s schon wieder los.“

Katharina fürchtete den zerstörenden Strom des gestrigen Abends. Jens brannte bereits wieder darauf, sie mit sich zu vereinigen.

Abends kochten und aßen sie gemeinsam im Ferienhaus. Anschließend gingen sie zum Meer hinunter und flanierten dort vor dem Rauschen der gleichmütigen Wellen. Znajda folgte ihnen. Jens scheuchte ihn zurück, aber er blieb ihnen, weiterhin in gebührendem Abstand, auf den Fersen. Wenn Jens sich umdrehte, knurrte er verhalten, wenn Katharina sich umdrehte, stellte er Ohren und Schwanz auf.

„Was willst du denn mit dem Hund anfangen, Katharina? Er gewöhnt sich immer mehr an uns und an seinen Futternapf bei uns. Der Abschied wird für ihn und uns nur immer schwerer. Du hast es doch selbst gesagt: Er ist in genau dem Alter, in dem er, der Mutter entwöhnt, sich ein neues Zuhause sucht. Du kannst ihm das nicht bieten."

„Das weiß ich."

„Du kannst ihn nicht mitnehmen. Unsere Wohnung ist zu klein, wir sind tagsüber nicht da. Er wird jaulen, bis Frau Stevens den Vermieter anruft. Der wird …"

„Ich weiß das doch alles, Jens. Ich bin doch nicht blöd."

Sie gingen weiter und schauten dabei dem Untergang der orangenen Sonne zu, die ihre Strahlen ohne Schatten übers Meer bis zu ihnen warf.

Der Strand war leer.

Jens legte seine Hand in Katharinas Nacken und strich leicht hin und her. „Ich weiß, dass dein Herz schwer ist."

Katharina legte den Arm um ihn, ließ ihren Kopf an seine Schultern gleiten und schmiegte sich an seine Hüfte. „Wir werden Znajda eine Bleibe im Tierheim und dann eine Bleibe bei einem neuen Besitzer organisieren. Wir werden alle Tierarztrechnungen übernehmen, ein zivilisiertes Tier aus ihm machen, sodass jeder Mensch guten Willens ihn aufnehmen kann."

„Hier in der Bretagne?"

„Ja.“ Sie weinte lautlos. „Entschuldige, Jens, ich kann nicht anders. Ich will einfach vor mich hin weinen. Ich muss weinen und dem Meer und der Sonne zuschauen und mich bei dir einkuscheln.“

Sie wanderten weiter. Er zog seinen Pulli aus und legte ihn ihr um, weil sie fröstelte. Sie gingen weiter, und ihre Hand schmiegte sich an seine Hüfte. Er schloss sie fester ein beim Gehen und legte er seine Hand um ihren Rücken, auf ihre Brust. Als sie sich einander zuwandten, küsste er ihr die Tränen von den Wangen. Sie setzten ihre Schritte vorsichtig. Sie redeten über die Farben dieses Landstrichs. Sie zeigte ihm am Horizont ein Schiff. Sie wandten sich dem Meer zu. Jens stand hinter ihr und ließ seine Hand langsam zwischen Brust und Scham hin und her wandern. Er meinte, dass dieses große Schiff jetzt so klein wirke am Horizont und ihre kleinen Brüste hier so groß würden.

„Ja, bei dir wird auch etwas Kleines ganz groß“, meinte sie zärtlich lächelnd. Es war niemand am Strand, und doch hatten sie Hemmungen, sich auszuziehen. Es war noch nicht Nacht, sie standen und gingen im grauen Übergang, gingen langsam, während beider Atem schneller ging.

Jens zog sie hinter eine Steinmole, als ob sie sich dort verstecken könnten. In der Dämmerungskühle ließen sie ihre Kleider an. Sie erhitzten sich mit heißem Atem und saugten sich warm aneinander. Jetzt durften sie schnell sein. Katharina schrie genau dann, als Jens kam. In dem Moment sprang Znajda hinzu. Ohne Ankündigung biss er Jens von hinten in die Wade. Er verbiss sich regelrecht, er zerrte knurrend.

Jens

Jens spürte den Schmerz zuerst wie durch einen Schleier. Das Brennen an der linken Wade schien sich verlangsamt durch seine erlöste

Mattigkeit durchzuwühlen. Dann bekam er Angst um seinen Fuß, der Schmerz schien nicht schlimm, aber er hatte das Gefühl, dass ihm Muskeln und Sehnen durchgebissen wurden. Wurde er gerade erlegt? Ein Löwe, der ein Gnu von hinten anfällt? Ein Schakal, der gleich den ersten Bissen Fleisch frisst, bevor er sich weiterbeißt? Ihn packte eine konzentrierte Wut mit einem einzigen Ziel: töten.

Später würde Katharina sagen, dass alles sehr schnell ging. Für Jens ging es langsam, wie im Traum, wie wenn er die letzten Sekunden des langen Sturzes vor dem tödlichen Aufprall erleben würde, nur ohne Angst. Diese klare Leere, diese Sicherheit, die Freiheit von allen Gefühlen fühlte sich richtig an. Nie mehr später würde er so im Einklang mit sich sein, so sicher, so männlich. Später würde er sagen, dass er seither verstehe, dass es auch etwas Gutes hat, wenn man sich im Krieg gegenübersteht, wissend: einer von beiden. Das ist die Stunde der Wahrheit.

Jens sah den handgroßen Stein zu seiner Rechten, packte ihn und schlug ihn mit konzentrierter Kraft Znajda auf den Kopf, gleich noch einmal hinterher. Znajda ließ ab, der dritte Schlag ging ins Leere. Znajda rannte davon, und Jens hinterher. Der Hund war schneller, aber Jens verfolgte ihn weiter. Von Ferne hörte er Katharina rufen: „Jens! Znajda!“

Als er nicht mehr konnte, ließ er sich fallen, befriedigt, nur bitter, weil er den Hundling nicht getötet hatte. Er spürte den Schmerz an seinem blutenden Bein. Es war eine tiefe Wunde. Bekam man da nicht Wundstarrkrampf? Was hieß eigentlich Wundstarrkrampf auf Französisch? Als Katharina bei ihm ankam, war sie ihm völlig egal. „Bring mich zum Arzt, ich bekomme Wundstarrkrampf.“

„Du bekommst keinen Wundstarrkrampf, du bist doch geimpft.“

„Bring mich zum Arzt, hab ich gesagt!“

Katharina griff unter seinen Arm und richtete ihn auf. Er stützte sich auf sie wie ein verwundeter Soldat, der von einem treuen Kameraden gehalten wird und zurück ins Lager humpelt.

Katharina und Jens

Katharina sah die Hundespuren und Blutspuren rechts abgehen. Znajda musste blutig getroffen sein und hatte wohl Schutz in angrenzenden Felsen und Büschen gesucht. Sie würde ihn später suchen. „Wo hast du ihn getroffen?“

„Wen, den Köter?“

„Znajda.“

„Am Kopf.“

„Darf ich mal deine Wunde sehen?“

Jens zog die durchbissene Hose hoch, es fehlte tatsächlich ein Stück des Stoffes. Katharina sah Hautfetzen hängen und Fleisch, vermischt mit Fettgewebe, von dem sie gar nicht wusste, dass es das an der Wade gab.

„Wir gehen ins Krankenhaus. Ich bringe dich hin. Wir müssen kaum etwas reden, die Wunde spricht für sich und muss versorgt werden. Du hast Schmerzen.“

Zu Hause suchte sie in ihrer Reiseapotheke nach der Jodtinktur. Jens sah dabei zum ersten Mal seine Verwundung. Ihm wurde schlecht, er fühlte sich kurz vor einer Ohnmacht. Der Schmerz wurde schlimmer und ging in Brennen und Pochen über. Am liebsten hätte er das hängende Fleisch festgehalten, wie man halb abgesägte Finger hält, bis man beim Arzt eintrifft.

„Beeil dich, Katharina. Wir müssen sofort los.“

Katharina

Sie zitterte, als sie das Auto anließ, und musste lange nachdenken, was Krankenhaus auf Englisch hieß. Im Krankenhaus zeigte sie bei der Aufnahme auf Jens’ Bein und sagte: „Dog.“

Sie musste draußen bleiben, während Jens' Wunde versorgt wurde. In Gedanken war sie bei ihrem halbstarken Hund und redete mit ihm, während sie ihr Gesicht in ihren Händen verbarg. „Znajda, bitte komm. Du musst nicht bei uns bleiben. Wir bringen dich zu guten Menschen. Du musst nicht bei uns bleiben, komm. Hörst du mich, mein Guter, komm!" Sie sah in Gedanken, wie er sich ins Gebüsch kauerte, sie sah, wie er matt ein Ohr halb aufstellte, sie sah ihn mit dem Schwanz wedeln, liegend, ängstlich, allein. „Znajda, bitte, ich helfe dir, du musst nicht bei uns bleiben. Es wird alles gut, ich helfe dir."

Wenn er am Kopf geblutet hatte, dann war das bestimmt nur eine Platzwunde, so stark war Jens nicht. Sie fühlte Znajdas Schmerz und ihren Verrat. Er hatte sie schützen wollen, als sie schrie und Jens sich über sie gebeugt hatte. Er hätte sein Leben für sie gegeben. Und jetzt war er allein. Sie versorgte den Mörder. Aber Znajda war nicht tot, es war nur eine Platzwunde. Er war noch schnell gerannt. Hätte er einen Schädelbasisbruch oder eine Gehirnerschütterung, wäre er nicht mehr gerannt. Menschen rannten dann nicht mehr, Hunde doch auch nicht, oder?

„Znajda, bitte komm nach Hause, bitte, bitte, bitte. Lieber Gott, bitte hilf ihm, zeig ihm den Weg, bitte." So flüsterte sie lautlos vor sich hin, ohne Lippenbewegung, den Schmerz im Herzen eingeschlossen. Der Schmerz ist gut, dachte sie, wenn ich jetzt nicht bei ihm sein kann, dann werde ich doch mit ihm leiden. Vielleicht spürt er das, vielleicht spürt er, dass er nicht allein ist.

Als Jens aus der Tür kam, war er blass. „Warum weinst du jetzt?" Er klang genervt und müde.

„Ich weine gar nicht."

„Doch weinst du."

„Hast du Schmerzmittel bekommen?"

„Ja, und Beruhigungsmittel. Ich werde gut schlafen, und morgen sehen wir dann weiter."

Als sie zu Hause im Bett lagen, schlief Jens sofort ein und atmete tief und gleichmäßig.

Katharina erhob sich vorsichtig, schrieb einen Zettel: Ich konnte nicht schlafen, bin kurz draußen. Mach dir keine Sorgen.

Sie nahm einige Hundeleckerli mit und streifte leise rufend durch die Nacht. Das Meer wirkte finster, die Wolken zogen schnell vor dem Mond. Sie fürchtete sich. Sie hatte Angst zu stolpern, und noch viel mehr, dass jemand sie überfallen könnte. Znajda könnte sie nicht mehr retten. Sie ging zu den Felsen, wo sie ihn vermutete, und rief leise. Sie streckte die Hand aus, damit er das Fressen riechen konnte. Sie fror. Sie hasste den Wind, der ihr die Haare ins Gesicht trieb. Sie wollte nie mehr heim und wollte nie mehr schlafen. Sie wollte mit ihrem verschwundenen Hund verloren gehen und wusste genau, dass sie bald aus Angst und Müdigkeit und Hunger heimkehren würde. Bestimmt ging es Znajda genauso. Auch er würde, vom Hunger getrieben, sich wieder vor die Terrassentür setzen, würde warten, ängstlich vor Jens zurückweichen. Sie würde ihm zu fressen geben, ihn zum Tierarzt bringen und versorgen lassen. Sie musste jetzt schnell heim und nachsehen, ob er auf sie wartete, ob er Hunger hatte, ob die Wunde gereinigt werden musste.

Als sie ankam, war er nicht da. Es war mittlerweile nachts um halb drei. Sie wusste, dass sie nicht würde schlafen können, und schenkte sich reichlich Wein ein, trank einen großen Schluck und füllte nach. Sie wickelte sich in eine Decke, stellte die Weinflasche neben sich und setzte sich draußen auf den Boden. Sie kam sich vor wie ein Penner und war sich sicher, dass sie auch mit einem erfolgreichen Mann wie Jens nicht das Zeug haben würde, in die Mitte der Gesellschaft zu kommen. Sie würde am Rand bleiben. Da gehörte sie hin, seit ihre Großmutter geflohen war und ihre Mutter geschlagen hatte. Egal, ob sie für immer Ruhe geben würde, ob sie gebildete Bücher lesen würde oder wie ein Penner draußen herumhing. Es war doch egal, ob oben oder unten, einfach draußen und verloren. Wie

Znajda. Wie weise sie gewesen war, ihm diesen Namen zu geben. Ja, wahrscheinlich blieb er verloren, ja, wahrscheinlich war auch sein Platz immer unter den Vertriebenen. Wenn er das nächste Mal käme, würde sie ihm Wein ins Wasser tun. Das hilft gegen den Schmerz. Sie trank weiter und weinte.

38.

Jens

Am anderen Morgen wachte Jens mit Schmerzen auf. Katharina roch nach Alkohol. Sie schlief friedlich, und er hoffte, sie würde noch eine Weile schlafen. Heute müsste er wahrscheinlich den Hund mit ihr suchen, den Hund zum Tierarzt bringen, betroffen die große Wunde am Kopf anschauen. Man müsste das Tier pflegen, bis die Wunde verheilt wäre. Wahrscheinlich würde sie eitern und vier Wochen brauchen, und er müsste seinem Chef klarmachen, dass er länger im Urlaub bliebe. Er hoffte, dass dieses Vieh kapiert hatte, dass es wegbleiben musste. Diese Hunde fanden ja auch immer jemanden. Sollte er sich bei irgendeinem Einheimischen einschmeicheln. Ein Border Collie, dachte Jens, während er sich rasierte, kommt immer unter.

Soweit er den Arzt verstanden hatte, sollte er nicht viel stehen, sondern den Fuß eher hochlegen. Er ging trotzdem in die Küche und kochte Kaffee, stellte Wasser für Frühstückseier auf, deckte die Teller. Er würde unmöglich bei der Hundesuche mitmachen können. Der Fuß pulsierte und schmerzte stärker, sobald er auftrat. Wahrscheinlich müsste Katharina allein zum Tierarzt gehen. Sie musste ja nichts sagen. Bei ihm hatte sie am Empfang des Krankenhauses gesagt „Dog" und auf die Wunde gezeigt. Bei Znajda könnte sie dann ja sagen „Boyfriend".

Den Witz müsste er ihr erzählen. Gestern Abend hatte er sich noch nicht vorstellen können, sie jemals wieder in den Arm zu nehmen oder mit ihr ein Gespräch zu führen. Jetzt wartete er schon fast wieder auf ihr Aufwachen. Hoffentlich blieb der Hund weg. Er ging auf die Terrasse und schaute sich um. Das konnte nicht wahr sein! Dahinten war ein weiß-grauer Fleck, der sich bewegte. Er ging unter Schmerzen hinaus und erkannte den Hund. Nach zehn Minuten war er ihm so nahe gekommen, dass er ihn anschauen konnte. Sein linkes Auge war noch blutverschmiert, was ihm ein gefährliches Aussehen gab. Er schrie ihn an: „Weg, los weg!“ und wedelte mit seiner Hand dazu.

Znajda kam kriechend näher. Jens war wütend. Genau, schön hinhündeln, wie Katharina sagen würde. Er schrie ihn an: „Los, go, los, weg!“

Znajda blieb wieder geduckt stehen. Jens hörte ein Knurren. Er bekam Angst. Was, wenn der Hund noch einmal zubeißen würde, in sein pulsierendes Bein? Er musste ihm zeigen, dass er das Leittier war und Znajda weichen musste. Jens suchte nach einem Ast, einer Rute, irgendetwas, womit er wie ein Dompteur auftreten könnte. Er fand nur einen langen dicken Stängel, der leise pfiff, als er ihn durch die Luft schwenkte. Das, endlich, schien Znajda zu beeindrucken. Er drehte sich um und sprang davon. Wann immer er anhielt, schrie Jens und ließ das Grünzeug durch die Luft zischen. Gott sei Dank, das schien geschafft. Sein Fuß tat äußerst weh und fühlte sich an, als wollte er platzen. Er musste dringend ins Haus zurück und ihn hochlegen.

Katharina war noch nicht wach. Er legte den Fuß hoch, trank den Rest Kaffee und nahm noch eine weitere Schmerztablette.

Als Katharina aufstand, schien sie missmutig.

„Du siehst aus, als wärst du verkatert“, sagte er.

„Woher weißt du das?“

„Du riechst so.“

„Ja, tut mir leid. Ich sollte nicht so viel trinken. Hast du Znajda gesehen?“

„Vielleicht solltest du mal fragen, wie es mir geht? Ob mein Fuß wehtut?“

„Ja. Wie geht es dir?“

„Schlecht. Mein Fuß tut weh.“

„Znajda hat sicher Kopfweh. Jens, wir müssen ihn finden."

„Nein, müssen wir nicht, weil er bei anderen besser unterkommt als bei uns. Wie willst du ihn verarzten und impfen und vermitteln in dieser kurzen Zeit? Außerdem wird er dich jetzt als Feind sehen, und wenn du ihn beim Tierarzt behandeln lassen willst, wird er dir nicht trauen. Er braucht jetzt ein Zuhause, wo er bleiben kann, und nicht noch drei Stationen zwischen uns und Tierarzt und Tierheim." Katharina goss sich Kaffee ein und Milch und rührte lange in ihrer Tasse.

„Du hast dir ja viele Gedanken gemacht."

„Ja, und sogar ich kann denken, nicht nur du."

„Du weißt, dass das alles nicht stimmt. Er irrt draußen herum, er hat Blut am Kopf. Niemand wird ihn aufnehmen, weil hier niemand Platz und Zeit für einen streunenden Hund hat, der aussieht, als würde er mit anderen Kötern kämpfen. Znajda hat Kopfweh und Hunger und Durst. Er braucht uns, allein schon deshalb, weil er nicht mehr kann. Ich hoffe so, dass er irgendwann aus Hunger auftaucht. Ich werde die Futterschale weiter wegstellen, damit er sich nicht bis ans Haus herantrauen muss."

Sie war unbeirrbar. Als sie sich umwandte, sah er ihr bleiches Gesicht.

„Jetzt iss du erst mal was, Katharina."

„Du kannst wahrscheinlich nicht mitgehen und ihn suchen. Kannst du von hier aus beobachten, ob er in die Nähe kommt oder gar zu uns? Du kannst einen bequemen Platz auf der Terrasse nehmen oder hier an der Tür, falls es dir zu windig ist."

Jens lagerte stöhnend seinen Fuß um. „Vielen Dank für die Fürsorge."

„Du bist stinkig, weil du einen schönen Urlaub haben willst."

„Wenn ich anfange, dir zu erzählen, warum ich stinkig bin, dann …"

„Was denn dann? Sag's halt, dass du wegen mir eine verletzte Wade hast und Schmerzen und den Urlaub beschissen findest, weil er sich um einen Hund dreht und nicht um dich." Gleich würde wieder die Leier von den armen entrechteten und massakrierten Menschen und Hunden kommen.

„Vielleicht wäre ja alles ganz anders gekommen, wenn du dir nur einmal die Mühe gemacht hättest, mit dem Hund so umzugehen, als wäre es ein Tier, ein Lebewesen. Du hast dich zum Feind gemacht. Er hätte dich auch geliebt und hätte dich nicht gebissen. Er wollte mich schützen. Für ihn war es eine Notwehrsituation, er sah mich in Gefahr."

„Hör jetzt sofort auf."

„Ich gehe Znajda suchen und räume den Tisch später ab. Das musst du nicht machen."

Sie ging ohne einen Abschiedskuss.

Katharina

Sie fand Znajda nicht. Sie hatte Angst davor, ihn zu finden, weil sie dann Streit mit Jens aushalten müsste. Sie hatte Angst, ihn nicht zu finden. Er war nur ein Hund. Zugrunde gehen wie ein Hund, er würde zugrunde gehen wie ein Hund. Und wenn er je jemanden finden würde, könnte er noch Vertrauen fassen? Wäre er nicht ein Leben lang auf der Hut? Aber er war nur ein Hund, ein junger Hund.

Die Sonne schien warm. Wieder wollte sie weitergehen, immer weiter, am liebsten einfach weglaufen. Diesmal könnte sie länger gehen als letzte Nacht. Es tat ihrem Kopf und ihren Gliedern gut, nach dieser Alkoholentgleisung. Sie würde zum nächsten Ort gehen. Dort könnte sie etwas zu essen und zu trinken kaufen und den ganzen Tag wegbleiben. Sie würde von dort aus Jens anrufen, damit er sich keine Sorgen machte. Aber er machte sich sowieso wenig Sorgen.

Sie kam nachmittags ohne Znajda nach Hause. Jens hatte ihn nicht auftauchen sehen. Das Fressen, fast einen Kilometer vor dem Haus aufgestellt, war weg. Jens meinte, dass er ein paar Katzen gesehen habe, die sich am Nassfutter zu schaffen gemacht hätten. Katharina hatte den Verdacht, dass er log.

Katharina und Jens

Katharina war hungrig und Jens erschien ihr ermattet. Sie fuhr zum Einkaufen und kochte Nudeln.

„Wie verbringen wir den Abend?", fragte sie.

„Wir könnten fernsehen."

„Ich versteh Französisch zu schlecht. Du hast doch DVDs dabei."

„Ja, aber nur Actionfilme."

„Das kann ich mir denken. Ich freue mich nicht so fürchterlich darauf, aber gut."

„Sag mal, kannst du einmal zufrieden sein? Wann hört dieses Gemotze endlich auf? Kannst du vielleicht mal Urlaub machen, ohne mir dauernd zu unterstellen, dass ich ein rücksichtsloser Mensch bin?"

„Ich habe überhaupt nichts gesagt. Und jetzt leg den Actionfilm ein. Das lenkt uns beide ab."

„Vielen Dank. Wenn du mir den Auftrag erteilst, dann gern."

Der Hauptdarsteller kam wie durch Wunder lebend durch alle Szenen hindurch. Autos krachten und fielen steile Klippen hinunter, es wurde geschossen, und der Gute reagierte gerade noch, in letzter Millisekunde, richtig. Jens merkte, dass er sich erstmals dem Darsteller ähnlich fühlte, als eine Kampfszene in Zeitlupe gezeigt wurde.

Der Ton war gedimmt, die Bewegungen langsamer und zielgerichteter. Der Gute gewann und trug Wunden davon.

Katharina würde er nichts davon sagen. Es waren aber auch gute Bettszenen dabei. „War das bei dir auch so, dass du irgendwann mal gemerkt hast, dass die Kussszenen im Fernsehen nicht mehr eklig, sondern aufregend sind?“

„Wie?“

„Ich hab das noch in Erinnerung, dass das als Kind eklig und ein bisschen peinlich war, wenn im Fernsehen Kuss- und Nacktszenen kamen. Irgendwann war es gar nicht mehr eklig, sondern äußerst aufregend, und bei mir tat sich etwas.“

Katharina wandte den Kopf zur Seite, suchte nach ihren Erinnerungen.

„Ich weiß, dass es mir als Kind peinlich war. Ich habe aber keine Erinnerung, ab wann es anregend war.“

„Ich weiß es noch genau. Es war ein Film mit Juliette Binoche. Das wird dich sicher freuen, *Die unerträgliche Leichtigkeit des Seins.* Sie lässt sich da auf einen Mann ein, der ein Spitzel ist. Sie tut es nur, weil ihr Freund, Tomas, sie immer betrügt, und sie das auch tun will. Sie will genauso stark werden wie er.“

„Ja, die Szene habe ich auch im Kopf. Sie ist erotisch, obwohl sie gar nichts für den Mann empfindet.“

„War das für dich als Frau genauso, obwohl es doch eine Art leise Vergewaltigung ist?“

„Ja.“

Katharina räumte am Ende des Abends alles auf. Sie merkte, dass es Jens schlechter ging. Er redete nicht mehr viel, setzte sich beim Zähneputzen auf den Boden, weil ihn sein Bein so schmerzte.

39.

KATHARINA

Der Fuß schwoll nicht ab, die Wade war heiß. Jens sagte, dass sie poche. Er drängte am anderen Morgen darauf, einen schnellen Rückflug zu buchen, und hatte telefonisch bereits in Erfahrung gebracht, dass sie am selben Abend noch zurückfliegen konnten. Er wollte sich in Deutschland ärztlich versorgen zu lassen. Katharina sah das ein. Sie packte und fegte das Haus besenrein. Sie machte Jens kühle Umschläge und sorgte sich, weil er Fieber hatte. Sie hielt zwischendurch Ausschau nach Znajda. Sie ging noch einmal am Meer entlang. Die Farben legten sich immer noch ineinander. Das Blau zum Weiß, das Apricot zum Lila, das Beige zum Grün. Die Sonne schien und glitzerte in den Wellen. Der Wind bewegte alles, das Wasser, ihre Haare, die Gräser, den felsigen Staub.

Sie sah andere Spaziergänger, Paare. Sie kämpfte mit sich, ob sie jemanden auf Englisch ansprechen sollte, um ihnen von einem Hund zu erzählen, der eine Heimat brauchte. Sie nahm sich vor, die nächsten anzusprechen, und getraute sich dann doch nicht, die in sich versunkenen Paare zu stören. Sie weinte und wusste, dass ihr Schmerz selbstsüchtig war. Sie würde niemals mehr mit Jens über Znajda oder über den Zweiten Weltkrieg reden dürfen. Sie würde vergessen müssen oder heimlich weinen. Es war nur ein Hund.

Es verhungerten viele Hunde, es waren auch schon viele Menschen verhungert, auch solche, die versuchten, Gutes zu tun. Gott ließ seine Sonne scheinen über Gerechte und Ungerechte, er ließ auch das Leid kommen über Gerechte und Ungerechte. Sie würde sich immer mehr damit abfinden. Ihre Einsamkeit und Angst hatte doch jeder, nur sie musste dauernd darüber reden.

Jens fühlte sich jetzt sicher im Stich gelassen, auch Znajda. Wer fühlte sich denn nicht allein, und gerade dann, wenn man am Ende war, fühlte man sich vergessen. Sie zog sich aus und ging bis zur Hüfte ins kalte Wasser. Sie fror und fühlte sich sehr einsam. Als sie sich wieder abtrocknete, kam ihr die Idee, dass sie das übrige Hundetrockenfutter noch verstreuen sollte. Vielleicht bis zum nächsten Haus, das gut zwei Kilometer entfernt lag. Znajda würde dann auf der Suche nach guten Menschen eine Spur finden, Hundekrumen, Brosamen. Wenn sie Mut hätte, würde sie die Eigentümer auf Englisch ansprechen, und ihnen Geld geben für den Tierarzt. Sie rannte zum Haus zurück.

Jens lag mit hochgelagertem Fuß. Sie streichelte ihn, sagte, dass sie rechtzeitig zurück wäre, und stemmte den Hundefuttersack. Sie holte aus Jens' Portemonnaie noch Geld, weil in ihrem nicht mehr viel war. Sie hastete keuchend bis zum nächsten Haus. Auf ihr Klingeln öffnete niemand. Sie schrieb einen Zettel auf Englisch und legte Geld dazu. Sie schüttete einen Teil des Hundefutters zu einem kleinen Haufen, verteilte die anderen Stücke auf ihrem Rückweg. Wieder zu Hause wuchtete sie das Gepäck ins Auto und drängte zum Aufbruch.

Jens ging es nicht gut. Er schaute sie fiebrig an, und sie wusste, dass sie am selben Abend in München noch eine Notaufnahme aufsuchen mussten. Lieber Gott, dachte sie inbrünstig, lass ihm nichts passieren. Lass es keinen Wundstarrkrampf sein, keine Tollwut, keine fortgeschrittene Sepsis.

„Bist du eigentlich richtig geimpft? Wo liegt dein Impfpass zu Hause?"

„Das weiß ich nicht."

„Das kann nicht sein, er ist bestimmt in der Schublade mit den Zeugnissen oder Dokumenten."

„Ja, bestimmt."

Sie fuhr den Wagen zum Flughafen – und ja, sie sah den weißgrauen, sich bewegenden Hundefleck beim Blick auf einen Uferabschnitt, der nicht weit weg war von ihrem Haus. Sie fuhr langsamer, ihr Herz krampfte, und Jens murrte auf der Beifahrerseite.

„Was ist denn? Fahr doch, ich will rechtzeitig zum Flughafen."

„Ja natürlich, ich fahre ja schon." Sie trat aufs Gas, und es war ihr egal, ob es gefährlich war. „Du hast ihn nicht umgebracht, Jens. Er wird wahrscheinlich zugrunde gehen, weil ich, weil du, weil andere ihm nicht helfen. Deshalb muss er langsam sterben."

Sie redete weiter, während sie einen kleinen weißen Ford überholte, der viel zu langsam auf der Landstraße unterwegs zu sein schien. „So war es damals mit den Kriegsgefangenen, die dein Großvater logistisch betreut hat, Jens. Sie wurden nicht alle sofort liquidiert. Viele starben langsamer, weil viele Hände versäumt haben, ihnen etwas zu essen zu geben. Sie sind schleichend an Entkräftung oder Krankheit gestorben. Es gab ja keine Gelegenheit, ihnen zu helfen. Jeder musste schauen, dass er überlebte. So ging es deinem Großvater. Und er sah sich als Getroffener. So wie du jetzt auch."

„Fahr langsamer!"

„Später, als die Großkopferten in Dokumentationen das Versagen aller anprangerten, wurde dein Großvater entlarvt. Er hasste sie alle, die Besserwisser-Weicheier, und starb dann womöglich doch früher, wegen ihnen."

Jens stellte seinen Sitz zurück und legte sein schmerzendes Bein hoch.

„Und ich will leben, Katharina. Anders als du – ich will leben – und will nicht wegen einem Hund an einer Sepsis sterben. Und ich will nicht einmal früher sterben, wegen diesem ewigen Gemäkel über Schuld, von genau denjenigen, die mir mein Geld aus dem Geldbeutel gezogen haben, um einem Hund zu helfen, ohne mich vorher zu fragen."

Katharina und Jens

Über den Wolken ging die Sonne unter. Dichte Schleier in Weiß, eine friedliche elysische Landschaft in Engelshöhen, ein sattes rosarotes Licht, das kräftiger war, als sie es je auf der Erde gesehen hatten. Beide starrten aneinander vorbei durch die kleine Luke des Fliegers. Katharina wollte sterben, Jens fürchtete sich davor.

Die Heimreise ging reibungslos vonstatten. Katharina, stärker als er es ihrer seelischen und körperlichen Statur zugetraut hätte, stützte Jens, lagerte ihn an jedem erdenklichen Ort, zog beider Gepäck, löste auf der Flughafentoilette eine weitere Schmerztablette in Wasser auf. Sie duldete nicht, dass er in der Notaufnahme der Klinik warten musste, setzte das Recht durch, dass sie außerhalb der Besuchszeiten noch zu ihm ins Krankenzimmer kommen konnte, um ihm alles zu bringen: Zahnbürste, Unterwäsche, Schlafanzug und Impfpass, alles was notwendig war, damit er sich am anderen Morgen als Mann fühlen konnte. Er sollte kein Ausgelieferter im Krankenhaushemd sein.

Der Arzt in der Notaufnahme hatte ohne Zögern verfügt, dass Jens stationär aufgenommen und über Infusionen mit Medikamenten versorgt werden müsse. Ein weiteres Gespräch mit Katharina hatte er aus Zeitgründen verweigert, hatte sich aber zu der Aussage hinreißen lassen, dass es schließlich um den Erhalt seines Beines ginge.

40.

Jens

Im Fiebertraum hob sich Jens immer wieder vom Bett ab, bis an die Decke, bis über die Wolken auf den Malediven. Nur sein Bein blieb auf dem Bett zurück, und er betrachtete es entsetzt von oben, ein dickes Stück Fleisch, das ohne ihn immer weiter aufquoll. Claudia überschüttete ihn oben mit Eiswasser, sodass er sich durch die Kühle erhärtete und wieder zurück aufs Bett sank, mit einem Aufprall, der ihn erschütterte. Aber es schien wichtig, unten zu bleiben, weil dann das Bein wieder anwuchs und kleiner wurde. Unten, auf dem Bett schwitzte er und wurde so heiß, dass er erneut abhob. Oben fürchtete er sich vor dem Eiswasser und sank wieder zurück. So ging das immer hin und her. Ihm war schlecht, ohne dass er sich erbrechen musste. Ihm war schwindlig, ohne dass sich etwas drehte. Die Krankenschwestern nahm er wie durch einen Schleier wahr. Sie waren alle zu klein, nur der Raum war sehr hoch. Und groß und weiß.

Als er am anderen Vormittag aufwachte, wusste er, dass seine Zeit mit Katharina vorbei war. Dass sie vorbei sein musste, wenn er gesunden wollte. Er überlegte, wie er sie davon abhalten könnte, ihn zu besuchen. Jeder Gedanke an sie erfüllte ihn mit einem Tosen in seinem Kopf und seinem Bein, in seinen Eingeweiden, sodass er Wasser trinken musste, um sich etwas klarer zu fühlen.

„Schwester, was muss ich tun, um allein zu bleiben?“

„Das Fieber ist schon zurückgegangen, Sie sind in Sicherheit. In ein paar Stunden werden Sie klarer denken.“

Jens verbat sich, dass Katharina kommen durfte. Auch seine Eltern sollten fernbleiben. Sein Handy stellte er aus. Claudia wäre jetzt gut gewesen. Aber das war auch vorbei.

„Können Sie bitte das Fenster öffnen?“

Als die Schwester aus dem Zimmer war, bereute er seine Bitte. Warum waren die Vögel so vorlaut? Mussten die, verdammt noch mal, ständig etwas zwitschern, konnten sie nicht *einmal* Ruhe geben? Er war allein im Zimmer und dankte in Gedanken seinem Vater für die Zusatzversicherung, die er ihm aufgedrängt hatte. Er war allein mit seinem Hass. So allein warst *du* nie, am Fieberrand der Verwundung, dachte er und schlief wieder ein.

Katharina

Kein Gedanke daran, dass sie bei Jens übernachten könnte. Schweren Schrittes ging Katharina die Treppen bei Severins hoch, ließ den Rollladen herunter, legte sich auf ihr Bett und schlief mit einer Schwere, die ihr am Morgen noch nachhing. Sie wachte mit dem Gefühl auf, dass sie vom Teufel attackiert worden war. Sie hatte kein Bild dazu, starrte aber lange auf ihren verschmitzten Mönch an der Wand, um sich zu fangen. Sie wollte nicht irrational werden und machte sich auf, um Eva von der Telefonzelle aus anzurufen.

„Schön, dass du da bist."

„Es ist elf Uhr, wie sollte ich da aus dem Haus sein, du hast mich geweckt."

„Ist es religiös oder verrückt, wenn man sich vom Teufel attackiert fühlt?"

„Das kommt darauf an, wer das fühlt. Luther war religiös, deine Frau Severin war verrückt. Warum rufst du mich an, obwohl du in der Bretagne bist?"

„Du musst kommen. Ich bin zu Hause."

„Okay – ich bringe Frühstück mit, setz einen starken Kaffee auf."

Ein Dreivierteljahr war es her, dass sie für Jens starken Kaffee gebraut hatte. Dort am Tisch hatte Jens ihr erstes Frühstück zelebriert. Die Bücher hatte er weggeräumt, ihren Kopfkissenbezug hatte er als Tischdecke aufgelegt und am hellen Vormittag eine Kerze entzündet. Damals hatte sie, als Vegetarierin, zwei Scheiben Schinken auf eine Brötchenhälfte gelegt. Sie hatten zu zweit auf diesem Bett gelegen, hatten einander aus ihrer Kindheit erzählt. Manchmal hatte sie ihn nur angeschaut in diesem Bett, und manchmal hatte sie seine blonden Brusthaare gestreichelt. Frau Severin hatte in ihm den Teufel gesehen.

Warum hatte sie nicht alles gut sein lassen? Warum hatte sie nach der Wahrheit geforscht, warum hatte Jens' Schwester nach der Wahrheit geforscht? War die Wahrheit Frauensache und verdarb das gute Leben? War die Wahrheit veraltet?

Eva brachte Vollkornbrötchen mit, Butter und Nussmus. Katharina stellte den Honig dazu, der noch vom November übrig war. Sie setzten sich aufs Bett. Katharina schaute Eva nicht an, als sie ins Reden kam. Sie erzählte weitschweifig von der Schönheit der Bretagne, in lila und apricot, von ihrem Haus, das eine schöne Terrasse hatte, und dass sie getrieben gewesen war, diese luftige Idylle zu durchbohren.

„Ich wollte es wissen, obwohl ich nicht ahnte, was ‚es' war. Ich wusste es wirklich nicht, Eva, glaub mir!" Sie berichtete von der Großvatergeschichte, vom Massaker in „Tschipolow oder so ähnlich", wie Jens den Ort betitelte.

„Er hat deinen Großvater umgebracht."

„Er hat nicht meinen Großvater umgebracht. Sein Großvater hat meinen Großvater umgebracht."

„Das weiß ich doch." Eva lächelte hintergründig. „Das ist doch ein echter Grund zusammenzubleiben! Wenn du knapp bei Kasse bist, dann verkauf die Story an die Bild-Zeitung. Schreib ein Buch darüber, wir verfilmen es dann. Wir setzen eine Schauspielerin ein, die besser aussieht als du, dann wird das ein Erfolg."

„Danke der Blumen!"

Dann erzählte Katharina von Znajda. Sie legte den Kopf in Evas Schoß und ließ es sich gefallen, dass diese ihr übers Haar strich.

„Ich habe seine Augen in Erinnerung und seine Schlappohren, es sind kleine Schlappohren, keine großen. Normalerweise hängen sie, er stellt eins halb auf, wenn er aufmerksam ist. Er war immer vorsichtig, ist uns aus der Ferne gefolgt. Er hatte Hunger und Durst, er konnte uns nicht lassen. Er hatte keine Chance. Nun kommt er um vor Durst, während wir Kaffee trinken.“ Sie konnte nicht mehr weiterreden.

„Machst du dir Sorgen um Jens?“

„Um Jens mache ich mir keine Sorgen, aber um unsere Beziehung. Es ist aus. Er wird mir nicht verzeihen.“

Eva zog ihre Hand zurück.

„Warum soll er dir verzeihen? Weil du Mitleid mit einem Hund hattest und er keines? Soll er dir verzeihen, dass sein Großvater deinen Großvater erschossen hat?“

Eva steckte sich eine Zigarette an, obwohl sie wusste, dass Katharina den Rauchgeruch in ihrem Zimmer nicht wollte und sich vor einer Reaktion von Frau Severin fürchtete. „Hat Jens irgendetwas zugegeben, ernsthaft etwas zugegeben? Hat er eingesehen, dass er Znajda nichts zu essen geben wollte, dass er ihn geschubst und zur Seite gedrängt hat, dass er ihn immer nur als Hindernis gesehen hat, dass er ihm jedes Mitleid versagt hat? Er und seine Familie sind doch voller Phrasen, aber ohne Mitgefühl und – natürlich! – ohne jede persönliche Schuld.“ Eva schlug mit der flachen Hand aufs Kopfkissen. „Sogar die aufrechte Alexandra, die Richterin der Familie, hat vor dir verschwiegen, dass ihr Großvater am Massaker beteiligt war. Sie tut offen, sucht nach der ‚Wahrheit‘. Aber wenn sie etwas zugeben soll, was ihre eigene Familie betrifft, dann schweigt sie. Die Familie schweigt an den heiklen Stellen, brüstet sich umso mehr mit allgemeinen Schuldeingeständnissen und frönt der Aufbau-

Heuchelei, dass sie ja alles so gut gemacht hätten und so gebildet sind!"

Katharina stand auf und öffnete das Fenster.

„Ich weiß nicht. Ich weiß nur, dass es aus ist. Und ich fühle, dass ich schuld daran bin. Ich habe unsere Beziehung für einen Hund geopfert."

„Hätten mehr Menschen diesen Mut, für die Ausgelieferten ihre Beziehungen aufs Spiel zu setzen, dann wäre es nicht zur Judenvernichtung, nicht zur Liquidierung der Polen gekommen, dann würden die Flüchtlinge nicht als Schuldige dastehen." Katharina sog die warme Sommerluft ein. Sogar in München war der Sommer eingekehrt.

„Ja, aber es hat doch keinen Sinn."

Frau Severin klopfte und brachte Kuchen vorbei. Sie habe Kaffeeduft gerochen. „Da darf ein Stück Kuchen nicht fehlen, oder? Und – ist es vielleicht möglich, dass Sie im Zimmer nicht rauchen?" Sie blickte Katharina besorgt an, ehe sie sich zurückzog.

Katharina legte den Kopf wieder in Evas Schoß und schloss die Augen.

Eva streichelte sie, schenkte Kaffee nach, sagte nicht viel. Aus dem Haus gegenüber kam Klaviermusik. „Der übt immer noch", sagte Katharina.

Als Eva weg war, rief Katharina bei Jens an. Er ging nicht ans Handy. Sie rief auf der Station an und bekam mitgeteilt, dass Herr Hugenbauer keinen Kontakt wolle. Er lasse ausrichten, dass er sich melde.

„Aber ich kann doch vorbeikommen."

„Herr Hugenbauer will keinen Besuch, von niemandem. Es tut mir leid. Er wird sich sicherlich bald bei Ihnen melden."

Katharina nickte und fand kaum die Kraft, den Telefonhörer wieder auf die Gabel zu legen.

41.

Jens

Das hatte er noch nie erlebt. Eine unsichtbare Bremse in allem. Es fiel ihm schwer, sich zu bewegen. Menschen und Stimmen – lästig. Die Zukunft – ein unbestimmtes Nirgendwo. Jedes Mal, wenn er erwog, zum Handy zu greifen, kam eine Art Schwerelähmung über ihn. Wen hätte er auch anrufen können? Alexandra? Er wusste schon, was sie sagen würde: „Aber Katharina war doch gar nicht so schlimm." Seine Eltern? „Hast du schon wieder Schluss gemacht? Du hältst doch gar nichts durch." Katharina?

Hallo Katharina. Sag nichts vom Hund, nichts vom Großvater, nichts von Schuld und schlechtem Gewissen, auch nichts davon, dass du selbst ein schlechtes Gewissen hast … In Kurzform: Hallo Katharina – sag nichts. Nein, ich kann auch nichts erzählen. Mein Bein bekommt kleine Hundezähne-Narben, punktartig, oval angeordnet. Wusstest du, dass der Abdruck einer zubeißenden Hundeschnauze einen eiförmigen Kranz zurücklässt? Weißt du, dass ich mich nach dir sehne, nach allem an dir, nur nicht nach deinem Mund und deinem Kopf? Komm bitte, aber lass deine Sprache zu Hause. Dein Denken auch.

Wie betroffen sie schauen würde, ihn pflichtschuldig bemitleiden würde, obwohl sie im selben Gedankenzug an Znajda, den polnisch getauften verlorenen Hund denken würde!

Nein, er wollte keine Wut und keinen Humor mehr verschwenden, nicht schon wieder versöhnlich sein! Nietzsche und Schiele hatten einen Frauenhass entwickelt.

Er zappte durch Talkshows im Fernsehen und stellte den Ton leise, weil zu viel gelacht wurde. Abends tat sie ihm leid. Sie hatte sich Mühe gegeben. Auch er hatte sich Mühe gegeben. Sie waren gescheitert, da half das ganze Denken nichts. Konnte das wahr sein?

Romeo und Julia hatten ihre Liebe bis in den Tod erhalten, inmitten einer Fehde, während sie beide nicht darüber hinweggekommen waren, dass ihre Großväter sich im Krieg gegenübergestanden hatten. Wann hatte ihre Beziehung eigentlich angefangen? Im September am See, im November im Café oder noch viel früher, zu Beginn des Zweiten Weltkrieges?

Natürlich hatten sie darüber gesprochen und hatten den See als den Beginn ihrer Beziehung gesehen, weil sie sich danach geliebt hatten, obwohl sie noch gar nicht zusammen waren. Katharina hatte sich in ihre tiefsinnig philosophischen Reflexionen hineingesteigert. „Ich mag das Wort Beginn nicht. Es ist mir zu flach. Beginn und Anfang sind irgendwie nicht dasselbe. Ein Beginn ist punktuell. Beginn ist ein schwaches Wort mit seinem kleinen, belanglosen Allerwelts-e und einem i, das den Schlusspunkt schon über sich trägt. Ein Beginn wird mit dem Schluss wertlos. Der Anfang findet im Ende seine Erfüllung. Er klingt in seinem archaischen A viel weiter, nach Mama, nach Papa, er hallt in einen ganzen Zeitraum hinein, in eine lange Geschichte."

Damals hatte er wohlwollend gelächelt über seine kluge Freundin, die sich oft schuldbewusst gab, wenn sie ihre Reflexionen nicht zurückhalten konnte, und seinen Humor ertragen hatte, mit dem er ihre intellektuellen Eskapaden wie Luftballons eingefangen hatte, um damit sein Spiel zu treiben. „Ja, Katharina", hatte er geantwortet, „das ist irgend so etwas wie profane Eschatologie oder negative Heuristik, sehr widersprüchlich, auf jeden Fall komplementär und dialektisch!"

Es war Zeit, Schluss zu machen. Der Schluss ist ein hartes Wort. Es klingt nach Schuss. Dass sie überhaupt einen Brief von ihm bekam, durfte sie als Ehre auffassen. Wie schnell entschlossen hatte er damals die Beziehung mit Claudia beendet, als er Katharina kennengelernt hatte!

Er feilte an den Sätzen und korrigierte seinen Brief mehrfach. Er sah Katharina neben sich, er hörte ihre Gedanken, er fühlte ihr schweres Herz und schrieb so, dass Katharina ihn verstehen würde. Ohne Flapsigkeit. Er schrieb so ernst wie noch nie in seinem Leben, um endgültig damit Schluss zu machen. So wie man nach Weihnachten die letzten Plätzchen in sich hineinstopft, um danach keine Süßigkeiten mehr zu mögen. Katharina würde ihm Anerkennung zollen, dass er derartig reflektiert geschrieben hatte. Sie sollte wissen, was sie an ihm verloren hatte!

Meine Liebe!

Wenn eine Beziehung endet, versucht man, Bilanz zu ziehen, sucht den definitiven Abschluss mit einem versöhnlichen Credo: Es ist gut, dass es vorbei ist, und doch war es eine wichtige Zeit.

Solche Gedanken drehen Endlosschleifen, bis sie plausibel erscheinen. Den Beginn erinnert man vage als wunderbar, und all die nachfolgenden Ärgernisse, die Kränkungen, die falschen Entscheidungen werden geglättet. In Erwartung, dass die Zeit und ein leitendes Schicksal den Schmerz mit Sinn vergolden, bleibt unter dem Summenstrich schlimmstenfalls eine schwarze Null.

Du stimmst zu, Katharina. Ich kann dich hören. So weit würdest du mir folgen. In dieser reflexiven Mitte haben wir unsere Freitagabende verbracht. Wir haben überlegt, diskutiert, uns bei den Händen gehalten, uns geeinigt. Wir haben auf unseren Spaziergängen einen gemeinsamen Takt gefunden, der anders war als der anderer. So haben wir die widersprüchlichen Farben der Bretagne ineinanderfließen lassen.

Ich habe dich dafür bewundert, dass du nie lockergelassen hast, auch wenn du mit deinen ewigen Unterscheidungen unsere Einmütigkeit hinweggefegt hast. Du hattest immer recht, leider. Ich will dich nicht dahaben, weil ich es nicht mehr hören will. Jetzt würdest du wohl sagen, dass das stimmt mit der Bilanzierung, dass der Strich allerdings falsch sei: der Schlussstrich. Du würdest eine

Pause machen und meine Hand drücken. Du würdest den Blick schweifen lassen, tief durchatmen, etwas verschämt sagen: „Vielleicht bleibt eine Welle übrig, Jens, vielleicht eine Wolke, feinporig und immer bereit, ihren Dunst zu verbreiten. Aber kein Strich. Wir bleiben doch durchdrungen vom anderen, da bleibt doch mehr als ein kurzer nackter Bilanzstrich."

So oder ähnlich. Und ich dürfte lauschen. Wie ein Hund. Beim Essen oder beim Wein würden wir uns wiederfinden. Später würde ich einen Running Gag daraus machen, dass deine Wolke und dein Dunst sehr feucht sind – und dass sie alles in mir durchziehen, nicht nur meine Gedanken, sondern viel re" Regionen. Du würdest lachen über unser altes und produktives Missverständnis über Striche und Wolken, die bei dir geistig, bei mir sexuell herumgeistern.

Jetzt, da wir auseinander sind, verfolgt mich der Dunst deines steten Widerspruchs gegen meinen Willen. Ich bin dir nicht dankbar dafür. Du hast mir zu viel vom Leichten genommen. Wenn ich wieder ganz sein möchte, dann muss ich die Haken deiner steten Gegenrede aus meinem Herzen reißen.

Du hast mich oft deinen Wolf genannt. Hätte ich dein winselndes Schoßhündchen werden sollen? Mea culpa jaulend gegen den Mond, meiner Herrin unterwürfig? Deine edlen Gedanken nachhechelnd? So macht man das als Menschendompteur, oder? Gehirnwäsche vom Feinsten. Du hast mir wehgetan, und du wirst mir wehtun, auch dann, wenn ich nicht mehr an dich denken muss. Du hast mich angesteckt mit einer Krankheit, die ich anderen verschweige, um mich nicht unbeliebt zu machen. Ich will nicht so verloren sein wie du. Du hast mich einsamer gemacht. Ich brüste mich nicht damit, ich werde diese Einsamkeit wieder überwinden.

Dein schlussstrichziehender Jens

P.S.: Ich lege einen kleinen Magneten bei. Leider hat ein Magnet immer zwei Pole, sonst hätte ich dir einen Pluspolmagneten ausgesucht, zur Erinnerung an mich.

Er rief Marc an. Marc würde als Einziger verstehen, dass er mit Katharina Schluss gemacht hatte. „Komm ins Krankenhaus. Bring einen Magneten mit. Möglichst bald. Ich muss die Sache hinter mich bringen."

„Wirst du nun mit Magnetismus behandelt?"

„Bring noch einen Briefumschlag mit, am besten gefüttert, je edler, desto besser."

42.

KATHARINA

Katharinas Zeit verging zäh, manchmal schöpfte sie Hoffnung, ging zur Telefonzelle und rief Jens auf dem Handy an. Es blieb ausgeschaltet. Sie rief dann auf dem Stationszimmer an, ließ ihm einen Gruß ausrichten, rief kurz darauf wieder an, um durchzugeben, dass sie den Gruß nicht ausrichten sollten, und kam sich schlecht vor. Sie würde ihre Sachen bei ihm abholen müssen, am besten bevor er aus dem Krankenhaus entlassen wurde. Oder musste sie unbeirrte Ruhe bewahren? War sie je geduldig gewesen? Ihre Trauer war unermesslich, wieder einmal zu groß, zu archaisch. Aber sie konnte sie nicht zurückhalten, und gegen alle Raison war sie gewillt, sich Jens anzuvertrauen. Ein letztes Mal, einfach so, ohne Besserwisserei, ohne Vorwürfe. Sie schrieb an einem Brief an ihn, strich die Worte und Zeilen durch, suchte nach besseren Formulierungen. Sie würde den Brief abschicken, auch wenn sie geschrieben hatte, dass sie ihn nicht absenden würde. Jens war es gewöhnt, dass sie voller Widersprüche war. Das macht den Bock nicht mehr fett, würde er sagen.

Mein lieber Jens,

wenn Du wüsstest, wie viele Briefe ich an dich angefangen und verworfen habe. Ich schreibe Briefe an dich, die ich nicht absenden werde. Ich dürfte sie ja gar nicht absenden, selbst wenn ich mich dazu entschließen würde, weil wir uns nicht mehr sprechen und sehen, bis du auf mich zukommst. Ich muss trotzdem schreiben, als müsste ich meine räudige Haut blutig kratzen. Wie plump meine Vergleiche sind. Ich würge mein Brot hinunter. Ich verirre mich auf bekannten Wegen. Ich fühle mich wie ein vormals übermütiges Rehkitz, das seine Mutter verloren hat und nun in einem notdürftigen Unterschlupf kauert. Der Wald bedeckt mit grauem Schnee.

Wenn ich nur weinen könnte. Ich muss an das Lied von Klaus Hoffmann und Jacques Brel denken. Wir haben es freitagabends gehört: Geh nicht fort von mir, und was war, vergiss, wenn du kannst, vergiss die Vergangenheit … Und ich sag' nichts mehr, und ich klag' nicht mehr, bleib versteckt vor dir … und vergiss die Zeit, die nur töten muss Herzen glückbereit.

Wir waren uns wie immer uneinig. Du hast herausgehört, dass jemand dem anderen nachweint. Ich habe gefühlt, dass es ein Lied der vollkommenen Hingabe ist, ein Lied, das mehr über die bestehende Liebe als über das Ende erzählt. Ich bin in dich gedrungen, um dir das Zwingende dieser Liebe zu erklären, und du hast meine Rede von der vollkommenen Hingabe und dem Zwingenden lächelnd verkehrt. Du hast alles viel zu körperlich verstanden, und ich bebe immer noch, wenn ich daran denke.

Ich habe nie gewonnen, und du hast nie gewonnen. Warum haben wir immer gekämpft? Um uns zu erobern? So wie die Deutschen Polen erobert haben? Die Vergangenheit, Jens! Ich traue mich kaum, es – unser Vergangenheitsverhängnis – im nicht abzuschickenden Brief zu erwähnen. Du schaust genervt, wenn ich sage: Alles hat sich wiederholt. Aber jetzt, da du in deine selbst gewählte Einsamkeit gehst, können wir unsere Gegensätze nicht mehr vereinen. Nicht einmal sexuell. Wir zusammen werden keine Kinder bekommen.

Ich bin ein Wald, bedeckt mit grauem Schnee, ich bin ein Brunnen ohne Boden. Würde ich gefragt, würde ich lieber den Tod wählen als diese träge Finsternis.

Aber mach dir keine Sorgen, mein Geliebter, ich komme durch. Meine Großmutter ist durchgekommen und meine Mutter auch. Ich auch. Das weißt du ja.

Deine Katharina

P.S.: Ich lege einen kleinen Magneten bei. Ein Magnet hat immer zwei Pole. Und die ziehen sich an, viel stärker, als wenn sich ein Magnet an ein Metall ohne eigene Polung anheftet.

Die Briefe kreuzten sich in einem Container im Briefzentrum, hefteten sich untrennbar aufeinander, gingen, noch eine Nacht lang, gemeinsame Wege, bis sie händisch vom Zusteller getrennt wurden.

Aber Katharina hatte sich zu viel Erleichterung erhofft. Auch nachdem sie den Brief in den Postkasten geworfen hatte, auch am folgenden Tag drehten sich ihre Gedanken spiralförmig. Manchmal versuchte sie, ein Buch zu lesen, aber die Worte fanden keine Haftung. Sie glitten ab. Das Gewölk ihrer Gedanken und Gefühle war dicht, ließ nichts Äußeres hinein und entwickelte einen Sog nach innen und – leider – auch nach unten.

Jadwiga war es in Deutschland nicht gut ergangen. Die Tagebucheinträge waren mehr geworden. Das Tagebuch war ein Leidbuch, ein Frauentagebuch. Tagsüber widerborstig, verhinderte sie abends, beim Schreiben, ihren Untergang. Sie war als Bedienstete in einem gehobenen deutschen Haushalt untergekommen. Sie beschrieb die Schönheit des Hauses aus dem Blick der niederen Angestellten. Die Parkettböden, die langen Treppen mussten gewienert und gebohnert werden. Flecken in den Teppichen wurden mit Terpentinöl entfernt, das Terpentinöl wurde mit Zeitungspapier aufgesaugt, damit es weniger stank. Die Vitrinen, die Kristallgläser, die Bücherborde wurden wöchentlich entstaubt. Die Wäsche wurde gestampft, geschlagen und auf dem Waschbrett gerieben. Gekocht und gebacken wurde am Holzherd, mit der Klappe zum Holzofen. Es war schwer, für die Kuchen eine konstante Hitze zu halten. Die Gewürze wurden gemörsert.

Die Frau des Hauses war ansprüchlich gegen Jadwiga und großzügig gegen ihre Kinder. Den Kindern war verwehrt, mit Elisabeth zu spielen. Ihr Deutsch war zu schlecht, ihre Herkunft zu östlich. Obwohl sie bei den Herrschaften wohnten, galten sie als Menschen aus der Unterstadt. *Ich bin die Magd.* Die Frau des Hauses, Frau Steckmann, sah ihre junge und schöne Bedienstete gern auf den Knien. Schlimmer war, dass auch der Herr des Hauses sie gern auf den Knien sah. Von hinten. Zweimal hatte sie das in einem Tagebucheintrag festgehalten. Erstmals während des Krieges, als er auf Heimaturlaub war. Im Mai 1943 schrieb sie: *Er hat mich überwältigt. Danach hat er mich ermahnt, mich beim Treppenputzen weniger zu bücken.* Die zweite Erwähnung fand sich fünf Jahre später. *Elisabeth ist zu alt. Sie ahnt von den Vorgängen in der Bibliothek. Sie riecht meine Angst, auch wenn ich sie zu verstecken suche. Sie fürchtet sich auch schon vor ihm.*

Jadwiga wollte noch einmal den Sprung wagen. Sie plante, nach München zu gehen, zur Süddeutschen Zeitung, wollte als Schreibkraft anfangen und sich hocharbeiten. Es gab Arbeitsplätze, es würde nicht schwer werden. Wenn sie nur einmal heraus wäre aus der kräftezehrenden Dienstbotenarbeit. Sie wollte schreiben, das Tagebuch sollte nicht ihr einziges Medium bleiben. Aber sie zögerte, wartete zu lange, dass sie zu Kräften kommen würde. Sie kam nicht mehr zu Kräften, obwohl sie jung war, fünfunddreißig Jahre alt. Ihre Tochter war fünfzehn, als Jadwiga an Lungenentzündung starb.

Der Krieg war seit vier Jahren zu Ende. Deutschland fand sich wieder. Im Auftrag der drei westlichen Besatzungsmächte wurde das Grundgesetz für die Republik Deutschland erarbeitet, dessen erster Artikel mit der Herrenmenschen- und Sklavenmenschenphilosophie der letzten Jahrzehnte ein Ende machen sollte. *Die Würde des Menschen ist unantastbar. Sie zu achten und schützen ist Verpflichtung aller staatlichen Gewalt.* Es gab keine NSDAP mehr, und viele Deutsche hatten an Entnazifizierungsprogrammen teilgenommen. Die Ostflüchtlinge stellten, anders als erwartet, nicht nur eine Belastung, sondern auch eine ökonomische Ressource dar. Nach dem Untergang des großen tausendjährigen Reiches freuten sich die Menschen über jedes kleine persönliche Glück, bauten auf und kauften gern. Bosch fertigte die ersten Kühlschränke in Serie. *Der dritte Mann* wurde während der Filmfestspiele in Cannes prämiert.

Jadwiga hatte in den letzten Tagen ihrer Lungenentzündung noch ins Tagebuch geschrieben, große Buchstaben hatte sie entkräftigt hingemalt.

Ich bin durch weite und träge Landschaften gewandert. Ein langer Weg, der umsonst war. Mein einziger Weg. Ich konnte nicht mehr zurück.

Ich schaffe es nicht mehr. Mein Leben ist gescheitert. Meine Tochter hat hier in Deutschland die Chance auf Kultur. Aber sie taugt nichts. Aus der wird nichts mehr. Sie hat nur Angst. Vielleicht schafft es die nachfolgende Generation. Für mich war nur Kampf und Leid. Das soll mir niemand verzeihen. Ich gebe den Kampf auf. Mit dem Leid habe ich zu leben gelernt. Nun kann ich sterben.

Waren ihre Großmutter und ihre Mutter wirklich durchgekommen, wie sie an Jens geschrieben hatte? Ob ihre Mutter das Tagebuch gelesen hatte? Ihre Mutter hatte das Tagebuch aufgehoben und im Speicher weggeschlossen. Sie hatte es nicht geöffnet. Vielleicht hatte sie auch nur den Schluss gelesen, hatte es schnell wieder zugeklappt. Es musste verletzend gewesen sein. Kein Wunder, dass sie das Tagebuch nur widerwillig an Katharina weitergegeben hatte. Es war ihr hoch anzurechnen, dass sie es nicht vernichtet hatte.

43.

Jens

Jens hielt noch losen Kontakt zu der Assistenzärztin, die sich im Krankenhaus die Mühe gemacht hatte, zu persönlichen Gesprächen an sein Bett zu kommen. Sie erschien ihm jung, jünger als Katharina, mit einem ebenmäßigen Gesicht, in dem alle Konturen im richtigen Schnitt zueinanderstanden. Mandelförmige Augen – Jens hatte die Frage zurückgehalten, ob sie asiatische Vorfahren habe –, ein schmales Kinn mit Grübchen. Ihre Frisur schien das weiche Dreieck ihres Gesichts einzurahmen, die Scheitelhaare passgenau zum Kiefer auslaufend. Dass sie schüchtern wirkte, wenn sie bei der Visite auf die Fragen des Oberarztes antwortete, stand in reizvollem Gegensatz zu ihren differenzierten Antworten.

Jens verstand wenig, obwohl es sich in seinem Fall um einen simplen, wenn auch schweren Hundebiss handelte. Ein tiefer Eiterherd hatte sein Wadenbein angegriffen. Vielleicht würde er eine Nachoperation in Kauf nehmen müssen. An einem der letzten Abende im Krankenhaus schaute die junge Ärztin noch kurz bei ihm vorbei. Sie wäre in gebotenem Abstand stehen geblieben, hätte Jens sie nicht gebeten, sich doch einen Stuhl zu nehmen. Er antwortete gern auf ihre Frage, wie es passiert sei. Im Kampf. Er fühlte sich geehrt, als sie herausstrich, wie ernst sein Fall in der Stationsbesprechung beredet worden war, weil das ungewöhnlich hohe Fieber die Ärzte stutzig gemacht hatte. Es tat ihm gut, dass sie sich zuversichtlich äußerte, darüber, dass sein Wadenbein noch stark genug war. Sie schmeichelte ihm indirekt, indem sie sich darüber ausließ, wie schnell auch tiefe Wunden heilten. Das sei nicht bei allen so.

„Ich bin ja noch jung“, meinte Jens lächelnd. „Und einige Narben werden wohl zurückbleiben.“

„Ja, vielleicht ist es auch gut, dass das Leben uns zeichnet, dass Narben zurückbleiben, die uns interessant machen.“

Jens musste lächeln. Was für ein Unterschied das war, ob Katharina oder die junge Ärztin diesen Satz sagten. Bei ihr klang er harmlos, auf eine leichte Weise einsichtig. Aus Katharinas Mund wäre er ihm schwer und widerborstig vorgekommen. Er wollte sich gegenüber Sabine unbedingt zurückhalten – sie hatte ihn aus Versehen geduzt, und er hatte ihr nonchalant das Du angeboten –, er durfte auf keinen Fall die Telefonnummer herausrücken. Das war eine Grenze. Er wollte keine neue romantische Geschichte anfangen. Obwohl er bereits mit Katharina Schluss gemacht hatte, und zwar klar und eindeutig, fühlte er deutlich, dass er noch verpflichtet war. Marc hatte er bereits gestanden, dass der Hund ihn in der wehrlosesten aller Situationen von hinten angefallen hatte, auch Alexandra würde er die Wahrheit sagen. Bei seinen Eltern würde er vage bleiben. Manchmal schoss ihm die Situation noch durch den Kopf. Das erlösende Gefühl der Ejakulation, der traumhaft vernebelte Schmerz und die Entschlossenheit, die ihn gepackt hatte.

Er war zum Kämpfer geworden an jenem Abend. In aufrechtem Gang verließ er das Krankenhaus, obwohl sein linkes Bein beim Auftreten immer noch schmerzte.

Krankengymnastik war ihm empfohlen worden, er würde darüber hinaus ins Fitnessstudio gehen. Er würde es genießen, seine Muskeln zu trainieren, frei von dem spöttisch wohlwollenden Lächeln Katharinas. Zu Hause fand er ein Schreiben der Polizei: eine Vorladung zur Zeugenvernehmung zur Anklage auf fahrlässige Körperverletzung der Edith Böhm am 28. September 1998. Wie sollte er neun Monate später noch konkrete Erinnerungen haben, Erinnerungen, die darüber hinausgingen, was er damals bereits, am Tag nach dem Unfall am Feringasee, zu Protokoll gegeben hatte? Es war Juli 1999! Die waren spät dran.

Wenn er an den Tag zurückdachte, dann blieben ihm nur noch Eindrücke: Katharina, das Monet-Mädchen, das im Reclamheft geblättert hatte; seine Entschlossenheit, die schockartige Klarheit, mit der er die Ertrunkene gerettet hatte, bei der alle Gefühle ausgeschaltet waren. Er fühlte Katharinas zarte Nähe auf ihrem Handtuch, dessen Rot verblichen war. Aber vor allem sah er die rosa Wolken mit ihrem Stich ins Lila, eine bezaubernd kräftige Farbe an diesem Herbstnachmittag, dessen Licht bereits fahl geworden war. Sollte er einem Polizisten von seinen Farbimpressionen erzählen?

Er würde Katharina wiedersehen, und das war eine gute Gelegenheit. Die leidige Frage, wie er ihr noch einmal persönlich begegnen sollte, beantwortete sich darin, dass sie auf der Polizeiwache warten würde, vor ihm oder nach ihm ihre Aussage tätigen würde. Danach würden sie Kaffeetrinken gehen.

Er hatte ihren Brief gelesen, und weil er seinen Brief vorgeschrieben hatte, hatte er ihren Brief darübergelegt. Sie waren gleich, gleich lang und gleich schwer. Katharina, das trauernde Rehkitz, war trauriger als er, aber die Magneten waren gleichrangig. Ein wenig fürchtete er sich, dass er dieser unnennbaren Kraft noch einmal erliegen würde. Dass ein Ja-Nein-Spiel beginnen würde, ein Kampf der Gegensätze auf gleichem Niveau, ein Mann-Frau-Kampf, der, immerwährend, nicht gewonnen werden konnte. Ihm war schwer ums Herz, und er wusste, dass er damit wieder bei Katharina war. Sabine, die Ärztin, war auch nachdenklich, aber nicht so bösartig drängend wie seine Exfreundin. Er wollte nicht an Sabine denken, er wollte keine neue Beziehung eingehen, aber sie war süß!

44.

Katharina

Die Julimittagshitze ließ die Häuser in ihrem Heimatort weißer erscheinen, die Blätter der Bäume waren staubgrau. Das Dorf wirkte ausgestorben. Sogar vom Schulzenhof kam kein Mucks. Kein Hühnergegacker, kein leises Kettenrasseln der Kühe im Stall, kein Hundekläffen, als sie vorüberging. Das Tor der Scheune stand halboffen, die obere Luke der Stalltür war geöffnet, aber kein Lüftchen schien sich zu regen. Überall herrschte träge Stille.

Katharina ging die Hauptstraße entlang, vorbei an Gerdas Elternhaus. Gerda war am Mittwochmittag sicherlich in ihrer Apotheke beschäftigt, ihre Eltern ebenfalls bei der Arbeit. Die Zimmerei machte Mittagspause, der Dorfladen war über die Mittagszeit geschlossen. Sogar in Niederbayern schien es im Hochsommer eine Art Siesta zu geben. Katharinas Plan konnte aufgehen. Sie wollte unbemerkt zum Friedhof ihres Heimatdorfes gelangen. Am liebsten hätte sie eine Mütze aufgesetzt, um unerkannt zu bleiben. Sie hatte nichts mitgenommen außer ihrem Portemonnaie und, in einer Papiertüte verstaut, zwei Rosen. Eine rote Rose für die Liebe, eine weiße Rose für die Hoffnung. Würde jemand sie ansprechen, dann würde sie schwindeln: Sie sei, auf der Durchreise, spontan der Idee nachgegangen, ihre Heimat zu besuchen. Einfach die Heimat, das Grab der Großmutter, auch wenn die Eltern bei der Arbeit waren. Man würde sie für wunderlich halten, was ja auch stimmte.

Mit gesenktem Kopf ging sie die Pfarrstraße hoch, vorbei am Apfelbaum im Pfarrgarten, der schon kleine grüne Kläräpfelchen trug. Nach der Kirche hatte sie gern die auf der Straße liegenden Äpfel angebissen und wieder weggeworfen, weil die gefallenen meistens wurmig waren. Das Pfarrhaus war seit ihrer Jugendzeit verwaist, längst wurde der Ort von der Nachbargemeinde mitversorgt. Das Friedhofstor war schlecht geölt und gab schwer nach, schnarrte in dunklem Ton, als sie es öffnete. Katharina füllte eine grüne Gießkanne mit Wasser, so wie sie es als Kind getan hatte. Sommerabends war sie oft hierhergekommen, trödelnd, hatte auf Geheiß der Mutter das Grab gegossen. Manchmal hatte sie verbotenerweise die Schuhe ausgezogen, weil sie das stachelnde Gefühl der kleinen Kiesel an den Füßen liebte. Immer hatte sie ein schlechtes Gewissen, wenn sie mit nackten Füßen vor dem Grab der Großmutter stand, wenn sie die Grabblumen mit Wasser besprengte, ohne ein Gebet für die Großmutter zu sprechen.

Katharina besah sich die Grabkreuze der jüngst Verstorbenen und versuchte, sie ihrer Erinnerung zuzuordnen. Nun erst starben die Großeltern ihrer Mitschülerinnen. Frau Krumbichler war Gerdas Großmutter. Die arme Gerda musste in ihrer Schwangerschaft den Tod ihrer Großmutter verkraften. Ob es einen Einfluss auf das ungeborene Kind hatte, wenn Gerda weinend am Grab stand? Waren diese Fragen nicht lächerlich modern? Jadwigas Grab lag an der Friedhofsmauer, aber die Sonne stand so steil, dass auch hier kein Schatten zu finden war. Die Inschrift war schmucklos und bereits von Kleinmoos befallen, sodass man genau hinschauen musste. *Hier ruht in Frieden Kreszentia Neumann.* Eine Zeile tiefer: *1915–1949.* Der Name war ein Hohn.

„Mama, wie hast du deine Mama genannt?“, hatte Katharina einmal ihre Mutter gefragt.

„Ich habe Mutti zu ihr gesagt, das wollte sie so.“ Aber auch ihrer Mutter lag es fern, von der Zenzi oder der Kreszentia zu reden. Die Kreszentia Neumann war in Wirklichkeit Jadwiga Burkant, geborene Wojziechowska. Katharina goss die müden Blumen mit dem kalten Wasser. Die Wassertropfen auf dem Randstein waren binnen einer Minute wieder verdampft. Ihre beiden Rosen legte sie demonstrativ als V um die lila-gelb gesprenkelten Stiefmütterchen und Hornveilchen. Sie passten farblich überhaupt nicht. Aber was passte schon farblich in der Natur? Solange die Blüten ihr Leben verstreuten, sah alles gut aus. Es bereitete ihr Vergnügen, daran zu denken, wie ihre Mutter sich über die Rosen am Grab wundern würde. Beim nächsten Telefonat würde Katharina sicherlich davon hören. „Vielleicht hat sie ja noch einen Verehrer", würde Katharina antworten. „Sie war doch eine sehr schöne Frau."

Sie betete ein *Vaterunser* und ein *Gegrüßet seist du Maria* und sprengte Weihwasser auf das Grab. Sie schloss die Augen, hoffte, dass niemand sie auf dem Friedhof beobachten würde, und wartete, ob ihr eine Eingebung käme. Ein Bild, ein Wort, ein Windhauch von Jadwiga. Katharina wollte so gerne noch etwas von ihr bekommen. Sie roch ihren eigenen Schweiß in der Mittagsglut. Jetzt, wo alles ruhig war, vermisste Katharina das Vogelzwitschern. Sie schloss die Augen, um ihr Inneres zu prüfen. Sie sah Jadwigas Bild vor sich, wie sie gelassen in die Kamera lächelte. Es kam nichts. Sie hörte das Knarzen des Friedhofstores – es war Zeit, zu gehen. Sie wollte niemandem begegnen. Katharina senkte gemessen den Kopf zum Abschied und flüsterte: „Danke, Jadwiga – mój Aniołek."

Sie eilte zur Bushaltestelle, obwohl sie zu früh dran war, wanderte weiter bis zum nächsten Dorf, um nicht unnötig herumzusitzen und fuhr von dort zurück nach München.

Die Bahn fuhr durch fruchtbare Gegenden. Es war komfortabel, im klimatisierten Zug dieses kultivierte Land zu betrachten. Katharina konnte bequem ihre Beine ausstrecken und bestellte sich einen Kaffee, als der Bedienstete des Zugbistros durch den Großraumwagen ging.

Das Korn stand gleichmäßig und schwer. Die Felder rechteckig, sorgsam voneinander abgegrenzt, dazwischen Hecken, die den Wind bremsten und dem Kleingetier und Vögeln Schutznischen boten. Am Bahnhof in München wäre sie gern in die U4 umgestiegen, um am Prinzregentenplatz auszusteigen, zu lauschen, ob auch heute wieder klassische Musik im Untergrundbahnhof erklingen würde.

Sie sehnte sich nach den vertrauten Wegen durch Haidhausen. Sie wünschte sich in die Atmosphäre der krummen Straßen, die gesäumt waren von kleinen Läden, in denen Secondhand-Kleidung oder selbstgetöpfertes Geschirr ausgestellt waren. Ein paar Stühle vor dem Café, als wären sie im Süden, wo die alten Frauen noch abends beieinandersitzen. Es war Jens' Umgebung, in die sie eingezogen war, ohne dafür zu bezahlen. Sie würde umziehen, weg von den Severins, vielleicht in ein Studentenheim. Sie würde die Vorteile dieser großen Stadt nutzen, in der Gemeinschaftsküche Spaghetti essen und sich über Kinofilme oder die Aufführungen der „Oper für alle" unterhalten. Sie hatte Lust auf Leute, die offen waren, das Leben zu genießen, sich in Diskussionen zu werfen, sie würde sich ihren Gefühlen hingeben, sich verlieben und dabei unbeugsam sich selbst bleiben. Seit der Zeit mit Jens fühlte sie, wie attraktiv sie war, wie unwiderstehlich, ohne dass sie sich verbiegen musste. Sie würde keine Tochter und keine Ersatztochter mehr sein. Sie würde eine Frau sein, Katharina sein. Sie würde durch die Straßen fliehen und fliegen, wie Jadwiga damals in Lodz, aber nicht so naiv wie die damals Neunzehnjährige, sie würde sich nicht schwängern lassen. Sie würde ihr Leben allein wagen und ihre Entscheidungen allein ergreifen. Für ein sinnvolles und leichtes Leben zugleich! Dann fuhr ihr Znajda durch den Kopf. Sie sah ihn, mit geschlossenen Augen, noch schwach hechelnd unter dem dornigen Gestrüpp der Bretagne. Und dann war ihr, als müsste sie dürsten und hungern, um bei ihm zu sein.

Epilog

JENS

Nach der Entlassung aus dem Krankenhaus ging es Jens nicht gut. Seine Wohnung war ihm egal und die Option, die neue Wohnung zu kaufen, hatte er fallen lassen. Sein Job erschien ihm sinnlos. Unsinnig oder sinnlos? Katharinas Wittgenstein-Terminologie ging ihm am Arsch vorbei. Während er früher zu viel eingekauft hatte, hatte er jetzt nichts mehr zu Hause, trotzdem nahm die Unordnung von Tag zu Tag zu. Es waren keine Äpfel mehr da, nur noch zwei verschrumpelte Exemplare. Überall lagen Kugelschreiber herum, aber keiner schien zu funktionieren. Er war zu faul, um die entwerteten Eintrittskarten vom Volkstheater wegzuschmeißen. Er kam zu spät zur Arbeit, obwohl er ohne Frühstück aus dem Haus ging. Auf Katharinas Marmelade bildete sich Schimmel, weil er vergaß, sie in den Kühlschrank zu räumen. Er warf eine gute Hose in den Müll, weil der Ketchup-Fleck beim Waschen nicht rausgegangen war. Dass der Sommer auch München erreicht hatte, war eher erschwerend. Er hätte surfen gehen sollen, aber es gab keinen Grund. Keinen Grund, der dagegensprach, aber auch keinen, der dafürsprach. Außerdem hatte er kein Auto. Weder Claudias noch das seiner Mutter. Er hätte sich eines kaufen können, jetzt, wo er nicht wusste, ob er für eine Eigentumswohnung sparen sollte, jetzt, wo Katharina nicht mehr dagegenredete … Alles schien unwesentlich geworden, Beiwerk. Es fehlte ein Ganzes. Er hörte abends Musik und schaltete den Fernseher an, sobald er heimkam. Draußen waren die Straßen belebt, und er hörte Gelächter bis in die späte Nacht, sobald er in seinem Schlafkämmerchen das Fenster öffnete. Wenn seine Mutter anrief und ihn fragte, wie es ihm ging, sagte er: „Gut."

„Und deiner Freundin?"

„Sie heißt Katharina."

Seine Mutter atmete hörbar durch. „Also: Wie geht es Katharina?“

„Auch gut.“

Einen Teufel sollten sie erfahren! Das Schlimmste war aber, dass sein Bein verheilt war und er trotzdem immer wieder über seine Narben streichen musste. Er bekam Znajda nicht aus dem Kopf. Jetzt, da dieser wahrscheinlich tot war, kam er ihm nahe. Er sah seine Schlappohren und seinen vertrauenden, altkindlichen Blick. Er brauchte Katharina nicht mehr, um zu erraten, was der Traum zu bedeuten hatte, in dem ein großer Köter einen kleinen Hund zerbissen hatte. Er, Jens, war im Traum dem großen Hund nicht beigekommen, egal wie sehr er an der Leine gezogen hatte. Zuerst biss er dem Kleinen das rechte Vorderbein ab, der humpelte weiter. Dann riss er ihm das linke Hinterbein aus, der Kleine stand wackelig. Schließlich lag der Kleine mit vier abgerissenen Beinen auf dem Boden und blickte Jens erstaunt und ungläubig an. Als der große Hund sich abwandte und ihn an der Leine mitzog, wachte Jens auf. Er fühlte sich sehr schwach und schuldig. Überall sah er Hunde in der Stadt. Kleine und große, lockige und glatthaarige, alle sprangen sie um ihre Herrchen und Frauchen herum, gehorchten ihnen, gutgläubig. Natürlich war Znajda jetzt tot. Noch nie hatte Jens das Bedürfnis gehabt, mit einem Toten zu reden. Znajda versprach er auf der Matratzenkante, unter dem Sonntagsgeläut der Johanneskirche, dass er nicht umsonst gestorben war. Seine Bauchmuskeln bebten, weil er versuchte, seine Tränen zu unterdrücken.

An Katharina dachte er ungern. Seine Gedanken streiften sie kurz, eine gedankliche Berührung im Vorübergehen. Aber auch der Abend mit Sabine, der netten Ärztin, war sterbenslangweilig. Sie wollte ihm zuhören, aber er wollte nichts erzählen. Sie wollte gut sein, aber er war nicht schlecht. Nur Katharina hatte ihn schlechtgemacht, oder etwa nicht? War es so, dass die Guten immer einen Schlechten suchten, oder einen, dem es schlecht ging? Eine verdammte Katharina-Frage! Er saß auf der Matratze und zappte zwischen den Programmen. Im Fernsehen kam nur Mist!

Mit Marc und Lea traf er sich in ihrer alten Kneipe, in der sich nichts verändert zu haben schien. Der Geruch nach Schweinebraten, gemütliche Dunkelheit, die massiven Holzbänke und -stühle, die bei jeder Bewegung knarzten. Jens kam zehn Minuten zu spät, die beiden zupften an einer Brezn, die sie geteilt hatten. Sie saßen an einem Vierertisch, und Jens war klar, dass er die Runde nicht füllen konnte. Er bildete ein spitzes verschobenes Dreieck mit seinen Freunden, und er vermisste die anderen aus der Clique. Er ließ sich herzlich begrüßen, lächelte zurück, als sei nichts gewesen. Marc hatte ihn zu diesem Abend gedrängt. Seine Diplomarbeit sei fertig, das gelte es zu feiern! Jens hatte den Eindruck, dass Marc sich bemüht fühlte, ihn aufzuheitern. Er bestellte ein großes Bier und tat unbedarft: „Du bezahlst die Zeche, da werde ich mich nicht lumpen lassen!“ Marc erzählte ausführlich, während Lea Jens sorgsam zu beobachten schien. Er habe seine Diplomarbeit wieder auf 130 Seiten zusammenkürzen müssen, habe mit Leas Hilfe die letzte Nacht durchgearbeitet und seinen Computer fast erschlagen. Jens nickte lächelnd und wusste, dass Marcs Professor die besten Noten verteilte, obwohl er in der Vorbereitung pedantisch war. Die Eins war Marc sicher, da konnte er jetzt elend daherreden, wie er wollte. „Wie geht's *dir* denn, in deinem Job“, fragte Lea schließlich.

„Gut. Immerhin bekommt man seine Arbeit bezahlt, anders als während des Studiums.“

„Du kannst echt von Glück reden, dass du so schnell einen Job gefunden hast, bei dem du bereits eine Führungsposition innehast!“

Jens nickte.

„So wie es sich anhört, kannst du dort bleiben, solange du willst!“

„Ja.“

„Und, wie geht es sonst so?“, fragte Marc.

Jens nahm einen kräftigen Schluck Bier. „Den Kauf der Wohnung habe ich abgeblasen. Ich war mir jetzt nicht mehr sicher, ob ich sie mir wirklich leisten kann. Katharina …“, er stockte und entschuldigte sich, weil ihm die Tränen in die Augen traten und er schwer weiterreden konnte, „sie hätte sich darin nicht wohl gefühlt, und ich bin mir im Moment nicht sicher“, er räusperte sich, „ob Bogenhausen auf Dauer zu mir passt.“

Lea kam ihm zur Hilfe. „Ja, manchmal muss man sich Zeit lassen. Bogenhausen ist doch eine Schickimicki-Gegend. Ich glaube, du bist viel bodenständiger.“

Jens nickte. „Und ihr?“

Marc erzählte, dass er sich bei seinen Bewerbungen nicht auf den Radius Münchens beschränkte. Er fände es tatsächlich interessant, in den Osten zu gehen. Lea nickte resigniert und fügte aufheiternd hinzu: „Für seinen Arbeitsplatz ist er bereit, unsere Beziehung aufs Spiel zu setzen. Gut, dass ich so eine nachgiebige Frau bin und mich darauf einstelle, im Osten die desillusionierten Schüler zu unterrichten.“

„Immerhin bewerbe ich mich nicht in China.“

Dann blickte Marc nachdenklich zu Jens und fragte leise: „Mit Katharina – ist immer noch Schluss, oder?“

„Katharina hat mir dauernd irgendwelche Vorwürfe gemacht, nie war ich gut genug.“

Lea lächelte. „Ich glaube, das ist immer das gleiche. Wir Frauen maulen an den Männern rum und wollen sie verbessern.“

Jens runzelte die Augenbrauen, wusste, dass er seinen Freunden eine ehrliche Antwort geben musste. Er räusperte sich.

„Ja. Das war bei uns schwieriger. Es stehen einige Geschichten zwischen uns.“ Er blickte sinnierend auf den Tisch, gab der Kellnerin ein Handzeichen für das nächste Bier. Dann erzählte er die Geschichte ihrer Großväter und dass es sein könnte, dass sein Großvater ihren Großvater erschossen hätte. Marc lehnte sich zurück. „Das glaube ich nicht, das ist ja ein Hammer."

Lea nickte stumm vor sich hin und seufzte nachdenklich. Jens stieß mit seinem neuen Bier mit den beiden an. „Auf die Zukunft, oder? Die Vergangenheit ist scheiße gelaufen."

„Hast du ihr gesagt, dass es dir leidtut?", fragte Lea.

Jens fuhr hoch. „Ja, natürlich tut´s mir leid! Aber was soll ich denn machen? Ich kann auch nichts dafür, dass mein Großvater schießen musste! Das ist doch wohl klar, dass es mir leidtut!"

„Hast du ihr denn wirklich gesagt, dass es dir leidtut?", insistierte Lea.

„Warum denn? Es käme doch völlig unglaubwürdig!" Er blickte ihr feindselig in die Augen. „Hast du dich schon einmal entschuldigt bei jemandem, den dein Großvater umgebracht hat? Er war sicherlich auch dabei, in diesem Krieg!"

Lea schüttelte unmerklich den Kopf. „Nein, natürlich nicht. Mich hat auch nie ein Opfer angesprochen. Ich würde schon sagen, dass es mir sehr leidtut!"

„Aber nicht, wenn man so angegiftet wird!"

Lea blickte ihn entsetzt an. „Ja, wie sollen die Betroffenen denn sonst reden? Sollen sie dir schöntun? Das ist doch völlig normal, dass die Opfer einen angiften. Sollen sie sich noch dafür entschuldigen, dass sie sich getrauen, etwas zu sagen? Das kann doch nur besser werden, wenn sie ihren Hass und ihren Frust auch irgendwann einmal loswerden!" Jens knurrte genervt. „Aber *ich* kann nichts dafür! Ich habe nichts getan, und selbst wenn mein Großvater etwas getan hat – es war keine Absicht!"

Marc stieß Lea in die Seite. Aber sie ließ sich nicht bremsen.

„Ich entschuldige mich ja schon für Kleinigkeiten, auch wenn ich sie nicht absichtlich getan habe. Wenn ich jemandem auf den Fuß steige, entschuldige ich mich dafür, auch wenn es keine Böswilligkeit war!"

Jens nahm seinen Bierkrug, lehnte sich zurück und trank. Marc blickte ihn aufmerksam an und sagte dann nachdenklich:

„Willy Brandt hat vor dem Ehrenmal für die Toten des Warschauer Gettos auch einen Kniefall hingelegt. Er wirkte so, als täte es ihm wirklich leid, was damals passiert ist."

Jens lächelte sarkastisch und nickte vor sich hin. Sie hatten leicht reden, seine Freunde.

„Soll ich jetzt einen Kniefall vor Katharina machen? Obwohl ich absolut nichts mit meinem Großvater am Hut habe?"

Seine Freunde blickten ihn fragend und hilflos an.

„Es ist verdammt leicht, Lea, sich für Kleinigkeiten zu entschuldigen."

Lea nickte verständnisvoll. Marc blickte Jens begütigend an. „Das ist eine sehr einzigartige Geschichte! Vielleicht sollten wir uns nicht zu schnell ein Urteil bilden, du hast schon recht."

Sie umarmten ihn lange beim Abschied und Jens hatte den Eindruck, dass er ihnen leidtat. Er hasste dieses Gefühl.

Er hatte an diesem Abend mehr getrunken als seine Freunde. Als er heimkam, nahm er noch ein Glas Wodka. Er sehnte sich nach Katharina. Er hätte ihr gesagt, dass es ihm leidtut. Sie war nicht mehr da. Er befriedigte sich selbst und kam sich schmutzig vor.

KATHARINA

Die Zeit heilte ihre hilflose Sehnsucht zur Wut. Sie zerriss Jens' Brief. Das war doch nicht Jens! Er hatte sich doch nur eine Maske der Weisheit angelegt, sich in sich selbst gesonnt – so ein Heuchler! Er schwafelte von leitendem Schicksal, von Sehnsucht und Schmerz, der sich zum Sinn vergoldete. Und tat dabei noch so, als seien diese Grabredner-Phrasen ihre Gedankengänge! Jetzt fühlte er sich wahrscheinlich als Engelszungenredner und kam sich gut dabei vor. Ihr Gespräch mit Eva war nicht ohne Frucht geblieben. Im Nachhinein stimmte sie Eva zu. Jens litt nicht. Er hatte kein Mitleid, dieser Wolf im Schafspelz – sollte er sein Bild malen – sein rotes Untier, das den großen alten Berg hinter sich ließ. Er ließ alles hinter sich. Es war ihr nicht anders ergangen als Claudia damals. Bald würde sie das Paket erreichen, in dem er ihr die Nivea-Creme zuschickte, die sie bei ihm gelassen hatte. Aber nein! Er würde sie einfach wegschmeißen, so wie die schönen rindsledernen Handschuhe von Claudia. Ihre Nachfolgerin würde sich über diese ärmliche Creme belustigen, die er dann getrost in den Müll werfen würde. Ihre selbstgekochte Marmelade würden sie essen, und sie würden sich darüber amüsieren, dass er eine Freundin gehabt hatte, die noch aus der vorigen Generation stammte. Aber nicht nur auf Jens war sie wütend, sie war von einer Grundwut erfasst. Die elende Gutmütigkeit von Frau Severin – bis sie wieder schlagartig zum Tier werden würde. Katharina würde sich nicht mehr verantwortlich fühlen. Sie war genervt von den Strebern in der Bibliothek, die schrieben und dachten, als seien sie wichtig. Auf die Raser in der Stadt hatte sie eine Mordswut und auch auf ihre Eltern. Auf beide! Ihre Mutter hatte sie zum Studium losgeschickt mit der Prophezeiung, dass sie es nicht schaffen würde, und hatte ihr mit der Geste gequälter Großmut, so wenig Geld zugestanden, dass sie ihre Möbel auf dem Sperrmüll zusammensuchen musste und sich in einer Dachklause als Ersatztochter verdingt hatte. Und ihr Vater? Hatte alles abgenickt, wie immer, um den Leidensfuror ihrer Mutter zu minimieren. So hatten sie sich doch kennengelernt: Sie hatte ihm die Rechnungen nach oben korrigiert und er hatte es geschehen lassen, hatte sie vorsichtig dafür gelobt. Jetzt lobte er sie wahrscheinlich dafür, dass sie das Geld zusammenhielt und das Leben abwürgte. So durfte er das Geld zählen, das längst reichte, um allen dreien ein gutes Leben zu ermöglichen! Sie sollten sie kennenlernen! Das sollte ihr letztes Telefonat aus einer Telefonzelle sein, danach würde sie sich ein WG-Zimmer suchen, mit Menschen, die telefonierten und Spaß hatten – mitten in Schwabing würde es liegen! Sie würde ihr Studium zu Ende bringen und dann würde sie sich nicht dem erstbesten Job andienen. Sie würde sich nicht mehr verbiegen!

Es war ein Sonntagnachmittag. Katharina ging noch eine große Runde im Nymphenburger Schlosspark, sah die Paare und Familien, denen es viel zu gut ging. Die Kinder hatten ein Eis in der Hand, die Väter trugen ihre Söhne auf den Schultern. Die Buggys waren überfüllt mit Limo-Flaschen und Kuscheltieren. So ein Leben hätte sie mit Jens haben können – würde nicht der alte Tran an ihr hängen. Die Auffahrtsallee war belebt. Sie ging den Weg, den sie damals in Stille und Erwartung mit Jens gegangen war. Ihre Hosentasche war schwer vom Münzgeld. Sie würde ihre Mutter übertölpeln. Ihre Mutter war klug, aber sie hatte den Vorteil des Überraschungsangriffs. Sie würde nicht so dumm sein, ihre Eltern um Geld anzubetteln, bloß keine Unterlegenen-Position mehr! Zur Not würde sie über die Tränen ihrer Mutter hinausstreiten.

„Markgraf."

„Hallo Mama."

„Ja, mit deinem Anruf hätte ich jetzt nicht gerechnet."

Katharina ließ bedacht eine Pause.

„Mama, wann war die härteste Zeit in deinem Leben?"

„Du fragst Dinge."

Katharina wartete.

„Als meine Mutter gestorben war", sie zögerte, „ich hatte ja gar nichts."

„Ich weiß, Mama."

„Wie kommst du denn jetzt auf diese komische Frage, am Sonntag?"

„Du warst fünfzehn, Mama. Du warst nicht gelitten in dieser Kriegsgewinnler-Familie. Deren Kinder wurden gehätschelt und gingen ins neu entstandene Gymnasium, du solltest als Haushaltshilfe arbeiten."

„Ich war gut in der Schule, aber niemand stand hinter mir!"

Katharina atmete durch. Es war infam. Sie konnte dieses Gespräch nur am Telefon führen. Würde sie den selbstmitleidigen Blick ihrer Mutter jetzt sehen, würde sie die Beherrschung verlieren.

„Du hättest mehr verdient gehabt. Aber niemand hat dich geschützt. Im Gegenteil, er hat dir nachgestellt."

Ihre Mutter zögerte.

„Woher weißt du das?"

„Es sollte nie mehr passieren. Deine Mutti wollte nach München und euch ein Leben ermöglichen, in dem du eine Chance gehabt hättest. Aber es war zu spät. Niemand hat ihr einen Arzt bezahlt."

„Nein. Niemand."

„Du hättest es verdient gehabt, aufs Gymnasium zu gehen. – Was hättest du studiert?"

Sie konnte den vertieften Atem ihrer Mutter hören. Sie schien nachzudenken.

„Ich wäre Lehrerin geworden, damals. Heute denke ich manchmal – die jungen Leute dürfen sich ja frei entscheiden – ich hätte gerne Politik oder Geschichte studiert. Es wird ja so viel Mist geredet. Ich hätte gerne …"

„Ich weiß, Mama. Du hättest gerne die Wahrheit gesucht und hättest sie weitergegeben. Wenn die Männer am Namenstag Mist verzapfen, dann bist du besser informiert."

„Aber nur selten. Ich muss mich nicht in den Vordergrund stellen."

Auf keinen Fall durfte sie ihre Mutter auf den Pfad der selbstgewählten Bescheidenheit gehen lassen! Sie musste unbedingt ablenken.

„Du hast viel Potenzial, Mama. Papa hat mir mal gesagt, dass ich meinen Grips von dir geerbt habe."

„Ach!" Ihre Mutter lachte. „Der spinnt."

„Mama, mir hast du es ermöglicht, dass ich studieren kann."

„Das ist doch klar, das machen doch alle guten Eltern. Ich hatte keine mehr."

„Und ich habe noch Eltern, Mama, dafür bin ich dankbar."

Jetzt bekam Katharina einen Kloß in den Magen. Das war jetzt die Schleimspur, würde Eva sagen.

„Könntet ihr mir, gegen die Verzinsung, die ihr auf dem Sparkonto bekommt, Geld leihen? Ich würde es euch nach dem Studium zurückzahlen."

„Wieso denn das? Du musst dir doch das Geld nicht leihen. Wir sparen es doch sowieso für dich."

Lange würde ihre Mutter ihr nicht mehr auf den Leim gehen. Sie musste nun unbedingt glaubwürdig werden.

„Mama, es wäre Geld, das ich brauche, um anders zu leben als ihr. Ich würde sparen, aber ich würde auch Kleidung kaufen, die ich in München brauche, um nicht als ärmlich zu gelten. Ich würde ein WG-Zimmer nehmen, nicht überteuert, aber abseits dieser Frau Severin, die mir nicht guttut. Ich würde Bücher kaufen, auf deren Besitz ich stolz bin, statt wochenlang in der Bibliothek darauf zu warten. Ich würde mit meinem Geld ins Theater gehen und müsste mich nicht auf Gedeih und Verderb einladen lassen."

„Ja, aber du weißt doch, dass wir auch keine Chance hatten, uns alles zu leisten … –"

„Ich weiß, dass du dir was ganz Ähnliches gewünscht hast und dass es sehr selbstlos wäre, mir ein Leben mit Chancen und Möglichkeiten zu bieten, obwohl du es nie gehabt hast."

„Wir sparen es für dein Erbe, nicht für uns!"

„Ich würde es euch zurückzahlen – rechtzeitig! Ich würde es verzinsen – Mama", Katharina musste lächeln, „Mama, ich werde mein eigenes Erbe sehr gut verzinsen!"

Schlagartig kam die Panik hoch, dass das Gespräch kippen würde. So oft war es passiert, sobald nur ein Funken gute Laune aufgekommen war.

Sie hörte einen komischen Laut am Ende der Leitung. Ihre Mutter lachte – oder weinte sie?

„Die Verzinsung", die Mutter räusperte sich, „müsste sich nach unserer Lebenszeit richten."

„Häh?"

„Das ist doch klar, Katharina. Wenn ich damit rechne, dass wir nur noch zehn Jahre leben, dann ist das Risiko, dass wir das geliehene Geld für dein Erbe nicht mehr zurückbekommen viel größer."

„Ich wusste es", Katharina fiel es schwer, so ehrlich wertschätzend mit ihrer Mutter zu sein, es war schwieriger, als zu heucheln, „ich wusste, dass du so gewitzt bist. Ich habe es immer gewusst, Mama." Katharina war schon wieder den Tränen nahe. Es war nicht nur wegen des Geldes. Es war so schön, mit ihrer Mutter ironische Bemerkungen hin- und herzuschieben. Es war wie Schlittschuhgleiten.

„Ich plädiere dafür, dass wir bezüglich der Zinsen mit weiteren dreißig Jahren Lebenszeit rechnen."

„Ich habe es schon verstanden, Katharina. Du willst, dass wir lange leben, damit du niedrige Zinsen ansetzen kannst." Die Mutter seufzte. Katharina schob ein Stoßgebet zum Himmel, dass die Stimmung nun nicht wieder kippen sollte. „Ich rede mal mit deinem Vater. Zweihundert mehr pro Monat?"

„Fünfhundert."

„Was?"

„Ich vertraue auf dein Verhandlungsgeschick!"

„Aber eins sage ich dir! Dann kommst du nun wieder öfter nach Hause! Ich zahle doch nicht an meine Tochter, die mich kaum mehr zu kennen scheint!"

„Ja, ich könnte mir durchaus vorstellen, öfter heimzukommen."

Katharina konnte das Kopfschütteln ihrer Mutter sehen. Sie war sicher entsetzt, und – Katharina klopfte sich selbst auf die Schulter – und sie war erstmals stolz auf ihre Tochter. Ging doch! Schneller als gedacht. „Bingo“, würde Jens jetzt sagen.

JENS

Obwohl die Inhalte der Belehrung seine Rechte und seine Unabhängigkeit stützen sollten, fühlte sich Jens eher eingeschüchtert. Während er im September letzten Jahres einen interessierten Zuhörer bei seiner spontanen Aussage gefunden hatte, saß ihm nun ein muskulöser und gedrungen gebauter Polizist gegenüber. Bärbeißig, schoss es Jens durch den Kopf.

Der Beamte schien ihm zu misstrauen. Jens wurde zur Wahrheit gemahnt, noch bevor er etwas inhaltlich Relevantes gesagt hatte. Als er genervt die Augenbrauen hob, kam der Hinweis, dass er sich durch wahrheitswidrige Aussagen strafbar machen könne.

Seine Personalien wurden verlesen, als ob hier bereits Zweifel an seiner Integrität aufkommen könnten. Seinen Erstwohnsitz hatte er in Gauting bei seinen Eltern behalten und kam sich nun als Betrüger gegenüber dem Einwohnermeldeamt vor. Am liebsten hätte er zum Gegenschlag ausgeholt: Woher der verspätete Diensteifer? Ob ein neuer Vorgesetzter die alten Akten noch einmal auf Schlamperei durchstöbert habe? Aber die Tonaufzeichnung lief bereits, sodass er tunlichst jedes Widerwort vermeiden musste.

Bei den Fragen nach wer, wo, wann griff der Beamte bereitwillig auf das alte Protokoll vom Montag, den 28. September 1998 zurück.

Aber dann schien der Vernehmer die Widerhaken zu suchen. Jens begab sich sofort in einen vorsichtigen Modus. Er habe nicht alles beobachten können. Für ihn bestand das Geschehen aus getrennten Szenen. Dazwischen waren seine Bemühungen ums Gleichgewicht auf dem Board beziehungsweise seine Aufsteigemanöver. „Beim Windsurfen bin ich ein Greenhorn." Jens lächelte entschuldigend, aber der Vernehmer lächelte nicht zurück.

„Wie sahen die Männer aus?"

„Ich weiß nicht mehr als damals. Der eine dünn und schlaksig. Der andere massiv gebaut."

„Welchen Eindruck machten die Männer auf sie?"

„Ich weiß nicht, sie sprachen nicht viel. Sie jagten dieser Frau nach. Sie waren ländlich angezogen." Jens zuckte die Schultern. „Dorfmacker, sie sprachen Dialekt."

Der Polizist wirkte gereizt.

„Schließen Sie daraus, dass diese Menschen vom Dorf kamen?"

„Ich nicht, aber meine Freundin, also meine Exfreundin."

„Und Ihre eigene Meinung?"

„Ich kann es nicht genau sagen. Ich lege mich nicht so schnell fest. Ich bin toleranter. Auch damals, als wir über die ertrunkene Frau und die Männer sprachen, hat Katharina sofort gegen diese Männer gesprochen, ich war eher verständnisvoll."

„Waren Sie mit dieser Frau zusammen?"

„Damals noch nicht."

„Seit wann?"

„Seit November, aber im Grund seit diesem Septembernachmittag."

„Im Grunde?"

„Ja, im Grunde. Das trifft es ganz gut. Geküsst und wiedergesehen haben wir uns erst im November."

Der Polizist räusperte sich. „Haben Sie sich über das Tatgeschehen ausgetauscht?"

„Ja, an dem Nachmittag schon."

„Später nicht mehr?"

„Nein."

„Warum nicht?"

„Meine Freundin, Exfreundin, hat eine Art, in früheren Unglücksfällen zu wühlen. Ich finde, dass man sich auch daran weiden kann. Es bringt nichts. Manchmal schadet es sogar."

„Nun zum Tathergang: Was haben Sie beobachtet?"

„Ich habe die kleine Gruppe nur sporadisch wahrgenommen. Ich war mit dem Surfbrett beschäftigt und mit meinen Mühen. Das Wiederaufsteigen ist schwer, aber das tut hier wohl nichts zur Sache."

„Ja, das haben Sie bereits ausgeführt."

„Eine lockere Stimmung. Die Frau hatte die Schuhe ausgezogen und rannte torkelnd auf den See zu. Später hatten die Männer die Frau wie eine Hängematte im Griff." Jens blickte zur Seite, suchte in seiner Erinnerung. „Sie zappelte. Einer hatte sie an den Füßen, an den Knöcheln, der andere unter den Achseln. Der hatte die Hände zur Verstärkung über die Brust gelegt."

Der Polizist schaute ihn aufmerksam an.

„Ich habe es als Flirt aufgefasst. Keine Frau liegt apathisch zwischen den Männern. Sie hat gelacht und geschrien."

„Gelacht?"

„Ja, ich meine schon. Ich weiß es nicht. Ich habe es nicht genau gesehen. Ich habe gehört, dass sie kreischend ‚Nein' geschrien hat – zweimal oder dreimal."

„Zweimal oder dreimal?"

„Ich weiß es nicht mehr."

Eine Frau, wahrscheinlich die Sekretärin, trat ein und legte ein Schreiben auf den Tisch. Sie deutete mit dem Zeigefinger auf eine Passage. Hatte Katharina bereits ausgesagt und wurden nun seine Aussagen auf Widersprüchlichkeit geprüft? Er hatte Katharina beim Herausziehen der fast Toten aus dem Wasser sinnlos herumkommandiert. Das war der einzige Fehler in dieser Aktion gewesen. Sie hatten die Frau nicht schnell genug aus dem Wasser gebracht und hatten unnötig an ihr gezerrt. Außerdem hatte er bereits während der Wiederbelebung fast aufgegeben. War er jetzt schon ein Beschuldigter?

„Haben Sie aus den Schreien der Geschädigten entnommen, dass sie nicht in den See geworfen werden wollte?“

„Nein.“ Jens senkte den Kopf, hoffte, dass durch diese unterwürfige Geste endlich ein Einverständnis mit dem Polizisten zu erreichen sei. „Ich habe gedacht, dass sie Nein ruft und Ja meint.“ Er wurde rot, hasste dieses Gefühl der peinlichen Verlegenheit. „Manchmal ist das doch so, auch wenn es politisch nicht mehr korrekt ist.“

„Hat die Frau sich gewehrt?“

„Sie hat gezappelt. Aber sie war auch betrunken.“

Der Beamte beugte sich nach vorn, erstmals nahm Jens einen versöhnlichen Blick wahr.

„Wir wissen, dass die Männer einen erheblichen Alkoholspiegel hatten. Mit dem Promillespiegel werden sie als schuldunfähig gelten. Sie müssen die Männer nicht verteidigen.“

„Warum ist diese Vernehmung dann noch wichtig? Wir haben die Frau gerettet. Warum werde ich hier vernommen, als wäre ich schuldig?“ Jens hatte sich zu weit vorgewagt.

„Die Fragen stellen wir.“

„Ja, entschuldigen Sie bitte.“

„Wann haben Sie bemerkt, dass die Frau ertrunken sein könnte?“

„Als es ruhig war und sie nicht mehr auftauchte. Ich bin sofort ins Wasser gesprungen. Wir haben sie zu zweit aus dem Wasser gezogen.“

„Wie?“

Jens war unwohl zumute.

„Katharina an den Beinen. Wir haben versucht, uns zu koordinieren. Anfangs war ich ungehalten, weil ich um jede Verzögerung fürchtete, aber dann haben wir Hand in Hand gearbeitet. Wiederbelebung nach dem empfohlenen Prozedere. Ich bin früher Motorrad gefahren. Ich habe damals den Erste-Hilfe-Kurs mit unbedingtem

Interesse verfolgt, als ob ich als Motorradfahrer schnell mal in eine Unfallsituation kommen würde."

Der Polizist nickte freundlich.

„Wiederbeleben, Notruf absetzen, weiter wiederbeleben."

„Es ist andersherum, Herr Hugenbauer, zuerst den Notruf absetzen, dann wiederbeleben."

„Es tut mir leid, wenn ich der Frau die Rippen gebrochen habe. Ich habe den Knacks bemerkt. Aber ich weiß, dass dies manchmal passieren kann. Es ist sogar notwendig, um das Herz in Gang zu bringen."

„Die gebrochenen Rippen sind nicht das Hauptproblem des Opfers."

„Wieso des Opfers? Wir haben sie gerettet!"

„Die Ertrunkene hat eine hypoxische Hirnschädigung erlitten."

Jens blickte ihn fragend an.

„Sie kann sich, nach unseren Informationen, immer noch nicht länger als zehn Minuten konzentrieren und ist nervlich nicht belastbar. Es bleibt offen, ob sie wieder ins Arbeitsleben eintreten bzw. in ihrem Beruf als Assistentin arbeiten kann."

Jens atmete auf. „Ich hatte kurz Schlimmeres befürchtet."

„Es macht Ihnen niemand einen Vorwurf." Der Polizist zögerte. „Die Mutter der Geschädigten hat eine weitere Untersuchung gefordert."

Die Distanzierung schien gebrochen.

„Darf ich noch eine Frage stellen?"

„Welche?"

„Ist Frau Markgraf auch zur Vernehmung geladen?"

„Ja, sie sitzt bereits draußen. Es ist Ihnen nicht erlaubt, sich vor ihrer Vernehmung mit ihr auszutauschen."

„Ja, schon gut. Ich habe auch kein Wort mit ihr geredet, seit ich die Vorladung bekommen habe."

„Sie haben wechselweise von Ihrer Freundin und Ihrer Exfreundin gesprochen. Sind Sie noch zusammen?"

Jens zögerte. „Nein."

KATHARINA

Das war ein stattlicher Warteraum, eher die Vorhalle in einem herrschaftlichen Bau. Sie hatte am Anmeldefenster der Polizeistation ihren Ausweis vorgelegt und sollte nun warten. Katharina versuchte, sich nicht einschüchtern zu lassen von der Kühle und Höhe des Raumes. Bereits der Treppenaufgang, überdimensional breit und hoch, mit Stuckornamenten an den Wänden und Decken, wies auf Herrschaftliches hin. Sie wusste, dass Hitler hier gelebt hatte. Dank einer Bürgschaft leistete er sich die weitläufige Mietwohnung im zweiten Stock, später kaufte er das Haus, in dem sein Sicherheitspersonal mituntergebracht war. Der nachträglich eingebaute Bunker war mit einem unterirdischen Fluchtweg und eichenholzgetäfeltem Führerzimmer ausgestattet. Wäre sie noch mit Jens zusammen, hätte sie ihm unterbreitet, dass es völlig überzogen war zu behaupten, dass Hitler die Atmosphäre dieses Hauses geprägt habe. Es war andersherum: Hitler hatte dieses Haus gesucht und hatte sich damit in die gepflegte Gesellschaft vorgemogelt, in deren animalischen Anteile. Der Schmuck als Bemäntelung, die Propaganda als grandiose Inszenierung seiner kleinen gekränkten Niedrigkeit.

Jens würde nicht viel sagen, aber gerade deshalb war er anders. Seit sie wusste, dass sie ihn wiedersehen würde, war sie gefährlich milde gestimmt. Eine Mitte hätten sie finden können. Sie hätten sich geeinigt, wie sie sich oft geeinigt hatten. Sie hätte Znajda mit seiner Unterstützung in ein Tierheim gebracht. Sie hätte sich von Znajda getrennt und wäre mit Jens im Einverständnis verblieben. Aber seine Geduld war überstrapaziert gewesen. Das Gummiband war schmerzhaft zurückgeschnappt.

Erneut war Jens der Partner ihrer inneren Dialoge geworden. Sie rechnete damit, dass er als Erster vernommen würde, herauskommen und ganz selbstverständlich auf sie zugehen würde.

Ich warte, bis du fertig bist. Dann gehen wir noch einen Kaffee trinken, würde er sagen.

Ja, gern, würde sie antworten. Wichtig war, dass ihre Stimme nicht zitterte, dass sie aufrecht bliebe, in ihrem ganzen Habitus.

Warum musste man einen Streit zu Ende führen? Es gab keine Einigung zwischen ihnen, nur die dialektische Kraft des Widerspruchs, die sie beide immer weitergetrieben hatte. Mit Znajda war sie zu klein geworden, ein Opfertier. Sie war mit Znajda zusammen geopfert worden, damit das normale Leben möglich war. Sie hatte ihre Kraft als Gegenpart zu Jens verspielt, war zum Anhängsel zusammengeschrumpft.

Seit dem geisterhaften Besuch am Grab ihrer Großmutter und seit ihrer großen Wut fühlte sie sich ihrer selbst sicherer. Sie stand, sie fühlte sich bodenständiger, erdiger, dem unsicheren Wanken des Denkens entledigter. Ihre Großmutter lag, und sie stand und lebte. Znajda hatte sie nicht retten können. Sie hatte schon lange nicht mehr an Edith gedacht. Sie hatte versucht, an Jens´ Version zu glauben: Sie hatten ihr Leben gerettet. Warum dann noch eine Vernehmung? Vielleicht hatten sie beide, Znajda und Edith, nicht gerettet. Das ganze Leben war eine Reihung von mangelhafter Hilfeleistung. Sie wollte es nicht mehr leugnen. Sie konnte nur versuchen zu helfen, und es würde noch oft schiefgehen. Es würde nie genügen. Wie gern sie das Jens gesagt hätte, aber es musste sich zeigen. Jedes Wort wäre eine schwülstig abgehobene Form der Rechtfertigung gewesen, ein Kampf gegen Jens und die Schuld. Was nicht gesagt werden kann, muss gezeigt werden. („Du erinnerst dich, Jens, Wittgenstein.")

Sie erkannte ihn sofort, er blieb in gehörigem Abstand stehen, war in Begleitung eines Beamten. „Ich warte auf dich. Dann gehen wir noch einen Kaffee trinken", rief er zu ihr herüber.

„Ja, gern."

Nach der Aufnahme der Personalien, der Belehrung über Rechte und Pflichten saß Katharina so aufrecht wie der Beamte. Sie schmal, er breit, sie klein, er groß. Er hatte sich in wenigen Gesten als unfreundlich erwiesen. Sie stand eine Weile vor ihrem Stuhl, bis er sie anwies, sich zu setzen. Ein Kulturkampf. Er schaute sie an, als wollte er sagen: „Setz dich hin und mach kein Geschiss." Seine Fragen zu den Personalien hatte er genuschelt, sodass Katharina auf die Frage nach ihrem Geburtstag ihre Adresse angegeben hatte. Er kannte doch ihre Personalien.

„Frau Markgraf, Sie sind als Zeugin des Vorfalls mit Frau Edith Böhm am 25. September 1998, zwischen 16.45 und 17 Uhr am Feringasee, Unterföhring benannt. Als Zeugin haben Sie die Pflicht, die Wahrheit zu sagen. Andernfalls können Sie sich strafbar machen, z. B. wenn sie jemanden zu Unrecht belasten, absichtlich die Bestrafung eines Straftäters vereiteln, einem Straftäter Hilfe leisten, um ihm die Vorteile der Tat zu sichern oder eine Straftat vortäuschen. Frau Markgraf, haben Sie das verstanden?"

In Katharina stieg dasselbe klamme Gefühl wie bei der letzten Vernehmung auf. Der Beamte schien ihr noch autoritärer als beim letzten Mal. Mit jeder juristischen Formulierung schien er in seiner Schulterbreite zu wachsen, während sie schrumpfte und versteckte. Sie wusste, dass Eva hier in offene Rebellion gehen würde: „Diesen Ton hatten wir vor sechzig Jahren schon einmal. Hier wie damals: Einschüchterung für nichts. Ich erinnere Sie gern daran, dass ich Zeugin und nicht Beschuldigte bin", so würde Eva reden. Katharina wollte ihre eigenen Widerstandswege finden.

„Sie haben damals, anders als Ihr Freund oder Exfreund, Herr Hugenbauer" – Katharina merkte auf – „auf die Fragen zum Hergang des“, er zögerte, „Unglücks von Frau Edith Böhm die Aussage verweigert.“

Katharina war wie vor den Kopf geschlagen.

„Ich habe die Aussage nicht verweigert.“

„Sie haben ausweichend geantwortet bei der Frage, ob Sie eine Nötigung im Verhalten der Männer gegenüber der Frau erkannt haben. Können Sie uns bitte sagen, was Sie dazu bewogen hat?“

Katharina versuchte, sich zu sammeln.

„Ich war damals noch sehr defensiv eingestellt.“

„Defensiv. Das klingt, als hätten Sie sich zu verteidigen.“

„Ja, damals erlag ich noch dem Trugschluss, dass ich die Fehler zuerst bei mir suchen muss. Den Männern wollte ich nichts vorschnell anlasten.“

„Was wollten Sie ihnen denn anlasten?“

„Nichts, wie gesagt. Aber wenn Sie mich heute ernsthaft fragen: Einer von ihnen ist betrunken Auto gefahren. Der Tod oder die Verletzung der Mitfahrer und weiterer unschuldiger Verkehrsteilnehmer war damit bereits in Kauf genommen worden.“

„Und weiter?“

„Sie haben die Frau gegen ihren Willen festgehalten und gegen ihr dreifach vorgebrachtes `Nein` ins kalte Wasser geworfen. Niemand kann davon ausgehen, dass die Frau ins Wasser geworfen werden wollte.“

Der Polizist zeigte keine Regung.

„Ich wage zu bezweifeln, dass irgendeine Frau oder ein Mädchen sich gern ins Wasser werfen lässt, genauso wenig wie sich ein Junge oder ein Mann wie eine Hängematte ins Wasser werfen lassen will.“

„Hat sie zweimal oder dreimal ´Nein` gerufen?“

„Sie hat nicht gerufen, sie hat geschrien. Der Vordere hatte seine Hände über ihren Brüsten gekreuzt, was ihr unangenehm war. Sie hat ‚He!’ gerufen.“

„Warum sind Sie nicht eingeschritten?“

„Weil ich damals zu defensiv war.“

„Das klingt nach einer vorgefertigten Phrase, Frau Markgraf. Haben Sie sich diese Argumentation in der Zwischenzeit zurechtgelegt?“

„Ich habe sie nicht zurechtgelegt! Ich habe nachgedacht.“ Sie blickte ihm fest in die Augen. „Weil wir Frauen von Kindheitsbeinen an darauf geeicht sind, unsere Grenzen als empfindlich und humorlos abzutun, zögern wir in unserer Ablehnung. Daher wirkten die Rufe der Frau nicht überzeugend, daher war meine Bereitschaft einzuschreiten, begrenzt. Wir begreifen uns alle als Teil eines Spiels, bei dem die Benachteiligten sich nicht getrauen zu sagen: Ich mache nicht mehr mit.“

„Alle?“

„Frau Edith Böhm und ich, Katharina Markgraf, wollten keine Spielverderber sein. Im Augenblick unseres: *Nein, das geht nicht!* fragen wir uns gleichzeitig, ob wir ungenügend“, sie suchte nach Worten, „humorlos, unerotisch, untauglich sind. Wir dürften nicht die einzigen Frauen sein.“

„Sind Sie nun bereit, den Ablauf aus Ihrer Sicht zu schildern?“

Wunderte sich der Beamte, dass sie in der Verteidigung war? Er verstand sie nicht. Sie blickte nach draußen. Sie wusste, dass es keine weiteren Zeugen außer Edith, den Beschuldigten und Jens gab. Jens war weit weg auf dem See gewesen. Die Männer waren betrunken gewesen. Edith würde ihr nicht widersprechen. Sie würde *sehr* deutlich werden.

Dann erzählte sie, dass die Frau von Anfang an ängstlich gewirkt und ihre Schuhe ausgezogen hatte, um schneller davonrennen zu können. Sie wusste, dass das eine Falschaussage war und gleichzeitig sah sie es vor sich. Im Detail schilderte sie dem Beamten, wie die Frau eingeholt und gegen ihren Willen festgehalten worden war. Sie hatte sich gewehrt, gezappelt, dreimal geschrien. ‚Nein, Nein! Neein!’

„Hat die Frau nicht auch gelacht?“

„Sie hat ängstlich gelacht, hysterisch, betrunken."

„Ja, auch die Frau war alkoholisiert."

Am liebsten hätte sie ihn angeschrien. Alle drei hatten getrunken, Edith hat den Männern aber nichts angetan!

Sie sah wieder vor sich, mit welcher Mühe Edith die Augen geöffnet hatte, ihren leeren Blick.

„Was ist mit ihr passiert? Warum vernehmen Sie mich noch einmal?"

„Wir ermitteln zur Beurteilung des Vorliegens eines rechtswidrigen tätlichen Angriffs auf die Geschädigte, Edith Böhm, zur Prüfung der Voraussetzungen für Ansprüche aus der Opferentschädigung."

Der Beamte legte seinen Kopf schräg, dann nickte er. „Frau Neumann leidet unter Konzentrationsstörungen, ist im Moment noch nicht belastbar genug, um ihre alte Arbeit wiederaufzunehmen."

Katharina musste an Alexandras Worte denken: Die Geschädigten leiden oft länger als die Täter.

„Werden die Männer verurteilt?"

Der Polizist schüttelte den Kopf. „Das kann ich Ihnen nicht sagen. Haben Sie mit Herrn Hugenbauer über die Situation gesprochen?"

„Nur an dem Nachmittag, damals. Danach nicht mehr. Ist das wichtig?"

„Das ist sehr wichtig. Manchmal einigen sich die Zeugen im Vorfeld auf eine Version, unabhängig von der Wahrheit. Es kann natürlich auch sein, dass sie – im Streit – zu unterschiedlichen Versionen kommen, unabhängig von der Wahrheit. – Es scheint ja Streit zwischen Herrn Hugenbauer und Ihnen gegeben zu haben, oder?"

„Das tut doch nichts zur Sache!"

„Zur Sache nicht, aber zur Interpretation."

Das hätte sie ihm nicht zugetraut. Er hatte recht. Sie hatte gegen Jens, gegen die Polizei und gegen die Betrunkenen ausgesagt. Gegen die Männer, unabhängig von der Wahrheit. Sie nickte.

KATHARINA UND JENS

Jens erkannte alles an ihr wieder, obwohl er in der Dunkelheit der Halle kaum etwas sehen konnte. Ihre schmale Statur, ihr leichtes Schwenken des Oberkörpers, als sie auf ihn zukam, ihren Blütengeruch. Alles war anziehend an ihr. Nur ihre klar abgegrenzten Lippen fürchtete er. Katharina folgte ihm schweigend. Jens berührte ihre Hand, als sie in die sengende Mittagshitze hinaustraten, zog sie aber sofort wieder zurück. Der Kellner wollte für ein Paar, das nur Kaffee trinken würde, keinen Tisch auf der Terrasse des Cafés am Prinzregentheater decken. Jens setzte sich durch. „Wir essen auch ein Eis dazu."

Sie saßen einander schweigend und aufrecht gegenüber. Katharina besah den Prinzregentenplatz mit den stuckverzierten Häusern, hörte das Plätschern des Brunnens. Sie zog ihren neuen Leinenblazer aus, trug ein ärmelloses Top mit weitem Ausschnitt zur Schau, in dem sich ihre kleinen Brüste rundeten, ihre schmalen Arme zur Geltung kamen. Ihre Haare trug sie achtlos zusammengebunden, spielte nachlässig mit einem Haarstrang, den sie mit dem Zeigefinger einrollte und nach hinten warf. Jens beobachtete sie.

„Danke, dass du gewartet hast", sagte sie schließlich.

„Sowieso. Er war gar nicht so bärbeißig, oder?"

„Er war nicht dumm."

Der Kellner machte sich nicht die Mühe, nach den Getränken zu fragen. Er stand mit ausdrucksloser Miene.

„Einen doppelten Espresso für mich. Einen Milchkaffee für die Dame."

Katharina lächelte spöttisch.

„Und noch ein Glas Wasser für sie. Ach, und könnten Sie vielleicht noch den Sonnenschirm aufspannen?“

Der Kellner schaute genervt.

„Ich helfe Ihnen.“

Jens’ Hemd saß schräg. Katharina besah seine kräftigen Armmuskeln und musterte seinen linken Fuß. Er schien ihn normal zu belasten. Sie saßen schweigend im Schatten des Sonnenschirms. Der Bus spuckte ein paar Menschen aus. Ein Junge übte Skateboard. Jens hasste dieses bedachte Schweigen. Wer als Erster etwas sagt, hat verloren. Katharina wollte nicht viel sagen. Endlich kamen der Espresso, der Kaffee und das Wasser.

„Der ist ziemlich heiß“, meinte Jens.

„Trink von meinem Wasser.“

„Znajda ist wahrscheinlich nicht durchgekommen“, meinte Jens leise.

„Znajda – ja. Meine Großmutter auch, ich meine auch *nicht.* Ich habe sie besucht – ihr Grab, meine ich. Sie hat nichts mehr gesagt.“

„Ach!“ Jens musste lachen.

„Hast du deinen Großvater schon mal am Grab besucht?“

„Natürlich. Das letzte Mal an Weihnachten, mit meinem Vater zusammen. Zu mir hat er nichts gesagt. Aber zu meinem Vater. Oder mein Vater zu ihm. Der hat sich damals regelrecht in die Friedhofserde eingegraben.“

„Das weiß ich gar nicht.“

„Nein. Wahrscheinlich wolltest du es nicht hören. Mein Vater liebte seinen Vater.“

„Ja. Meine Mutter pflegt das Grab meiner Großmutter auch sehr liebevoll.“

Jens nickte.

Katharina nippte an ihrem heißen Milchkaffee.

„Erinnerst du dich noch an unser Ja-Nein-Spiel im Café?“

Katharina wartete.

„Du warst damals irritiert, weil du die Getränke zahlen solltest. Du hattest die falsche Frage gestellt. Du konntest nicht gegen mich gewinnen, und du konntest nicht gegen mich verlieren."

„Das klingt ja fast philosophisch."

„Es war ein Win-Win-Spiel, oder ein Lose-Lose-Spiel. Das ist praktische Psychologie, so etwas lernt man im BWL-Studium. Wenn du die richtige Frage stellst, gewinnen wir beide, wenn du die falsche Frage stellst, verlieren wir beide."

„Ich hab das damals nicht verstanden, ich verstehe es heute noch nicht. Willst du mir sagen, dass ich die falschen Fragen gestellt habe?"

„Man könnte auch sagen, dass ich die falschen Antworten gegeben habe."

Katharina nickte verwirrt.

„Es ist schon lange her."

Jens erinnerte sich an die schmerzhafte Zeit im Krankenhaus, als er noch Sehnsucht nach ihr gehabt hatte, nach allem an ihr, nur nicht nach ihren Worten. Er wusste, was er ihr auf all ihre Vorwürfe erwidern konnte.

„Ich habe viel nachgedacht. Ich bin dafür, dass Polen in die EU eintritt. Mir ist inzwischen klar, dass die Deutschen große Schuld auf sich genommen haben."

„Du meinst, dass die Deutschen große Schuld auf sich *geladen* haben."

„Entschuldige, du hast wieder einmal recht. Ich finde, dass polnische Frauen unglaublich intelligent sein können und dass der Intellekt der Polen vollkommen verkannt wurde – wenn je die Idee aufgekommen sein sollte, dass Slawen als Sklaven verdingt werden sollten."

„Falls es je so eine Idee gegeben haben sollte."

Er nickte. Da langte es ihr!

„Was für ein Bildungsscheißdreck! Positive Diskriminierung der Polen, um sich die schmutzigen Hände reinzuwaschen. Geh heim zu deiner Mutter, schau dir mit ihr ein paar Dokumentationen an und fühl dich gut dabei! Suhl dich in deiner nicht genutzten Lebenserfahrung. Du kannst jetzt mitreden. – Aber ohne mich!“

Da langte es Jens. Er schlug mit der flachen Hand auf den Tisch.

„Du Gutmensch! Du eingebildetes Opfer, du einzig Lebenserfahrene!“

Der Kellner kam und bat sie, zu bezahlen. Beide zückten ihre Geldbeutel.

„Ich zahle.“

„Ich zahle!“

Sie zahlten beide die doppelte Zeche und standen auf. Sie gingen gleichauf die Treppe hinunter. Sie folgten der Prinzregentenstraße. Jens voraus, Katharina einen Schritt hinter ihm. An den Ampeln zog sie gleich und redete auf ihn ein.

„Einen Scheiß erzählst du dir selbst, um mich leichter loszuwerden. Die Polenintellektuelle, die du so verehrst, dass du dankend `Nein` sagst! Du fliehst in billiger Weise, so wie dein Vater es dir vorwirft!“

„Du bist ein Klageweib wie deine Mutter. Renn doch auf den Friedhof und in die Kirche, da bist du gut aufgehoben!“

Jens bog in den Englischen Garten ein. Er rannte fast. Im Schatten der Bäume war es kühler. Der Kies knirschte unter ihren Sohlen. Er blieb stehen und schaute sich um. Katharina war ein paar Meter hinter ihm und blickte ihn kopfschüttelnd an.

„Du hast verloren“, rief Jens.

„Du zahlst den Wodka.“

„Du den Champagner.“

„Du die Wohnung.“

„Du die Wehen.“

Sie lächelte. Sie lockte ihn, indem sie einen Schritt zurückging. Sie sah blass aus im Schatten der großen Bäume. Alles war hell an ihr. Nur ihre Lippen waren klar abgegrenzt, scharf umrandet. Es gab kein Entrinnen. Es war magnetisch. Geradezu unanständig. Sie legte ihren Kopf auf seine Schultern. Er streichelte ihren Rücken. Der fühlte sich stark an. Sie sog den vertrauten Duft seiner Haut ein. Er hatte das Gefühl, endlich wieder ganz zu sein.

Ein junger Hund sprang an ihnen hoch. Jens schubste ihn mit seinem linken Fuß weg. Eine Frau schalt ihn aus – den jungen Hund.

Katharina entwand sich und starrte Jens entsetzt an. Er lachte sie an, als würde er sich über ihr Entsetzen amüsieren.

„Krieg dich wieder ein. Ich bin nicht schuld daran, dass ich inzwischen an einer Hundephobie leide."

„Doch, Jens, du bist schuld. Du hast damals Znajda geschubst und verstoßen, du hast dich keinen einzigen Moment für ihn …"

Jens legte seine Finger auf die Lippen. „Pssst. Ich weiß das alles, Katharina. Es tut mir leid." Er blickte zu Boden. „Es tut mir sehr leid!" Er schaute sie eindringlich an. „Wir sind beide schuld, Katharina, dass wir Znajda nicht zum Tierarzt gebracht haben, keine Ersatzeltern für ihn gesucht haben. Wir waren beide verliebt in unser Ego." Er zögerte, blickte sie streng an, als sei sie an etwas schuld. „Mein Großvater", er räusperte sich, „er war feige damals, als ihn die Untersuchungskommission befragte nach …" Er brach ab. Wahrscheinlich kennt er immer noch nicht den richtigen Namen, – Tschipolow oder Ciepielów – das wird er nie unterscheiden können, dachte Katharina.

Sie blickte nach oben, sah die vielen Grüntöne in den Bäumen, die unterschiedlichen Varianten des Blattgrüns – hellgrün, lindgrün, sattgrün, rotgrün bis ins Violett. Sie hätte ihm noch so viel sagen müssen. Aber es war ihr zu anstrengend. Es war nichts Wichtiges. War nicht schon längst alles gesagt – überall auf der Welt? Sie fand nur eine Ruhe in sich. Sie fühlte sich aufgehoben bei ihm, sah das Funkeln der Sonne, die mit den Blättern spielte und sie durchleuchtete. Sie nickte.

„Du hast recht. Wir waren beide nicht frei.“

Autorenporträt

Ira Loh (geb. 1966) studierte in Tübingen Theologie und Psychologie. Sie arbeitet heute in München als Psychotherapeutin. Das vorliegende Buch ist Lohs Debütroman.

Aus dem aktuellen Verlagsprogramm

www.anthea-verlag.de

Reinhard Reichstein

Das Kaffeehaus

Eine Liebe in Brandenburg

Broschur, 14,8 x 21,0 cm, 320 Seiten, 14,90 €

ISBN 978-3-89998-281-7

Der Roman beginnt wie eine fatale Wiedergängergeschichte. Dorothea hat ihren Freund verlassen, aber erst jetzt, als Sylwia sich weigert, an ihre Stelle zu treten, bricht er zusammen. Was tun? In den Clubs der Hauptstadt könnte er wohl eine Zeitlang als Mann ohne Schatten herumabenteuern, nicht so hier draußen, im realen Umland. Der Leser wird Zeuge einer existentiellen Selbstvergewisserung und der Versuche, sich neu im Leben zu verwurzeln. Die Orte und Personen dieses Lebens sind die gerade vorgefundenen: ein Café an der Endhaltestelle der S-Bahn, die Kellnerin Ariane, ihr Kompagnon Fritz.

Ernst Michael Schwarz

Der Teufelssee als mystischer Ort

Auf Fontanes Spuren

Sagen und Geschichten aus den Müggelbergen

Broschur, 12,5 x 19,0 cm, 76 Seiten, 6,90 €

ISBN 978-3-89998-286-2

In diesem Buch sind 17 Sagen und Geschichten vom Köpenicker Teufelssee in den Müggelbergen zusammengetragen worden.

Historisch beginnen sie beim Wendenfürsten Jacza und seiner Wanda, berichten dann auch über die Prinzessinnen und dem Wassermann, vom Teufel, seinen Hexen und den bis heute versunkenen Schlössern und Schätzen.

Und: Es geht auch auf den Spuren des berühmten Chronisten, Schriftstellers, Apothekers und Wanderers Theodor Fontane!

Angela Schmidt-Bernhardt

Das Wilhelminische Schloß

Begegnungen in Polen

Erzählungen

Broschur, 14,8 x 21,0 cm, 128 Seiten, 12,90 €

ISBN 978-3-89998-269-5

In den im Band versammelten acht Erzählungen nimmt uns Angela Schmidt-Bernhardt mit auf eine bewegende Spurensuche in das heutige Polen.

Karola Beck

Verwischte Spuren

Eine Berliner Novelle

Broschur, 14,8 x 21,0 cm, 102 Seiten, 9,90 €

ISBN 978-3-89998-266-4

Es ist eine Reise in die Vergangenheit, als Isa nach dem Fall der Mauer 1989 in der Absicht Aufklärung über den Tod ihres Bruders zu erlangen, nach Berlin fährt. Die vertrauten Straßen der Kindheit wecken Erinnerungen. Und statt die Stasi-Unterlagen-Behörde in Berlin aufzusuchen, folgt sie einem inneren Wegweiser, der sie schließlich mit ihrem totgeglaubten Sohn zusammenführt.

Von der 25 Jahre zurückliegenden Zwangsadoption ihres Kindes in der DDR weiß sie nichts, da man ihr nach der Entbindung sagte, dass sie eine Fehlgeburt gehabt hätte. Schließlich steht Isa vor einem Rätsel, als sich nach langer Zeit unverhofft ihre Wege kreuzen …